글누림한국문학전집

김사량

김사량 작품선

책임편집·해설 – 유임하

문학평론가. 한국체육대학교 교양과정부 교수.
대표 저서로 『한국소설과 분단이야기』, 『한국문학과 불교문학』, 『전쟁의 기억, 역사와 문학』(공저), 『기억의 심연』, 『한국문학과 근대성의 형성』(공저), 『분단현실과 서사적 상상력』 등이 있다.

표지 그림 – 인강 신은숙(仁江. 硯田)

철학박사(성균관대학교. 미학 전공) / 한국서가협회 초대작가 및 심사위원역임, 시인.

글누림한국문학전집 5
김사량 김사량 작품선

초판발행 2011년 6월 10일

지 은 이 김사량
펴 낸 이 최종숙
펴 낸 곳 글누림출판사

진　　행 이태곤
책임편집 오수경
편　　집 임애정
디 자 인 이홍주 안혜진
마 케 팅 문택주

주　　소 서울시 서초구 반포4동 577-25 문창빌딩 2층(137-807)
전　　화 02-3409-2055(대표), 2058(영업), 2060(편집)
팩　　스 02-3409-2059
전자메일 nurim3888@hanmail.net
홈페이지 www.geulnurim.co.kr
등록번호 제303-2005-000038호(2005.10.5)

정가 10,000원
ISBN 978-89-6327-121-7 04810
ISBN 978-89-6327-116-3(세트)

출력·안문화사 인쇄·한교원색 제책·동신제책사 용지·화인페이퍼

* 이 책의 판권은 저작권자와 글누림출판사에 있습니다. 서면 동의 없는 무단 전재 및 복제를 금합니다.
* 잘못된 책은 바꿔드립니다.

ⓒ 글누림출판사, 2011. Printed in Seoul, Korea

글누누림
한국문학전집
05

김사량

낙조 / 유치장에서 만난 사나이 / 지기미 / 칠현금

책임편집 **유임하**

| 간행사 |

'글누림한국문학전집'을 새롭게 간행하며

세계의 유수한 고전적 저작들의 목록 절반 이상이 소설이라는 것은 놀라운 일도 이상한 일도 아니다. 잘 짜인 한 편의 이야기인 소설은 사회가 지향하는 꿈과 소망을 고스란히 담고 있다. 소설을 언어로 직조한 시대의 세밀한 풍경화라고 하는 말은 그래서 가능하다. 소설이 그 짧은 역사에도 불구하고 인류 문화의 벗으로 자리 잡을 수 있었던 것도 이러한 특성과 무관하지 않다.

시대의 격랑 속에 한치 앞도 전망할 수 없는 오늘날의 개인은 소설 속에 담긴 과거의 시공간과 만나면서 인간의 보편성을 확인하고 자신의 개별성을 확장하는 정서적 체험을 하게 된다. 소설과의 만남은 단지 즐거운 독서 체험에 그치는 것이 아니라, 가치의 기준과 삶의 저변을 확장하는 문화의 실천인 것이다.

'글누림한국문학전집'이 지향하는 기획 의도는 다음과 같다.

첫째, 이 기획은 문학교육 전문가들과 대학에서 문학을 강의하는 전공 교수들의 조언을 받아 이루어졌으며, 근대 초기로부터 한국전쟁 이전의 소설 중에서 특히 문학적 검증이 끝난, 이른바 정전(canon)에 해당하는 작품들을 중심으로 구성되었다. 정전이란 한 시대의 표준적 규범을 뜻하는 말로, 문학 정전이란 현대문학사에서 누구나 인정하는 성과와 질을 담보한 불후의 명작들을 의미한다. 이 전집을 통해서 근대 초기 이후 지금까지 삶의 이면을 관류하는 문학의 근원적 가치와 이념을 확인할 수 있을 것이다.

둘째, 이 기획은 교양과목을 수강하는 대학생과 시험을 앞둔 수험생, 풍요로운 삶을 소망하는 일반 독자들에게 작가와 작품, 작품의 배경이 된 당대 현실에 대한 이해를 돕는 교양서로 기능하도록 배려하였다. 수록 작품들은 본래의 의미를 최대한 존중하면서 다양한 이본들을 발표, 원문과 일일이 대조하면서 현대식으로 표기하였고, 박사과정 재학 이상의 국문학 전공자의 교정 및 교열 작업을 거쳐 모범적인 판본을 만들었다.

현재 우리 소설의 역사는 1백 년을 넘어서 새로운 전통을 쌓아가고 있다. 우리 소설들에는 우리 선조들이 고심했던 역사와 풍속, 삶의 내밀한 관심과 즐거움이 한데 녹아 있다. 독자들은 소설과의 만남을 통해 우리의 문화가 이룩해온 정체성을 확인하고 상상하는 즐거움을 만끽할 수 있을 것이다.

'글누림한국문학전집'이 21세기의 젊은 독자들에게 새로운 독서 체험을 제공해 주고 동시에 삶의 풍부한 자양분 역할을 하기를 희망한다.

글누림한국문학전집 간행위원회

차 례
Contents

간행사 004

김사량 작품선
낙조 009
유치장에서 만난 사나이 192
지기미 214
칠현금 231

낱말 풀이 324
작가 연보 339
작품 해설 / 유임하 345

김사량 작품선

낙조

제1부 윤씨네 사람들

 윤대감이 장안 행길가에서 무참한 횡사를 하였다는 급보가 서울로부터 북으로 오백 리 평안관찰부에 이르기는 기울어져 가는 국운을 도(賭)하여 한창 정국의 서슬이 사나웁던 시절, 즉 1910년 초가을 어떤 날 밤이었다.
 급보를 접한 지 다음날 이른 새벽 삼, 사의 *사정(使丁)에 메운 한 틀의 *승교가 서울로 나가는 평양성 대동문 앞에 창황히 내달았다. 그 뒤로는 어떤 젊은 여자가 머리를 흐터친 채 허덕이며 따라온다. 늙은 성문지기는 교군들 앞에 나서며 아닌 새벽에 웬 사람이냐고 어성을 높이었다. 그러자 교(轎)의 뒤에 호위하고 섰던 장대한 사내가

덤쑥 나서며 문지기에 속자춘 목소리로 무어라 주절거린다. 어차피 성문지기는 그 자리에 엎디어 놀란 소리로,

"××님께서……."

"쉬—"

어둠침침한 무서운 성문이 열리기를 기다리는 동안 뒤에 따라오던 젊은 여자의 그림자는 마침내 내달았다. 여자는 교에 넌지시 매어달리어 숨이 턱에 오른 소리로 무엇인가 *애련하게 부르짖는다. 겨우, 열일여덟밖에 안되어 보이는 애티 있는 소리는 새벽의 고요한 공기를 흔들며 단말마처럼 떨리었다. 그러나 캄캄한 승교 속은 죽은 듯이 아무런 *반향도 없었다.

끼익 육중한 소리를 내며 성문이 열리었다. 강가의 희멀그레한 안개가 퍼져 들어와 그 무럭무럭 농담을 짓는 광망이 컴컴한 속에 서성거리고 있는 그들을 묵화처럼 그려 낸다. 승교는 다시 사정들의 어깨 사이에 흔들리기 시작하였다. 젊은 여자는 놀라 비명을 지르며 늘어지었으나 사정없이 내닫는 교는 그를 밀쳐버리며 쏜살같이 성문을 뚫고 나간다. 고즈넉이 초가을의 밤은 밝아 오며 동쪽 하늘은 차츰 불그레 동이 터올랐다. 웅장한 삼층 *망루는 새벽 안개를 휘저으며 나타나고 안개는 그 시커먼 위용에 무섬을 타 흐밀흐밀 물러간다. 성안 만 호(戶)도 또한 하나의 새로운 역사의 바퀴를 돌린 이날의 밤으로부터 깨어난다. 성벽의 밖을 용용히 흐르는 대동강에 삿대를 지르는 소리만 철수락철수락 한가히 들려올 뿐.

이슥하여 관위문 앞의 *인경이 은은히 울리어 들려온다. 평양성 육문은 모두 성문을 일제히 열어 젖힌다. 대동문으로 배추, 무, 콩, 파들을 성안에 지고 들어오느라고 떠들썩하던 강 건너 사람들은 성문을 들어서자 펄쩍 놀라 그만 그 자리에 늘어붙었다. 성문 옆 돌작지에 차림차림 보통이 아닌 어떤 어여쁜 여자 하나가 정신이 혼미하여 쓰러져 있는 것이다. 그것은 아주 숨이 꺼진 듯이 우무적대지도 않았다. 그들은 이상한 듯이 마주 한 번씩 쳐다보고 고개를 끄덕이었으나 그러나 아무도 어쩐 영문인지는 알 바가 없었다.

"무슨 시악씨관데 하필 이 새벽에."

*얼금뱅이 영감이 아주 문자를 써보려고 어기뚱하니 한마디 띄워 놓자,

"괜—히들 섰지 말고 빨리 가기나 합세."

하고 좀처럼 지혜 있는 중늙은이가 서둘러 댄다.

"멀쩡하니 보고 있다가 또 본부에 끌려가지 원, 옷 입음새를 보면 알지 저 시악씨가 무언줄 알어?"

"뭐야?"

모두들 겁을 집어먹고 둘러 돌아섰다.

"관기(官妓)이지, 관기."

중늙은이는 입을 쩍 벌리고 이렇게 부르짖더니 그만 앞서 줄달음을 쳐간다.

그들은 모두들 목을 길게 뽑고 무엇이라 수군수군대었으나 역시

분명히 관기라면 가까이 섰다가는 공연한 봉변을 당할는지도 모르겠다고 겁이 시퍼렇게 나서 뒤따라 도망을 치는 것이다.

1

　구름이 뭉게뭉게 피어오르는 날, 동산 풀언덕에는 겨우 예닐곱이나 되었을까 말까 한 얼굴이 흰 으슴푸레한 소년 하나가 혼자서 언제까지나 심드렁하게 앉아 있었다. 그의 발밑에는 수십 장의 절벽이 *단애를 이루고 그 아래에는 검푸른 대동강이 지질편하니 가로놓여서 언제나 꿈을 꾸듯이 흘러내린다. 소년은 한참 동안 멀거니 강가를 바라보고 있다. 강 건너 백사장에는 아지랑이가 어리고 백은탄(白銀灘)의 물결은 잉어가 노니는 듯 대동강이면 *능라도 우거진 수양버들이 그림자를 잠근 언덕 밑을 성같이 솔단을 쌓아 채운 수상선이 흐느적흐느적 저어 내려온다. 어떤 때에는 들리는 듯 마는 듯 노랫소리도 날아오고— 이리하여 외로운 그에게는 이 산수경치가 다시없는 그의 귀한 동무가 되었었다.
　조그마한 물새가 쫑쫑 지저귀며 그의 옆과 바위 틈 사이를 날아다니는데 어디선가 두루미가 한 마리 내려와 소나무 가지에 우뚝 올라앉으니 목을 길게 뽑고 주위를 뚜룩뚜룩 살피기 시작하였다. 그제는 소년은 고개를 돌리고, 이것을 물끄러미 보고 앉았다가 주춤 일어서더니,
　"훠—이."

하고 손을 들어 쫓는 시늉을 하여 본다. 그러나 두루미는 목을 기우뚱할 따름, 까딱도 움직이지를 않는다.

"훠—이."

또 한번 손을 들었으나 두루미는 이번은 목을 반대쪽으로 기우뚱할 뿐, 그러므로 소년은 지척지척 두서너 걸음 다가서면서,

"훠—이."

하고 크게 소리를 질러보았다. 그제야 두루미는 조금 쥐치를 펴며 날아갈 듯한 자세를 보인다. 소년은 아주 신이 나 손을 자락자락 치려는데,

"도련님, 도련님."

하고 어디선가 부르는 소리가 들리었다. 그때에 비로소 소년의 얼굴에는 생기가 오르고 어깨는 들먹하며 입 가장에는 미소를 띄운다. 밥하는 우스꽝스런 노파가 머그작씨며 찾으러 올라오는 것이다. 갑갑하던 소년은 캐득캐득 웃으며 놀음치고 싶은 충동에 달음질을 쳐 무너진 성 돌 밑에 숨어버리었다. 두루미는 놀라 후두닥 커다란 쥐치를 펴고 날아난다. 소년은 손으로 입을 막고 웃음을 억제하면서 노파가 엉금엉금 기어 올라오는 것을 엿보고 있다. 노파는 이미 그가 어디 숨은지를 알아채고서 우진 허리를 굽히고 기웃기웃 사면을 둘러본다.

"우리 도련님 어디를 숨었을까, 큰일났네. 여기 있나…… 그럼 저기냐……."

옆에 있는 저를 찾지 못하는 노파의 짓이 아주 우스워서 소년은

그만 참지 못하고 캑캑거린다. 그러면 노파는 아주 눈이 뚱그래지며,
"옳지, 우리 도련님이!"
하면서 달려든다. 소년은 더욱 *의기가 올라 캐들캐들하며 또다시 줄달음을 치었다. 소나무 새를 뚫고 풀밭을 달리고 위태한 바위 틈 속까지 숨어든다. 그적에는 노파는 진정 겁이 버럭 나서 허겁지겁 달려와서는 멀찌가니 서서 손을 휘저으며 숨이 턱에 닿은 소리로,
"아이구 도련님 큰일날라구, 거기 가만 계서요. 가만 계서요."
하고 슬금슬금 다가서자 소년을 버쩍 붙든다. 노파는 땀벼락을 쓰고 그제야 숨을 휘— 내어 돌린다. 소년도 그제는 제가 아주 아슬아슬 무서운 곳까지 온줄을 알고 노파에게 엉겁결에 안긴다.
"원 도련님두 이 할밀 죽일라고…… 어머님이 찾으신답니다."
이리하여 저녁때가 되면 소년은 노파의 등에 업히어 동산을 내려오게 된다. 거기는 기생골이라 하여 밤낮으로 장고와 가야금 소리가 떠날 줄을 몰랐다. 그의 어머니 산월(山月)이는 아직 스물셋으로 그 당시에는 평양성 내에서도 드러난 명기였다. 곱게 머리를 빗고 단장을 하고서 마루에 오둑히 앉아 기다리다 아들 수일(秀一)이가 들어오면 팔을 벌리고 맞아들여 무릎 위에 올려 앉히고 뺨도 비비대고 꼬옥 끼어안고 바드득 떨기도 하였다. 그러면서 그날의 놀던 이야기며 본 이야기를 고시랑고시랑 물어보기도 한다. 그러나 소년은 *항용 손가락을 입에 문 채로 늘 아무런 대답도 않고 고개를 숙이고 있기 때문에 이 모자는 언제까지나 말없이 가만히 앉아 있기가 예상사였

다. 그럴 때 노파가 우람스럽게 수선을 떨며 소년이 놀던 이야기를 자랑삼아 펴놓으려 하면은 산월이는 다만 둘의 행복된 시간을 남에게 앗기고 싶지를 않아,

"노친네는 가만있어요!"

하며 쏘아붙였다. 그리고는 꺼지게 한숨을 짓는다.

수일은 물론 기생이 어떤 것인지를 몰랐다. 그에게는 어머니가 전부였으며 그리고 어머니와 같은 여자의 세계는 이 동리에서는 모두가 기생이었기 때문이다. 기생 중에서도 제 어머니가 남보다도 유달리 아름답다는 것이 그에게는 은근한 자랑이었을 따름이다.

그것이 언제였던가, 그때에도 해가 중천에 오르도록 어머니가 자리에서 일어나지를 않아 혼자 시무룩 일어 나와 동산에 올라앉아 있노라니 양복을 입은 어떤 젊은 사내가 물끄러미 가까이 오더니,

"너 산월이 애로구나."

고 물은 것이다.

소년은 의아스러이 한참을 번번히 쳐다보다가 그렇다고 가만히 고개를 끄덕이었다. 그러자 사내는 넌지시 웃음을 띄우고 다가와 앉으며,

"너희 집에 누구 손님이 와 있니?"

하므로 소년은 저도 모르는 사이에 반사적으로 일어서며 고개를 좌우로 설레설레 흔들었다. 그러나 그때에 왜 그런지 설워지어 울먹울먹하는 저를 붙들고 사내가 가까스로 달랬기 때문에 아마 기생인 어

머니가 퍽 훌륭한 사람이려니 하고 그는 생각하였던 것이다. 그날 소년은 노파에 업히어 집에 돌아오자 시르뭉등히 앉아 기다리고 있는 어머니에게 전에 없이 눈을 푹 내리뜨고 물었다.

"멀하댄?"

"수일아, 내가 하긴 무얼 하겠니."

어머니는 힘없이 미소를 띠었다. 생긋 웃을 때에는 박속 같은 고운 이가 가지런히 드러난다.

"너를 기다리고 있었지."

"누구 손님 오지 아난?"

수일이는 이상한 듯이 되짚어 물었다. 그때에 어머니의 얼굴은 새파랗게 질리고 반달 같은 눈썹은 파들파들 떨리었다.

"아이고 뉘가 그런 소리를……."

"난 머 다 아는데……."

하고 수일은 입을 비쭉비쭉 울상이 되어 중얼거리었다.

산월이는 도톰한 입술을 깨물며 *창연히 입 가장에 미소를 띠었다. 까만 눈에서 구슬 같은 눈물이 방울방울 떨어지었다. 소년은 그제야 제가 물어본 말이 의외로 어머니를 슬프게 만든 줄을 알고 그 다음부터는 결코 그런 말은 하지 않기로 결심하였다. 그렇기에 수일은 더욱더욱 말이 적은 으슴푸레한 소년이 되고 말았다.

밤이 되면 언제나 인력거가 뽕뽕거리며 어머니를 데리러 온다. 그러므로 수일이는 밤에도 혼자서 외로이 잘 수밖에 없었다. 노파는 해만 지면 제 방에 *활개를 펴고 넘어지어 집채가 떠나가게 코를 드렁드렁 골아 댄다. 소년은 밤중에 눈이 뜨이면 한없이 적적하고 무서웠다. 우무적우무적 이불 속으로 파고들어가 숨을 죽이고 이불 사이로 살그니 방안을 내어다본다. 뎅그렁하니 빈 방안에 *촛대에 꽂은 밀촛불만이 흐물흐물거리고 자갈 박은 철롱은 한구석에 우쭐하니 서서 유란하게 얼른댄다. 경대는 윗목에서 번쩍거리며 촛불은 그 속에서 너울너울 춤을 춘다. 역시 *경면에 그림파를 비치고 있는 분수기니 기름병이니 여러 가지 화장구(化粧具)는 금시로 마개를 터치고 옛말처럼 펄펄 타오를 것 같기도 하다. 수일이는 소스라쳐 놀라며 온몸에 땀을 쭉 끼치고 두 손을 모아 합장을 하고서 어머니가 빨리 돌아오기만 바랐다. 그러는 사이에 다시 푸시시 잠이 들어버리는 것이었다.

어머니는 오밤중 한시나 두시가 넘어서야 집에 돌아왔다. 방안에 들어오면 힘없이 경대 앞에 풀적 주저앉아서 하염없이 제 발그레한 얼굴을 들여다본다. 소년은 제 어머니가 돌아온 줄을 알고서도 이불 밑을 들고 몰래 내어다볼 뿐, 숨소리도 크게 쉬지를 못하였다. 그러나 그는 지금도 제 어머니의 이와 같은 애꿎고도 아리따운 영상을 어찌를 못 하였다. 잠자리 속에 숨어서 얼마나 늘 제 어머니의 이러한 *염자(艷姿)를 황홀히 보아온 것일까. 정기 없는 진주 같은 눈에는 아직 어린 애티가 어리고 약간 파리한 볼에도 숨길 수 없는 애처로움이 잠겨 있었다.

산월이는 한참 동안을 정신없이 앉았다가 눈을 스르르 감더니 한

숨을 크게 한 번 쉬고 일어섰다. 몸에 걸친 비단옷이 살랑살랑 꽃잎처럼 이곳저곳에 흩어진다. 그러면 수일이는 피가 술렁술렁 수물거리는 것 같다. 하—얀 도담한 어깨가 나린나린한 곡선을 펴면서 나타난다. 어디서 한 마리의 학이 춤을 추러 왔는가. 스르르 불이 꺼지니 비취비녀만이 유난하게 캄캄한 방안을 반딧불처럼 헤엄친다. 수일이는 눈을 꼭 드리감고 숨소리를 잦추고서 더욱더욱 이불 속으로 깊이 기어 들어갔다. 그러자 어느덧 푸근한 *가금도리에서 후끈후끈 향기가 내어 풍기는 어머니의 두 팔이 그의 조그마한 윗도리를 살며시 끼어 들이었다.

"오— 우리 수일이, 혼자 두었댔구만, 오—"

수일이는 왜 그런지 숨이 가빠 아무 말소리도 나오지를 않았다. 그러면 어머니는 더욱더 그를 굳세게 끌어안으며 포동포동한 손으로 잔등을 잘악잘악 뚜드린다.

"내가 몹쓸년이지, 몹쓸년이야······."

그리고는 바르르 떨었다.

2

산월이는 본시로 연약한 성질로 태어나, 더욱이 수일의 어머니는 아직 연세도 어리어 보기에도 *애연하였다. 등에 걸머진 숙명이 그를 깊은 절망의 심연에 떨어뜨린 것이다. 그러나 그는 그곳에서 빠져나오려 바둥바둥 애를 쓴다든가, 아우성을 친다든가 그러지는 못하고 어디까지든지 운명에는 복종을 한다는, 또 그래야만 되는 줄로 알고 있는 여자였다.

그렇다고 산월이는 결코 행복된 몸이 아니었다. 그러니 혼자 마음이 *클클하여 어찌할 바를 모르고 극매일 적도 많았다. 아들 수일이가 있는 앞에서도 큰 소리를 지르며 으흥으흥 울기도 한다. 그런 때 소년은 무슨 영문인지는 모르나 무섭다 할까 외롭다 할까 한구석에 움쳐 서서 불불 떨며 어떻게 하면은 슬픈 어머니를 마음 평안케 할 수 있으랴, 좁은 가슴을 아프게 하는 것이다.

때로는 산월이는 애타는 마음을 가누지 못하고 요정에서 손이 권하는 대로 술을 받아 엄부렁 취하여 밤이 늦어서 돌아오는 적도 있었다. 그때는 반드시 수일이를 흔들어 일쿠어 낸다. 자기의 슬픈 심사를 걷잡을 길이 없기 때문이었다. 수일이는 술냄새가 풍기므로 봉실한 코끝을 찌긋찌긋하며 일어난다. 그러면 어머니는 막 눈물이 쏟아질 만치 몸을 비틀며 간드러지게 웃어 댄다.

"난 또 술을 먹구 왔구나. 술을 먹구 와서 그래 우리 수일이 노염 났나 보구나?"

수일이는 졸음에 취한 눈을 어렴풋이 뜨고서 어머니를 한번 쳐다보고 머리를 설레설레 저었다. 어머니는 만족한 듯 생긋이 웃어 보인다.

"그래도 나는 또 너랑 오늘두 마주앉아 소리라도 하고 싶었단다. 수일아, 내 마음을 알겠니?"

"응."

수일이는 눈을 비비적거리며 고개를 끄덕이었다.

"그럼 내 한마디 부를나."

산월이는 가야금을 들어 무릎 앞에 놓고 *섬섬옥수로 십이 현 줄 줄을 넘나들기 시작한다. 구슬픈 음률은 끊어질 듯 미어질 듯 울리며 구르며 서로 합치면서 고요한 야경의 공기를 흔드니 산월의 처량한 목소리는 *육자배기의 한머리를 잡는다.

> 무풍에 *홍도화는 세우동풍에 눈물을 머금고 동정호 비치운 월
> 색 그믐이 되면 무광이라 내 심중 깊고깊고 *회포를 뉘가 알리

산월의 목소리는 방울이 울리는 듯 옥을 깨치는 듯 명주를 찢는 듯 오르고 내리고 가냘픈 분결 같은 손길은 가락가락 줄을 타고 노닌다. 소년은 이런 적도 여러 번 지낸지라. 고개를 폭 숙이고 어머니의 흔들리는 손가락만 바라보며 어떻게든 어머니를 기쁘게 하리라고 생각한다.

"수일아 받어야지."

소년은 이내 목소리를 가다듬고 젖먹쒀 소리를 뽑아 하룻밤이 깊도록 어머니를 그리던 외로운 심정을 하소하련다.

> 화향숲의 춘풍절과 낙엽오동 추야월에 소소한 바람 소래 첩첩
> 무궁한 이 내 마음 부질없는 흥을 자아내니 잠 한잠을 이룰 *기

망이 전혀 없네

그러면 산월이는 말할 수 없이 서글퍼져 산란한 심사 걷잡지를 못하는데, 수일이는 다시 이어,

*벽사창이 열리거날 님이 온가 나서 보니 님은 정녕 아니 오
고 하늘에서 봉황이 나려와 춤만 춘다

산월이는 그만 더 줄을 긋지를 못하고 가야금 위에 가는 허리를 박고 흐득흐득 느껴 울었다. 수일이는 한참 동안 어머니의 흐득이는 어깨를 바라본다. 어린 마음에도 어쩐지 안된가 싶어 일어나 어머니 옆으로 다가갔다.
"오마니 왜 울어."
그제는 어머니는 몸을 쳐들어 두 팔을 벌리어 수일이를 안아 들이고 *칠보잠의 금나비같이 몸을 떤다. 뺨으로는 눈물이 비 오듯이 흐르고 있었다.
"내가 울기는 왜 울겠니. 네가 소리를 너무두 잘하니 슬퍼지는구나. 오— 우리 수일이는 내 아들이야. 산월의 아들, 산월의 아들. 목소리까지 날 닮았구나!"
소년은 어머니의 하는 말을 들으니 노래로 어머니를 정말 만족시킨 것 같아 마음이 흐뭇하였다. 그리고 이렇게 모자가 둘이서 껴안고 우는 것도 싫지가 않아 어머니의 목에 으레히 손을 감으며 엉엉 울어

댄다.

그럴 때면 옆방에서 코를 골며 자던 노파는 어느 바람에 벌써 문앞에 나와 서서 쿨적쿨적거리며 따라 운다.

"왜 그렇게 우신답메까. 미사니 도련님을 봐서라두 참으셔야지요."

그러며 제 딴은 더 소리를 높이어 와—왕 울음보를 터친다. 산월이는 겨우 정신을 수습하고 울음을 그치려고 숨을 흑흑 들이켜며,

"내가 참 요즘 정신이 나갔나 보구나. 울지 않으마, 울지 않어. 응 수일아, 너도 이만 그쳐라, 우리 수일이 용한 아이지……."

그러나 수일이가 여태까지 살아오는 동안에 가장 행복되기는 역시 이 시절이 아닌가 한다. 만약에 자기네 모자가 일평생 이곳을 떠나지 않고 살 수가 있었다면 그래도 그들은 얼마나 행복이었을까. 어머니는 언제까지나 이쁘고 공손하며, 동산은 언제나 그를 반기는 훌륭한 놀음터이지 않은가. 그러나 그는 일곱 살 되는 해 가을에 어머니와 같이 평양을 떠나지 않을 수 없게 된 것이다.

어떤 날 밤 수일이는 무엇인가 아우성을 치는 소리에 놀라 소스라쳐 깨었다. 자는 동안 저는 잠자리째 노파의 방에 옮아와 누워 있었다. 밤손이 있을 때 이런 적이 한두 번 없지는 않았으나 그런 때마다 노파는 늘 우물쭈물 무어라고 옮겨다 누인 *변해(辯解)의 말을 늘어놓았는데 이때는 어쩐 일인지 노파의 얼굴은 뻣뻣 굳어진 채 푸들푸들 떨리고 있었다. 그러자 건넌방으로부터 연달아 어머니의 악받친 비명이 울려 왔다. 그리고 가장 *집물(什物)이 깨어지는 소리가 뎅그

렁 철그렁 요란하게 들려온다.

"도련님."

하며 노파는 새하얘진 수일의 얼굴을 울음어린 상으로 내려다본다.

"서울 대감 아버지가 오셨담메다. 서울 대감이 내려오셨대요."

"아버지?"

단마디 수일이는 놀라 부르짖었다. '아버지'라는 말이 닿다가 그의 온 몸뚱을 잡아 흔든 것이다. 공포라 할까, 모멸이라 할까. 일종 무어라 말할 수 없는 혼란을 그에게 일으키게 하고야 말았다. '아버지', 이것은 그의 모자 사이에는 어떤 무서운 폭탄과도 같이 생각되어 왔었다. 하나가 이것을 들면은 또 하나는 영락없이 위험에 빠진다는 것처럼. 그러므로 그의 둘이는 지금까지 '아버지'라는 말을 무섭게 알고 꺼리어 서로 약속이나 한 듯이 입 밖에 내지를 않도록 힘썼다. 언제인가 한번 수일이가 무슨 말 끝에 '아버지'라는 말을 물었을 때 산월이는 파르르 떨면서,

"아버지? 수일인 내 아들이야, 내 아들이야. 어머니가 혼자서 났단다."

하며 너무도 펄펄 야단을 떨어 좀처럼 수상은 하였으나 그 뒤부터 다시는 '아버지'라는 말을 꺼내본 적이 없었다. 이것은 또 어떻게 된 일일까. 혹시 어머니의 숙명적인 온갖 괴로움과 슬픔이 오랫동안 지내는 사이에 소년 자신의 괴로움과 슬픔으로 이어진 것이었을까.

"그랍니다. 아버지랍메다."

그러면서 노파는 슬픔에 가득한 얼굴을 끄덕이었다.

"와 그런지 쌈을 하심메다레……."

이를테면 그의 아버지인즉 지금으로부터 칠 년 전 초가을 어떤 날 새벽, 아직 밤이 트기도 전에 평양성을 탈출하여 *일로(一路) 서울을 향한 원평양×× 윤성효(尹成孝)였다. 산월이는 그 당시 겨우 열여섯 살의 어여쁜 *동기로 하루 저녁 성내의 만기와 더불어 신관의 *연락(宴樂)에 나갔다가 성효의 눈에 뜨인 바 되어 관방에 매여 얼마 동안을 눈물로 지내는 동안 그만 회임한 몸이 되었다. 그 사이에 서울 정국에는 *전광석화와 같이 *천변만화의 정변이 일어났다. 성효의 *선고 윤대감이 합병을 위하여 큰 공훈을 세우고 남작의 영위까지 받게 된 것도 이때이다. 그러나 소란한 흉변통에 대로상에서 친청파(親淸派) 누구인가의 칼을 받고 무참한 죽음을 보자 이 흉보를 접한 성효는 황망히 교를 달리어 서울로 올라가려 하였다. 그때에 대동강 안까지 연약한 여자의 몸으로 허겁지겁 달려와 매달려 새벽의 정적을 흔들며 비통한 애원을 하던 젊은 관기, 이것이 바로 산월이었던 것이다.

그 후에 산월이는 겨우 열일곱의 몸으로 수일이를 낳고는 다시 할 수 없이 기계(妓界)에 묻히어버렸다. 그리고 관방에서 부리던 지금의 노파를 데리고 인제는 수일이가 별고 없이 자라기만을 낙으로 삼고 지내었다. 서울로 올라가 새로이 *남작을 이은 성효는 그 후에 다시는 그들 모자 앞에 얼씬한 적도 없고 아주 씻은 듯이 돌보지를 않았다. 오히려 산월이는 이것을 기뻐하였다. 사랑하는 수일이가 누구보다도 제 혼자의 아들이라는 행복감에 젖기도 하려니와 그는 다시없이 윤성효를 무서워하였으며 또 싫어하였던 때문이다. 그리고 남작은, 재임시의 갖은 악정으로 이 지방 사람으로부터도 아주 저주를 받는 존재였으며 산월이도 남 못지않게 그를 증오하였었다.

그러나 이날 밤 어떤 요정의 한 방에 불리어 들어가 고개를 푹 숙이고 인사를 마친 뒤 얼굴을 쳐들었을 때 앞에는 틀림없이 윤성효가 껄껄 웃으며 앉아 있지를 않은가.

산월이는 몸서리를 치고 움츠러들었다.

"어린애가 길러진다는 말을 듣고 왔네."

성효는 역시 예와 다름이 없는 육중하고 천연스런 목소리로 업누르는 듯이 입을 열었다. 언제나 그 목소리를 들으면 호랑이 앞에 쥐 모양이 되는 산월이었다. 가슴이 울컹 내려앉는다. 수일이가 자라남을 어떻게 알고 있으며 또 무슨 생각이 들어 별안간 찾아온 것일까. 사실 그는 정실과 사이의 외아들이 동경에서 객사를 하자 *앙앙불락이다가 평양에 흘리고 온 씨를 찾으러 마침내 내려온 것이었다. 남작은 주춤 몸을 펴더니 팔을 들어,

"이리 와."

호령하였다. 산월이는 등줄이 쭈볏하고 이마가 화끈하여 버쩍 얼굴을 쳐들었다. 칠 년이 지나서도 조금도 다름이 없는 평평한 얼굴, 우무럭한 눈, 두두럭한 입 가장자리, 허연 콧수염, 그의 눈에서는 불

이 인다. 터지려는 눈물, 슬픈 원한, 이것을 참느라고 닫아 물고 있는 입술은 바들바들 떨리었다.

　이튿날 아침 수일이는 자리에서 일어나자 그냥 동산으로 따라 올라왔다. 이슬 앉힌 풀포기에 아침 햇빛이 끼치고 소나무 가지에서는 여전히 이름 모를 새들이 뽀롱뽀롱 날고 있었다. 그러나 수일이는 웬일인지 슬프고 슬퍼서 견딜 수가 없었다. 그는 풀밭을, 소나무 사이를, 성 밑을 누구에게 쫓기기나 하는 듯이 숨이 턱에 닿아서 한없이 한없이 달아났다. *내종에는 기가 진(盡)하여 쓰러져 누워 소리를 내어 엉엉 울다가 그만 풀깃 그곳에서 잠이 들어버렸다. 그리하여 허둥지둥 찾아다니던 노파에게 붙들리어 발버둥을 치면서 다시 집으로 돌아오기는 낮이 기울어서였다.

　돌아오니 어머니는 방안에서 이불을 쓰고 누워 있는데 마루 위에 몸뚱이 커다랗고 어깨가 욱어든 사람이 쭈그리고 앉아서 담배를 풀신풀신 피우며 유심히 바라본다. 수일이는 어쩐지 가슴이 울렁거리고 무서워 노파의 치마 뒤에 숨어 떨어지지를 않으려는데 노기(老妓)는 가까스로 끌고 가면서,

　"도련님이 아바지께 인사하잤답데다."

하고 서둔다. 수일이는 한사코 안 가겠다고 치마 뒤에 매어달려 발을 버둥버둥 굴리었다. 남작은 푸짐한 기쁨에 마음이 흐뭇하여 새 아들을 바라보며 수염을 쫑깃쫑깃하는 것이다.

　그러나 억지로 토방가에까지 끌려왔을 때 수일이는 머리를 숙인

채 눈을 내리뜨고 숨소리를 죽였다. 그리고 한번 서먹서먹 쳐다보려다 아버지와 눈이 마주치었을 때 그만 그 자리에서 으아—하고 소리를 내어 울었다. 아버지는 적이 객쩍은 듯이 수일이를 빤히 들여다보더니 허허득하고 그만 웃어버렸다.

"이놈, 아버지를 모르고."

그러자 소년은 더욱더욱 그칠 줄을 모르고 노파의 몸에 달라붙으며 울음소리를 높였다.

이리하여 수일이는 아버지가 생기었다.

그 뒤에도 사흘 동안을 밤낮없이 어머니의 방에서는 아버지와 다투는 싸움소리가 그치지를 않았다. 그러나 어머니의 강경히 대드는 목소리는 차츰차츰 애원하는 듯한 구슬픈 소리로 변하여지고 드디어는 수일의 모자는 아버지를 따라 서울로 올라가게 되었다. 산월이도 인제는 모든 것을 단념하고 수일의 일신이 펴이도록 윤씨네로 *입적을 시키도록 결심한 것이다.

그들이 평양을 떠나던 날은 하늘은 맑고 바람은 쌀쌀하여 동산에서 가랑잎은 절벽 아래로 날고 대동강에는 찬물결이 금실금실 일고 있었다. 그날도 전과 다름이 없이 능라도의 수양버들은 흐느적거리고 강가를 조그마한 때생이들이 오락가락 노니는데 강 건너 모래밭에서는 *유목떼가 언덕에 걸리어 그것을 끌어내느라 뗏목꾼들이 너다섯 노래를 부르면서 밧줄을 끌고 있었다. 수일이는 이 같은 좋은 경치도 오늘밖에는 다시 영 볼 수 없는가 하면은 슬프고도 서러워 견딜 수가 없었다.

어머니는 대리석의 *조상(彫像)처럼 차갑게 굳어진 채로 한마디도 입을 열지를 않았다. 운명의 줄이 당기는 대로 몸을 맡길 수밖에 없는 그이다. 옆집에 사는 월선이 복화니 홍도니 계향이니 모든 동무 기생들이며 또 그 온 가족들이 수일의 모자와의 이별을 슬퍼하며 강 언덕 길가까지 전송으로 따라나왔다. 그들이 울기도 하고 수건을 흔들기도 하면서 무어라고 애끓게 부르짖는 것을 보면은 수일이는 인제는 진작 먼 곳으로 떠나고 마는구나 하는 슬픔이 치밀어 펄적 어머니의 몸뚱에 매어달리며 발버둥을 치면서,

"오마니 싫여, 싫여!"

하고 떼를 썼다.

어머니는 듣다가 바락 성을 내어 치맛귀를 뿌리치며 부르짖었다.

"왜 이래."

얼굴은 종잇장같이 새하얗고 신경줄은 패들패들 떨리고 있었다.

노파는 얼른 수일이를 제껴 업고 몸뚱을 저으면서 달아나기 시작하였다. 수일이는 노파의 등을 두들기며 곤두박질을 하면서 울어 댄다. 노파는 그제는 달리지를 못하고 그 자리에 엎디치더니 저도 그만 목을 놓아 채여 울었다.

"아이고 도련님 왜 우십네까. 본댁으루 올라가시는데 이 할미만 따러가지를 못합네다그려. 도련님을 떠나서 어떻게 내가 살갔소"

원체 울기를 잘하는 노파는 오늘이야 하고 목을 놓고 서럽게 멋지

게 우는지라 수일이는 그만 시무룩하여 다시는 더 울지를 못하였다. 따라가던 사람들도 모두 고름 끝으로 눈물을 훔치었다.

그때에 자동차가 한 대 달려오더니 삐그덕하니 옆에 와서 머문다. 그 안에는 아무도 탄 사람은 없으나 운전수가 내려오더니 공손히 절을 하며,

"대감님 말씀을 듣고 모시러 왔습니다. 시간이 얼마 남지를 않았습니다."

하였다.

3

수일이는 처음으로 기차를 타고 어머니와 같이 서울로 올라왔다.

서울 본집은 ×동 속 아늑한 곳에 궁전처럼 *유란하게 누워 있었다. 행랑을 좌우에 거느린 큰문을 들어서면 바깥에 사랑과 안사랑 두 채가 국화단을 앞에 두고 한 쌍의 학이 마치 날아날 듯이 앉았고 돌담으로 내정과는 사이를 지었는데 큰문 가까이 중대문이 있어 그리로 들어가면 넓은 정원이다. 역시 선조 적에 왕궁으로부터 하사되었다고 전하니만치 정원에는 연못이 있으며 그 주위에는 살구, 배, 오동, 은행, 이런 것들이 우거져 있다. 이 못가의 나무 새를 깊이 들어간 곳에 안채가 기역자로 웅크리고 있었다. 그 앞뒤에 버들 아카시아들이 퍼지어야 잎 떨어진 가지가지가 흔들리고 햇빛은 얼룩이 지면서 방방을 비추는 것이다. 온 집안은 아주 쥐죽은 듯 고요하였다.

수일의 모자는 본집에 닿은 날 안채 대청마루에서 이 집 두 안주인과 그 외 식솔과 첫인사를 바꾸게 되었다. 평양 새집을 맞이한 김천(金泉)집은 나이 오십이라는데 물색 치마를 끌고 집오리처럼 헤매면서 하인이며 여종들의 분부에 수선을 떤다. 첫눈에도 제가 웃어른이라고 앞서가며 서둘기를 좋아하는 눈치가 엿보였다. 김천집은 성효가 김천골에 내려왔을 때에 눈을 건너 잠깐 보았던 *천비라는데 그렇게 보자면 정말 몸가짐 말허두 모두가 비방한 데가 적지 않다. 그는 그 후 딴 남편과의 사이에 귀애라는 딸을 하나 낳았으나 성효가 서울에 들어앉게 되자 부랴부랴 올라와 이 집에 늘어붙은 것이다. 김천집은 하나하나 그들 모자를 집안 사람들과 인사를 시켰다. 그러고는 산월이에게 손을 내저어보이며 능청맞게 이렇게 늘어놓았다. 산월의 *인금을 보아하니 역시 제 손아귀에서 놀아날 금새라 적이 안심된 셈이다.

"여보오 새집, 이 크나큰 집을 내 혼자 맡아 볼려니 죽을래야 죽을 짬도 없구려. 이렇게 뼈숭이가 되었다우. 아이구 참 새집은 어쩌문 그리 피어오를 듯이 이쁘우?"

어린 딸 옥기(玉奇)의 손목을 잡고 딴전을 보며 노상 거만스럽게 우쭐먹 서 있는 해주(海州)집은 눈살을 흐밀흐밀하며 이따금 수일의 모자를 흘겨보곤 하였다. 김천집은 이에 더 듣고 보아란 듯이 가슴을 달낙시는 산월의 인물이며 인금을 추켜올렸다. 해주집의 딸 옥기는 입술이 뾰롱하여 동그란 눈을 개울개울거리며 수일과 산월의 *신색만 살핀다. 드디어 해주집은 수고로이 새집이 올라왔다는 말 한마디도 없이 제 절 차례가 끝나자 옥기의 손을 끌고 작지 않은 몸을 저으며 저의 모녀가 있는 서쪽 방으로 가버린다. 김천집은 코웃음을 치고 해주집 모녀가 물러가는 모양을 흘겨보더니,

"에그 참 왜 저렇게 씨 안 먹게 생겼누. 매사가 저 모양이구서야……."

그리고 쯧쯧 입맛을 다시다가 넌짓 웃음을 띠우고 수일의 쪽으로 다가서더니 부쩍 안아 올렸다.

"휘—야 내 아들 내 아들 우리 도련님이로군그래."

그러나 의외로 무거웠던 모양이다. 숨을 씨글거리며 등뒤에 서 있는 귀애(貴愛)더러,

"내야 네라도 늘 도련님과 놀아야 한다. 우리 도련님도 귀애랑 잘 놀아야 하우."

추켜올려진 수일이는 김천집 어깨 너머로 제 어머니가 얼굴빛이 하얗게 질려서 파들파들 떨고 있는 것을 보았다. 그래 손가락을 입에 문 채 몸을 흔들어 싫다는 시늉을 하자 김천집은 객쩍은 듯이 내려놓으며,

"낯이 선지 나를 싫다능구면, 도련님이."

수일이는 어머니의 기색을 슬금슬금 엿보면서 귀애 옆으로 다가갔다. 귀애가 방긋 웃으며 손을 끌어 맞이하므로 그 옆에 우두커니 가서서 좀 안된 듯이 김천집과 어머니의 얼굴을 번갈아 보았다.

"저것 보우."

그제야 김천집은 너털웃음을 던지었다.

"그래 어린애는 어린애 동무가 있어야 한다고 하질 않으우. 저것 보우…… 애 귀애야, 어서 도련님과 놀럼."

그러더니,

"새집."

하고 새삼스러운 듯이 산월이 쪽으로 돌아선다.

"크나큰 집안이 이렇게 언제나 빈집 같아 어린애들이 적적해한다우. 그래 이따금 귀애가 갑갑해하면 옥기한테라도 놀러 갔다 오려므나 하고 보내지요. 아 그러면 옥기라니 떡 찔린 명아리처럼 못되게 굴어 울면서 쫓겨오질 않수. 그러구 그 해주집이 또 여간하우……."

"……."

"오늘두 그래 또 어딜 싸다니러 나갈 모양이드군. 그래두 이런 큰 집에 들어앉아 있는 아낙네라니 좀 체면이 있어야 합니다. 아 내가 이렇게 혼자서 손이 못 돌아 무진 애를 써두 그저 아는 척 모르는 척 막무가내로군그래…… 그러니 여보 새집 대감님이 나를 보시면은 늘 이렇게 말씀하신다우. 여보게 김천집, 임자가 없으면 이 집안이 원 무슨 꼴이 될지 모르겠네……."

김천집은 제 김에 벌죽 웃는다. 그는 바깥에만 나가면 아주 이 집 대방 마님이나 되는 성시피 포장을 놓고 당기며 집안에서는 무슨 말에나 첫 *허두에 대감님 대감님 하고 남작을 받들어 올리는 것이다.

그러나 대감 자신은 집안에 들어와도 이 김천집보고 이렇다는 말 한 마디 하는 법이 없었다.

"그래 내가 혼자서 모든 가도를 맡어 보노라니 마르지유 말라."

"아이고 대봐!"

한참 신이 나서 말하는데 산월이가 돌연 날카롭게 이렇게 부르짖는다. 그러니 자기 딴 소리는 귀담아듣지도 않던 모양이다. 김천집도 무슨 영문인가 의아스러이 돌아다보니 바로 귀애와 수일이가 손을 마주잡고 토방가를 내려가려는 참이다.

"어델 가?"

어머니의 눈초리는 엄할 뿐더러 애원하는 듯도 하며 목소리는 떨리면서도 어쩐지 부드러움이 잠겨 있었다. 수일이는 어머니의 무어라 말할 수 없이 무세찬 시선에 등줄을 잡힌 것처럼 되어 조금도 더 내려갈 수가 없었다.

김천집은 하도 어이가 없어 잠시 먹먹히 이 모자를 보고 섰더니,

'내 원 참 별꼴을 다 보겠네.'

하고 속으로 중얼거렸다. 그리고 제풀에 부아가 나서 꼬리를 저으며 제 방으로 돌아가다가 *가분작이 돌아서더니 퉁명스럽게 부르짖었다.

"귀애야, 빨리 오너라. 애 귀애 빨리 와!"

수일의 모자는 그제야 여종의 지시로 동쪽에 꺾어 돌린 두 칸 방에 인도되었다. 컴컴한 방이었다. 저녁 햇빛이 아카시아나무 가지 사이로 영창에 거밋거밋 비치는데 그것이 유별하게도 수일의 모자에게

는 무섭게 보였다. 산월이는 수일이를 끼어안고 무엇 하러 이 먼 곳에를 왔던가고 서러워 어이할 바를 모르면서 흐득흐득 느껴 울었다. 그러나 수일이는 너무도 곤하기 때문에 어머니의 품속에서 아무것도 모르고 포근히 잠이 들고 말았다.

4

 그러나 하루하루 날이 가고 오는 사이에는 너무 부자연한 공포감도 조금씩 사라지어 수일이는 귀애와도 서로 사이 좋게 놀게 되고 어머니도 이 두 어린애가 서로 좋아라고 토방가에 내려가 노는 것도 거진 심상히 여기게 되었다. 그래도 산월이는 이 집 사람들이 공연히 그리고 *괴벽스럽게도 자기네 모자를 미워하는 것 같은 느낌을 금치 못하였다. 그러면 그럴수록 천진난만한 귀애를 산월이도 애꿎게 사랑하게 되고 수일이 자신도 더욱 귀애를 따르며 쓸쓸함과 외로움을 귀애와 더불어 끄게 되는 것이다. 귀애는 제비처럼 날쌔고 총명하며 나무 사이사이를 나는 듯이 달음질치며 다녔다. 그리고 대감집에 대한 여러 가지 지식을 종알종알 펴놓기를 즐겨 하였다.
 "귀애네 오마니는 왜 그렇게 분주살 피우니?"
하고 수일이가 하루는 물은 적이 있다.
 "애 봐, 어머니를 오마니라네."
귀애는 샛별같이 맑은 눈을 굴리며 웃었다.
 "그럼 우리 어머니가 분주살 피우잖구 어쩌겠니. 그래두 이 집에서는 대감님 다음가는 어른이거든."

　귀애의 말에 의하면 안사랑에 와서 늘 누워 구는 김대감과 옥기의 어머니 해주집과는 수상한 사이인데 수일이는 커야만 그 뜻을 알리라고 뽐을 내었다. 이 안채에는 큰방에 또한 금순이라는 아주 말없고 침착한 소녀가 있었다. 그는 대방 마님의 소생으로 늘 방안 구석에 들어박혀서 햇빛도 보러 나오지 않는 것은 그의 죽은 어머니와 이번 동경서 객사한 오빠의 귀신들이 접한 탓이었다. 이런 이야기를 *미주알고주알 늘어놓으며 각색놀음을 차근차근 가르쳐 주면서 윗동생처럼 나무라기도 하고 얼러대기도 하였다.

　귀애가 학교에 가고 없는 때에는 수일이는 넓은 뜰 한구석에서 돌장난도 하고 나뭇잎으로 배를 삼아 연못에 띄우고 혼자 손바닥을 자락자락 치면서 놀기도 하였다. 어머니는 방에 쓸쓸히 앉아 이 생각 저 생각에 젖으며 가끔 수일의 동정을 몸을 들어 살피곤 한다. 가을바람이 불어 정원에는 나뭇잎이 우수수 떨어지었다. 이것을 쓸어 모은 정직(庭直)이가 덕쇠라는 영감으로 대감네 선대 적부터의 하인이라는데, 허리는 굽고 이는 빠졌어도 극진히 수일이 앞뒤를 보아주며 소중히 받들었다. 수일이도 덕쇠 영감을 따르게 되어 뜰 안에 보이기만 하면 비를 빼앗아 메고 달아난다. 그럴 때마다 지난날 평양의 그리운 동산에서 노파와 같이 달리며 놀던 생각이 문득문득 일어나곤 하였다. 영감은 한자리에 서서 허리만 굽실굽실 바라보며 웃는다. 수일이는 제 김에 멋적어져 내어던지고 서먹하니 섰다가 제 발밑을 이름 모를 벌레 하나가 기어가는 것을 이윽히 보고 굽어 앉는다. 영감은 그 뒤를 엉금엉금 걸어갔다.

그러나 밤중에 어머니와 한자리에 누웠을 때에는 수일이는 어떻게 하면 슬픈 어머니를 조금이라도 마음 평안케 할 수 있을지 *계교가 *망연하였다. 어머니는 밤중에도 두서없는 생각, 밑도 끝도 없는 걱정에 깊은 잠을 이루지 못하고 *전전반측하며 풀깃 잠이 들었다가도 무슨 사나운 꿈에 화닥닥 깨었다. 역시 그는 수일이를 데리고 올라온 첫날부터 자기네 모자의 신상에 대하여 필요 이상 공포감에 애둘리어 무엇인가 말할 수 없는 불안과 후회의 염(念)에서 떠날 수 없는 터이었다. 옆에서 아무 철도 없이 잠이 든 수일이가 인제는 제 아들이 아니라는 생각이 문득 일어날 때 산월이는 더욱 마음이 아득하고 아팠다.

수일이가 밤중에 눈이 뜨이어 보면 어머니는 베개에 머리를 박고 소리를 내지 않으려고 흑흑 느껴 우는 적이 많았다. 그럴 때 수일이는 어머니의 몸에 바싹 달라붙으며 구슬픈 소리로 속삭이었다.

"응 어머니 왜 울어."

"아—니 울긴 왜 울꼬."

산월이는 베개에서 얼굴을 들지도 못하고 좌우로 머리를 흔들었다.

"꿈을 꿘?"

"아—니."

"응 어머니, 그럼 무슨 이야기 해주어."

"밤이 깊은데 어서 자야지."

"싫여 싫여 응."

수일이는 한사코 조른다. 그래야 어머니를 슬픔에서 건질 뿐더러 또 어머니도 오히려 그의 이 *소청을 속으로 기쁘게 알고 들어줄 것을 알기 때문이다. 어머니는 눈물진 얼굴을 보일세라 버럭 수일의 몸을 끌어안고 숨소리를 갖추었다. 산월이는 역시 이 밤이 그들 모자를 축복한 채로 언제까지나 언제까지나 새지 않기를 원하는 것이나 수일이는 어머니의 가슴속에 깊이 머리를 파묻고 산월이는 눈을 스르르 감은 채 혼자서 중얼거리듯 나직나직한 소리로 이야기를 시작하였다.

"수일아, 어떤 깊고 깊은 산골에 가난한 홀어머니와 어린애들 세 식구가 살고 있었구나. 어머니는 그날도 두 어린애를 집에 두고 열두 고개나 넘어서 외딴 마을에 삯일을 하러 갔더랜다."

"응."

"그래 저녁해가 뉘엿뉘엿 질 때에 어머니는 쌀을 한 줌 얻어 가지고 집으로 돌아오고 있었구나. 그런데 첫 고개에 왔을 때 커다란 범 한 마리가 날아나더니 네 저고리를 주지 않으면 잡어먹겠다 하더래누나. 어머니는 질겁하여 목숨만 살려달라고 웃저고리를 얼른 벗어주지 않았겠니. 그랬더니 이 범이란 놈이 또 둘째 고개엘 날아나서 이번은 치마를 주어야 안 잡어먹겠다 하드래누나……."

"응."

"그래 이렁저렁 고개를 넘을 때마다 어머니는 저고리, 치마, 바지, 버선 모두 옷가지를 빼앗기고 마지막 고개에 가서는 그만 불쌍하게도 범에게 잡혀먹이었단다. 그러군 이놈의 범은 주섬주섬 모두 어머니의 의복을 주워 입고 쌀주머니를 쥐고 어린애들이 있는 집으로 찾아갔구나. 아가 아가 문 열어다고, 어머니가 왔다 하면서 범은 문을 두들기었단다."

물론 수일이는 이 무서운 옛말을 어머니로부터 들은 적이 한두 번이 아니므로 이 이야기에 나오는 두 어린애들의 얼굴까지 눈앞에 선할 만큼 하였다. 그렇지만 그는 어머니와 꼭 둘이서 끼어안고 이렇게 이야기를 주고받는 포근한 행복감에 언제나 늘 듣는 이 옛말도 전혀 싫증이 나지를 않았다. 뿐더러 그는 이 옛말에 오빠로 나오는 어린애가 들을수록 정다웠고 자랑스러웠다. 어린 누이동생은 어머니가 왔다고 좋아라고 했으나 지혜 깊은 어린 오빠는 목소리가 수상타 하여 문결쇠를 열어 주지 않는다.

"거 누군지 우리 어머니 목소리가 아니다 애! 오라버니가 그랬지 응 어머니."

하고 수일이는 비로소 아는 표시를 한다. 그적엔 어머니도 구슬픈 마음이 별안간 풀리어,

"우리 수일이 봐 아주 옛말을 다 외구 있네. 어쩌면 그렇게 정신이 좋으니?"

하며 잔등을 쳐주면서 기특해 한다. 그리고는 어린애처럼 마음이 홍

건해지어 목소리를 굳게 뽑아 범의 소리로 꾸미고,

"아가 아가 숯내를 먹어서 그렇구나."

"그럼 손을 보자 얘."

하고 수일이는 얼른 놓치지 않고 물어본다. 어머니는 아무 대답도 않고 눈을 감은 채로 바른손을 수일에게 내어민다. 수일이는 킥킥 웃으며 어머니의 고운 손을 만지작거리고는,

"우리 어머니 손은 이보다 더 곱다 얘."

"아가 아가 일하다 재가 묻어서 그렇구나."

"그럼 발을 보자 얘."

수일이는 이번은 어머니의 왼손을 발이라 하고 살펴본다.

"우리 어머니 발은 이렇게 더럽지 않다 얘."

"아가 아가 신 벗고 흙마당으로 당겨서 그렇구나. 어서 그러지 말고 문 열어라, 쌀 갖고 왔다."

하면서 어머니는 한번 그 사랑스런 눈을 흡뜨고 으흥! 하고 으르렁대었다. 수일이는 어머니의 이런 모양이 우스꽝스러워서 견딜 수가 없어 캐들캐들 웃는다. 어머니는 다시 옛말을 계속하였다.

"범이 암만 능청맞게 거즛말을 꾸며도 어린애가 속지를 않으니 그만 문을 뚫고 들어가랴는 생각이 났지. 그래 문을 세차게 당기는 바람에 오라반은 혼쌀이 나서 재빨리 뒷문으로 누이동생을 끌고 새어 나가 뒤뜰에 있는 높은 오동나무 우에 올라갔구나. 범은 문을 뚫고 들어와 보니 어린애들의 간 곳이 있나. 방만을 이 구석 저 구석 찾아

보아도 모르거든. 그래 하는 수 없이 뒤뜰에 나와 어정어정 찾어 돌아가 애들이 올라간 나무 밑 못가엘 왔구나. 범은 그만 펄쩍 놀래어 눈을 흡뜨고 멈춰 섰단다. 저녁햇빛이 빨갛게 비친 못물 속에 두 어린애가 숨어 있단 말이지. 옳지 하고 범은 한 번 커다랗게 으앙 하구서 덥석 못물 속에 뛰어들어갔단다. 그리구는 사지를 가지고 흔탕진 탕으로 덤볐구나. 그러나 어린애들이 보이나, 어느 새에 간 곳이 없지. 그래 범은 다시 뛰어들려고 두 발을 쳐들고 으르렁거리는데 어린 누이동생이 그만 참지를 못하고 해해 하고 웃어 대었단다. 범이 놀래어 쳐다보니 높은 오동나무에 두 어린애가 올라가 있지 않간……"

그러자 어머니는 다시 범 목소리를 내어,

"아가 아가 어떻게 올라갔니?"

수일이는,

"앞집 뒷집 가서 참기름 얻어다 바르고 올라왔지."

하고 가르쳐 주었다. 수일이는 오빠 대신이 되어 침착하게도 이 같은 지혜 있는 대답을 하는 것이 무엇보다도 기뻤다.

"아가 아가 암만해도 미끄러져 못 올라가겠구나."

어머니는 이렇게 말하고 이번은 연달아,

"애게 저런 바보야."

하고 이번에는 어린 누이동생으로 변하여 범에게 경솔하게도 묘책을 가르친다.

"앞집 뒷집 가서 도끼 얻어다 찍으면서 올라오지…… 그랬구나.

그래 인제는 큰일이 났단다. 범은 도끼를 얻어다 한 발자국 두 발자국 나무를 찍어 발걸이를 하면서 올라오누나."

그제는 수일이는 조그마한 손을 모아 합장을 하고 하늘을 향하여 기도드리는 시늉을 하였다.

"하느님 불쌍한 우리를 살구어 주십시오. 우리를 살구어 주실려면 쇠사슬을 내리어 주시고 죽일려면 썩은 사슬을 내리어 주셔요……."

수일이는 이렇게 기도를 드리는 사이에 그만 이 불쌍한 남매가 자기네 모자의 신세와 같은 생각이 불현듯이 들었다. 그래서 갑자기 조그마한 가슴이 미어질 듯하여 소리를 내어 슬프게 엉엉 울기 시작하였다. 눈물이 비 오듯 쏟아지어 걷잡을 길이 없었다.

"오— 가엾어라 가엾어."

어머니도 따라 울음 섞인 목소리로 수일이를 어루만진다.

"울기는 왜 우니, 수일아 우리들두 하느님이 몰라 보시겠니. 왜 몰라보시겠니…… 옛말에도 두 굵은 쇠사슬이 내려와 어린애 둘이를 살려 주시지 않든…… 오—, 가엾어라. 괜히 내가 네 마음을 언짢게 하였구나. 빨리 우리 또 자자 응. 무에 서러울 게 있니. 하느님이 우리를 돌보아주시는데."

하니 수일이는 더욱더 소리를 높여 울었다.

산월이는 자기까지 울어서는 안 된다고 마음을 가까스로 가다듬어 웃는 낯까지 억지로 지으려고 애쓰며,

"알누리 우리 수일이 우는 것 봐라…… 왜 우느냐, 울지 말어 응.

그래 범이란 놈은 썩은 쇠사슬을 받아 타고 올라가다가 중천에서 쑥대밭에 떨어져 밑구녕이 찔리어 죽지를 않든…… 알누리깔누리, 우리 수일이 이제 웃을래네……."

그제는 수일이도 손으로 눈을 비비적거리며 금방이라도 웃을 듯 웃을 듯하면서,

"오라반은 하늘에 올라가 달님이 되었나?"

"그렇단다."

"그럼 작은 누이는?"

"햇님이 되었단다."

"햇님은 *점적해서 눈이 시우리나?"

"그렇단다. 그래 여자니깐 점적하지 않간. 그래 우리들이 보면 눈이 부시단다."

그러는 사이 벌써 동창은 밝아 왔다.

날이 새어 저녁쯤하여 그날은 무슨 바람이 불었던지 아버지 윤성효가 어머니 방에 나타났다. 남작은 그 당시 운니동에 월화라는 기생첩을 두고 있기 때문에 본집서 머물고 가는 일은 아주 적으며 또 그런 일이 설혹 있다 치더라도 그때마다 김천집과 해주집과 사이에는 한바탕씩 법석한 싸움이 벌어지곤 하였다. 그것은 대체로 남작이 해주집에서 자리를 하게 되어 김천집의 *투기를 사기 때문이다. 두툼한 입을 꾹 다물고 거무테테한 볼작찌를 흐밀흐밀 움직일 따름, 아버지는 산월의 방에 와서도 아무 말 한마디 하는 길이 없었다. 또 산월

이는 산월이로 한편 구석에 박힌 채 말을 건네지도 않고 눈을 거듭 떠 보지도 않는다. 아버지는 수일이를 불러다 놓고 한참 동안 물끄러미 들여다보다가는 끙 하고 일어서서는 사랑으로 나가버린다. 산월이가 어떤 때 하도 참지를 못하고 괴로운 표시를 하면은,

"무얼 그렇게 있나. 너는 수일이만 소중히 기르면 되는 거야."

하고 두말 안팎에 눌러버린다.

그날은 또 아버지는 무슨 생각이 들었던지 수일이를 듬쑥 끌어안더니 음칠하고 일어선다. 수일이는 가슴이 달칵 내려앉았으나 그렇다고 어쩐지 울기까지는 못 되었다. 그래도 그는 아버지가 저를 다시없이 사랑하고 귀해하는 것을 알뿐더러 무섭기는 할망정 아버지에게 내심 막연한 호의를 품고 있는 터이다. 아버지는 방을 나와 움치럭움치럭 중대문 쪽을 향하여 수일이를 안은 채 정원을 걸어나가기 시작한다. 수일이는 연못가에까지 와서 시퍼런 못물을 보니 새삼스레 어젯밤 어머니와 같이 주고받은 옛말이 생각이 나서 놀라 하늘을 쳐다보았다. 하늘에도 바로 옛말에 나오는 어린 두 남매가 피신하였던 바로 그와 같은 오동나무 한 채가 못가 위에 높이 솟아 있었다.

"이놈 무얼 보냐?"

아버지는 수상한 듯이 수일이를 내려다본다. 수일이는 이번은 흘금흘금 살피는 눈으로 아버지를 쳐다보다가 그만 머리가 화끈하고 등줄이 쭈뼛함을 느끼었다. 아버지의 깊숙하나 번질번질한 눈이라든지 허옇게 뻗친 콧수염이라든지 굵은 목이라든지가 갈데없이 옛말에

나오는 범으로 보인 것이다.

"아바지 범이구나 범."

수일이는 어느새 이렇게 부르짖었다.

"이놈 그게 무슨 소리냐."

남작은 무슨 영문인지를 몰라 주춤 멈추어 섰다. 수일이는 외려 신이 나서,

"아바지 범 아니가."

"아바지가 아니고 아버지라는데 이놈은 원 평양 상곳에 두었더니……"

"그래 아버지 범 아니가, 수염도 있구 눈도 같다에."

"이놈 이놈을 봤나."

하고 남작은 하도 어이가 없어 말을 못하다가 가분작이 우스워지어 헛허허 하고 늘어지게 소리를 내어 웃었다.

"불쌍한 어머니를 잡어먹어두 범은 내종엔 중앙에서 떨어져 죽어."

"무어?"

아버지는 눈이 휘둥그래지어 되짚어 물었다.

"그게 무슨 소리냐."

수일이는 그제야 겁이 버럭 생기었다. 그래서 머리를 푹 숙이고 시무룩하여 아무 대답도 못한다.

남작은 하여간 엉뚱강산 이 이야기가 하도 우스워서 또 두어 번 크게 소리를 내어 웃고 전에 없는 만족한 축복에 찬 마음으로 안사

랑을 향하여 다시 움치럭움치럭 걸어나가기 시작하였다.

5

시절을 못 맞은 대감들이 시세에까지 어두운데 타고난 욕심은 길길이 높아 턱없고 허황한 사업에 손을 대었다는 앞뒤를 연달아 번뜻하면 넘어가던 그 당시의 일이라 반석같이 아직도 튼튼한 윤대감네 안사랑에는 못 살게 된 여러 고귀한 사람들이 늙어빠진 개떼처럼 모여 와서는 누워 굴고 있었다. 어떤 이는 보료 위에 되사리고 앉아 담배만 빨고 어떤 이는 돋보기를 끼고 신문을 *고담 읽듯 하고 어떤 이는 명주주의(明紬周衣)를 돌떠구에 걸고는 목침을 베고 반듯이 누워 혼자서 *독장사구구를 한다. 그러나 이 안사랑에는 *타구가 없는지라 한결같이 모두가 문밖에 경쟁이나 하는 듯이 탁탁 가래침을 내뱉기 때문에 저녁때쯤만 되면 구광가는 하얗게 되곤 하였다. 때로는 그들은 벌떡 일어나 앉아 눈이 벌개지어 심상치 않게 *주반을 쭈럭쭈럭하며 계구(計究) 다툼들을 한다. 또 너무 그러기도 *시진할 때는 옛날의 정사이며 시속의 변천이며를 호기 좋은 목소리로 *고담준론도 하여 본다. 그러나 대저로 말끝은 또다시 구름을 잡은 듯한 '꿈' 이야기로 변하는데 그래도 그들은 가슴을 두근거리며 금시로 큰 수나 벌어지는 것처럼 엉덩이를 들먹거린다. 그런 중에도 토지 경기나 금광 이야기가 되면 귀를 쭝긋하고서 그 좋은 말솜씨요 허두로 '아—암' 이니 '그렇지'니 '여부 있나'를 연방하며 '아— 여보 왕대감', '문대감

보시우', '차대감 그렇습니다' 등 말이 어지간히 거창하다. 가장 손쉽기는 *시재로 굉장한 금광을 잡아 재기하는 길이었다. 그리고 언제나 그들은 다 제각기 막대한 계획을 속에 품고 있거니 하고 생각지 않고는 잠시라도 견딜 수가 없는 인간들이다. 그러며 지금에 와서는 윤대감이야말로 그들이 비빌 수 있는 큰 언덕지였다.

그날도 박대감은 자기가 발견하였다는 금광 포장을 지저분히 하고 오늘만은 기어코 윤남작을 붙들어 이 금광을 채굴토록 권한다고 노상 야단이었다. 그러나 이 박대감의 금광 이야기만은 귀에 못이 박히도록 너무도 빈번히 들어온지라 그들도 인제는 외려 *시산하고 귀찮기까지 하여 대꾸 하나 놓지 않고 혼자 내버려두었다. 오늘도 노 기다리었으나 아직 윤남작이 그림자도 얼씬하지를 않으므로 박대감도 또 어지간히 근기가 지쳐 혼자소리로,

"허— 오늘두 원 이 대감이 운니동 집에서 못 나오시는 모양인가 허—."

하고 중얼거렸다.

그러자 지금까지 목침을 베고 커다란 눈을 번득번득씨고 있던 *감때사나운 곰보 김대감이 또 무슨 흉한 생각이 들었던지 벌떡 뒤채어 엎드리더니,

"그래 박대감."

하고 헤— 웃는다. 박대감은 속이 뜨금하였다. 김대감으로 말하면 이 집 대방 마님의 오라비로 한때는 그 *영명이 어엿하던 인물이었으나

인제 와서는 막대한 전지와 산림도 투기에 모두 잃어버리고 죽은 누이 집 안사랑에 이렇게 누워 구는 가엾은 신세였다.

그래도 그는 여느 *낙백(落魄)한 대감들과는 달라 태평세월이며 언제나 뒤에서 껄껄거리며 비웃고만 살아간다. 그리고 그가 이 집 사랑에서 밤에도 잠자리를 보는 것은 아마 해주집과 심상치 않은 관계가 있기 때문이라고 한결같이 의심을 받고 있다.

"왜 그러시우."

박대감은 *미타하여 코를 한번 훌쩍씨며 물었다.

"거— 박대감 품고 다니는 광석이…… 또 소전(小田)광산에서 집어 온 거나 아니오?"

"무슨 말씀을 그렇게 허시우."

박대감은 눈이 휘둥그래지며 부르짖었다.

"헤— 내가 참말 실수로군 실수야."

"김대감은 말을 듣지 않고 자시는 모양이구려."

박대감은 적이 못마땅한 모양이다.

"내가 뭐라 말했길래 그러신단 말이오. 내 말인즉 허니 광석의 성질이 소전금광 것보다 못허지를 않다는 것보다 내 광은 소전금광 쪽과는 아주 떨어져 함경도 쪽에 있습니다, 함경도 쪽에요. 그러기에 분석허든 사람도 깜짝 놀라면서 이거 소전금광보다 나으면 낫구려 허드란 말이오."

"허허— 거 참 그러기에 내가 말 실수라 허질 않소."

이렇게 김대감은 더 박대감의 비위를 긁으며 턱어리를 극정극정 부빈다. 그리고 헤헤헤 하고 다시 웃자 여느 대감들도 덩달아 깰깰 웃어댄다. 그러니 박대감은 어차피 더 심사가 좋지 않을 수밖에 없다.

"농지거리를 해도 유분수요, 김대감! 말을 삼가시우."

하고 그는 한마디 오금을 박고는 아주 한심타는 듯이 고개를 끄덕끄덕하며,

"김대감도 인제는 다 된 모양이오. 옛날에 대관 안을 드나들던 시절의 당신이 저절로 생각이 나우. 그 등등하던 호기는 다 어데 두고 사람의 일만 그르치게 헌단 말이오. 김대감이 매형을 잘 권하야 이런 노다지가 끓는 유리한 사업에 나서도록 허기로서니 당신이 벼락을 맞을 일도 아니요, 또 내 그 은공을 몰라볼 사람도 아니외다."

"허— 이것 참."

하고 김대감은 부르짖으며 별안간 벌거덕 일어나 앉았다.

그러자 누워 있던 박대감도 되사리고 앉았던 차대감도 돋보기를 끼고 신문을 읽던 문대감도 너나 할 것 없이 모두들 눈이 뚱그래 반색을 하며 박대감 쪽을 바라본다. 박대감은 그래서 처음에는 무슨 곡절인지 몰라 어리둥절하였으나 내심은 어지간히 낭패하였다. 이 양반들이 제가 한 말에 이제 새삼스러이 환호할 리는 없으니 아마 늘 그들이 일제히 저를 투기하여 조롱함이리라 하였다.

"오늘은 참 희한한 일인데."

하고 문대감은 돋보기를 벗어 던진다.

윤남작이 수일이를 안고 박대감 등뒤의 유리문을 열고 들어온 것이다.

문 열리는 소리에 그제야 홱 돌아다보고 박대감도 모든 것을 알아차리고서 그만 그 자리에 벌쩍 몸을 젖히며 호기 있게 웃어대었다.

"헛허허 기다렸습니다. 기다려서야 내가 기어쿠 붙들었구려……."

아버지의 팔에 안긴 채 수일이는 사랑방의 이 이상한 광경에 놀라지 않을 수 없었다. 남작은 언제나 하는 버릇으로 방안에 들어와서도 머리맡에 선 채로 한참 동안 귀를 쭝깃하고 있을 뿐이다.

"복이 있어. 마츰 잘 오셨소, 잘 오셨어."

하며 김대감은 박대감을 놀리는 어조로 매부되는 윤남작을 향하여 떠들어 댄다.

"이번에는 아마 큰 수가 떨어지는가 보우. 아 원 박대감이 그 유명한 평안도 소전금광과 꼬옥 같은 금광을 함경도에서 발견하였다는구려. 아 박대감 옳지요? 그래 매형, 기왕이면 한번 발벗고 금광판으로 나서보시구려…… 박대감께서두 나를 몰라보시지 않는다고 하시니, 헤헤헤 어디 이놈 박대감 덕분에 또 한번 사는 수 나나 봅시다그려…… 아 그런데 그 안은 놈이 평양 새집이 낳은 애요? 그놈 잘생겼다, 잘생겼어."

"허— 참 신수 좋은데."

차대감도 머리를 끄덕여 보인다.

"김대감!"

하고 박대감은 성이 시퍼렇게 나서 마침내 부르짖었다.

"말이라니 툭 해도 다르고 탁 해도 다릇습니다. 왜 그렇게밖엔 말을 못 하시우. 그게 무슨 사람을 망치련 말법이오?"

윤대감이 긴 *장죽을 놋재떨이에 땅땅 두들기며 잠시 조용하여지자 윤남작은 혼자서 벙싯 웃었다. 그는 아마 방안이 조용하여지기를 기다렸던 모양이다. 그렇지 않다면 그 뒤에 연달아 수일이를 가리키면서 아주 우스워 못 견디겠다는 듯이 키키키 하고 웃어대지는 않았을 것이다.

"이놈 이놈이."

하고 그는 아직도 아까의 유쾌턴 마음을 끄지 못한 듯이 혼자 웃어대었다.

"나를 보고 막 범이라구 합디다, 이놈이……."

수일이는 저를 두고 하는 말이라 버럭 겁이 나서 아버지의 가슴에 머리를 박았다. 사실도 이렇게 처음 보는 늙은이들이 사나운 바람에 빨래가 휘날리듯 *미상불 무섭지 않을 수가 없었다. 늙은 대감들은 속으로는 '범이라니 범 중에도 가장 몹쓸 놈일지 모르지' 하고 생각하였지마는 차대감은 윤남작에게 비위를 맞추는 모양으로,

"허허 범이라군 좀 지나쳤는데……."

하였다.

수일이는 그 말에 무엇이 무서운지 그만 울기 시작하였다.

"이놈 이놈."

남작은 수일이를 쥐고 흔들었다.

"허— 이놈 보게 왜 우는 거야…… 그럼 내 이놈을 갖다두고 또 나오리다."

하며 그는 마침 잘되었다는 듯이 사랑방으로부터 나가려고 하였다. 사실 그는 이 늙은 식객들과 잠시라도 마주앉기가 싫어 일상은 이곳에 발을 들여놓지도 않지만 오늘은 무슨 생각엔지 아마 수일의 자랑에 이곳으로 발길이 옮겨 왔던 모양이다.

"아 윤대감!"

"윤대감!"

하고 방안 대감들은 허겁지겁 부르짖었다. 그들도 그렇게 신통치는 못한 계구(計究)나 그래도 이 윤남작을 붙들고 한바탕씩 늘어놓을 말이 제각각 있었던 탓이었다. 그러나 그 중에서도 박대감은 질겁을 하여 일어나 황황히 그 뒤를 따라나갔다. 곰보 김대감은 눈밑을 그밀그밀하면서,

"원 누이네마저 망할려는지 범이 *스라소니를 낳았구먼. 놈의 애가 어디 있담. 거 제 어미 평양집은 쉽지 않은 인물이드만……."

"아 거 그래 정말 윤대감의 씨인 모양입더니까."

하고 문대감이 까맣게 때가 묻은 수건으로 콧물을 닦으며 묻는다.

그래 김대감은 갑자기 심사가 좋지 않아져 변덕스럽게 눈을 떡 버치고,

"거야 내가 알겠소 원 별일을 다 물으시우."

낙조 51

우리 주인공의 아버지 윤성효는 참으로 이상한 인물이었다. 그의 이야기를 누구보고나 물을 것 같으면 그 사람은 '아 원 그 대감이야' 하면서 다시는 말도 말자는 듯이 손을 내어 저으면서 달아나는 것이었다. 다만 그 어지간히 큰 몸집은 좀 비(肥)지어 깨끗지 못한 인상을 주기도 하나 그러나 묵직한 입과 무엇인가를 늘 *궁량하는 듯한 눈은 사람을 넉넉히 위압하고도 남음이 있었다. 더욱이 그의 컴컴한 과거와 *불요불굴의 피는 때로는 남의 등줄을 쭈뼛하게까지 한다. 그렇기에 서도(西道)에는 옛날의 악관을 비방하는 말에 '이놈 네가 네 삼촌을 몰라보고 *불공학대(不恭虐待)하다니 썩 죽일 놈이로다' 하고 어떤 악관이 무고한 백성을 잡아다 돈을 바치라고 고형을 주자 백성은 '소인은 삼대독자 외아들이올시다' 하였더라는 이야깃거리가 있는데 어떤 사람은 이 악관이 바로 윤성효라고 일일이 논거까지 세우며 어느 고사가(故事家)나 못지않게 증명까지 하려 드는 것이다. 어쨌든 이만한 전설의 주인공까지 될 만큼 대담도 하고 컴컴도 하고 욕심도 남달리 사납고 참혹스러이 몹쓸기까지 하다. 다행히 우리의 수일이가 그를 범이라고 불렀으니 범을 빌려 논지하자면 표범의 잔악을 품고 호랑이가 깊은 숲에 몸을 감추고 있는 격이다. 그러나 용의주도하게 사면을 살피고 한번 숲을 나오기만 하면 소기(所企)를 향하여 돌진 *맥진하는 성미였다. 그러므로 아들 수일이가 자기를 불러 범이라 하였을 때 슬며시 기쁜 듯하였던 것이다. 역시 내 아들이로군 하였다. 그는 본시부터도 범이라는 짐승을 퍽 좋아하여서 바깥 사랑 같은 데는 *제창 호피를 두어 장 윗목에 걸었으며 또 보료삼아 깔기도 하고 있다. 그는 언제인가 한번 술이 만취하였을 때 서도서 정사턴 이야기가 나오자,

"허 평안도 상것들을 *맹호출림(猛虎出林)이라 하지만 숲을 나온 범이 무엇이 무서울 것이 있담. *맹호복림(猛虎伏林)이야 합지요."
하고 기세를 올리었다고 전하지만 과연 믿을 말인지 아닌지는 모르되 미상불 이 윤성효를 이해케 하는 *지언이랄 수밖에 없겠다. 그러므로 윤성효는 마치 복호(伏虎)처럼 호심탐탐히 좋은 계획과 사업을 찾지 않음도 아니나 다만 아직 시기가 당도하지를 않았을 따름이다. 물론 그렇다고 우리의 대 윤성효가 여기 안사랑에 와서 누워 구는 늙은 축들과 손을 잡고 사업을 일으킨다든가 함은 아예 있지도 못할 일이다.

"못난 놈이라니 그렇게 울 게 무에 있담."
윤남작은 수일이를 안은 채 국화단 앞에 내려서며 꾸짖었다.
"나를 보고 이놈 범이라 하고 범의 자식은 임마 울지를 않고 으르렁씨는 법이다."
"윤대감 이번만은 정말이유, 틀림이 없습니다."
물론 돌아다보지를 않아도 따라나온 박대감임에 틀림없었다. 윤남작은 두꺼비처럼 고개를 폭 박은 채 멈춰 섰다.
"사실 말루 금광이라면 허황한 것처럼 생각을 하시는지 몰라두 이것만은 내 장담합니다. 분석하던 사람이 다 글쎄 눈이 뚱그래서 소전

금광 것보다 나으면 낫다고 그러는구려. 그래 내 막 대감 댁으로 달려왔습니다. 참말 딴사람에 넘기기에는 아깝습니다, 아까워…… 그리구 이제부터는 우리들두 금광을 해야 합네다. 좋은 사업도 자꾸 일쿠어 나가야 하지요. 생각해보시구려. 아 금광이란 금광은 죄다 *양귀자(洋鬼子)가 아니면……."

"과연 대감 말이 옳은 말이오. 그럼 내 또 나오겠소"

남작은 다시 움치럭움치럭 걷기 시작하였다. 수일이는 눈물이 글썽한 눈으로 허겁지겁 달라붙어 야단을 대는 불쌍한 박대감을 머엉하니 보았다.

"아 원 대감, 또 그러시면서 달아나시지 말구 좀 조용히 들어주시오."

박대감은 아주 큰일이 나서 애걸복걸이다.

"윤대감! 윤대감! 소전금광서는 하루에 십만 원을 캐어 냅니다. 이건 그것보다 나으면 나어요…… 자 내 광석을, 광석을 보여 드리지요……."

"가만 계시우. 내 또 나온다니까."

하면서 윤대감은 눈길 하나 까딱하지 않고 중대문을 선뜻 들어서려 하였다. 박대감은 너무 억막중에 급하여 남작 앞길을 질러 막으며 나섰다. 남작은 가분작이 눈을 부릅뜨고 박대감을 노려보았다.

"이게 무슨 짓이오, 대감! 그래 안집에까지 들어올 생각이오?"

박대감은 아주 얼혼이 나가서 허리를 굽신굽신하며,

"허 내 너무 급한 생각에 죄송합니다. 죄송합니다."

하더니 *열없어 물러서면서,

"……그 그럼 내 안사랑에 가 기다리겠습니다. 기다리겠습니다. 아무쪼록 이번만은……."

윤대감은 대답도 없이 벌써 정원에 들어섰다. 못가에서는 덕쇠 영감이 비를 쉬고 손을 훅훅 불고 있었다. 황금빛 은행잎이 나풀나풀 못물 위에 떨어지고 있다. 대감은 이에 수일이를 내려놓더니 덕쇠를 불러 분부하는 것이다.

"행랑에 들러 자동차를 불러오라게!"

그러더니 해주집이 있는 방 쪽으로 다시 두꺼비처럼 움치럭움치럭 걸어간다. 수일이는 한참 멀거니 그의 뒤를 바라보다가 그만 한달음에 어머니 있는 곳으로 뛰어갔다. 아버지가 다시 저희들 방으로 가지 않음이 어쩐지 서먹하게도 생각되었던 것이다.

6

어느덧 추운 겨울이 북한산성을 넘어 들어와 정원의 나무숲도 아주 벌거숭이 되고 가지가지 사이로 멀리 흰눈이 쌓인 멧봉이 보이는 절기가 되었다. 어떤 때 아침에 일어나보면 놀랍게도 아카시아, 살구, 배, 은행나무며 지붕도 뜰도 연못도 담장도 모두 눈이 부시게 하얗게 단장을 하고 있다. 이런 날은 수일이는 더욱 기뻤다. 술벅술벅 눈을 쓸어 모으는 덕쇠 영감을 붙들어 가지에 하얗게 눈꽃이 핀 살구 나무를 흔들어 달래며 저는 그 옆을 달음질쳐 돌면서 아, 아, 아 눈이 온다, 눈이 온다 하며 떠들어 대었다. 영감도 나중에는 신이 나 눈벼락을 머리와 어깨에 하얗게 쓰면서 나무를 얼싸안고 버둥버둥대며 웃었다.

그렇다. 요즘은 별반 집안 사람에도 그렇게 무섬을 타지 않게 되니 수일이는 자연 사람을 그리게 된다. 그러므로 바깥이 추워 놀 수가 없으면 그는 귀애를 따라 큰방 금순 누나한테도 놀러 가곤 하였다. 금순이는 겨우 열서넛밖에 안된 소녀이나 조금도 명랑한 웃음빛을 띠는 길이 없다. 언제나 시무룩하니 앉아서 나 어린 수일이와 귀애가 노는 품을 엿보다가 간혹 킥킥 웃어 댄다. 언제인가는 금순이는 수일의 방에 찾아와서 흘깃 수일이를 보고 제가 서툰 솜씨로 수놓은 버선을 던지고는 산월이가 붙드는데도 아무 말 한마디 없이 그냥 자기 큰방으로 돌아가고 말았다. 수일이는 이 금순 누나에게 왜 그런지 불쌍한 생각도 들면서 일변 정다움도 금치 못하는 것이다.

그렇지만 수일이는 옥기와는 동무가 되지를 못하였다. 특히 옥기의 얄뚱미로운 눈이 마음에 거슬리었다. 언제나 눈을 가지고 핼끔핼끔 보다가는, 둘이 눈이 마주치면 눈 가장을 *깔낏하고 추켜올리고 딴전을 보는 체하는 것이다. 그리고 옥기는 한시라도 어머니인 해주집 치맛귀를 떨어지는 적이 없었다. 어느 날이었던가 수일이가 달음질을 치다가 돌부리를 걷어차고 넘어지자 마침 어머니와 같이 외출을 하던 옥기가 그 모양을 보고 캐들캐들 자지러지게 웃어 댔다. 수일이는 처음은 못마땅히 생각하였으나 아마 옥기가 혼자 적적하므로 저와 동무가 되자고 그럼이라 하고 일어나서 먼지를 털면서 멋쩍게 다가갔다.

"놀지 않을래?"

그러자 옥기는 바로 큰일이나 난 것처럼 어머니에게 달라붙으며 무어라고 재잘거린다. 수일이는 무슨 영문인지를 모르고 머뭇거리니까 이번은 해주집이 막 대들 듯이 나서며,

"왜 이 모양이야! 별 자식을 다 보겠구나."

하고 빽 지르더니,

"애 네 입으루 그러렴!"

하며 옥기를 내쏘아 민다.

수일이는 무서워 몇 걸음 물러섰다. 그리고 그들 모녀가 다시 보란 듯이 너풀너풀 걸어가는 것을 바라보며 왜 이 두 모녀가 저를 보고 그렇게 몹시 구는 것일까 혼자 생각하여 보았다. 아무래도 해주집네 일은 모를 일이었다.

해주집네에 대하여 모를 일은 비단 그뿐만이 아니다. 금순 누나네 큰방에서 놀고 있노라면 건너편 해주집네 방에서 북을 두덩두덩 치면서 무어라고 주절거리는 여편네의 목소리가 들려올 적이 많았다. 그럴 때는 금순 누나는 무슨 귀신의 *침노라도 접한 것처럼 몸을 떤다. 수일이는 하도 이상스러워 유리창 밑으로 살그머니 와서 해주집네가 무엇을 하는가 하고 그쪽을 바라다보았다. 귀애도 그의 곁에 다

가와 내다보면서 때때로 눈을 가지고 금순이가 우습다는 듯이 웃어 보였다.

어지간히 오랫동안 북소리가 울리다 멎으면 방으로부터 웬 노파가 닭, 과실, 떡, 쌀 이런 것을 그득 실은 상을 맞들고 나와 마루 아래에 내려놓고 그 앞에 해주집과 둘이가 늘어앉는다. 옥기는 어머니와 무당이 푸닥거리하려는 것을 보려고 바시시 방문을 열고 마루에 나오면,

"뭐 하나?"

하고 수일이가 묻는다.

"앤 보면서두 묻니?"

귀애는 뽐을 내며,

"푸닥거리하지 않냐."

"푸닥거리가 뭐야?"

"귀신을 쫓는 것이지 머. 애 귀신은 *경단떡을 좋아한대…… 그래 새카만 보재기 쓰구 빨간 치마 입구서 귀신이 꼬부랑길루 꼬부랑꼬부랑 찾아온대겠지."

"귀신두 꼬부랑 할머니지야?"

"그럼, 그래 저 뒷문으루 경단떡을 먹으러 온단다. 인제 봐 응. 무당이 경단떡만 뿌리면 꼬부랑 귀신이 저기 달려붙지. 그럼 그걸 활촉 끝에 꽂아서 담장 바깥으루 쏴 보내면, 그 귀신은 다신 못 온대…… 애 인제 할련다."

　　　　상청 서른여덟 수비 중청 스물여덟 수비
　　　　하청은 열여덟 수비
　　　　우중간 남수비 좌중간 여수비
　　　　벼루잡던 수비 책잡던 수비
　　　　많이 먹고 가거라
　　　　*군웅왕신 수비 왔거든 많이 먹고 가거라
　　　　손신별장 수비 왔거든 많이 먹고 네 가거라

　이렇게 주절거리던 무당 노파는 흐응 하고 손으로 코를 풀어 쪽치맛귀에 훔치더니 상머리에 놓았던 칼을 들어 저으며 눈을 그느스럼히 뜨고 다시 내려 엮는다. 그제는 해주집은 누굴 보고 하는 짓인지 손을 석석 비비며 허리도 굽벅씬다.

　　　　수살 영산 간 수비 왔거든 많이 먹고 네 가거라
　　　　먼길 객사 간 수비 왔거든 많이 먹고 네 가거라
　　　　언덕 아래 낙상 수비 많이 먹고 네 가거라
　　　　염병질병 돌아간 수비 많이 먹고 네 가거라
　　　　쥐롱객사 간 수비 왔거든 많이 먹고 네 가거라
　　　　고뿔감기에 간 수비 왔거든 많이 먹고 네 가거라
　　　　열삼애삼여 간 수비 왔거든 많이 먹고 네 가거라
　　　　여러 각종 수비들아 많이 먹고 네 가거라

　그러나 수일과 귀애가 이러고 있을 즈음 덕쇠 영감이 허겁지겁 달려와 수일이를 잔등에 업으며 어머님이 큰일났다고 고하였다. 사실로 돌아와 달려들어가 보니 어머니는 얼굴이 파랗게 질려서 정신 잃은 사람처럼 넘어져 있는 것이다. 산월이는 요즘 극도로 피해망상에 걸려 있었다.

"어머니 왜 그러니?"

"……"

달려들어 잡아 흔들었으나 대답이 없다.

"어머니?"

또 한번 불렀다. 그때야 무어라고 신음하는 소리를 내어 손을 바들바들 떤다. 수일이는 그 손을 꼭 붙들고,

"왜, 왜 그래?"

어머니는 숨소리를 돌리며,

"……수일이냐, 수일이냐?"

고 간신히 물었다. 수일이는 별안간 눈물이 쑥 쏟아지었다.

"으흥흥 으흥흥."

울며 웃었다.

"인젠…… 우리 수일일 놓지 않는다…… 놓지 않어."

어머니는 그러면서 수일이를 꼬옥꼬옥 껴안았다.

"으흥흥 으흥흥."

"우릴 귀신보고 잡어가라고 *축수를 한단다. 축수를 하는 거야, 아무래두."

수일이는 더욱 모를 일이었다. 아마 그 무당과 해주집이 귀신 붙

은 경단떡을 활촉에 꽂고 우리게로 쏘아 보내는 것일까 하였다. 그래 다시는 어머니를 놀라지 않게 하기 위하여 그런 것을 보지 않기로 작정하였다. 그러므로 귀신 섬기는 해주집네가 또 눈치가 다를 때에는 으레 곤두박질을 치면서 어머니게로 달려와,

"또 할래. 또 귀신을 불러 올래는가 봐."
하면서 어머니를 얼싸안았다. 그리고는 어머니를 위로하는 양으로, 아직 평안도 사투리가 섞인 말로 부르짖었다.

"부를래문 부르디, 무섭지 않아."

어쨌든 간에 수일이 모자는 이 모양으로 놀란 소조(小鳥)처럼 그날 그날을 보내게 된 것이다. 그러나 실제로는 이렇다할 *파란도 없는지라, 옛말에 나오는 불쌍한 두 남매 모양으로 오동나무에 쫓겨 올라감과 같은 무서운 일도 없었다. 오히려 수일에게는 그의 동화의 세계는 오동나무 아래의 고즈넉한 못이랄 수 있었다. 거기는 무서운 범의 얼굴도 나타나고 사나운 바람결도 스쳐가지만 진작 물결을 잡으며 그 위에 평화스런 꿈이 하늘하늘 흔들리며 나타난다.

그러나 어떤 날 이 두 놀란 소조가 못가에 떨어지지 않으면 안 될 '불행'이 당도하였다. 그것은 바야흐로 새봄이 찾아와 정원 안의 연못가에도 따스한 바람이 나부끼고 나무 나무의 파란 새움이 그 속에 그림자를 잠그기 시작할 무렵의 일이다.

그날 산월이는 하염없이 심사가 불안한 가운데 수일이를 무릎 위에 앉히고서 천 가지 만 가지 생각에 젖어 있었다. 수일이가 자라나

는 양을 보매, 웬일인지 요즘은 자꾸만 옛날 일이 추억되는 것이다. 외성(外城) 잿등마을에서 그리 *구차치 않은 집 외동딸로 태어난 일, 양친의 귀염도 받을 사이 없이 두 살 때에 갑오란을 겪어 쫓기는 청병(淸兵)에게 집을 태우고 어머니와 아버지를 잃었다는 일, 유모의 정성으로 여덟 살까지 불쌍하게도 그 길러나던 생각, 그해 가을에 성내 애련당(愛蓮堂)골 기생 선녀집에 맡기우던 정경, 그러나 얼굴이 달처럼 둥그스레하고 마음이 부드럽던 언니 선녀는 그를 무척 귀애하여 마치 지금의 산월이가 수일이를 사랑하듯이 언제나 제 품에 안고 재우며 한숨도 짓고 모를 소리도 하고 팔자 한탄도 하던 것이다. 언니 선녀는 곱단이 곱단이 하던 그의 이름을 산월이라 고쳐 불렀다. 산봉우리에 쓸쓸히 오르는 달과도 같다 함인가. 그 사랑하던 언니도 묵은, 풀 길이 없는 슬픔이 있었던지 대동강에 몸을 던지고 인제는 없다. 어느 날 밤 선녀는 산월이를 껴안고 그의 조그마한 손을 펴보며 한숨을 짓더니,

"네 손금도 시원한 게 없구나."

하였다. 그때 산월이는 새근거릴 뿐 아무 말도 못하였다. 오늘 이 자리에서 수일이도 서글픈 얼굴로 아무 말이 없다. 산월이는 수일의 손금을 보며,

"네 손두 왜 날 닮었니?"

하고 한숨짓는 것이다. 산월이도 필경 하나의 가련한 운명주의자임에 틀림없었다. 그는 그 부드럽고도 고운 손에 장(長)금을 쥐고 있다.

제 팔자가 기박하기는 이 금이 가로막혀 있는 탓이라 그는 생각한다. 수일이도 제 손금을 들여다보며 제 금이 어머니를 닮아서 기쁠지언정 무엇이 슬프냐고 막연하나마 속으로 항변하는 것이다.

그럴 즈음이었다. 그날은 어쩐지 정내(庭內)의 공기가 수선수선한 품이 다르다 하였더니 해가 쭉 퍼지면서 해주집 쪽으로부터 나무 새를 흔들며 징[鉦]과 북, *제금을 치는 소리가 요란하게 울려 오기 시작하였다. 굿을 하려는 모양이었다. 산월이는 소스라치게 놀라며 무슨 경련이라도 일으킨 것같이 떨어 댄다. 수일이는 어머니의 목덜미에 매어달리며,

"괜찮어, 괜찮어."
하고 부르짖었다.

"어머니 난 힘이 세다야, 힘이 세서 괜찮다. 나! 귀신 거튼 거 무섭디 않아!"

이 집에서는 봄이 되면 따뜻하니 *안택굿이요, 사람이 앓으면 걱정이니 사신굿이요, 불길한 괘가 나오면 예방굿이요, 가을이면 배부르니 철머리굿이다. 그날은 바로 신춘을 맞이하여 처음 벌어지는 천신굿[薦新祭]으로, 새 *제찬을 베풀어 조상의 신령을 비롯하여 흩어져 있는 사방의 *제신을 청하고 무병식재와 장수다복, 소원성취를 비는 것이다. 해주집이 더구나 굿을 세우며 김천집도 못지않게 귀신으로 위하는 터이라 이런 때는 *오월동주도 *의취가 맞아 굿이 진행된다. 그리고 일가친척도 모이어 온 집안이 떠들썩하게 소동을 피운다.

한참 징과 장고, 제금 소리가 집안이 떠나가게 울려드니까 가분작이 요란한 소리는 잦고 무당이 흔드는 방울 소리와 같이 그 입으로부터 흘러나오는 *요원한 소리가 사람의 *폐부를 찌르면서 들려온다. 필경 축수를 시작함이었다. 모자는 숨을 죽이고 서로 껴안고서 빨리 무서운 굿이 끝나기만 빌었다.
　이리하여 두어 시간쯤 지나서일까, 굿도 적이 *가경에 들어 무당의 *권수에 이르게 되자 수일네 방 밖에서 여종의 목소리가 들렸다.
　"상대감과 큰도령님의 귀신 맞이를 허신다구, 도령님 모시고 나오시라 여쭈옵니다."
　산월이는 얼굴이 하얘지며 반사적으로 일어섰다. 수일이도 무슨 영문인지 모르고 따라 일어서며 어머니를 쳐다보았다. 그의 손을 잡는 어머니의 손은 사시나무처럼 떨리고 있었다. 어머니는 말 한마디 못하며 굿마당을 향하여 한발 두발 옮기기 시작하였다. 그도 역시 악귀는 쫓아야 하며 죽은 사람의 혼신은 나아가 위하여만 되리라고 굳게굳게 믿고 있는 것이다. 산월이는 무엇보다도 죽은 사람의 혼신이 저희들을 *작해치나 않을까 무서워한다.
　저기는 안채 우(右)편 끝 해주집네로부터 가까운 조금 언덕진 곳으로 허다한 일가친척이며 구경꾼들이 산더미처럼 둘러서서 법석야단이었다. 수일의 모자가 나타나자 모든 사람들의 시선은 일제히 그리로 쏠리고, 굿마당의 공기는 한층더 소란하여졌다. 손가락질을 하는 사람, 수군수군거리는 자, 선웃음을 치는 이, 놀라 무어라 부르짖는 사람, 가지각각이었다. 파도치듯이 흩어지며 내어주는 자리에 들어서며 산월이는 마음을 억지로 진정하려 새하얀 얼굴을 위로 향하고 호흡을 갖추었다.

원무당은 머리에 범수염을 단 *굴개를 쓰고 몸에는 구군복에 붉은 띠를 졸라매고 한 손으로는 *무선(巫扇)을 번뜩이고 한 손으론 방울을 흔들며 대[竿]를 든 *창부무당을 앞에 두고 무어라 주절주절거린다. 때때로 그 방울은 절렁절렁 울리고 그럴 때마다 무선은 하늘을 가리키며 군복에 단 *철릭(天翼)활개를 친다. 해주집과 김천집은 황공함과 공순의 뜻을 표하여 두 손을 비비며 백배하면서 원무당의 권수를 듣고 있으며 창부무당이 든 대에 붙은 종이가 펄럭펄럭거리니 혼신이 와 접함이었다. 그것은 불행히도 동경서 객사한 큰도령의 혼신이라 한다. 굿주인이 되는 해주집과 김천집은 잔풍에 기름땀을 내어 도끼며 손이 발이 되도록 빌고 있다.

굿마당에 모여 싸인 사람 가운데는 안사랑에 와서 늘 묻혀 있는 김백작의 얼금뱅이 얼굴도 섞여 있었다. 그는 두어 번 코를 훌적 하고서 곱게 마고자를 입은 옆구리 부인에게 넌지시 말을 걸었다.

"새댁이 원 사색이 되었구려."

부인이 흘깃 돌아다보니 흉하디흉한 곰보 대감이 감은 눈 언저리를 끔벅끔벅하고 있다. 그는 얼굴에 힘줄이 발라 눈을 감아야 입이 벌어지는 것이다. 그래 부인은 펄쩍 놀라 슬며시 자리를 옮아, 숨어 버렸다. 그러나 아직 김대감은 눈을 뜨지 못하고 끔벅끔벅거리며,

"저이 모자를 잡어가는 굿도 아니겠거니와 도대체 이때 다 미신이 거든요. 그렇게 겁을 낼 게 있소 헤 그렇기에 이 집 윤대감두 굿이라니 필요없다고 합니다. 그저 내가 이렇게 윤대감 대신으로 나오기는 나왔지만……."

그리고 비로소 눈을 떠보니 아까 그 부인은 간 데가 없다. 그래 급기야 노염이 나서 목젖을 꿀꺽거리었다. 두어 번 두리번두리번 훑어보고 목젖을 꿀꺽거리었다.

그때에 원무당은 펑펑 이삼십 회나 커다란 원을 그리며 선무를 하더니 고즛 멈춰 서서 길이 육 척이나 되는 삼지창(三枝槍)을 휘어잡고 하늘을 향하여 무어라고 부르짖는다. 산월이는 이렇게 무시무시한 굿을 처음 보았다. 온몸이 녹아져오며 정신이 아찔거리어 마음을 안타까이 걷잡으려 수일이만 부득부득 끼어안았다. 굿마당도 일제히 긴장된다. 원무당은 삼지창을 휘두르기 시작하니 창끝은 눈이 부시게 번쩍거린다. 그리고 사나운 눈을 부릅뜨고 사방을 노려보며 더욱 줄기찬 무서운 목소리로 부르짖었다. 그것은 수일의 이복형인 큰도령의 혼신이 창부무당이 든 대에 나타나서 제가 사자에 붙잡혀 *지부왕 앞에 나가던 이야기를 펴놓는 넌지였다.

    하명이 그뿐인가 때가 되었느냐
    저승지부왕전에서 팔배특배자노와
    성화착래로 잡어오랴 분부가 지엄하니
    망년그물 손에 들고 쇠사슬 빗겨 차고

활등같이 굽은 길로 살같이 빨리 나와
앞산에 외막 치고 뒷산에 장막 치고
마당 한가운데는 명패 기 끝에 꽂아 놓고
일직 사자 월직 사자 강림 도령
봉의 눈 부릅뜨고 삼각수 거스르며
문지방 가루 집고 나서누나 —

그러자 둘러선 슬마리들이 징과 장고, 박고(朴鼓), 울쇠, 제금을 일제히 치고 흔들며 때리었다. 집이 무너지고 나무가 떠나가게 요란하다. 그제는 원무당은 삼지창을 하늘 높이 휘두르며 또 무어라고 주절거리자 대를 든 창부무당은 조금씩 움직이기 시작하였다. 대는 사납게 흔들리고 종이 갈기는 더욱 펄럭펄럭거린다. 주위는 *소연하게 들끓으며 부인네들은 무서워 대편을 향하여 손을 비비며 빈다. 그런데 웬일인가 저주의 대는 막 수일의 편으로 다가오는 것이다. 창부무당은 눈을 들이 감고 숨을 헐떡거리며 무서운 얼굴로 *육박한다. 무서워 사람들은 얼음이 꺼지듯 흩어진다. 원무당은 그 뒤를 우리 안에 든 미친 맹수와 같이 뺑뺑 돌며 춤을 춘다.

"엄마!"

수일이는 비명을 지르며 어머니에게 얼굴을 틀어박았다. 어머니는 넘어질 듯이 움쳐서며 수일을 한 손으로 껴안은 채 한 손으로는 다가오는 대를 물리치려고 애를 쓴다.

"저 무당년 해주집과 짠 게로구나!"

하고 구경꾼 가운데서 누구인가 부르짖는 자가 있었다.

"무엇이 어째!"

해주집은 돌따서며 악을 받친다.

"짜긴 무얼 짠단 말이야!"

원무당은 더욱 기가 세어 너펄거리며 미쳐 날뛰고 대도 더욱 수일의 모자 쪽으로 육박하며 곤두박질을 친다.

"빌구려!"

"비세요, 평양집 비세요!"

사방에서 모두들 이렇게 부르짖었다.

"빨리…… 빨리 빌어요……."

수일이는 얼굴을 파묻은 채 조그만 손만 머리 위에 내놓고 살살 빌어 매었다. 그러나 일순간 저를 끼어안은 어머니의 팔 힘이 탁 풀리면서 그만 어머니는 아찔하여 그 자리에 쓰러졌다. 수일이는 어머니의 위에 엎디치며,

"어머니! 어머니!"

하고 발이라도 데인 것처럼 비명을 지르며 울었다.

어머니는 아주 *상기(上氣)하고 만 것이다.

"어머니! 어머니!"

"……."

무당은 아주 의기가 양양하여 *사자(使者)의 *노호를 계속하였다.

   이봐 망자야 어서 바삐 나서거라
   천둥같이 지르니

가택이 무너지고 우주가 바뀌는 듯
　　일신수족을 벌벌 떨고
　　*진퇴유곡 되었을 제
　　강림 도령 달려들어
　　한 번 잡어 나꾸어치니 열 손에 맥이 없고
　　두 번 잡어 나꾸어치니 열 발에 맥이 없고
　　삼세 번 나꾸어치니
　　폈던 손 뻗은 다리 감출 길이 없고나
　　머리에 천상옥 이마에 벼락옥
　　눈에 안정옥 혀밑에 바늘을 단단히 걸어 놓고 입에 *하무 물려 귀에 쇠 채어 노니
　　명이 끊어지는 소리, 대천바다 한가운데 일천 석 실은 중선 닻줄 끊는 소리 같다……

7

　수일의 모자는 그 자리로 남대문 밖 양인병원에 떠매어 갔다.
　그날 밤 두 모자를 문안 갔던 김천집은 밤이 아주 깊어서야 인력거로 돌아왔다. 김천집도 오늘 굿만은 하도 수상하게 생각되었다. 필경 이 해주집년이…… 하고 의심하기 시작하니 끝이 없었다. 아직 삼월 초의 밤 공기는 차갑고 하늘에는 별이 총총한데 진주 모래를 뿌린 은하수 위에 하얀 반달이 떠있다.
　"봄바람은 첩 죽은 귀신이라드니 원 거즛말인가."
　김천집은 혼자소리로 중얼거렸다.

"살밑으로 포근포근 들어안기진 않구 이렇게 얼음같이 차담."

그가 대문가에서 인력거를 내리고 중대문으로 쑥 들어서려 할 참이었다. 연못 건너편 배나무 숲속에서 무엇인가 버석버석 소리가 난 것 같았다. 그는 놀라 그 자리에 멈춰 서서 그쪽 편을 살펴보았다. 사방은 다시 고요하여지었다. 연한 달빛이 희무럭하니 숲을 비추었는데, 바람에 나뭇가지가 흔들거리는 것이 보인다. 그 원 모를 일이로다, 나뭇가지가 바람에 그랬나, 혹시 덕쇠 영감이라도 지나갔나? 그때에 누구인가의 흰 그림자가 걸핏걸핏 나무 새로 달아나는 것이 보였다. 그러자 뒤로 커다란 검은 그림자가 황망히 그것을 붙잡으러 쫓아간다. 나무에 옷이 걸렸던지 가지가 꺾이는 소리가 들렸다.

"놓아요!"

김천집은 가슴이 화끈하였다. 이 연놈들이로구나, 틀림없이 해주집의 목소리였기 때문이다.

"놓아요!"

헤헤헤 하는 능청맞은 사내의 웃음소리가 들렸는데 그것은 김백작의 목소리다.

"어서 놓아요!"

"놓아 놓긴 왜."

"돼지 이 돼지……."

"돼지 헤헤 날 돼지라구."

하더니 김대감은 가분작이 *공박하듯이,

"괜히 그래야 소용없어, 소용없는 거야. 오늘 일은 그게 다 누구의 *작간(作奸)이냐? 응, 그런 무당년이 어디 있냐?"

"아이구 무슨 소릴?"

옳지, 역시 해주집년의 작간이로구나. 김천집은 그제야 큰 비밀을 잡은 것처럼 기뻐하였다.

"무슨 소리라니, 소문소문 내 말을 들어야지…… 결딴이다."

"……"

"암 그래야지."

"아이구 날 죽일려우."

"……"

"놓아요. 아이구 놓지 않으면 소릴 지를 테야……."

"그래 용이 있나. 어제 오늘 일이 아닌 걸 가지구…… 그래 그래 가만있어."

"나 죽어요, 나 죽는다……."

"요즘은 어디 딴 녀석이라도 생겼냐? 왜 날 그렇게 푸대접을 허는 거야."

검은 그림자가 해주집을 안아 옆에 있는 *청간으로 끌어들이려는데 여자는 안 들어간다고 두 손을 내저으며 야단을 치는 모양이다.

"이 연놈들."

김천집은 다시 한번 혼자소리를 중얼거렸다. 해주집이 요즘은 김대감을 전같이 밤중에 끌어들이지 않던 모양이라, 오늘 밤은 김대감 자신이 해주집의 굿 간계를 *기화로 협박하여 투입하였음이었다.

"저년 × 앓는 고양이같이 잘은 혼난다."

김천집은 입을 비쭉비쭉하였다. 외려 속이 시원한 것 같았다.

"무당년과 짜고 수일이를 죽일려구. 망한년, 잘은 혼나 봐라."

그래 그는 기침소리 한마디 하지 않고 그냥, 나무 새를 지나서 안채 제 방으로 향하였다. 돌토방 가에 이르렀을 때에 불현듯 무슨 생각이 들어 다시 멈춰 서서 인기척을 살피었다. 청간 쪽에서는 쩍 소리 하나 나지를 않는다. 하늘을 쳐다보니 아카시아나무는 모두 엉거주춤하니 늘어서서 검은 가지를 바람에 휘저으며 너풀거리는데 그 새로 한 조각 깨어진 구름이 달빛을 받고 쓰러누워 있다. 가분작이 김천집은 일종의 질투감을 느끼었다. 그래 가슴을 떠밀듯이 재리고 대청마루에 선뜻 올라섰다. 그리고 뒷문을 열어 젖히더니 여종들이 자고 있는 건넌채를 향하여 고함소리를 질렀다.

"벌써들 꺼꾸러져 자는 거냐? 벌써 꺼꾸러져 자."

"네—?"

이번은 고양이 하품하는 듯한 여종의 목소리가 들리더니 영창에 조그맣게 불이 비치었다. 그리고 두서넛 여종의 얼굴이 나타난다.

"무에구 오늘은 수상하다. 뜰안에 도적놈이 들어온 것 같다."

"네—?"

역시 힘닿지 않는 대답이다.

"흥, 네—라니?"

김천집은 못마땅하여 혼자소리로 중얼거렸다. 그리고 저도 한번 입을 삐죽하며 '네―' 하고 흉내를 내어 보았다.

"어서 썩 사내들을 불러 내서 뜰안을 뒤져 보지 못허겠니?"

"네―"

선달음에 제 침방으로 들어갔더니 그는 더욱 가슴속이 술렁거리고 심사가 평안치를 않았다. 언제나 밤에는 공허를 느끼는 그였다. 그는 혼곤히 잠이 들어 있는 귀애의 엉덩이를 걷어찼다. 귀애는 펄쩍 놀라 일어나 앉는다.

"병원에 내일부터 놀러 가거라."

밑도 끝도 없이 김천집은 귀애보고 역정을 부렸다.

"알었냐, 알었어. 알었으면 대답을 해야지 배라먹을년!"

귀애는 영문을 모르고 잠꼬대처럼 으응거렸다.

"흥."

김천집은 코웃음을 쳤다.

"모두 망할년들. 고양이 소리들은 왜 하노"

바깥에서는 사내들이 벌써 나와 돌기 시작한 모양으로 두런두런한 소리가 들린다.

김천집은 그래 부리나케 나가더니 대청마루에 서서 부르짖는다.

"액 이 연놈들! 청간에서 무얼 하느냐! 거기를 뒤져라, 뒤져! 거기를 봐라!"

사내들이 그곳으로 몰려가는 모양이다. 김천집은 고무신을 거꾸로 끌며 내려섰다.

"아무두 없는데요!"

"아무두 없다니."

김천집도 날개가 돋친 듯이 달려가 보았으나 벌써 청간에는 쥐 한 마리 없었다. 어디선가 첫닭 우는 소리가 들린다.

8

굿 사건 이래 병상에 누운 산월이는 정말 망자의 저주에라도 걸린 것 같았다. 몹쓸 귀신이 시재로 천장을 뚫고 털이 수북한 손을 흐밀흐밀 내어밀지나 않을까 하는 착각에 앗 하고 부르짖으며 발작적으로 일떠나 앉기도 한다. 그리고 제 아들이 자기 옆에 천연히 있는 것을 보고서야 숨을 돌리며 가벼운 안도의 미소를 띠었다. 그 뒤에 열기는 떠오르고 정신없는 군소리는 계속된다. 수일이는 시름없이 앉아서 어머니의 이런 모양을 보고 있노라면 어쩐지 *허수하고도 마음이 안 놓이는 깊은 고독 속에 잠기는 것이었다.

병원에는 그렇게 찾아오는 사람도 없었다. 여종이 때때로 빨랫감을 가지러 찾아올 뿐이고 그 외에는 오직 귀애만이 학교가 끝나는 길로 병원에 들러서 놀다가 간다.

귀애는 여러 가지 놀음을 알고 있어서 각시놀이며 종급질이며 동구박질, 뱅뱅돌싸 등을 가르쳐 주었다. 무어라무어라 혼자 신이 나 종알거리며 수일이는 그럴 때는 귀애의 맑고 이쁜 얼굴만 반반히 쳐다보고 있기가 일쑤다. 그러면 귀애는 수일이를 쳐다보고 그만 낯이 발그레해진다.

"애 봐, 참 남의 소린 듣지두 않네."

수일이는 그래도 그냥 눈을 떼지 않고 히히히 웃는다.

"앤 *상게두 보니?"

"……."

"보지 말어."

수일이는 그제야 할 말이 없어,

"난 각시놀이는 싫여."

하고 턱없는 소리를 한다.

"싫여? 아이구 애 봐, 다 듣지두 않구 그러네. 애개 또 본다. 그럼 어서 봐 봐!"

하며 귀애는 성난 것처럼 제 얼굴을 떠밀며 대든다. 수일이는 더 멋쩍어 그냥 히히히 웃는다. 그제는 귀애는 노상 할숨을 짚으며 처량한 빛을 띠고 수일의 조그만 손을 끌어당기어 제 무릎 위에 놓고 만지작거리면서,

"애 불쌍해. 수일아, 집사람들이 모두 널 미워하겠지. 수일이가 맏아드님이라구…… 그래두 누나는 수일이가 제일 좋아. 난 우리 어머니가 다리고 온 딸이니깐 너랑 좋아해도 괜찮지 뭐."

산월이는 귓결에 귀애의 이런 재낭스런 소리를 들으며 고요히 웃는다. 그러나 수일이는 무슨 의미인지를 모르므로 그만 또 히히히 웃

고 말았다. 귀애는 갑자기 얼굴이 빨개지더니 수일의 얼굴을 말끔히 쳐다보고,

"그게 무슨 대답이야."

"저녁 해는 애."

하고 수일이는 더듬씨며 뚱딴지 이야기를 꺼낸다. 너무 아무 말도 안 한 것이 안된줄로 생각한 것이라,

"빨간 사탕칠한 얼음이야, 얼음. 까마귀가 서산으로 가는 건 먹을 라구 그래. 다 먹은 댐에는 새까만 하품을 자꾸 해서 캄캄한 밤이 된다구 어머니가 그랬어."

그리고는 경동을 살피려는 듯이 귀애의 얼굴을 쳐다보자, 귀애는 새침을 떼고 눈을 깜빡깜빡씨더니 수일의 코끝을 쥐고 흔들었다.

"그게 무슨 말이야."

산월이도 그만 참지를 못하고 소리를 내어 웃고 말았다. 이리하여 산월이는 병원에서 차츰 행복스런 날을 맞이하게 되었다.

그러나 산월의 마음도 차츰 가라앉고 원기도 회복되려 할 즈음 또다시 산월의 마음을 아프게 할 일이 생긴 것이다. 그것은 이제 다시 수일이와 헤어져야 한다는 사실이다. 하루는 도어를 열어 젖히더니 뚱뚱한 사내 하나가 돔비를 걸친 채 부리나케 들어왔다. 그것은 아버지이다. 실내에서 소름소름 심부름을 하던 간호부는 깜짝 놀라 산월이와 사내를 번갈아 보고 그만 달음질쳐 나가고 수일이는 침대 뒤에 달려가 어머니 몸에 바싹 붙었다. 아버지는 어머니가 누워 있는 옆에

다가와 서더니,

"그만한가."

하며 퉁명스럽게 부르짖었다.

"수일이는 이번 봄부터 필운동 아우네 집에 맡기고 학교에 보내기루 작정했네."

어머니는 놀라 그 자리에 일떠나 앉았다.

"조그만 집을 하나 얻어 주어요. 수일이를 다리고 있도록 해주어요."

"……"

"네, 그렇게 그렇게만……"

"그건 못할 소리야."

"왜요?"

어머니의 목소리는 떨리었다.

아버지는 나갈 듯하다 흘낏 돌아서더니,

"그런 말을 왜 하는 거야, 내가 하는 일에."

"싫여, 난 싫여."

아버지는 그제는 골이 시퍼렇게 나서 어성을 높이었다. 이런 일에는 머저부터 세차게 따야 된다고 그는 확신하고 있는 터이다.

"두말할 필요 없고 적어두 너는 어린애 교육에는 적당치를 않어."

그러더니 다시 와당와당 나가버린다. 어머니는 그만 그 자리에 쓰러져 누워버렸다. 그 뒤로 귀애가 놀러 왔다. 수일이는 다가가 그를 끌고 병원집 뒤 나무숲으로 나갔다. 포플러가 엉성하니 늘어서 있고 그 새에 늙은 *회나무며 솔포기가 흔들리고 있는데, 아직 봄은 일러 새 한 마리 지저귀지 않고 하늘에 까치만 날고 있었다.

"왜 자꾸 가기만 하니?"

귀애는 수일의 어깨에 손을 얹으며 걱정스런 얼굴로 물었다.

"왜 그래?"

"난…… 난."

하고 수일이는 멈춰 서서 제 구두 앞코뚜리로 검은 흙을 밟아 이기면서,

"작은아버지한테 간대. 그곳에서 학교에 보낸다겠지. 그래서 어머니가 울구 있어."

귀애는 눈이 뚱그래지어 부르짖었다.

"정말?"

"정말 아이구…… 아버지가 그랬어."

"아버지가?"

"응 아버지가."

수일이는 눈을 내리뜬 채 중얼중얼대었다. 그러나 귀애가 너무도 놀라며 슬퍼함을 보고 수일이는 갑자기 자기가 그런 말을 고백한 것을 후회하여 도로 돌아가자고 말하였다. 그런데 귀애는 잠자코 그 반대쪽으로 걸어간다. 수일이는 손가락을 입에 문 채 무엇인가를 기대하는 눈으로 귀애의 걸어가는 뒷모양을 보았다. 귀애는 그냥 나무숲

깊은 잿등 위로 올라간다. 뒤도 돌아보지를 않으며 무슨 큰 설움이라도 가진 것처럼. 그래 수일이는 속으로 민망하여 어깨를 축 늘어치고 그 뒤로 슬적슬적 따라 올라갔다. 포플러나무 새를 지나면 언덕이 지고 거기는 드문드문 소나무와 아카시아나무가 섞인 *라일락 숲이다. 숲속은 어둑하며 쥐죽은 듯 고요하고 때때로 높은 가지에 바람이 걸리어 운다. 수일이는 갑자기 겁이 나서 입을 삐죽거리며 귀애가 간 방향을 살펴보았으나, 어디로 숨었는지 이제까지 보이던 귀애는 간 곳이 없다. 그래 그 자리에서 울먹울먹하노라니까 바로 옆 큰 소나무 뒤로부터 귀애의 캐들캐들 웃는 소리가 들리더니 토끼처럼 뛰어나왔다.

"여기 있어, 여기."

수일이는 그만 소리를 내어 엉엉 울기를 시작하였다. 왜 그런지 갑자기 슬픔이 치밀어 올라와 할 수가 없었다. 귀애는 한사코 수일이를 어르며 제 저고리 고름으로 그의 눈물을 닦으면서,

"난 아무렇지두 않어. 아니야 아냐…… 수일이는 그렇게 하는 게 좋아, 아버지 하라는 대루 하는 게 좋아."

그러니 수일이는 더욱 마음이 외롭고 슬퍼지어 더 울음소리를 높이었다. 그래 귀애는 어떻게 하는 수가 없어 그만 수일이를 업고라도 병사(病舍)로 돌아가려고 하였다. 그러나 몇 번인가 업고 비틀거렸으나 역시 거듭 실패였다. 두서너 간 가기도 전에 픽하면 둘이가 다 넘어지었다.

"넌 넌."

하며 귀애는 숨을 태우면서 핀잔을 한다.
"이렇게 무거운 애가 그냥 우니. 인젠 어른이야, 그만 울어 그만."

9

수일이는 그 후 얼마 안되어 필운동 숙부네 집에 맡기운 바 되어 그곳으로부터 학교에 새로 올라가게 되었다.
그러나 학교에서는 하나도 동무를 얻지 못하여 얼마나 쓸쓸하고 또 일변 두려웠는지 모른다. 그는 다른 소년들이 재미롭게 노는 것을 외따른 쪽에 서서 먼 바로 바라다볼 뿐이었다. 모두들 저보다 몸집이 크고 나이도 위로 하나같이 그에 대하여 몹쓰게 군다. 곁만 보이면 그를 조롱하려 든다. 어떤 몹쓸 녀석은 우진 그의 곁으로 공을 몰고 와서는 그의 정강머리를 걷어차고 달아났다. 그러나 그는 결코 빌빌 울지는 않고 옷을 툭툭 털면서 물러설 따름이다. 그것은 울기쟁이라는 별호까지 달릴까를 두려워함이었다. 그런데 신수가 사나우면 할 수가 없어 물러서다가 그만 다른 애와 부딪치어 엎더지는 수가 있다. 그럴 때면 이것을 보고 반 동무들은 손바닥을 치며 좋아하는 것이다.
더욱이 어떤 날 담임선생이 윤남작 말을 하면서 수일이를 추켜올린 다음부터는 수일에 대한 소년들의 태도는 더 나빠지었다.
"얘, 네 아버지가 무언데?"
하고 쉬는 시간이 되자, 바로 옆에 앉아 있는 석순철이 그의 귓바퀴를 잡아당기었다. 그는 놀라 아프다고 비명을 질렀으나 어쩐지 무어라고 대답할 수가 없었다.

"알어 있어. 알어 있어. 너의 아버지가 무엔지."

"……"

"벌써 알어 있다 얘."

하며 순철이는 그의 머리를 책상 위에다 쾅쾅 다지었다. 일상 말없고 유순한 순철이까지 저를 보고 왜 이렇게 몹쓸게 구는지가 수일에게는 이해키 어려웠다. 하여간 이 일이 있은 뒤부터는 그 당시에 흔하던 말 ×××라는 소리를 이제야 여덟 살밖에 안된 수일이는 듣게 되었다.

학교에서 이렇게 돌림을 받아 시달리다가 필운동 집에 돌아온대야 누구 하나 반갑게 맞아주는 사람도 없다. 구한국시대에 그래도 판관을 지냈다 하여, 숙부는 변호사라는 간판을 내어걸고 언제나 앞채 사무실에서 뭇 남자들과 수군거리고 있었다. 말처럼 얼굴이 긴 숙모는 늙은 부인네들을 *내방에 좋아라 놓고 밤이 깊도록 히히닥거리면서 화투를 친다.

"아무래두 좀 애가 부족하죠."

숙모는 담뱃대를 흑흑 들이빨고서 화투장을 갈라 쥐면서 또 수일의 흉을 보는 것이다.

"윗물이 맑어야 아랫물이 맑다니 그래 두고 허는 소리입지요."

"님말 그 도련절이 기생 몸에 나왔다지요."

하고 누구인가가 밑을 달면은,

"그것두 기생이 막 열여섯 살 때에 낳았다니깐요."

하고 또 하나가 끝을 맺는다.

"외아들이 저 모양이구야 큰집 대감네두 앞날이 걱정이지요. 그러기 나는 원 딸[子息]하나 없어두 조런 것 있는 것보다는 외려 낫다고 우리 영감보고두 늘 말허지요…… 저런 막 난초를 집어 가우, 저런저런 어쩌문 *목단이 또 떨어지는군."

수일이는 그 옆방에서 잠이 들려고 애를 쓰며 뒤채고 있노라면 자연 마음이 서글퍼지었다. 사랑하는 어머니가 옆에 누워 있다면 얼마나 행복스러울 것인가. 얼마든지 굳게굳게 껴안아줄 것을 그리고 또 늙은 덕쇠 영감, 금순 누나며 귀애와 같이 정원 안을 달음질치던 생각이 연달아 일어난다. 그러면 슬프고 또 슬퍼 나오려는 눈물을 억제키가 어려웠다. 그러나 이상하게도 다시 마음을 가라앉히고 그가 본집을 나오던 때의 광경이 다시금 눈앞에 떠오르는 것이다. 대문 앞에서 그를 인력거에 태우며 다시는 오지 못한다고 분부하던 아버지, 김천집은 울며 귀애는 저고리 고름만 깨물고 있었다. 그때가 얼마나 슬펐던가.

"내 만나러 갈게, 만나러 갈게."

대문 옆에서 이렇게 눈물을 먹으며 속삭인 어머니는 왜 찾아오지를 못하는가. 사랑하는 어머니여, 어머니는 지금 무엇을 하시나. 사무실 앞에서 한 *점을 치는 소리가 들린다. 내방의 부인 손님네들도 인제는 모두 돌아가고 사면이 쥐죽은 듯이 고요하다.

그러는 사이 어렴풋이 잠이 들었다. 그러나 한밤중 선생의 무서운 얼굴이며 같은 반 장난꾸러기들의 면면이 꿈속에 나타나서 가물거린다. 어떻게 하면은 동무들에게 돌리우지를 않고 그들과 같이 즐겁게 놀 수가 있을까 하고 꿈속에서까지 걱정을 하는 사이에 밤이 훤히 밝아 오는 것이다.

그러나 어떤 날 뜻하지 않은 일로 수일이는 석순철이와 사이 좋은 동무가 되었다. 약한 애들을 곯리기 잘하는 키다리 장경섭이가 그날 쉬는 시간, 교단 위에 서서 입으로 받아 먹으라고 눈깔사탕을 하나하나씩 던져 주어 교실 안이 들끓던 것이다. 저마다 시험을 해보느라고 입을 짝짝 벌리며 떠들어 대었다. 그때에도 수일이는 애초 *염에 들지를 못하고 교단 옆에 서서 이 흉한 꼴들을 보고 있노라니 경섭이가 수일이를 발견하자 불현듯이 못된 생각이 일어났다. 그는 모두들 보는 데서 사탕에 질름질름 코를 발라가지고 고함을 치며 수일이더러 받아 먹으라고 던져 주었다.

수일이는 아주 겁이 나서 반사적으로 입을 벌리었는데 그만 흥쭈루기 그것이 입으로 들어갔다. 그래 반 동무들은 모두들 좋아라고 손뼉을 치며 법석댄다. 수일이는 어쩐지 마음이 흐뭇하여 한번 둘러보고는 급기야 눈을 감고 그 코 묻은 눈깔사탕을 빡작빡작 깨물기 시작하였으니 교실 안은 더욱이 들끓게 되었다.

그러나 뜻밖의 일은 언제인가 수일이를 몹시도 구박한 석순철이가 그 순간 비호와 같이 달라붙어 그의 뺨을 들입다 치더니 그 자리로 돌아서며 장경섭이를 걷어차 넘어뜨리었다. 수일이는 이 삽시간의 일에 질색하여 물러서서 뺨만 비비적거리었다. 몸테지가 큰 장경섭이는 번듯이 누워서 엉엉 울어대었다. 그리고 선생이 오자 발을 버둥버둥씨면서 호소하였다. 이 일로 순철이는 교단 위에 불리어 나아가 굵은 몽둥이로 열세 번이나 사정없이 얻어맞았다.

그날 돌아오는 길에 수일이는 순철에게 겁을 먹으며 조심조심 물었다.

"넌 그렇게 맞어두 왜 울지 않니?"

"날 내가 왜 울어. 겁쟁이나 울지."

"응 그래…… 그런데 선생님은 장경섭이는 왜 안 때리나?"

"거야 선생이 겁쟁이니깐 부잣집 아들은 무서워 때려?"

"응."

수일이는 그저 이렇게 대답하였으나 순철의 꿀리지 않는 배짱과 그 총명에 탄복하였다. 순철의 말에 의하면은 경섭이는 종로거리 *신상(紳商)의 아들이며 저 자신은 가난뱅이 아들로 아버지는 먼 나라에 망명하고 있었으나 현재는 잡혀와서 형무소에 넘어가 있다는 것이다. 그는 얼굴을 찡기기도 하고 손으로 시늉도 하면서 아주 그것이 제 자랑이나 되는 것처럼 종알거렸다.

"너의 아버지가 ×××니까 선생이 널 떠받드는 거야. 그렇다구 장한 것같이 그랬단 내가 용서 안한다. 난 반에서 힘이 제일이야. 이래 보여두 난 커서 사상가가 될려거든."

"사상가?"

"애 봐, 것두 모르니. 사상가는 제일 장하구 힘이 세니깐 나쁜 사람은 얼마든지 혼을 내어. 그리구 사상가가 되면 발꿈치에 용수틀이 달려서 펄펄 뛴다……."

"그럼 난 왜 쳤어?"

수일이는 의아스러이 이 사상가의 얼굴을 쳐다보며 물었다.

"나두 나쁜 사람인줄 알언?"

"그럼 나쁜 애 아이구. 코 묻은 눈깔사탕 먹는 자식이 어디 있어."

그리고 곧 옆골목으로 빠져들어간다.

"둘이 동무 안될련?"

수일이는 그의 등뒤를 향하여 부르짖었다.

"응 오늘부터 우리는 동무야. 그래두 난 빨리 가야 돼. 사상가는 어머니를 도와 드려야 되거든."

"그럼 내일 또 만나자."

"응 내일. 잘 가라."

그 다음날 그들 둘이는 처음으로 사이 좋게 말을 주고 건네었는데 이것을 보고 반 동무들은 다시는 수일이를 몰아세울 염도 치지를 못하였다. 더욱이 한번은 교정에 높이 선 포플러나무에 동무들 따라 여남은 자 높이 올라갔다가 선생에게 들키어 모두 얻어맞았는데 그때에 새로 들어온 N선생이 가리지 않고 수일이도 들이 쳤기 때문에 그 후부터는 수일이도 완전한 동무 대우를 받게 되었다.

그 당시는 선생이라면 어린 생도를 어떻게 때려야만 시원하게 때릴 수가 있을까고 연구하던 시절이라 별별 수법을 가진 선생이 많았었다. 우리 조선에서는 더욱이 그러하였다. 새로 들어온 이가 선생은 썩은 뼈처럼 엉거주춤하나 생도를 칠 때만은 아주 생기가 나 빨갛게 불타오르는 것이다. 안경은 벗어서 옆채기에 넣는다. 그리고 제가 흥분한 것을 야만이라고 알기 때문에 적이 침착한 태도로 이리 쳐보고 저리 비틀어 본다. 더욱이 발밑을 걷어차 넘치는 데는 천하일품이었다. 평안북도서 온 선생인가는 '에이 이놈에 새끼들 뒈제 볼래니' 하며 수리가 닭을 채듯이 달려 붙어서 막 두들겨팬다.

"왜 선생님은 우리들을 자꾸 때리나?"
하고 수일이가 수업시간에 몰래 물었을 때 순철이는 한참 동안 증오에 찬 눈으로 선생을 흘겨보더니,

"우리들이 크면은 지겠으니깐 때리지."
하였다.

언제인가 한번은 누구인가가 방귀를 뀌어 모두 *편경을 친 일이 있었다. N선생은 아주 놀라기나 한 듯이 푸들푸들 떨더니 책을 교탁 위에 놓고 한참 동안 안경 위로 생도들을 노려본 것이다. 생도들은 모두 무서워서 달싹도 못 한다. 선생은 그제는 마치 방귓내라도 몰려 온 듯이 때가 새까맣게 묻은 수건을 꺼내어 코를 싸쥐며,

"무슨 더러운 일이야, 응. 교육을 암만 받어두 도시 *문명할 줄을 그렇게 몰라."

그리고 가분작이 교탁을 치며 기침을 하였다.

"잇타이 다레가야쓰다(도대체 어느 놈이냐)?"

그러나 아무도 무서워서 대답을 못 하였으니 이리하여 그들 한반 칠십 명이 또 전부 채로 두들겨맞은 터이다.

그러나 창가를 가르치는 선생만은 생도들에게 손끝 하나 다치기를 꺼려하였다. 무슨 몹쓸 병균이라도 와 닿을까 두려워하는 모양이다. 그는 생도들이 *헴에 맞지를 않으면 그 팔목에 퍼런 스탬프를 하나씩 찍어 주었다. 스탬프 찍은 것이 팔죽지 끝까지 올라가게 되면 그 생도를 교단 위에 내세우고 보자기를 머리에 씌운다. 그러면 한반 동무는 하나하나씩 차례로 나와 그 생도를 때려야 되었다. 이 ○선생은 교관실에 돌아가면 동료들보고 늘 이렇게 말하는 것이다.

"나라는 사람은 너무 온순해서, 생도들에게 직접 손을 대기가 어렵습니다."

그는 많은 애를 한꺼번에 벌주려면 할 수 없이 교탁 아래에 두었던 헌 슬리퍼를 끄집어내었다. 그것으로 생도들의 뺨을 찰악찰악 음악적으로(그는 창가 선생이다) 치고 그 뒤에 하나하나 입을 벌리게 하고 그 슬리퍼의 끝을 물리었다. 수일이도 이 더러운 슬리퍼를 입에 문 적이 있다. 언제인가 코 칠한 사탕을 먹게 한 장경섭이가 가로 문 뒤에 그의 차례가 되었는데 암만해도 입이 열려지지를 않았다. 그러자 찰악 슬리퍼가 뺨을 쳐 들어오므로 그는 놀라 입을 열고 그것을 문 채 이삼 분간이나 서 있었다.

수일이는 어찌 그 일이 분하였던지 모른다. 그 뒤에 얼마 안되어 그 슬리퍼가 없어지고 말았다. 이 일을 알자 O선생은 다짜고짜로 석순철이를 불러내더니 *불문곡직하고 발밑을 걷어차 넘어뜨렸다. 이와 같은 일은 필경 순철이가 한 짓으로 알고 있는 것이다. 그때 수일이가 얼굴이 하얘지어 바들바들 떨면서 손을 들고 일어섰다. 반 동무들은 수일이가 그런 대담한 일을 한 데 대하여 모두 놀라지 않을 수 없었다.

"저런 엉뚱한 애를 보게."

O선생도 망연하여 혼자소리로 이렇게 중얼거렸다. 그리고 한참 있더니,

"그래 어디 버렸느냐?"

"변소에요."

수일이는 겨우 한마디 이렇게 대답하였다. 선생은 다시 순철이 편을 향하여 노려보더니,

"이 자식 네가 충동질을 하였지. 이 자식 이 자식."

하며 귓바퀴를 잡아당긴다.

방과후 수일과 순철이는 저녁때가 되도록 두 팔을 들고 교관실 앞에 서서 벌을 섰다. 그것은 으스스 추운 오후로 더욱이 햇발은 빨리 기울어지고 긴 복도는 쓸쓸하게 어두워 갔다. 먼 현관 입구를 닫는 소리가 덜컹덜컹 들려온다. 수일이는 팔죽지가 떨어져 왔다. 선생들은 복도에 나와 모자를 쓰고는 한 사람 두 사람씩 뿔뿔이 다 돌아간

다. ○선생은 우정 그들을 못 본 체하고 보아란듯이 어깨를 건들먹씨며 나갔다. 이런 때에 선생을 붙들고 용서하여 달라고 조르는 것이 상책일 것이다. 그러나 수일이는 그와 같은 용기도 없고 계구도 생기지를 않아 빨리 순철이가 선생보고 조르기만 기다렸으나 순철이는 또 순철이대로 입을 굳게 다문 채 돌아다보지도 않는 것이다. 수일이는 선생들이 거진 전부 돌아가버리는 것을 보고 갑자기 무서운 생각이 들었다. 뒤뜰에는 찬바람이 아카시아 나뭇잎을 흔들고 있었다.

"건 왜 왔다 버련?"

순철이는 억울한 듯이 중얼거렸다.

"새 슬리퍼라두 가져올줄 알았댄? 아주 깍정이가 돼서 더 헌 슬리퍼나 이제 어디서 주워 올 제 보아."

그때에 담임선생이 교관실로부터 나왔다.

"다음부터는 그런 일은 않을 테지 응."

그리고 둘의 얼굴을 좀체 측은한 듯이 내려다본다.

"○선생에게는 내가 잘 말할 테니까 걱정 말구 돌아가. 다음부터는 조심할 테지. 그렇지. 너이 둘이는 아주 좋은 사이다. 자 기운을 내야지 기운을."

그러더니 수일의 쪽을 향하여 무거운 목소리로 조용히 이렇게 말하였다.

"어머님이 마중 오신 모양이다."

"네?"

수일이는 번듯 고개를 쳐들었다. 선생은 머리를 끄떡씨며 미소를 지면서,

"응 어머님이."

10

그만치나 만나러 온다고 굳게굳게 수일이더러 맹세하여 놓고서도 본집 안에 사로잡힌 포로와도 같이 영 찾아오지를 못하던 산월이다. 그가 이렇게 아무도 모르는 사이에 용감하게 빠져나와 아들을 찾아오기까지는 다름이 아니라 또다시 너무도 무서운 어떤 사건에 놀라 수일의 신상이 급기야 염려되었던 때문이다. 그러지 않아도 그 당시에는 이 크나큰 집 담장 앞을 윤남작 일가를 저주하며 또 욕지거리를 퍼부으면서 지나가는 사람들이 끊이지를 않았다. 더욱이 술이나 취하여 무어라고 고함을 치며 대성(大聲)으로 윤남작 나오너라고 부르짖는 자들도 많았다. 어떤 이는 돌을 집어던지어 그것이 나뭇가지에 부딪히면서 밤중 고요히 잠이 든 그들의 지붕에 땅땅 떨어지며 요란히 울리었다. 수일이와 떨어진 뒤부터는 더욱 밤이 새도록 깊은 잠을 들지 못하여 뒤채기만 하던 산월이는 이 소리를 듣고는 소스라치게 놀라 깨어서 조그만 가슴을 또다시 달락씨며 아들 수일의 안부를 걱정하기에 온밤을 맞는 것이다. 그는 그 사건이 있은 이래 더 말할 수 없는 절망 속에 빠지어 불쌍한 수일의 장래를 *위구하는 터이었다.

그런데 이날 새벽의 일이다. 난데없이 밤중에 안사랑 쪽에서 총성이 울리더니 누구인가의 찔리는 듯한 비명이 들리고 그 뒤를 이어 또다시 탕탕 총성이 낭자하여지었다. 드디어 윤남작을 암살할 목적으로 해외로부터 침입한 사내는 *경관대와 교전을 하여 그 자리에 쓰러진 터이다. 그리고 안사랑 토팡가에는 금광을 캐자고 윤대감을 조르러 다니던 애매한 박대감이 그만 이 집 주인으로 오인되어 노다지처럼 피를 쏟고 맞아 죽었다. 그때에 허겁지겁 도망을 쳐 중대문을 뛰어넘어 나무 새에 떨어진 채 정신을 잃고서 넘어진 김백작이 발견되기는 날이 어지간히 밝았을 즈음이었다.―그 시절로 말하면 바로 세계 정국도 *화란(禍亂) 속에서 신음하여 파리에서는 강화회의가 벌어지려는데 *노서아에는 제2혁명이 일고 일본과 기타 제 외국은 *서백리아(西伯利亞) 출병을 한다는 난(亂) 통이다. 이런 정세로서 조선 사람 대중도 차츰 정치와 경제에 새로운 눈을 뜨고 생활과 문화를 위하여 분투하여 나가던 세대이다.

그 뒤부터 김백작의 얼굴은 일층 더 인력의 법칙에 의하게 되었다. 눈을 감으면 가죽이 끌리어 올라가 입이 벌어지고 입을 닫으면 그제는 눈 언저리 가죽이 풀리어 푸시시 눈이 떠지는 터이다. 그의 말에 의하면 침입한 사내가 *육혈포를 들이댈 때에 그는 너무나 놀라 눈이 왕방울처럼 되어 비명조차 못 질렀는데 박대감은 제가 윤남작이 아니라 윤남작은 운니동 첩네 집에 가 누워 있으니 저만은 제발 쏘지 말라고 너무도 황망히 빌며 변명을 하였기에 도리어 주인이라 의

심을 받아 맞아 죽었다는 것이다. 그리고 침입한 사내가 검은 보자기로 얼굴을 가리고 눈만 번득번득씨는 모양이 꼭 부엉이 같았다고 신이 나서 주절거렸다.

"그래 부엉이는 무어라구 헙더니까?"

월화네 집에서 이 급보를 듣고 돌아온 윤남작은 뒷수습이 거진 다 끝나자 그제는 푸욱 마음을 가라앉히고 이렇게 호기 있게 물었다. 그러자 김백작은 히끔 겸연쩍었던지 헤헤헤 하며 손으로 목을 치더니 한번 힉힉 혼자소리로 웃고서,

"그래 들어 보시려우."

하고 아주 자조를 띠어 목을 쑤욱 내어밀며,

"이 녀석아, 참새가 무어라고 울드냐 하고 난데없이 이런 걸 묻드군요, 헤헤헤."

그래 안사랑에 모여 앉았던 노대감들은 한꺼번에 웃음소리를 터치었다.

윤대감은 제 수염을 쓰다듬으며 벌씬 멋쩍게 웃었다. 참새 울음소리의 비유는 옛날 대관들의 *학정을 아주 잘 풍자한 말이었다. 사실상의 일은 여하간 어린애들은 흔히 이 참새놀이를 길가에서도 하며 놀았다. 언제였던가 윤성효도 집 대문 앞쪽에서 빈민의 애들이 모여서 참새놀이를 하다가 싸움이 벌어지는 것을 물끄러미 본 일이 있었다. 그러므로 그는 김백작이 말하는 의미를 넉넉히 이해할 수 있는 것이다.

참새놀이에는 돌구름다리가 무대로 되었다. 왼 윗단에 악관이라 하는 어린애가 아주 뽐내며 앉았고 구름다리 아래에는 세 어린애가 *포승을 받고서 굴복을 하고 앉아 있다. 그 뒤에는 두 형사가 채찍을 쥐고 노상 버티고 서서 상관의 명령만 내리기를 기다리고 있는 터이다.

"이 오른쪽 놈아, 참새가 무어라고 울어?"

이렇게 상관이 고함을 지르면, 오른쪽 놈은 머리를 땅에 박고,

"네, 그저 참새는 짹짹 하고 웁지요."

한다. 그러자 상관은 발을 구르며 호령을 하되,

"이놈 찍찍은 울지 모르나 참새가 짹짹 우는 법이 어디 있느냐! 으흠 그놈 볼기를 다섯 대만 치거라!"

그런데 이놈의 형사들이 아주 상관 명령에 충실하고 몹쓰게 생겨먹은 놈이라 조금도 약간한 맛이 없이 사정없게 채찍으로 볼기를 친다. 그래 오른쪽 애가 *늘큰히 얻어맞자 이번은 가운데 애가 똑같은 질문을 받게 되어 약삭빨리 참새는 찍찍 하고 운다고 대답하였더니 그렇게 우는 놈의 참새가 어디 있느냐 짹짹 울지, 이렇게 되어 또 볼기가 열 대. 이리하여 맨 마지막 쪼그만 애 꼬맹 *주사(主事) 차례가 되자, 그만 겁을 집어먹으며 찍찍짹짹 하고 운다고 대답하고서 또 그렇게 두 소리씩 하는 참새는 어디 있느냐고 볼기를 열다섯 대나 얻어맞게 *차부가 된다. 그러나 이애는 아주 아프기도 하려니와 그 무법(無法)에 골이 올라 그만 울면서 일떠섰다.

"이 자식 왜 때려 응, 이 나쁜 사도 자식, 왜 두 소리를 못 해, 앵

무새는 아무 소리라두 허지 않어?"

일이 이렇게 되고 보니 다른 놈도 합류하여 죄수 세 놈이 그만 반란을 일으키어, 도로 이번은 그 악관과 형사 세 녀석을 잡아 엎디치고 비끄러매었다.

"애 이 자식, 그럼 너 말해 봐, 너두 말 못 허지?"
하며 꼬마 주사는 악관사도를 타고 업누르며,

"이 자식 상관이나 되었다구 막 두들겨패기냐, 뽐내지 말어. 이건 노름 아냐? 애 이 자식 대답해봐, 무어라구 우니?"

"애 꼬맹아, 난 난."
하며 아까의 상관은 비명을 지르면서 능청맞게도,

"난 귀머거리야. 그래서 참새 소리가 들리지 않어. 에이 너 그렇게 때리기냐. 조금 있다 죽는다. 아이구 이건 아까부단 더하지 않냐?"

"머야? 귀머거리야 이 자식. 거즛말 말어, 내가 다 알어 있어 다! 알어 있어!"

"허— 그래 김대감은 귀머거리가 되어 대답을 못한 모양이지."
하고 윤남작은 의미 깊게 물었다.

"헤헤헤, 그런 게 아니지요."
하며 손을 내저으며 김대감은 거들거렸다.

"귀머거리가 되질 않우 바루 벙어리가 되었습지요. 아 너무 혼이 나서 눈을 흡떴기 때문에 그만 말구멍이 맥혔는걸요"

11

학교 뜰안 한 모퉁이 포플러가 주렁주렁 늘어선 나무 그늘가에 굳게굳게 얼싸안은 어머니와 아들의 그림자가 있다. 해는 바로 뉘엿뉘엿 지려는데 황금색의 저녁 햇발이 이 두 불쌍한 목숨의 오늘의 슬픈 포옹을 위로하듯이 포근히 두 몸뚱을 어루만지고 있는 것이다. 그림자는 길게 뻗쳐 누워 있고 포플러 높은 나무 가지가지에서 새로 나온 파란 잎들은 무어라고 속삭이듯이 살랑살랑 흔들린다. 수일이는 어머니 품에 몸을 박은 채 훌적훌적 울기를 그치지 못하는데 산월이도 걷잡을 수 없이 흘러내리는 눈물을 억지로 참느라고 흑흑 숨을 들이켜며 느껴 울었다.

그러나 이윽하여 길게 뻗친 두 그림자가 조심조심히 움직이기를 시작하였다. 어머니는 제가 대신 끼어 든 수일의 책가방에 얼굴을 묻고 눈물을 닦으면서,

"아— 내가 무슨 몹쓸 죄를 저즐렀다기에⋯⋯ 내가 왜 수일이 너를 길러야 되는지 모르겠구나."

수일이는 얼굴이 새하애지며 어머니를 쳐다보았다.

어머니는 아직 얼굴을 들지 못한다.

"아— 수일아, 너는 왜 태여나 날 이렇게 걱정을 시키니 넌?"

"내가⋯⋯."

그는 어머니의 이 소리를 듣고 그만 말할 수 없는 깊은 실망에 빠진 것이다. 가장 사랑하며 또 몸이 부서지도록 간절히 간절히 그리던

것은 이 어머니가 아니었던가. 그래 수일이는 눈을 동그랗게 하고 애연하게 호소하듯이 어머니를 다시 쳐다보았다. 산월이는 갑자기 안 된 생각이 들어 수일이를 다시 껴안아들이었다.

"아이구 내가 못돼서 또 그런 소리를 했구나. 네가 너무 귀엽기두 하구 또 학교두 잘 단기는 것을 보니 너무 기뻐서 그런 거짓말을 하였는데 그걸 곧이듣는단 말이냐, 곧이들어? 노느라고 그랬어, 노느라고 내 잘못했다고 빌게. 우리 수일이는 인제 울지 않을래. 인제 끄칠 제 보지. 나는 안 울지 않어. 봐 봐요, 날 좀, 나는 지금 웃질 않어?"

그리고 불현듯 너무도 해가 저문 줄을 알자 새삼스러이 놀라며 수일이를 분주히 재촉하여 앞세운다.

"아이고 너무 늦었구나, 빨리 가요. 빨리 원, 내가 철이 있나. 참 철부지지 철부지야."

"인젠 가방 나 주어."

교문을 나서며 수일이는 남이라도 보면 가방을 어머니에게 들게 한 것이 흉할까 해서 손을 내어밀었다.

"아냐, 내 조금만 더 들어다 줄나."

"내가 메어요."

"아냐 아냐. 아이고 너 이게 얼마나 무겁니. 벌써 네가 이런 걸 다 메고."

"무겁지 않어. 난 무겁지 않어."

"무겁지 않어. 아이구 넌 힘이 세구나."

하며 그냥 산월이는 한 손으로 가방을 꼭 낀 채 한 손으로 수일의 손을 잡고서 끌어당긴다. 그는 얼마나 오늘이 행복스럽고 즐거운지 알 수가 없었다. 길 가던 사람들도 적이 의심스러운 눈으로 그들 모자를 뒤돌아본다. 산산한 바람이 길 먼지를 펄펄 날린다. 거리에는 벌써 전깃불이 켜졌다.

"매일 이렇게 늦게 오니?"

"아니."

"그래, 작은어머니는 '*고매' 굴든?"

수일이는 입술을 깨물며 아무 대답도 못한다. 그래 산월이가 머리를 돌리자 그는 어머니를 쳐다보며 할 수 없이 고개를 한 번 끄덕이었다.

"선생은."

"……고매 굴어."

"동무들은."

"동무들두."

어머니는 이 모양으로 숙부네 집 일이며 학교 일이며를 골고루 물었다. 그러면 수일이는 역시 어머니를 슬프게 하지 않을 양으로 모두 괜찮다는 듯이 어름어름 대답하였다. 그리고 보상이라도 되는 듯이 그 대신 석순철의 이야기를 종알종알 자랑을 하며,

"순철이는 사상가야. 그래 아무것도 무섭지 않대. 순철이는 나하구 동무야."

이렇게 뽐내었다. 산월이는 사상가라는 말에 가슴이 뜨끔하였다. 세상이 바뀐 뒤 다시 기생 몸이 되어가지고 그는 얼마나 이 말을 귀에 못이 박히도록 들어왔는가. 산월에게는 사상가라는 개념은 아직 똑똑지는 않았으되, 막연하나마 그것은 아마 자기를 못살게 한 윤대감 따위를 쳐 물리려는 사람들의 명칭이거니 하고 생각한다. 그래 산월이는 평양에 살고 있었을 때는 그 당시에 울리던 *대성학교 출신들의 연설이라면 한사코 들으러 갔었고 또 그 나머지 더욱더욱 윤가에 대한 증오감을 불붙이었던 것이다. 그러나 지금까지 그 사람들의 *변전하는 운명에 얼마나 놀라 온 것일까. 그날 아침의 침입자의 죽음 이것도 눈앞에 *서물거린다.

"사상가라니?"

"사상가?"

수일이는 전에 제가 순철에게 이 단어 때문에 부끄럼을 받은 일을 생각하며,

"어머니 것두 모르니, 사상가는 제일 힘 세서 아무것도 무섭지 않은 사람이야."

어머니는 하도 어이없어 웃어버렸다. 그리고 조금 무엇인가 생각하는 모양으로 고개를 숙이었다. 수일이는 좀처럼 귀애의 이야기를 물어볼까 하였으나 왜 그런지 겸연쩍어 종(終) 입을 떼지 못하고,

"어머닌 작은아버지 집에 안 갈란?"

"못 가, 못 가."

산월이는 놀라 황망히 손을 저었다.

"나를 만났다구 아무보고두 말하지 말어 응, 응 알았지?"

"응."

수일이는 적이 못마땅한 듯이 볼멘소리로 대답한다.

"그래두 이젠 집에 다 왔는데."

그 소리에 산월이는 펄적 놀라 멈춰 서서 위쪽으로 수일이를 끌어들였다.

"어느 집이냐?"

"저거지 뭐, 검은 담장하구 문간에 등 달은 집이지 뭐."

산월이는 아무 말도 못하고 돌미륵처럼 굳어진 채 한참이나 그곳을 바라본다. 필운동이라도 퍽으나 깊은 곳으로 들어온지라 아주 쓸쓸하고 외로워 저런 집으로 제 어린 아들을 들여보내어야 하는가 하면 어찌 또 언짢아지는지 알 수 없었다. 산월이는 소문히 제 옆채기에서 과자랑 은전을 꺼내어 수일의 책가방에 넣었다. 수일이도 의심스러이 어머니를 쳐다볼 뿐 말을 못한다. 어머니는 가방을 수일의 어깨에 메어 주었다.

"아무 게두 보이지 말어라."

"응."

그러자 매시시 수일의 손을 놓았다. 수일은 두어 발자국 떨어졌다.

"내 또 올나, 또 와."

산월이는 들릴락말락한 소리로 겨우 부르짖었다.

"응."

수일이는 또다시 몇 발자국 떨어졌다.

"잘 가거라. 잘 가."

산월이는 수건을 흔든다. 그러다가 그것을 입에 물고 깨물었다. 그의 눈에는 파란 불빛이 서리우고 얼굴에는 두 줄기 눈물이 흘러내렸다. 수일이는 조금도 떼를 쓰지 않고 슬금슬금 떨어져 간다. 그리고 때때로 뒤를 돌아다보고 약간 멈춰 섰다가는 또다시 걸어가다가 이번은 어머니가 수건으로 눈물을 적시는 모양을 보자 열 발자국쯤 달아났다. 그리고 저도 엉엉 울려다가 사상가는 울지 않는다는 생각이 나서 울음을 참느라고 입을 비죽비죽거리면서 가방 속에서 눈깔사탕을 하나 꺼내어 입에 물었다. 그리고 다시 돌아다보니 어머니는 빨리 들어가라는 시늉으로 수건을 펄럭펄럭 흔들면서 저도 차츰차츰 먼 곳으로 물러간다. 수일이는 대문 앞까지 와서는 그냥 멈춰 서서 종내 어머니가 멀리 사라지는 것을 보고야 제 방으로 술그먹술그먹 들어갔다.

12

그 뒤에 또 몇 달인가 지나서 가을바람이 스산히 부는 어떤 일요일 날 그들 모자는 다시 만날 기회를 만들어 북한산 밑을 향하여 자동차로 달린 적이 있었다. 산월이는 그날은 무슨 생각이 들었던지 기생 시절과 같이 차리고 왔었다. 어린 고양이같이 가는 허리에는 *화문(花

紋) 박힌 순백의 긴 치마를 가는 주름을 잡아 걸치고 물색 *숙고사 웃저고리는 짧게 잘라 입고 검은 구름 같은 머리에는 옥비녀를 꽂고 띠에는 은장도, 금장도, *산호주에 *진주월패를 주렁주렁 늘이고 손가락엔 *천도금가락지를 끼었다. 그는 칠색 구름 속을 날아다니는 선녀와도 같이 사뿐히 차 안에 몸을 실었으나 막상 구루마가 달리기 시작하자 한편 구석 쿠션에 조그만 몸을 틀어박고는 슬픈 얼굴로 어깨를 들먹일 뿐이었다. 불쌍한 어머니는 그날은 처음부터 유별히 넋잖이 다르며 또 몸가짐도 평상 같지를 않았다.

수일이는 또 다른 한편 쪽에 오뚝히 앉아서 어머니가 무엇을 그렇게 슬프게 생각하고 있는가를 이해하려는 듯이 몸을 까딱도 하지 않고 어머니 쪽을 구슬픈 눈으로 바라보았다. 막연하게나마 아무래도 오늘은 어머니가 무슨 큰 결심을 하고 온 것이리라 생각되었다. 그 후에 곰곰이 생각하여보니, 혹은 어머니는 그날 수일이를 최후의 길동무로 삼고 마지막의 길을 깊은 산중에서 걸으려는 것이나 아닌가고도 의심된다.

자동차는 벌써 산밑에 이르러 울울창창한 소나무숲 새를 뚫으며 달리고 있었다. 바위틈 새로 흐르는 물은 맑고 여기저기 물가에 갈대는 하얗게 피어 너훌너훌 머리를 젓고 있었다.

둘이는 웬만큼 가서는 도중에서 차를 버리었다. 하늘은 청청하게 높고 땅은 명랑한 황금빛으로 빛나는데 바람에 사납게 흔들리는 숲 소나무 가지가지에서는 이름 모를 새들이 놀란 듯이 송알송알 지저

권다. 어머니는 아무 말 한마디 없이 숲속을 솔음솔음 더듬으며 수일이는 그 뒤에 조금 떨어져서 갈대꽃을 손으로 살악살악 흔들면서 묵묵히 따라 올라갔다. 갈대꽃은 바람을 타고 펄펄 파문을 그리며 하나하나가 엷은 눈송이처럼 떠올라간다. 수일이는 멈춰 서서 그것이 공중에서 오색이 영롱하게 빛나는 것을 쳐다보면서 소리 없는 손뼉을 치곤 하였다. 송림이 다한 곳으로부터는, 험하고 그악한 돌작지길이 산으로 기어오르고 있다. 산월이는 수일이 손을 끌며 올라간다. 소년은 역시 오늘의 어머니는 얼만큼은 불만이었으나, 다만 사랑하는 어머니가 다시 자기의 것으로 돌아왔다는 기쁨에 그득하여 되도록 어머니의 심사를 상치 않으려 그냥그냥 말없이 따라 올라갔다.

"어머니 아무두 없는 곳에 가나?"

하고 수일이는 동의를 구하려는 듯한 눈으로 물어보았다. 어머니는 가벼이 웃음을 띠우며 고개를 흔들 뿐이다.

"옛적에 어린애 셋이서 범 잡으러 갔던 데두 이런 산이나?"

그는 어린애들이 어떤 산에 올라가 그곳에서 자고 있는 범을 용하게도 바윗줄로 얽어매었다는 옛말을 생각해내었던 것이다.

"범두 없는 곳이란다."

어머니는 고즈넉이 말한다.

"범두 사람두 없는 쓸쓸한 곳에 간단다. 거기 가면 너하고 우리 둘이서 암만 소리를 지르며 지껄여두 사람이 듣겠니, 또 울어두 알겠니."

"그럼 어떤 중이 높은 무쇠나무를 본 데두 이렇게 높은 곳이야."
"응 그렇단다."

어머니는 할 수 없는 듯이 쓸쓸히 웃었다.

"그럼 어디 무쇠나무 아래에 돌구두 신은 크단 사람이 누워 있지. 그 사람 콧김에 저 수풀이 흔들리나."

"오라, 그런지두 모르겠다."

그들 모자는 서울 장안의 시가가 훤히 내려다보이는 바위 밑에 발을 멈추었다. 벌써 어느덧 가을은 깊고 해는 서천(西天)에 기울어 쌀쌀한 바람은 소나무숲을 불어올리며 그들의 옷자락을 펄펄 날린다. 저녁해가 빨갛게 *반조(反照)한 높은 느티나무가 세차게 흔들릴 적마다 몇백의 까마귀들이 휩쓸어 떠올라 까악까악 비명을 지르고 있었다. 그것은 마치 황금의 태양이 보낸 소악마들처럼 펄럭펄럭거리며 그 때문에 넓고 훤하던 조망은 처참하게도 컴컴스레 어두워진다. *장안 만호(長安萬戶)의 경치도 군데군데가 시커먼 단도에 찔리어 그것이 난무하는 사이사이로 천주교회당의 *종루가 우뚝 솟는가 하면은 혹은 *백아(白亞)의 높은 건물들이 걸핏걸핏 보이기도 하는 것이다. 그러면 소나무숲은 다시금 무더기로 흔들리면서 쏴― 쏴― 함성을 지니 까마귀떼는 놀라 하늘 높이 몰려서 퇴진을 한다.

어머니는 가분작이 이상한 목소리로 캐들캐들 웃으며 손바닥을 친다.

"응 인젠 그만 내려가."

낙조 103

하며 수일이는 어머니의 손을 잡아 끌었다.

"응 어머니."

그러나 어머니는 아무런 대답도 하지를 않고 마치 무엇에 정신을 잃어버린 사람같이 잠잠히 그 자리에 앉아버린다. 그래 수일이도 수심에 찬 얼굴로 옆에 살그머니 다가와서 나란히 붙어 앉았다. 잠시 동안 무거운 침묵이 계속되었다.

"우리 수일이는 역시 어머니가 좋으니?"

어머니는 혼자소리처럼 이렇게 중얼거리었다.

그러나 말소리는 바람에 휩쓸어난다.

"응."

수일이는 목소리를 삼키었다.

"난 어머니가 제일 좋아."

그리고 이어서 양보하였다.

"어머니가 좋아하는 곳이면 아무 데라두 갈래. 내 집에 가자구 안 글게."

산월이는 가만히 수일이를 끌어당기어 제 뺨을 아들의 얼굴에 비비었다. 그때에 그의 뺨에는 뜨거운 눈물이 한 줄기 옮아 넘어 흐른다. 수일이는 놀라 어머니의 얼굴을 쳐다보았다. 저문 해에 빨갛게 질리어 보이는 어머니의 뺨에는 눈물이 끊일 사이 없이 흐르고 있는 것이었다.

"그래두 내가 죽는다면……."

"어머니 왜 그런 소릴 하니……."

"아직 너는 철부지 애로구나."

하며 어머니는 슬픈 낯으로 웃는다.

"내가 병이라도 앓아 죽으면 어떡하니. 어머니두 한 번은 아무래두 죽는단다."

"어머니 그럼 매일 병 안들게 하나님께 빌면 되잖어."

"글쎄, 그건 그럴지두 모르겠구나. 그래두 박대감처럼 총에 맞어 죽는 사람은 없던? 모두가 하나님 처분이실 테지만."

이전에 다시 만났을 적에 산월이는 역시 본집의 피습사건을 말하지 않고는 못 견디었던 것이다. 산월의 생각에는 수일의 장래가 이편에 선대도 무섭고 저편에 선대도 또한 위험하게만 보이는 것이다.

"응 그래두 박대감은 사상가에게 맞어 죽었지. 그럼 사상가가 되면 되지 뭐. 사상가는 발에 용수틀이 붙어서 얼마나 잘 피하는지 몰라."

호호호 하고 어머니는 눈물이 쏟아지게 높은 소리를 지르며 웃었다.

"그 사상가가 또 맞어 죽었구나."

"그럼 어머니."

하며 수일이는 어머니에게 바싹 달라붙으며 애연하게 부르짖었다.

"내 멋있는 소리꾼이 되어서 매일매일 하나님을 기쁘게 해줄래. 그럼 하나님은 어머니랑 나를 도와줄 걸 뭐."

어머니는 눈물이 다시 핑 돌아 고개를 제치며,

"참 우리 수일인 좋은 애로구나. 것두 정말 네가 소리를 하면 몹쓸 사람은 미치어 나가고 나쁜 사람은 그 자리에 죽어 넘어진다면 좋겠다."

"……"

"정말 그렇구나."

하며 산월이는 꿈꾸는 듯한 어조로 중얼거렸다.

"내가 네게 물려주는 건 소리밖에 없구나. 네 몸을 지킬 비수 하나, 나는 남겨 주지 못하고 죽겠구나."

"비수라니?"

수일이는 목에 침이 마르게 부르짖었다.

"죽여, 사람을 죽여."

"죽여?"

"응, 칼 말이고나."

"누귀를."

"아무개든."

모자 사이에는 다시 말할 수 없는 긴장된 침묵이 지배되었다. 수일이는 더욱더욱 무섭고도 이상야릇한 생각에 엄습을 받아, 떨리는 얼굴을 쳐들어 어머니의 얼굴을 다시금다시금 살피면서 어머니의 진심을 알고자 애를 썼다.

"세상 사람이 윤가네를 저주한단다. 그리고 너는 그 무서운 후손이란다."

　수일이는 더욱더욱 지금까지 경험치 못한 깊고깊은 우수와 회의 속에 억눌리었다. 어머니는 수일의 손을 잡고는 다시 일어나서 차츰차츰 더 그악한 단애를 향하여 오르기 시작하였다. 그리고 슬프고 처량한 가느단 목소리를 뽑아 간간이 흐득여 울면서 자진 수심가의 한 구절을 부르기 시작하였다.

　　바람아 부지 말어라 송풍 낙엽이 떨어지누나 명사십리 해당화야 잎 진다, 꽃 진다고 설워를 말아 동삼 석 달은 죽었다가 명춘 삼월이 돌아오면 잎은 돋아서 왕성을 하고 꽃은 피어서 만발하는데 우리 인생 죽어지면 만수장림에 *운무로구나
　　그러자 수일이는 조금도 수줍은 기색이 없이 같은 슬픔, 같은 원한에 가득하여 맞받아 다음 노래를 부르니―

　　만첩청산 썩 들어가서 잔딧잎으로 이마를 삼고 *두견*접동으로 벗을 삼고 석침 베고서 누웠으니 송풍은 거문고요 두견성은 노래로구나 살은 썩어 물이 되고 뼈는 썩어 황토가 되고 *삼혼칠백이 흩어나질 제 어느 친구가 날 불쌍타 할까요 생각하면 심사가 좋지 않아서 못살리로구나

　이때에 산월이는 아들을 얼싸안고 그만 자리에 엎더진 채 몸부림을 치며 어린애처럼 소리를 높여 통곡을 하기 시작하였다. 수일이도 물론 따라서 엉엉 울어대었다. 울음소리는 바람에 흩어져 하늘에서 부서졌다. 그리고 아무리 소리를 높여 울어도 누구 하나 들어주는 사

람이 없었다. 산상에서 이렇게 모자가 슬프게 한껏 통곡을 하고 있을 적에 하늘에는 까마귀가 날고 저녁 안개는 뽀얗게 끼어 오는데 해는 뉘엿뉘엿 지기 시작하였다.

그러나 산월이는 수일이를 데리고 *만장의 단애로는 찾아가지 않았다.

13

가을철도 차츰 깊어 가고 다시 새 겨울은 찾아왔으나 북한산에서 헤어진 이후로는 어머니는 채찍으로 맞은 것처럼 한 번도 찾아 주지를 않아, 수일이는 어머님을 그리는 마음이 더욱이 간절하여지었다. 어디가 아프시지나 않은가 하고 문득문득 걱정이 되나 역시 본집에 어머니를 만나러 가도록 허락은 내리지를 않았다.

그런데 어떤 날 수상하게도 사무실에 아버지가 찾아와서 숙부네 부처와 무엇인가를 수군수군거리는 것을 보았다. 수일이는 걱정스러운 얼굴로 실내의 문을 열고 들어와 한옆에 서서 먼 바로 그들의 기색만 살폈다. 아버지는 수염 한끝을 입에 물고 깊은 눈슭을 흐밀거리면서 수일이를 물끄러미 바라다볼 뿐 이렇다는 말 한마디 입을 떼지 않는다.

"수일이 도령님은 아주 큰 양반이랍니다."

하고 숙모는 연신 능청을 부리면서 남작에게 듣기 좋으라 *말추를 늘이었다. 언제나 하루같이 수일에게는 쌀쌀하고 무정하던 이 숙모가 남작 앞에서는 유달리도 은근할뿐더러 수일에게까지 외려 무시무시할 만치 친절한 것이다.

"첫째 공부 잘하고 말 잘 들으니 좀 훌륭해요?⋯⋯ 그래 늘 저는 바깥어른과 마주앉으면 원 큰집 대감네는 아들두 참 잘 두어서 어쩌문 그렇게 팔자가 좋으실꼬 이렇게 두구 뇌인답니다."

그리고서 수일의 쪽을 척 둘러보더니만,

"수일 도령님 이리 좀 와요."

하고 아주 짓궂게 손까지 흔들어 보인다. 수일이는 온몸에 소름이 쭉 끼치는 듯하여 몸서리를 쳤다. 숙모는 물소같이 긴 얼굴에 께름칙한 미소를 띠며 얼러대려 든다.

"아무 근심 말구 공부나 더 잘해야 허우. 근심헐 게 무에 있나? 어머님두 우리 도령님이 공부 잘허기만 바래구 있을 테니 어머님 근심두 애여 말어야 허오."

"허— 그런 소린 다 왜 허나."

하고 뾰족한 매부리 콧잔등에 금테 안경을 건 숙부가 핀잔하듯이 제지하였다.

"어린애보구 헐 소리가 따루 있는 게지, 그런 소린 다 왜 허나."

그때에 아버지는 비로소 퉁명스런 소리로,

"나가 놀아라."

하였다. 수일이는 어리둥절하여 수벅수벅 걸어나가다가 귓결에 아버지가 숙부에게 이렇게 말하고 있는 것을 들었다.

"허기는 나두 어데 온천에라두 며칠 데리구 가볼까도 하였네마는 원체 어린애가 좀 귀찮어야지……."

직감적으로 어머니에게 무슨 일이 생긴 게로구나 생각하니 수일이는 가분작이 몸뚱이 떨리며 가슴이 두근거림을 금치 못하였다. 마음이 안절부절하여 어찌할 바를 몰라 좁은 가슴을 조이면서 대문 밖으로 걸어나왔다. 그때였다. 비록 의외의 일일지라도 이 동리 한 집 한 집 문표로 쳐다보며 찾아 싸다니는 귀애를 문 앞에서 공교롭게도 만난 것은— 수일이는 깜짝 놀랐다. 어떤 소녀가 앞집 대문 아래서 *키춤을 하며 문표를 살피고 있다가 인기척에 놀라 홱끈 돌아선 얼굴, 그것은 틀림없이 옛날의 귀애가 아니었던가. 가느다란 몸테지에 검은 조선옷 제복을 입은 탄탄스럽고도 귀여운 모습. 귀애는 수일이를 첫눈에 알아보자 입을 딱 벌리고 일순간 환희의 빛을 나타내더니 막 쓰러질 만치 내달아와서 수일이를 붙들고 숨길이 가쁘게 하닥이며 발바닥을 굴리었다.

"아, 만났다. 이제야 만나서!"

그러더니 아무 소리 하나 못 지르게 신달음으로 소매를 잡아끌며 달아나기 시작한다.

"어머니가 큰일나서, 큰일나서."

"어머니가?"

수일이는 펄쩍 놀라 되받아 물었다.

"웅 어머니는 어머니는 네 이야기만 헛소릴 해. 헛소릴……."

"헛소리?"

수일이는 기를 쓰고 따라 달려갔다.

"글쎄 넌 어쩌자구 걱정 편지 한 장두 안하니? 몇 번씩이나 편지를 했는데 넌 편지두 못 읽니?"

귀애는 숨이 턱에 닿은 목소리로 제 말만 말이라고 조잘거린다. 그것은 조금도 전과 다름이 없는 역시 *여돌하고 영리한 귀애였다.

"왜 어쩌자구 회답편지두 않어. 그렇게 무서워 집이? 편지 쓸줄두 모르니?"

"난, 난 편지 같은 거……."

"편지 같은 거가 뭐야 내가 편지를 세 번씩이나 했는데."

"못 받었는데."

"못 받어서? 못 받을 데가 어디 있어…… 옳지, 그럼 저 몹쓸 작은어머니가 감춘지두 모르겠어. 제가 글자를 모르니깐 제 욕한줄 알구 찢어버린지두 모르겠네."

그들은 벌써 삼청동 골목을 꺼뚜르고 나와 지금은 돈화문 앞 넓은 거리를 달리고 있었다.

"어머니가 어쨌나? 어머니가?"

"애 봐, 큰일나서. 아주 큰일났단다. 어머니가 매일매일 몸부림치겠지."

"어째서?"

"내가 이만큼 큰애가 되구서 바루 대어줄 줄 알어. 총기 있는 내가 너보구 대어주면 어떡하겐? 네가 울며불며 야단치라구…… 어서 가. 가기만 하면 알어."

"어머니 어머니!"

"울지 말어요. 거진 다 왔어. 울지 말어."

한 반시 가량을 이렇게 숨이 멎도록 달음질을 쳐 어느새엔가 그들은 높은 담장으로 둘린 본집 조그마한 뒷문 가까이 이르렀다. 귀애는 수일이를 전신주 뒤에다 꼭 붙이어 숨겨 놓고 사방을 돌아보았다. 아직 해가 지기는 멀었을 때인데 가분작이 하늘색이 컴컴하여지며 시재 눈이라도 올 것 같은 일기로 변하였다. 살그머니 뒷문을 열어 보려고 다가설 즈음에 마침 행랑 사람 하나가 문을 열고 어슬렁어슬렁 나오더니 사나운 구름이 뭉겨 도는 하늘을 한번 쳐다보고서 타악 가래침을 뱉더니 바른쪽으로 엉금엉금 걸어간다. 이 틈을 타서 귀애는 수일이를 얼싸안을 듯이 감싸고 뒷문으로 쏠려 들어갔다. 수일에게는 모든 것이 꿈결 같았다. 바로 그들이 들어선 곳은 연못에 가까운 언덕으로 언제인가 굿사건 때에 그들의 모자가 불리어들 나와 상기하여 넘어졌던 데였다. 거기서부터 *연(連)달린 아주 쥐죽은 듯이 고요한 과수림(果樹林) 새를 걸팟걸팟 뚫고 나가면 고색이 창연한 본채 지붕 끝이 나무숲 위에 엉거주춤이 내려앉아 있었다. 그 아래 한쪽 끝 방이 전에 수일이와 어머니가 같이 지내던 곳이다. 수일이는 가슴을 두근거리며 여기까지 달려오기는 하였으나, 막상 어머니가 있는 방 앞까지 이르렀을 때에는 아주 *기진하여 발밑이 부들부들 떨리며 혀끝까지 가두어 들어가는 것만 같았다. 그날은 유별히도 집안에 인기척 하나 없이 쓸쓸하기 그지없었다.

수일이는 어머니 방의 문지방에 바싹 몸을 기대었다. 아카시아나무에 흔들리는 어르숭숭한 광선이 영창문에 비치어 *사광(蛇光)처럼 흔들리고 있었다. 그의 가슴속은 다시 방망이질을 하여 그 소리까지 들리는 것 같고, 눈앞은 캄캄하여지며 입 속이 타올라 말소리 한마디 낼 수가 없었다.

"어머니를 놀라시게 하지 말어."

귀애가 그의 등을 얼싸고서 조그마한 소리로 귓등에 속삭이었다.

"가만히 들어가서 만나구만 나와요! 내가 바깥에서 망을 볼 테니까 걱정 말어."

그러나 웬일인가 수일이는 어머니가 있는 방안으로 뛰어들어갈 수가 없었다.

"어머니!"

하고 그는 숨죽인 소리로 부르며 유리문을 흔들었다.

"잠이 드신 모양인가 봐."

"어머니!"

"소릴 내지 말어요. 가만히 그냥 들어가래는데."

"어머니!"

수일이는 마치 방안에서 쫓겨나온 어린애가 어머니보고 용서를 빌려는 모양과도 같았다.

귀애가 얼핏 유리문을 열었다. 그 바람에 수일이는 반사적으로 방 안에 뛰어들어갔다. 그러나 그는 온몸에 공포가 쭉 뻗치어 그 자리에 그만 막대처럼 뻣뻣이 굳어져 내렸다. 어두컴컴한 방 한구석에 *포단이 주름이 진 채 깔리운 위에 놀라 반신을 일으킨 어머니의 너무도 변한 모양이 시든 약초와도 같았다. 처음에 무엇이라고 어머니는 소리를 지른 것 같으나 그것은 딱히 들리지는 않았다. 어머니는 이전처럼 수일이를 쓸어 안지도 못하고, 정신의 갈피를 못 잡는 듯이 무서운 형상을 지은 채 머리를 휘젓고 있다. 머리카락은 산산이 헤어지고 뺨은 몰라볼만치 파리하여 피부색은 유황색으로 보였다. 그 눈은 무섭게도 튀어나온 것 같아 아들 수일이는 아직까지 어머니의 그 곱던 얼굴에 이처럼 놀랄 만치 처참한 눈을 본적이 없었다.

수일이는 바들바들 떨면서 눈을 감았다. 그러자 눈물이 쭈루룩 쏟아지며 숨이 턱턱 막히었다.

어머니는 별안간 발작이라도 일어난 것처럼 사시나무처럼 손발을 와들와들 떨더니 몸을 괴롭게 비꼬다가 그만 그 자리에 쓰러지며 괴로운 목소리로 통곡하기 시작하였다. 등 언저리가 사나운 물결처럼 흔들린다. 수일이는 그만 기겁하여 으아— 하고 울음통을 터치면서 어머니 곁으로 다가가 목을 얼싸안으며 쓰러졌다. 그리고 발을 버둥버둥씨어 머리맡에 놓여 있는 약병을 두서너 개 넘어치었다.

"그렇게 울면 안돼요. 어머니를 그렇게 슬프게 하면 안돼요!"

하면서 어느새엔가 달려들어온 귀에는 꾸짖듯이 수일이를 끼어올리며 부르짖었다.

"내 그러라구 다려왔어? 암만 울어두 슬퍼. 그만둬요 그만둬!"

"어머니 어떻겠어요? 어떻겠어요?"

수일이는 그냥 울었다. 다름이 아니라 북한산상에서 수일이와 최후의 길을 걸으려다가 단념하고 돌아온 뒤부터는 산월이는 매일같이 문을 굳게 닫고 혼자 죽을 길만 생각하고 있었던 것이다. 그런데 며칠 전 새벽녘, 그는 하도 수상한 꿈을 꾼 것이다. 그것은 바로 자나 깨나 그리운 평양 동산 위로 그들 모자는 청류벽(淸流壁) 무시무시한 단애 기슭에 이름도 모를 새빨간 꽃을 한움큼씩 얼싸안고 나란히 서 있었다. 그때에 난데없이 하늘은 캄캄하여지며 *일진광풍이 몰려와서 그들의 꽃다발을 빼앗아 펄럭펄럭 휘날린다. 그러자 그것은 공중에서 여러 바퀴 핑글핑글 *선회를 하더니 그만 대동강의 물줄기를 향하여 쏠려 내려가다가 돌연 우레 소리가 지르면서 강이 쩍 벌어지자 산산이 흩어지면서 마치 *비닭이가 내려앉듯이 그 속으로 없어지고 말았다. 놀라 뒤를 돌아다보니 수일이는 벌써 어느새에 간 곳이 없이 사라지고 말았었다. 산월이는 이 꿈을 아주 불길한 일로만 생각하고 인제야 마침내 제 명을 끊을 날이 온 것이라고 생각한 것이다.

더욱이 일이 심상치 않게도 바로 그날 아침 또 별안간에 해주집이 달겨들어 와서 *야로를 하기 시작하였다. 흥쭈루기 그 처음 몇 날 전부터 그의 외딸 옥기가 바람을 케어 앓아누워 있었는데 소경을 데려다가 점을 쳐보니 동방 제십문(東方製十間) 안짝에서 살이 들어왔다고 하므로 이것은 필경 유령처럼 매일 방구석에 틀어박혀 있는 산월이가 김천집 모녀와 틀이를 하고 저의 모녀를 못살도록 저주를 한 탓이라고 생각을 하고 선달음에 달려온 것이다. 그러지 않아도 아들을 낳아 가지고 온 젊은 년이라 하여 지금까지 질투와 증오의 불길을 가누지 못하던 해주집이다. 그래 해주집은 노기가 등등하여,

"이년 좀 나와 보거라!"

하며 토방가에 와서 고함을 빽 질렀다. 그러나 아무 대답도 없는지라 제 바람에 더욱 기가 올라,

"아 이년 그래 안 나올 테냐. 아 이년 못 나오겠으면 그만두려무나."

하며 산월의 방에 쑥 뛰어들어갔다. 산월이는 마침 이불을 쓰고 흐득흐득 혼자 설움에 느껴 울고 있다가 누구인가가 벌거덕 미닫이를 열고 들어옴에 놀라 화닥닥 일떠났다. 해주집은 분통에 차서 부들부들 떨리는 손으로 덥썩 산월의 머리채를 휘어감고 낚아채었다.

"응, 이년 네가 일떠나면 날 어쩔 테냐! 이 박살할 평안도 기생년! 이 아물진년, 대감의 뱀을 다 긁어줘구 큰 도령은 잡어먹구 이 박살할년!"

"아이구 오마니―"

"아 이년 *엄포를 봐라. 하면 네 죄를 모르겠니. 큰 도령 하나 잡어먹은 것도 모자라 인제는 내 딸을 잡어갈라구! 이년, 이년 홍두깨 방맹이에 학춤을 추어야 알 테냐. 네 이년아, 네가 청승맞은 김천댁

년하고 매일 밤 우리 모자 죽으라구 축수를 지내지."

하며 머리채를 방안으로 들들 끌고 다녔다. 산월이는 비명을 간신히 지를 뿐 정신까지 혼미하여졌다. 여비들이 난데없는 외치는 소리에 놀라 몰려 들어와 달라붙어서 겨우 뜯어 놓기는 하였으나 해주집은 터치려는 분통을 억제치 못하고 막 여비들을 두들겨패며 끌리어 나가면서까지 제 가슴을 치며 독설을 퍼붓는 것이다.

"아이고 불쌍허라 내 팔자야. 응 이 박살할 평안도 기생년! 이년, 대체 네가 무슨 염치로 이 집을 쓰구 있단 말이냐! 응 이년, 제 자식 새끼를 때웠으면 그뿐이지 내 딸은 또 왜 죽으라구 축수를 지낸단 말이냐? 응, 이 모두 불살러 죽일 년들! 이년 빨리 서방 얻고 나가거라! 이 죽일 년!"

해주집 소리가 어지간히 멀리 사라질 즈음 죽은 듯이 쓰러졌던 산월이는 유령처럼 머리를 흐트린 채 부리나케 부엌으로 달려나갔다. 별안간의 일에 방안에 남아 있던 여비 하나가 놀라 뒤따라 나갔다가,

"아—앗."

하고 부르짖었다. 산월이는 잿물 그릇을 마시고 피득피득 고민을 하며 넘어져 있던 것이다. 다시 여비들이 몰려와 비눗물을 풀어 넣는다, 의사를 부른다 하여 겨우 명만은 거두었으나 입 속이 타버려 언어, 음식이 전폐되다시피 된 것이다. 죽음까지 산월에게는 원수가 되고 말았다—.

어머니도 수일이를 끌어당기며 무엇이라고 두어 마디 부르짖었다.

그러나 수일에게는 어머니가 캑캑 웃어 대는 것처럼 밖에는 들리지 않았다. 어머니는 한사코 입을 벌리고 무어라고 외치려고 한다. 수일이는 어머니의 이 모양을 보고 갑자기 악 하고 부르짖으며 물러나 바들바들 손발을 떨었다. 어머님의 그 귀엽던 입가는 시꺼멓게 타버리고 잇몸은 구실구실 썩어 떨어져 있지를 않은가!

귀애는 사납게 수일의 몸뚱이를 잡아 흔들었다. 그때에 방문 밖에서 누구인가의 발자국 소리가 들리더니 선기침을 하는 것이다.

"귀애 아가씨."

하고 여비가 부른다.

"어머님께서 부르십니다."

"응, 가, 이제 곧 갈게."

귀애는 단숨에 이렇게 대답을 지르면서 날쌔게 수일의 손을 잡아 끌며 뒤쪽으로 빠져나갔다. 산월이도 어서 나가라고 몸짓 손짓을 하였다.

집안 사람들의 눈에 띄지 않고 다시 귀애와 수일이가 담장 바깥으로 나왔을 때는 벌써 늦은 저녁으로 싸락눈이 바람에 휘날리고 있었다. 좁은 골목길을 새어 나와 돈화문 앞 큰길을 담장줄을 따라 걸으며 귀애는 안타까운 듯이 수일이보고 알아듣게 핀잔을 하였다.

"넌 학교까지 단기면서두 그맛 거 모르겐? 암만 울어 본대두 인제 무슨 소용 있어. 어머니는 나쁜 것을 먹고 입 속이 못쓰게 되어서 말두 못 하시는데 너만 입을 벌리구 엉엉 채울면 어떡하니?"

수일이는 다시 생각하니 더 슬퍼 또 울기 시작하였다.

"아이구 인젠 울지 말어. 참어요."

하면서 귀애는 수일의 어깨를 끼고 흔들었다. 그래 수일이는 숨채기를 하며 억지로 울음을 그치며,

"난 인젠 슬퍼두 안 울 테야."

"아이구 또 왜 그런 슬픈 소리를. 인젠 내가 어머니에게 붙어 시중을 보니까 슬퍼할 것두 무서워할 것두 없어. 오늘두 어머니가 너무 울면서 네 이름만 헛소리루 부르기에 내가 필운동으루 달려가섰겠지. 그전에두 내가 얼마나 너한테 편지했는지 몰라."

"왜 어머니는?"

"모두 너 때문이지 머……."

"……."

"너두 좀더 크면은 알어. 네가 집에서는 둘째 주인이거든. 주인은 모두가 미워하는 법이야."

"주인?"

"응 그럼…… 너는 참 아무것두 모르누나. 그래 너두 주인이 되어서 어머니랑 네가 수모를 받는 것이지 머. 그래두 이제부턴 내가 네 대신 불쌍한 어머께 효도해드릴게 걱정 말어. 난 아까두 고무쭐루 우유를 잡숫게 하구 나왔대서. 어머니 더 괴로워하시면 나는 *단지(斷指)를 할치야, 알었어? 손끝을 베일치야. 손끝을 베어서 생피를 먹여서 죽은 사람두 살렸다는 말을 나는 신문 보구 알었어!…… 그러기

언젠가 네 어머니가 우리 수일이는 귀애 있어 어찌 힘이 될지 몰라 하시겠지. 그럼 우리 둘이는 다시없는 사이지 응? 이봐 애 보게!"

수일이가 갑자기 눈앞이 캄캄하여지어 허둥지둥씨었던 것이다. 어머니의 생각이 치밀어 들어와 그의 가슴속을 악마처럼 쥐흔들었기 때문이다. 귀애가 제 몸을 잡아 흔들며 무어라고 부르짖는 소리도 의식과 감각의 세계로부터 멀리 떨어져 나가는 것처럼 생각되었다. 귀애는 눈을 파랗게 하고 수일이를 겨우겨우 부축하여 돈화문 담장에 의지케 하였다.

"정신을 차려, 정신을!"

벌써 사방은 어두워져 가고 눈은 함박으로 쏟아지며 그들 두 어린 애를 하얗게 묻어버리고 만다. 거리에는 사람들 그림자도 적어지고 때때로 마차가 지나갈 뿐. 그러나 귀애는 더욱더욱 정신을 가다듬어 수일의 몸뚱이를 쥐고 흔들었다. 겨우 수일이는 정신을 차리었는데 그제는 얼혼이라도 빠진 사람같이 멀거니 귀애의 얼굴을 쳐다볼 뿐이다.

"좀더 가면 돼, 기운을 내어요!"

하고 귀애는 속삭이었다. 그들 둘이는 다시 허둥지둥 걷기를 시작하였다. 그들은 지금 저희들이 그 옛날 조부의 윤대감이 경복궁으로부터 돌아오다가 반민에 참살을 당한 자리를 헤매이고 있는 줄은 꿈에도 모르는 것이다. 이것도 또한 얼마나 슬픈 가족사(家族史)의 일이냐.

"내 이후부터는 학교 앞에 만나러 가줄게. 네가 집에 또 왔다는 큰일이야. 오지 말어, 내가 갈게. 그리구 이제 필운동 집에 돌아가면 집에 왔댔노라고 그러지 말어. 그러구 빨리 자요, 울면 안돼! 하나둘 세이면서 자면 나쁜 꿈을 안 꿔. 응, 천까지만 세어 천까지만. 그래 세일 수 있어?"
　수일이는 한마디도 대답을 못 하였다.
　"아무 보구도 말하지 말어!"
하고 귀애는 등뒤에서 부르짖었다.
　"어서 빨리 가요!"

14

　해는 다시 바뀌고 드디어 새봄이 돌아와 즐거운 봄이라는데 그날도 수일이는 학교 정문 앞 거리에 우두커니 서서 귀애가 만나러 오기만 기다리고 있었다. 그 즈음은 그들 둘이는 서로 날을 약속하고 거리를 같이 싸돌아다니면서 어머니의 하루하루의 정황을 묻거니 받거니로나마 낙으로 삼고 있던 것이다. 그런데 그날은 유별하게도 거리가 수선수선하며 하늘에는 검은 구름이 자욱하니 끼고 어쩐지 무어라 말할 수 없는 어마어마한 공기가 흐르고 있었다.
　마침내 귀애와 수일이가 서로 만나서 좋아라고 큰길로 접어 나가 보니 상점들도 굳게 문을 잠갔는데 사람떼들이 행길을 무어라 와자지껄대며 한 패거리씩 밀려다니며 아낙네들도 골목 새로 황망히 뛰어나와서 하늘을 우러러보며 무엇인가를 수군거리는 품이 심상치가

낙조　121

않았다.

"왜들 그러나?"

수일이는 어쩐지 불안하여 물었다.

"가만있어요."

하며 귀애는 수일의 손을 닦아 쥐었다. 그의 눈동자는 빛나고 있었다.

아니나 다를까 종로 네거리에 나갔더니 뭇사람들이 무더기를 짓고 사나운 파도처럼 술렁거리고 있다. 귀애도 그제는 약간 겁을 집어먹고 종각 옆으로 수일이를 끌고 멀찌가니 서서 손에 땀을 쥐고서 이 모양을 반반히 보다가 다급하여 옆에 수염 달린 지게꾼들에 어쩐 영문이냐고 물어보았다. 딱히 알고 싶었던 것인데 지게꾼이 홱 뒤돌아보며,

"허— 애들 어쩔라는교!"

하고 눈이 뚱그래서 이상스런 사투리로 부르짖었다.

"큰일날라꼬!"

수일이는 비슬비슬 뒷걸음질을 치어,

"돌아가."

하고 귀애의 손과 치마를 잡아당겼다. 귀애도 몇 걸음 물러섰다.

그럴 무렵에 별안간 천지가 깨어지는 듯한 우레 소리가 울리기 시작하였다. 마른 번개가 친다. 하늘이 번쩍번쩍댄다. 소나기가 쏟아지기 시작하였다.

"우르르!"

"와르르!"

군중의 흩어지는 그림자. 아우성. 폭풍우가 일기 시작하였다. 파도는 갑자기 높아지며 흰 그림자는 오밤중에 눈보라치듯 걸핏걸핏 *난비하였다. 폭풍우, 눈보라, 홍수, 파도, 벽력, 우박 모든 것이 한꺼번에 일어났다고 할까. 이같이 되어 드디어 수일의 모자에게는 실로 운명적인 무서운 날이 당도한 것이다.

그러나 어린 수일이는 영문도 모르는 파도와 소란 속을 귀애와 같이 엉엉 쳐울며 헤매면서 거리를 허둥대었다.

사나운 공포가 그들을 사로잡았다. 그러나 어느 결엔가 물밀리듯이 사람떼에 쫓겨서 본집이 있는 계동(桂洞)골에 겨우 쏠려 들어갔다.

이때에 본집 속에는 벌집을 쑤셔논 것처럼 큰 소동이 벌어지고 있었다. 대문, 옆문, 뒷문 할 것 없이 문이라는 문은 모두 굳게 잠그고서 행랑 노복들은 후원, 앞정(庭), 사랑까지를 억수로 퍼붓는 비바람 속에서 번개처럼 줄달음쳐 왔다갔다하며 여비들은 오리같이 뒤뚱거리며 떼로 몰려다녔다. 해주집과 옥기, 금순이는 방 속에 깊이 묻혀서 *졸연간에 이르른 천지이변에 몸을 부들부들 떨며 컴컴한 하늘에 번개가 펄펄 불붙듯이 일어날 때마다 비명을 으아— 하고 지르며 사족을 못 썼다. 안사랑채에 누워 굴던 대감들은 오직 하나 겨우 남겨 두었던 유물, 갈지(之)자 양반걸음까지 잊어버리고 장죽을 거꾸로 세우며 뿔뿔이 뒷문으로 빠져 달아났다. 물론 남작은 집안에 얼씬도 안

낙조 123

하고 종적을 감춘지 오래다. 그러나 김천집만은 큰일이 난 것이 귀애가 학교에 간 채 돌아오지를 않는지라 절통한 나머지 미친년처럼 대문을 열어 내라고 발을 구르며 큰 *야료를 쳤다. 비 맞은 수탉과 같기도 하다. 막 팔을 휘저으며 대문짝에 쓸어 붙을라치면 노복들은 또 우르르 달려들어서 백방으로 빌며 떼어 놓는다.

"아이구 내 딸 죽누나……."

하고 통곡도 하여 본다. 그리고는 또다시 어쩌자고 대문짝에 펄펄 달라붙을런다.

"이놈들, 이 죽일 놈들, 놓아라 놓아. 내 딸을 생벼락을 맞어 죽이려느냐. 아이구 아이구 벼락맞누나."

그럴 때는 또 불시에 우레가 탕탕 지른다.

"아이구 벼락이야, 벼락이로구나?"

하며 기겁하여 푸드덕거린다.

방금 그때에 바깥으로부터 귀애가 비명을 지르며 대문을 두드리니 놀라 열어 주는 바람에 수일이를 뒤에 달고 쓰러질 듯이 달려들어온 것이다. 김천집은 수일이가 들어오는 것은 볼 새도 없이 너무 기가 올랐던 김이라 마치 닭을 채는 독수리처럼 귀애에게 왈칵 달려든 것이 그만 미끈덕하여 철싹 둘이가 같이 엎더졌다. 노복들은 또 그것을 말리느라고 몰려들었다. 그새에 덕쇠 영감은 뒤로 수일이가 들어오는 것을 보고 질색하여 달려들어 남모르게 몸으로 감싸고서 중대문을 뚫고 본관 빈방으로 허겁지겁 줄달음을 쳤다.

"아이구 이 쌍 까시나야, 이 주리칠 쌍 까시나야. 하늘이 무서운 줄을 모르겠니! 이 박살함할년."

하며 김천집은 이 대감 댁에 와서 배운 점잖은 말솜씨도 엉겁결에 모두 잊어버리고 별의별 욕지거리를 퍼부으며 넘어진 채 볶아지치듯 귀애를 두들겨패는 것이었다. 참말로 하늘이 무서운 줄을 아는 날이었다. 그러나 귀애는 *개구를 못 하도록 얻어맞으면서도 곁핏 덕쇠 영감이 수일이를 안아서 어디다 감추려고 줄달음쳐 가는 것을 보고는 간신히 마음을 놓고,

'때려라 암만이라도'

하고 속으로 세차게 앙심을 먹으며 두 팔 속에 머리를 구겨박았다.

덕쇠 영감은 수일이를 빈방 안에 아무도 모르게 감추기까지는 성공하였으나 그러나 수일이는 새파랗게 얼어 굳어진 채 넘어지며 정신을 똑똑히 가지지 못한다. 영감은 헌 누더기로 온몸을 닦고 따뜻이 덮어 주고는 조그마한 수일의 손을 훅훅 입김을 불어 녹이며 눈물을 뚝뚝 흘리었다.

"원 오늘 같은 날 섶을 지고 불로 들어오신다니. 이를 어쩌나, 이를 어쩌나."

이렇게 붙들고 두어 시간쯤을 지내니 그래도 차츰 숨결이 고르러워지며 얼굴에도 순색(順色)이 떠돌면서 그냥 잠이 들고 말았다. 어느덧 밤이 되었다. 억수로 퍼붓던 비만은 그치었으나 더욱 우레 소리는 요란스럽게 진동하며 번개는 잦아지며 마치 각 방에 불길이 펄펄

일어난 것처럼 휘황하게 번쩍거린다. 그리고 사나운 폭풍은 천 사람 만 사람의 노호처럼 천지를 뒤엎을 듯이 쏴— 쏴— 몰아친다. 덕쇠 영감은 수일이가 아주 혼곤히 잠이 든 것을 보자 안도의 미소를 띠며 슬그머니 그 방으로부터 캄캄한 바깥에 나왔다. 산월이를 데려다 모자의 대면을 시키며 저는 그 근처에 숨어서 이 방에 딴 작해(作害)가 못 들어가도록 감시를 하려는 것이다.

그러나 그날 밤의 일이었다. 캄캄한 빈방안에 쓰러져 누운 채 악몽에 시달리면서 뒤채기만 하던 수일이는 무서운, 지금 생각하여 보아도 꿈결이었던지 생시였던지 분간치 못하는 일인바 비몽사몽간에 바시시 방문이 열리는 것 같은 소리를 들었다. 어머니가 들어오시누나 하고 꿈결에도 생각한가 싶다. 하나 제가 여기 와 있다는 현실감이 없기 때문에 몸뚱이를 움츠러치고 또다시 푸시시 깊은 잠이 들었다. 꿈속에서 마음만이 행복된 옛날로 돌아간 것이다. 제 머리를 연연한 손이 쓰다듬어주는 것 같기도 함을 느끼었다. 어머니가 제 옆에 와 있구나 하는 희미한 의식 속에서. 그런데 갑자기 무더운 질식감에 숨이 턱턱 막히어 수일이는 번듯이 일어났다. 난데없는 연기가 방안을 휩싸고 돌며 천장에 펄펄 불이 붙어 들고 있다. 눈거죽이 시우리고 앞이 캄캄하여지며 눈물이 쑥 쏟아지었다. 그때에 어떤 무서운 그림자가 방문을 열고 슬쩍 사라지고 마는 것 같음을 보았다. 수일이는 지금도 제가 사나운 꿈을 꾸고 있는 줄로만 생각하였다. 그러나 별안간 불타는 석가랑지 속으로부터 무엇인가가 발밑에 탕탕 떨어지는 소리에 엄마, 하고 일어섰다. 눈앞이 보이지를 않고 앞이 핑핑 돈다. 구석구석으로부터 타오르는 불길은 그때 *선풍에 싸여 너훌너훌 그를 삼키려는 듯이 너물거렸다. 그는 두 칸 방안을 비명을 지르며 엎더졌다 일어났다 하며 헤매었다.

"아이고 어머니?"

"어머니?"

수일이는 문을 찾아 그곳으로부터 빠져나가려고 허둥지둥씨었으나 불길은 더욱 사나운 바람에 혹— 하고 휩쓸려 달려든다. 그는 기진하여 머리를 부딪치며 쓰러졌다. 그러나 다시 용기를 내어 손을 휘저으며 벌벌 몇 걸음 기어 보았다. 호흡이 힘들어지며 기침이 막 일어난다. 기둥이 촛불처럼 타오르며 천장이며 담벽에는 마치 제비떼가 몰려다니듯 불꽃이 뛰어 드디어 방안은 *초열지옥(焦熱地獄)으로 화하고 말았다.

이날 밤 이 윤대감네 본집에는 각 군데에 난데없이 사나운 불길이 일어난 것이다. 우레 소리는 더욱 높아 가며 번개는 더욱 무섭게 번쩍거리는데 집 담장 바깥에는 수천의 군중이 몰려와서 발을 구르며 아우성을 치며 이 광경을 저주하였다.

새 의식을 다시 차리었을 때는 수일이는 전신에 붕대를 감고서 전처럼 숙부네 집의 한 칸 방에 누워 있었다. 덕쇠 영감이 옆에 앉아 있다가 수일이가 눈을 매시시 뜨는 것을 보자 희한한 낯을 짓더니 별안간 슬픔이 치밀어 경련이라도 일으킨 것처럼 손을 부들부들 떨

낙조 127

며 콧물을 닦았다. 그날 밤 수일이를 잠들여 놓은 방으로 산월이를 남 몰래 인도하고 그 방을 숨어서 지키고 있던 영감이 어느새 순식간에 불길이 각 방에서 일어나자 뛰어들어가 정신을 잃고 넘어진 수일이를 젖은 제 적삼으로 휘어 감싸고서 사나운 기세로 타기 시작한 본집을 빠져나와 숙부네 집으로 달려온 터이었다.

"어머니?"

하고 수일이가 간신히 괴로운 소리로 아픔을 호소하니 덕쇠 영감은 급기야 침통한 빛을 얼굴에 지으며,

"도령님, 마음을 *안돈(安頓)하야 들어주세유."

하고 슬픈 소리를 짓는다.

"내가 어려서부터 육십 평생 이 윤대감 댁을 섬기는 동안에 무슨 일인들 없었겠어유. 더 무서운 일이 얼마든지 있었지라우. 평양 새 마님이 도령님과 같이 올라오셨을 적부터 필경 무슨 일이 일어나지 하였더니 종내 이런 일이 또 생기고 말었답니다……."

"어머니? 어머니?"

수일이는 온 몸뚱이 쑤셔 와서 꼼짝도 움직이지 못하며 울음 섞인 목소리로 부르짖었다.

"밤중에 어머님이 머리를 흩어치시구 뜰안 각 군데로 헤매이시며 불을 놓으셨어유……."

"어머니가?"

수일이는 눈이 휘둥그래지었다. 그러자 다시 의식이 혼미하여지며

전신은 마비된 것처럼 감각을 잃어버렸다.

"그렇답니다. 집안 사람들은 도깨비불이니 혹은 집채 한 군데에 벼락이 떨어지어 벼락불이니 하지요마는 도령님 아무보구두 애여 이런 말 이르지 말으세유."

그리고 영감은 잠깐 눈을 감고 묵묵히 무엇인가를 생각하는 모양이더니 또다시 마치 기도라도 드리는 것 같은 나직한 목소리로 구시렁구시렁 중얼거렸다.

"도령님이 누으셨던 방에두…… 어머님이…… 그만 같이 저승길을 가실 생각으로…… 그러구 온 집안에 돌아다니시며 불을 지르시구는…… 벌써 제가 도령님을 끌어내어 이리로 향한 줄은 모르시고…… 펄펄 타고 있는 도령님 누으셨던 방으루 달려들어가…… 그만……."

하고 잠시 말문이 막히어 흑흑 울며 손으로 얼굴을 가리우고 비비적씨는 것이었다.

"팔자입지유, 모두 팔자입지유."

15

어머니가 세상을 떠난 뒤부터는 수일에게는 절망의 그림자가 뒤따라 그 일상생활은 희로애락을 멀리 초월한 일종 허탈에 가까운 상태에 빠지고 말았다. 누구가 *면매를 하거나 매질을 하거나 욕지거리를 퍼붓거나. 이리하여 어떤 의미로는 그에게는 자기를 힘차게 끌어

인도하는 강력한 존재가 필요하였다.

　그래서 육학년 때에 석순철이가 아버지를 따라 평양으로 옮아간다고 할 적에는 그는 얼마나 외롭고 쓸쓸함을 느꼈는지 모른다. 저도 순철이를 따라 그리운 동산이 있는 평양으로 가고 싶기가 한량없었다. 더욱이 순철이도 섭섭한 모양으로 우묵한 눈을 굴리면서 하나하나 손짓을 섞어 가며 그에게 이렇게 다지었다.

　"수일아, 넌 어머님 돌아간 뒤부터는 모든 것이 싫어만 졌지. 그래 넌 늘상 심드럭해 기운이 없는 거야. 그래두 넌 평양은 좋아한다구 그랬지?"

　"응."

　수일이는 서슴지 않고 대답하였다.

　"그럼 너두 중등과(中等科)는 평양서 안할 테야? 아주 좋다드라. 이 서울바닥엔 못난둥이들만 살아 있어. 너두 평양에 가기만 하면 못난둥이가 안된다. 그 많잖어? 글쎄 넌 어머님을 좋아하기에 어머님 앞에서는 아무런 놀음두 다 할 수 있었지? 기운차게."

　"응."

　"그러니깐 넌 좋아하는 평양에 가기만 하면 어머님 앞에서처럼 용감허게 놀 수 있지 않어?"

　"응."

하고 수일이는 사리가 과연 그럴 성싶게 생각되어 고개를 끄덕이었다. 순철이는 잠깐 동안 눈을 깜박이며 수일의 얼굴을 들여다보고 있

다가 급기야 무슨 생각이 들었던지,

"평양에두 강이 있나?"

하고 묻는다.

"있지 않구. 대동강이지 머. 그리구 동산두 있어."

"응 그럼 통통배두 단기나."

"그런 건 없어. 기다란 수상선이나 단기지."

"응, 아주 멋있네."

순철이가 그만 평양으로 옮아간 뒤부터는 수일이는 이번은 자기를 늘상 업수이여기던 장경섭에게 끌려다니게 되었다. 그러나 경섭이는 그보다 세 살이나 맏이인데 또 수일이가 육학년 때에 공부에 *잠심치 않아 그만 원급(原級)에 남게까지 되어 급도 한 학년 새트게 되자 인제는 아주 학교 동무가 없어지고 말았다. 그러나 여전히 수일이는 숙부네 집에서 감금과 마찬가지의 생활을 계속지 않을 수 없었다.

열세 살이 되었을 적엔 수일이는 어딘가 어슴푸레한 음영이 끼어 있는 얼굴이 흰 귀여운 소년으로 성장하였었다. 하나 어떻게 보면 그는 바보처럼 시무룩하여 무어라 말할 수 없는 혼미의 경지에 빠져 있는 것같이도 보였다. 때때로 커다란 눈을 끔벅씨며 입 가장을 흐낼흐낼하여 무슨 영문 모를 말을 두어 마디, 서너 마디씩 중얼거리기도 한다. 이 봄에 그가 오학년에 진급하면서 드디어 본집에 돌아와도 좋다는 아버지의 명령이 내린 것이다. 수일이가 본집에 돌아온 첫날 밤의 일이었다. 그것은 별이 총총한 사월의 초저녁 밤으로 나뭇가지는 창문 밖에서 흔들리고 달빛은 그의 방 속을 환히 비추었다. 김천집은 수일이를 보러 들어오자 곧자로 해주집에 대한 욕지거리를 펴 늘어놓기 시작하였다. 요즈음은 그는 사나운 질투의 불길에 싸여 제정신의 갈피도 바로 못 차리는 것 같았다. 산월이가 죽은 뒤부터는 대감이 본집에 돌아와서 잠자리를 가지는 적도 있으나 열 번이면 열 번 모두가 해주집네 차리에 가는 것이 생각만 하여도 가슴이 터지는 것 같았다.

"그래 수일 도련."

하고 그는 머리를 한번 휘저어 댄다.

"어머님이 그렇게 되시기두 도대체 다 뉘 탓이겠수."

"그만두셔요."

하고 수일이는 애원하듯 하였다.

"아 그게 무슨 소리람. 저런 모두가 다."

도련님 때문이지. 이 늙은 것이 다 곁들어 걱정하는 게 아니우. 그게 바로 비가 억수로 퍼붓는 밤이럿다. 아, 그런데 막 해주댁이란 년이.

"그만 두셔요. 난 난 빨리 잘려는데."

"아니 이 봐, 참 무엇이라는교?"

하며 김천집은 안색이 변하고 눈을 흡뜬다.

"아니 그 해주 갈보년이 거지 김대감 연석허구 쑥덕쑥덕 짜구서 어머니를 죽였다는데두 그래 원통허지를 않단 말이우. 그런 영문은 모르구 집에 대감은 또 그년 방에 들어가군 허니 이러다가 그 벼락 맞을 년이 거지 김대감의 씨라두 받어 가지구 윤대감 집 아들을 낳었습네 하구 야단을 치면 그게 또 무슨 꼴이야."

그리고 타악 가래침을 창밖에 내뱉더니 왔뜰거리면서 나가버리었다.

수일이는 혼자 자리에 눕지도 않고 마치 무엇에 찔린 사람처럼 묵묵히 앉아 있을 뿐이었다. 그의 눈앞에는 안개가 끼며 무서운 형상을 짓고 고민하는 어머니의 그림자가 서물서물 보이는 것 같았다. 어머니는 뭉게뭉게 *화연(火煙)가로 다가가며 금시로 목을 매고 죽으려는 듯이 간직하였던 밧줄을 꺼내어 불탄 기둥에 던지는 것이다. 그러자 그 밧줄은 어렸을 때의 옛말 세계에서와 같이 황금색으로 찬란히 빛나며 스름스름 하늘나라로 어머니를 끌어올리기 시작하였다. 그러는 사이에 어느덧 어머니의 그림자는 옛날 소녀시대의 귀애 *면영(面影)으로 변하여 중천에 떠올랐다. 아— 귀애는 웃음을 짓는구나. 그 옛날 병원 냇가 언덕에서 서로서로 재미있게 뛰놀던 일이며 라일락 숲속에서 굳게굳게 끼어안던 광경이 번개같이 눈앞을 스쳐간다.

그때에 귀애의 그리운 *양자(樣姿)가 커다랗게 눈앞에 *대사(大寫)되어 나타나니 그 등뒤에 어룽어룽씨던 모든 환영은 어느새엔가 사라져버리고 그의 웃는 귀여운 얼굴만 쳇바퀴처럼 선회를 하기 시작하였다. 그 바람에 그의 가슴속에서 술렁씨는 복잡한 감정은 일시에 동요를 끊고 귀애를 싸고도는 생각만이 바다처럼 퍼져 나아가 귀애의 웃는 얼굴 아래에서 파도를 치는 것이다. 수일이는 희미하게나마 자기가 그를 사랑하였으며 지금도 아주 끊임없는 사모의 정에 마음이 달고 있는 것을 느끼는 터이었다.

　수일이는 하염없는 슬픈 생각에 젖으며 어느새엔가 정원으로 빠져나갔다. 산산한 야기(夜氣)가 그의 얼굴을 스치고 간다. 그는 자기의 발소리에 놀라기도 하며 또는 무엇인가 기대하는 것 같은 가슴의 고동을 느끼면서 못가에 나가려고 새로 지은 신관 끝방 앞을 굽어돌려고 하였다. 바로 거기는 해주집의 거처로 되어 있는데 방안은 연한 초록색 *전광에 졸고 있는 것 같다. 그때에 그는 가분작이 놀라 저도 모르는 사이 옵쳐 물러섰다. 그 방 바깥 창밑에 희멀그레한 여자의 흰 의복이 걸핏 눈에 띈 것이다. 숨을 죽이고 나무그늘 밑에 숨어 자세히 시선을 주어 보니 바로 아까 저한테로 찾아왔던 김천집이 마치 늙은 짐승처럼 움츠리고 서서 방안을 사납게 노려보고 있었다. 그의 머리는 바람에 흩어지고 그 무서워 보이는 눈은 휘황스럽게 번득씨고 있다. 그러나 김천집은 방안의 광경에 대한 불붙는 질투에 사로잡혀 수일의 인기척에도 귀가 뜨이지를 않았다.

　수일이는 살그머니 그곳을 빠져나와 못가로 걸어나왔다. 못물 위에는 *칠채(七彩)의 달빛이 흔들리며 그와 한가지로 그의 가슴속도 가지각색의 상념에 동요를 지었다. 담장을 새에 둔 안사랑으로부터는 장기를 치는 소리가 때때로 땅땅 고요한 밤공기를 흔들며 들려온다. 몇 번씩 노(老)대감들의 껄껄거리는 웃음소리도 터져 울려왔다.

수일이는 한군데에 우두머니 서서 물끄러미 귀애의 방 쪽을 바라다보았다. 아직 바깥에서 돌아오지를 않았는가, 혹은 벌써 잠이 들고 말았는가, 거기는 불이 꺼지며 쥐죽은 듯이 캄캄하였다.

　　"수일 오빠."

하는 아주 사방을 꺼리는 듯한 나직한 말소리가 바로 뒤쪽에서 들렸다. 그는 펄쩍 뛸 듯이 놀라 '으응' 하며 반사적으로 부르짖었으나 벌써 그 목소리 주인이 귀애인 줄을 알았다.

　　"참 역시 수일이네."

　　달빛이 어물거리는 나무 새로부터 말소리가 들려온다.

　　"응."

하고 수일이는 아주 겸연쩍어 입속으로 대답하였다. 희미한 달빛으로나마도 수일이는 첫눈에 귀애에게 아주 어떤 일종의 압박과 거리를 느끼고 말았다. 이 몇 해 동안을 서로 만나지 못한 새에 귀애는 이제는 흰양처럼 듬씻하게 성숙하여 거기는 쌀쌀한 위엄까지 서리어 있는 터이다.

　　귀애도 인제 열세 살이나 먹은 수일의 성장한 품에 좀처럼 어리둥절한 모양이었다. 그러나 수일의 서먹서먹해하는 모양이 하도 우스웠던지 말씬하고 웃음을 지어 보였다. 수일이도 객쩍게 히히히 하고 하얀 잇속을 보이며 연신 웃어 대었다. 이리하여 둘이는 한참 동안 서로서로의 생각으로 마주보며 웃기를 그치지 않았다. 역시 서로 기쁘지 않을 리가 없었던 것이다.

"집에 돌아와 기쁘지?"

"……"

수일이는 눈을 내리깔고 잠잠하였다.

못가의 나무 벤치에 둘이 나란히 앉았을 때 귀애는 몽실몽실 온기 있는 팔을 수일의 어깨에 두르고 살짝 끼어안아 보며 얼굴을 붉히었다.

"아이구, 네 몸이 왜 떨리니."

"난 난."

하고 수일이는 중얼거렸다.

"집에 인젠 영 못 오는 줄만 알었어."

"왜 못 와."

"그래두 머."

"왜 못 와요."

"난 난 몰라."

하고 그는 이렇게 마지못해 대답하였으나 불시에 제가 옛날처럼 다시 귀애게 어리광을 피운 것 같아,

"넌 넌."

하고 부르짖었다.

"내가 와서 기쁘니?"

"얘 봐, 아이구 참."

하며 귀애는 흠쎅스레 놀라는 표시를 하였다.

"인제는 나보구 누나라구 그래야잖어."

수일이는 그 말에 불쑥 심사가 좋지 않아져 눈을 힐끗 하고 쳐다보았다.

"누나는 인제부터는 수일이 네 공부를 꺼들 테야."

"싫여, 그런 거."

"애 봐, 막 그런 거라네. 넌 아직 이런 말 못 들언. '아는 것이 힘, 배워야 산다'구 허지 않어. 우리들이라두 공부를 하잖으면 안되여. 공부가 무엇보다두 우리들의 힘이야. 알어 있어. 공부가……."

"공부 안 해두……."

하고 수일이는 자못 불만스럽게 말하였다. 그는 자기가 한번 낙제를 한 것을 생각하였기 때문에 웬만큼 *중수(重數) 있게 저를 보이고 싶었던 것이다.

"아무런 거야두 헐 수 있어."

"그럼 그럼 그러기 안된단 말이야!"

하고 귀애는 어쩐 일인지 불꽃처럼 펄펄거리며,

"아버지처럼 아무런 즛이라두 허는 거 그게 안되여, 그게 안되여요."

수일이는 귀애가 하도 의외롭게 흥분하는 모양에 놀라 의아스레 물끄러미 그를 쳐다보았다. 그때에 그는 지금까지 제가 가슴속에 고이고이 간직하여 오던 소녀 시절의 귀애의 영상은 벌써 사라지고 인제는 다시 그와 더불어 나무숲 사이를 달음질치며 다니던 그 옛날로 영 돌아가지 못하도록 무엇인가가 귀애로부터 멀리 사라진 슬픔을 확실히 느끼지 않을 수 없었다. 그리고 또 귀애에게는 꼭 저를 삼사 년 전의 수일로만 알고 대하려는 태도가 보이어 그는 인제는 나도 어린애가 아니라고 어떤 방식으로든지 알리고 싶었다. 그러나 벌써 그는 귀애가 말하는 뜻을 알 수가 없을 만치 둘의 성장 새에는 거리가 지어 있었다. 귀애는 벌써 열여섯 살 여학교 삼년생이었다. 전에만 하더라도 몇 번인가 귀애로부터 학교 편으로 온 힘든 한자와 뜻 모를 말이 많이 섞인 편지를 받은 적이 있었다. 거기는 무슨 의미인지는 딱히 몰라도 귀애는 장차 여학교를 졸업하고는 조선을 빛내도록 힘쓰기 위하여 먼 중국나라에 유학을 갈 터이라고 써 있으며 그러기에 그도 꼭 수일이를 한번 찾아와 만나 이야기하고 싶으나 인제는 저도 커다란 여학생이라 남학교에 찾아갈 수는 없다는 사연이었다. 그때에 그는 귀애가 제멋대로 저를 업신여기는 것이라고 마음이 불쾌하여 집에 돌아가며 그 편지를 갈기갈기 찢어버렸다. 그것을 생각하니 그는 가분작이 노여워지며 또 낯이 뜨거워지어 어떤 말이든 쩍쩍하게 몇 마디 던져 주고 싶었으나 미처 생각이 나지를 않았다. 이 모양으로 벌써 그는 제가 귀애 앞에서 저를 버젓한 한 사람으로 보이기가 얼마나 힘든 것인가를 새삼스레 느끼는 것이었다.

그러나 역시 수일이는 귀애와 한자리에 다시 앉아 있을 수 있게 된 것만도 얼마나 기쁜지 가슴이 두근거렸다. 하늘은 씻은 듯이 맑게 개고 달은 중공에 떠서 헤엄을 치는데 귀애의 피어오른 얼굴은 명주줄을 감은 듯이 설레는 것 같고 그 청옥 같은 두 눈은 파랗게 빛나 보인다. 그리고 그 몸짓 속에는 처녀애의 가만 못 있는 신비로운 초조가 잠겨 있는 것 같았다. 귀애의 팔이 껴안은 그의 어깨에는 수북이 땀이 괴고 그 팔로부터는 따뜻한 피의 온기가 *오관 속에 흘러든다. 그리고 귀애의 하드분한 향취가 어느덧 그의 전 관능을 쥐고 흔들어 낯이 홧홧하여 숨이 가슬렁씨어,

"그럼 난 난 아문 거라두 배울 테야."
하며 겨우 한마디 목멘소리로 중얼거렸다.

김천집은 시든 고비 같은 몸을 부들부들 떨면서 해주집의 침방 속을 노려보고 있었다. 무시무시한 질투와 증오의 불길에 싸여서. 초록 전광이 뽀얀 방 안에는 아주 비길 데 없이 자극적인 공기가 지배되어 있는 것이다.

윤대감은 기름진 번질번질한 머리를 해주집의 하얀 무릎 위에 괴고 소처럼 누웠는데 해주집은 흐뭇한 앞가슴을 속저고리 새로 헤친 채 번민하는 창부와 같이 몸을 비꼬고 있었다.

그는 남작의 흰 수염이며 턱아리며 벌씬벌씬하는 입 가장이며를 만적이면서 금방 코야로 흘러 떨어질 것 같은 훌쩍훌쩍씨는 두 소리로 능살스럽게 군다.

"네— 여보우 대감, 오늘은 또 무슨 바람이 불어서 이리 오셨어요. 그렇게 나를 혼자만 내어버려두시드니."

"허— 그러기 분주했다지를 않나 원. 무슨 바람은 무슨 바람. 내야

낙조 139

아니 바람이 불건 비가 오건 오고 싶으면 언제나 오는 것이지, 내 누구를 피해 다닐 사람인가."

"운니동 월화가 싫어허지."

"허— 그 다 못쓸 말. 월화는 월화고 임자는 또 임자 아닌가."

"그래두 뭐…… 그런데 대감님, 전 정말 또 하나 어린애가 가지구 싶어 죽겠수. 이렇게 나이는 많어 가고 보니 어린애가 무엇보단두 욕심나는군요. 인젠 옥기두 시집 보낼 나이구……."

"아 임자는 요즘 와서 별루 어린애 어린애 허는 걸 보니 필경 또 누구 허튼 놈의 씨라도 받어들인 게지. 내 귀에두 좋지 않은 소리가 들리는데, 허허허."

"아이구 참 대감님두. 요새는 그런 말씀까지 배우셔 가지구 불쌍한 나를 못살게 구니. 네— 대감 글쎄 그런 말씀은 왜 하셔요. 그래 아마 또 그 늙어빠진 김천 화냥년이 *진수작을 헌 게지."
하고 제 김에 노기를 띠었다. 바깥 김천집은 흠칫 옴추 섰다.

"그 염병지랄할 늙은년이!"

"무얼 또 그러누. 그 입씸을 좀 곤쳐야 허네. 양반 대갓집을 쓰구 있을려면 허— 임자, 무슨 걱정이 있나. 내가 임자를 이렇게 다시 돌보는데 아들인들 못 낳고 딸인들 못 낳겠나."
하며 남작은 속으로 정말 어린애를 다시 낳을 수가 있다면 이번만은 좀 패기가 있고 똑똑한 놈을 하나 가졌으면 좋겠다고 생각하였다.

"계삼탕이라두 늘 *장복하면서 배를 보온허라구."

"후후후, 이 복배를 말씀이지유."

하며 웃으면서 해주집은 비지가 그득한 커다란 배를 득실득실 헤쳐 내어 보였다. 그때에 무슨 소리엔가 놀라 대감은 화닥닥 뒤채이며 창 밖을 향하여 부르짖었다.

"누구냐?"

"헤헤헤헤."

복잡한 감정에 쌔운 음침한 웃음소리가 창문가로부터 들려온 것이다. 그것은 벌써 제정신을 수습지 못한 거창스런 음향을 가지고 퍼지었다.

"헤헤헤헤, 계삼탕을 먹어 김대감의 씨알맹이가 뒤여지면 어쩔능구. 헤헤헤헤, 애 배인 계집년엔 삼은 *비각이지 비각이야. 그걸 대여 드릴려구 이 늙은 것이 우진 찾아왔는데 그 누구냐? 헤헤헤헤, 나웬다, 나 김천 술장사 에미."

대감은 낭패하여 허겁지겁 일어나서는 마구 옷을 주워 입느라고 버둥버둥씨었다. 필경 또 무슨 큰 야료가 생길 것이라 막 달아나려는 것이다. 해주집은 처음에는 대감을 붙들려고 멈칫하였다가 그만 분통이 터지어 쏜살처럼 창문가로 달려가서 왈칵 문을 열어 젖혔다. 그 통에 들여다보며 헤헤헤헤 하며 그냥 웃어 대던 김천집은 그만 떠밀리어 그 자리에 넌지시 나가자빠졌다. 두 계집년은 컴컴한 속에서 눈을 횃불처럼 하고 서로 잠시 동안 노려보았다.

"이 꼬리 빠진 헐넉개 같은 년!"

하고 해주집은 서슬이 차게 부르짖었다.

"이 육시헐년, 네가 언제 그런 짓을 봤단 말이냐, 응. 내가 김대감 허고 어쩌구 어째서. 이년 눈알을 긁어 내어 닭의 모이를 줄 년! 이년 아가리에 똥 들어가는 것을 볼려니!"

그러나 김천집은 해주집의 노발대발에는 흥흥 눈 거듭떠보지도 않으며 일떠서면서,

"대감!"

하고 의연히 헤헤헤 선웃음치는 소리로,

"흥, 사람의 씨는 흙덩어리와는 다르우. 알어듣겠수. 암만 뒷손질을 해두 씨야 갈 데 있나. 거지의 씨를 받었으면 거지의 씨를 낳어야지. 이제 뒷손질하야 손톱 하나 닮을 텐데."

"무엇이 어째, 이년 아직 아가리를 못 닫치겠니."

"야, 이 해주 갈보년."

하고 그제는 김천집은 정면으로 향하여 빽 질렀다.

"이년 내가 너드러 뭐라느냐! 응 이년, 대감을 내어놔라! 나는 대감에 일이 있어 왔다. 이년 네가 무슨 상관인데 날드러 어쩌자는 지랄이냐, 응 이년 대감을 내놔라!"

대감은 막 혼비백산으로 큰일이 나서 부랴부랴 뒷미닫이문으로 빠져나가 거기서 히벌떡씨며 의복을 걸치고 황망히 집 바깥으로 피하여 나갔다. 김천집은 눈이 뒤집히기만 하면 막 *무가내하(無可奈何)로 언제인가도 그는 김천집에 멱살을 잡히어 큰일이 난적이 있는 터

이다. 그때 일이 머리에 떠올라 다시금 오금이 저리었다. 그래 그는 계집 둘이서 싸움하는 곳과는 딴 방향으로 어둑시근한 숲 새를 달아나기 시작하였다. 그러나 본시로 범 같은 몸뚱이라 암만 슬적슬적 내달으려고 하나 발소리는 쿵쿵 울리고 나뭇가지에는 몸뚱이가 걸리어 버석버석 소리가 난다. 그 그림자는 귀애와 수일의 쪽으로부터 그다지 멀지 않은 곳을 걸핏걸핏 지나갔다.

둘이는 김천집과 해주집이 요란하게 싸우는 소리를 멀리 귓결에 듣고 있었다. 그러는데 난데없이 그들이 앉아 있는 옆을 분주스러운 발소리가 들리고 커다란 검은 그림자가 획획 지나가는 바람에 수일이는 무서운 생각이 칵 들어 귀애에게 와락 달겨들었다.

그 뒤는 어떻게 되어 그리 되었는지는 모르나 그들 둘이는 굳게굳게 끼어안고 있었다. 귀애의 입술은 무더운 입김을 훅훅 불어 내며 그 뜨거운 몸 온기는 수일의 몸을 금시로 태워버릴 듯하였다.

잔힘이 들어차 있는 팔은 수일이를 껴안은 채 열정을 받칠 길이 없는 공허에 떨며 수일이는 숨이 가빠지며 그 조그만 손으로 귀애의 등 언저리를 어루만지었다.

그때 귀애는 열정적으로 뺨을 비비대며 타오를 듯한 입김을 끼얹으며 그의 귓속에다 나직이 속삭이었다.

"아무두 아니야."

그 이튿날 아침 김천집은 수일이를 만나자 어젯밤 일은 씻은 듯이 잊어버린 모양으로 이렇게 청승맞게 늘어놓는 것이었다.

"내 어젯밤 아버님을 붙들구 잘 알어들으시두룩 여사모사 말씀드렸더니 아버님이 날 보구 말씀허신다는데 아 정말 임자가 산월이 대신을 서서 수일의 뒤를 돌보아주어야지 않으면 수일이가 어떻게 지내겠는가 그러시겠지. 그래 도련님 이제부터는 모든 걸 나보구만 터놓고 의논허우."

본 집안은 이 모양으로 제 혼을 잃어버린 사람들로 그득하였다. 이 세상이 한 번도 필요로 하지 않는 인간들이 서로서로 상대편 속에 절망을 찾아보고 제 김에 화가 치밀고 노여워지어 속절없이 서써 싸우고 울며불며 치고 야단이었다.

해주집의 딸 옥기는 벌써 크게 자라 그 즈음은 저라고 찬란하게 차리고서 사내들 틈에 끼어 밤낮없이 거리로 싸다니고 있었다. 차츰 불량기를 띠기 시작한 것은 물론이지만 그러나 그 대담한 행세며 태도가 수일에게는 외려 부러운 일처럼까지 생각되었다. 아직 열여섯밖에는 안되었으나, 퍽이나 *일된 셈으로 여학교도 중도서 퇴학을 하고 여러 *상스럽지 못한 소문을 놓으며 다녔다. 그러나 금순이는 더욱더욱 우울 속에 잠기어 깊은 방속에 늘상 움츠리고 들어앉아 있었다. 성년하여 더욱 몸 모양도 미워지어 희멀그레한 큰 눈을 내리뜨고서 이따금씩 굵은 목을 좌우로 흔드는 모습은, 어떻게 보면 깊은 감상에 빠진 노파와도 같았다. 수일이는 때때로 동정을 금치 못하는 마음으로 측은스레 바라보곤 하였다.

그래도 아버지 윤남작만은 더욱더욱 기가 차 그 커지기만 하는 뚱뚱한 뱃속에는 마치 득의와 행복과 만족이 그득하게 차있는 것 같았다. 그는 본집에 불이 일어난 소란 뒤에는 벌써 왕가의 관위도 내어바치고 오랫동안의 진중한 계획에 쫓아 드디어 *재계(財界)에 네 활개를 치고 진출하였다. 그의 정력과 야망과 *재보는 새로운 발거리를 필요로 하였던 것이다. 그는 세계대전 후 그 존명(存命)이 위태하던 남문(南門) 은행에 손을 뻗치어 그 *추요(樞要)한 지위를 손쉽게 잡은 것을 비롯하여 방적회사도 일으키고 혹은 해(海)산업에 혹은 이권운동에도 나섰다. 이럼에 따라 옛날풍의 대관예복도 새로운 *캐시미어 예복으로 변하게 되었다. 그 예복이 감싸는 큼직한 몸뚱이 속에는 몇백 년 동안 흘러온 봉건의 피와 신시대에 전화되어 가는 새로운 피가 대치상극하고도 있는 것이다. 이리하여 그는 더욱 득의만만으로 자기의 힘과 운명을 *신빙하는 *불손불황하고도 강인 영원한 인간이 되고 말았다.

그러나 이렇게 되니 안사랑에 누워 굴던 대감 축들도, 자연 덩달아 날개가 돋치고 발붙일 곳을 얻은 셈이 되어 윤남작이 자금 융통을 위하여 *방매(放賣)하기 시작한 토지의 중개도 하며 또는 해금강에 세우는 별장에 나아가 맹랑스레 *도감독 행세도 하게 되고 혹은 남작네 어업회사의 배를 얻어 타고 *어렵의 놀라운 정경에 쓸데없이 감탄하며 덤비다 어부들에게 꾸중을 듣기도 하였다. 그들은 윤남작이야말로 이조 오백년의 영기와 천운을 받고 나온 위대한 인물이라 굳게 믿으며 또 다른 사람들에게도 그렇게 이야기하는 터였다.

낙조 145

"암 훌륭한 어른이다마다. 나와는 그야말루 *수어지간(水魚之間)인데, 으흥…… 차츰 보시오. 그이가 전 조선팔도를 제 손으로 폈다 쥐었다 허는 날이 오지 않나. 암 여부가 있소"

그 말도 빙하여 참으로 그는 이 삼사 년 동안에 조선에서도 한둘을 다툴 만한 유수한 근대적 자본가로서 나타나 지위와 명예와 부귀를 한몸에 지니고 있었다. *중추원(中樞院) *참의(參議)를 비롯하여 관공(官公)간 민(民)간에 있어서도 엄연한 세력을 갖게 되었다. 그리고 더욱 무대는 넓어져 동경 정객과도 교의를 맺으며 시시때때로 *경학원(經學院) 학자에게 돈을 주어 한시를 써달래어 가지고는 *우작(愚作)이라 *겸양의 미덕을 보이며 중앙대관들에 받들어 바치고는 혼자 신이 나서 벙글대었다.

16

그 시절에는 소학교라고 하지만 부모의 강제로 벌써 결혼을 하고 난 생도도 많았으나 그러나 그렇지 않은 애들간에는 또 그 대신 일반의 풍조로 불건전한 남희(男戱)가 유행하고 있었다. 장경섭이는 전에도 말하였지마는 한 급 위로 열여섯 살인데 늘 수일이와 같이 다녔다.

수일이는 장경섭의 강제에 의하는 *비사(秘事)를 심히 불결하고도 부끄러운 일로 생각하였으나 그러나 한편으론 오직 하나의 동무인 경섭으로부터 버림을 받는 것도 큰 고통이라 거역할 수도 없었다. 이런 성격도 그의 생장의 역사를 통하여 볼 때 그다지 무리라 할 바도 아니지마는 또 이와 같은 소년기의 생활도 수일의 장래의 생활태도에나 인간형성에나도 커다란 영향을 주고 남음은 간과할 수가 없는 일이다.

때로는 장경섭이는 *조달하게도 수일이를 색주가집에까지 이끌고 다녔다.

"수일이 너 홍도한테 안 가볼 테냐?"

이렇게 경섭이가 호령을 하면 수일이는 경섭의 기다란 배를 꾹꾹 지르며 키키키 웃으면서 비굴한 노복과 같이 그 뒤를 따라나섰다. 경섭이는 어깨를 내저으며 긴 다리를 찔찔 끌고 거치면서 간다. 그는 아주 마음이 느긋한 모양으로 벙실한 코를 나팔처럼 훌럭거렸다.

거기는 그들이 몇 번인가 다녀본 컴컴한 뒷골목 색주가 골이었다. 좁은 길 양쪽에는 빨간 등, 파란 등을 단 집이 주렁주렁 달리고 그 처마 밑에는 분을 하얗게 바른 가지각색의 옷차림을 한 젊은 여자들이 추파를 던지며 손짓을 하기도 하고 들어오라고 수작도 걸며 또는 학생애들 학생애들 하고 얄망진 소리로 놀리기도 하였다. 두세 색주부는 시골뜨기 같은 사내를 끌어들이느라고 캐득거리며 야단을 치고 있다.

그들 둘이는 큰 사내들이 주렁주렁 다니는 골목길을 접어들어 가 좁은 막다른 골목 속을 서성대었다. 그러자 함석집 뒷문 하나가 살며시 열리더니 거기 홍도의 조그만 하얀 얼굴이 나타나며 미소를 지으

낙조 147

면서 손을 살랑살랑 저어 보였다.

경섭이와 수일이는 구석 모퉁이 방에서 홍도를 새에 두고 노래도 부르고 담배도 피어 물며 술먹기 내기도 하였다. 홍도는 가는 허리를 비꼬며 쏟아지게 웃음을 웃어 대는데 그럴 때는 뺨은 장밋빛에 물들고 가는 눈은 눈썹 속으로 요염하게 숨어드는 그런 여자였다. 그는 언제나 이 두 소학생들의 주제넘는 놀음이 우스꽝스러워 못 견디겠다는 듯이 킥킥 소리를 내어 웃으면서 상대를 하였다. 더욱이 홍도는 수일이를 어린애 다루듯 하여 그가 담배를 피워 빨다가 숨이 막히어 눈물을 내쏟으면 그것을 보고 홍도는 허리가 끊어져라 웃어 대었다. 그러나 수일이는 그래도 홍도네 방에 오면은 낯은 홧홧거리되 마음은 집에서처럼 괴롭지는 않았다. 그는 홍도에게서 어린 시절의 귀엽고도 재낭스럽던 귀애를 연상하며 즐기었다. 옛날에는 그와 귀애와 서로 사이에는 일보의 거리도 없이 조금도 어려운 이야기며 힘든 일을 가질 필요가 없었던 것이다. 그러나 지금의 귀애는 옛날과 얼마나 달라졌는가. 수일이는 지금의 귀애에게서 볼 수 없는 그리운 옛날의 그림자를 이 홍도에게서 찾아보려고 하는 것이었다.

경섭이는 윗옷을 제꺼덕 벗어던지고 자랑인 와이샤쓰 바람으로 커다란 손을 척 무릎에 꽂고,

"홍도야, 술을 부어야지."

한다. 그러면 홍도는 펄쩍 놀라는 시늉을 하고 자리를 고쳐 잡고서,

"영감님, 술이 없는 걸 어쩌노"

그러자 수일이는 제법 안색을 고치고 한번 호령을 하여 본다.

"이 계집 무슨 말버릇이냐."

홍도는 그제는 그만 어이가 없어 눈을 딱 버티고 입을 벌린다. 수일이도 멋쩍어졌다. 홍도는 양초 같은 손끝으로 수일의 도톰한 입술을 잡아 끌며 연신 캐들캐들 웃어 대었다.

"아이구, 이 도령님, 난 이래뵈어두 벌써 당신만한 아들을 다 기른 적이 있는걸요."

"거짓말 그만둬."

하고 경섭이는 한번 홍도를 노려보고 헤— 하며 혀를 내어 물었다.

"내 마누라는 네 동갑세루다, 애."

그러더니 아츠츠츠 비명을 지르며 얼굴을 찌푸리었다. 홍도가 그의 무릎을 아프게 꼬집은 것이었다.

"그러믄 그렇지, 자 그럼 이번은 벌루 수일 도령 소리를 한번 해야 되우…… 아이구 이 키다리 좀 가만있어요."

수일이는 그러지 않아도 지금까지 홍도한테 제 서글픈 이야기를 한 적이 두서너 번 있었다. 그는 저도 모르게 제 서러움에 침잠하여 홍도로부터 동정을 받은 것을 한갓 위로로 삼고 있던 것이다. 홍도에게 제 불행이며 슬픔을 이야기할 때 그는 왜 그런지 가장 원기가 생기고 마음도 불타는 것을 의식한다. 그럴 때는 홍도는 반은 이상스레 여기는 태도이나 때때로 슬픈 표정을 지으며 끄덕이곤 하였다.

홍도는 눈알을 데굴데굴 굴리면서 어서 노래를 부르라고 *최촉(催

促)을 하나 불현듯 그 모습이 옛날 수심에 잠겨서 저더러 노래를 부르라고 하던 어머니와도 같이 보이었다. 그는 눈물이 핑 돌았다. 그래 그것을 감추려는 듯이 눈을 스르르 감고 노래를 부르기 시작하였다. 그러나 눈물은 하염없이 뺨 위를 흐르고 또 흘러내리었다.

> 간다 간다 나는 간다
> 너를 두고 나는 간다
> 내가 간들 아주 가며
> 아주 간들 영 잊을소냐

홍도는 수일의 옆에 살금히 다가붙어서 반은 애원하듯이 반은 황홀스럽게 그의 얼굴을 쳐다보며 슬픈 노래에 귀를 기울이고 있었다. 경섭이는 홍도의 쪽으로 다가와 앉으며 그 귓등에다 대고 무어라고 속삭이었다. 홍도의 눈은 가늘게 웃음을 짓고 입은 방싯한다. 그리고 할 수 없다는 듯이 양팔을 들어 기지개를 하는 시늉을 하니 경섭이는 그 가는 허리를 듬썩 끼어안았다. 그 여세로 홍도는 경섭의 몸뚱에 치우치면서 숨채기를 하며 나풀거린다.

"아이구 놓아요. 좀 가만있어요"

그제는 경섭이는 좀 면구스러운 듯이 히히히 웃더니만 홍도의 무릎을 치며 부르짖었다.

"수일이 너두 이걸 베구 누워!"

홍도는 수일이를 끌어당기어 제 무릎에 뉘어 놓고,

"그럼 인제들은 조용히 자야 하우."

경섭이는 또 다른 한쪽의 무릎을 베고 넌지시 누웠다. 그러나 홍도는 수일의 머리를 쓰다듬기도 하고 귓바퀴를 만지작거리기도 하면서 나직이 콧노래를 부르기 시작하였다. 수일이는 그 살랑살랑하는 비단옷을 통하여 홍도의 따스하고 포근한 육감에 차츰 취해 오르면서 어느새엔가 푸시시 환상의 세계로 빠지는 것이었다. 별안간 눈썹이 까맣고 긴 진주와 같은 눈동자가 벌과 같이 방안을 떠돌아다니기 시작하였다. 그것은 때때로 그의 얼굴 가까이까지 날아들려고 하는 것같이도 보인다. 그러나 어느새엔가 그 까만 눈썹에 불이 타올라 펄럭거리며 진주와 같은 눈동자는 빤짝빤짝 이상한 광채를 띠고 흔들리었다. 그것이 가까이 오기만 하면 삽시간에 제 얼굴을 태워버릴 것 같다. 그는 환상 속에서도 무서운 듯이 으흥으흥 신음하는 소리를 내었다. 귀애의 눈이로구나 하고 희미하게나마 의식게 될 즈음 불현듯 놀라운 환각의 문이 열리더니 그 옛날 북한산상에서 바람에 불리며 바위 아래 서 있던 어머니의 그림자가 한 마리의 흰 학처럼 대사되어 나타났다. 그 눈은 불빛을 띠고 빛난다. 그 다음은 어찌 된 일인가, 어머니의 걸쳐 입은 다홍색 치마와 검은 구름 같은 머리에 펄펄 불길이 타오르더니 하얀 몸뚱만이 화연 속을 새어 나와 중천으로 올라간다. 수일이는 아주 괴로이 신음하는 소리를 내어질렀다.

수일이는 놀라 벌떡 일어나 앉았다. 수일이는 제가 큰 수치나 당한 것처럼 상이 빨개지며 얼굴을 돌리더니 불시에 일어났다.

"난 갈 테야."

경섭이는 상기한 얼굴로,

"갈 테냐."

고 벌개서 끄덕인다.

"먼저 갈려니."

수일이는 대답도 않고 뒷문으로 빠져나왔다. 홍도는 어둑한 데까지 따라나오며,

"왜 그래, 내가 무에 잘못……."

하며 무안함을 끄려는 듯이 수일의 몸뚱을 얼싸안으려 하였다.

"몰라 몰라."

수일이는 뿌리치며 다짜로 그렇게 부르짖었다. 그리고 '몰라 몰라'라고 울음 섞인 목소리를 지르며 달아나기 시작하였다. 그는 제 어머니가 모욕을 당한 것같이 느낀 것이다.

홍도는 수일의 그림자가 멀리 사라져버리도록 우두머니 서서 바라보고 있었다. 그러더니 혼자 그만 제 김에 허리를 쥐어짜며 캐들캐들 웃어 대었다.

"아무래두 그런 게야. 젖을 먹인대니깐 골이 난 게야……."

17

그 후 귀애와도 가끔 만났으나 그 태도와 말씨는 그를 친숙한 운도는 역시 초조하게만 할 뿐이었다. 귀애는 전보다 한결 조심성스러

워 어른 티가 나며 때때로 목을 기울이고 무엇인가 깊은 생각에 젖곤 한다. 수일에 대한 그의 애정에는 조그만치도 변함이 없었으나 그러나 시방 와서는 귀애는 내사랑이 많은 하나의 누이로서 나타난 것이다. 이 소녀에게는 벌써 시대의 발소리며 사회의 호흡이 가까이 들리고 있었다. 가정과 사회의 *정시(正視)로부터 오는 이성과 감정의 고민이 있었다. 가정의 질곡에서 벗어나 시대의 흐름에 봉사하려는 애끓는 정성은 그에게 있어서는 적어도 연애라든가 향락이라든가 하는 개인적 욕구의 상위에 처해 있는 것이다. 하나 이런 귀애라도 제 옆에 있지 않으면 그래도 수일이는 항상 우울하고 한시라도 견디지 못할 만큼 마음이 *송그렸었다. 매일 아침부터 저녁까지 무엇 하나 손에 잡히지를 않고 마음은 귀애 위로 달린다.

귀애는 또 귀애대로 제 조그마한 방안에 박혀 여러 가지 책만 주워 읽고 있는데 이따금 책 위에 그냥 얼굴을 파묻은 채 무엇인가 암연한 생각에 잠겨 있기도 한다. 언제인가 수일이는 이런 장면을 발견하고 왜 그러느냐고 탓하듯이 물어보았다. 귀애는 쓸쓸히 머리를 저으며,

"수일이 너두 어른이 되면 알 수 있어."

한다. 그리고 맑은 눈을 그스스름히 감으며 몽상에 젖은 얼굴로,

"누나는 이제 여학교를 마치면 상해로 갈련다. 거기서 불란서 말 배울까 봐. 불란서 말은 훌륭한 예술에 기초가 된다. 누난 소설가가 될 치야…… 소설가."

"무슨 이야기 쓸 게 있어?"

"소설은…… 난 잘은 몰라두 퍽 유익한 거야. 계몽을 하지. 계몽이란 말 알고 있어? 쓰기야 수일의 네 이야기두 쓰구 아버지 일두 그려 내지 뭐. 그럭허문 어느 사람들은 계몽이 되는 것이지."

"……"

"난 이렇게 생각하면은 되게 슬퍼두 그래두 아마 아버지나 너나 할 것 없이 모두가 다 우리집 사람들은 비극의 주인공이 되고 말 줄 알어. 이것만 소설루 써두 굉장한 이야기가 될 텐데."

수일이는 무슨 뜻인지 딱히 알 수가 없기에 아마 귀애가 저를 어린애라고 업신여기고 우정 힘든 말만 골라 쓰는 것이라고 심사가 좋지 않았다. 그래 무어라고 좀 뽐내어 보려 하나 할 말을 몰라 그만 우락부락 성이 났다.

"넌 왜 늘 장한 것처럼 그래 가지구만 있어. 아무것두 써달래구 싶잖어. 그리구 동무두 없구 나 혼자뿐인데 내 일을 쓸래면 무슨 말을 쓸 치야."

"호호호, 넌 참."

하고 귀애는 측은히 여기는 양으로,

"난 모든 걸 죄다 그려 놓을 치야. 세상 사람이 그걸 보구 욕을 하든지 미워하든지 내겐 상관없어. 그 사람들이 계몽되기만 하면 그뿐이지 뭐. 누나는 때때루 세상 모든 사람들이 우리 일가에 무슨 복수라두 할랴고 대드는 것처럼 생각되어 소름이 쫙 끼치군 한단다. 그래

두 어떻게 생각하면 한갓은 속이 시원하겠지."

수일이는 되게 놀라는 표정을 지었다.

"언젠가 거리에서 야단치던 사람들 말인가? 세상 모든 사람들이라니."

"글쎄 말이다."

하고 귀애는 척 손을 턱 아래에 괴며,

"그런 사람들 말이지, 세상 사람들이란 행복을 구하야 헤매는 무리야. 제각각 제 행복을 찾을려구 서루 야단치구 싸움하구 울며불며 하지. 그런 사람들이 모두 우리집에 향하야 복수를 할려 드느냐."

"누나는 어디서 그런 소리 다 배웠어."

하고 수일이는 이번은 의아스런 얼굴을 한다.

"아무나 다 그런 말을 하지 뭐. 우리 학교 선생님두 언젠가 이렇게 말씀하시겠지. '너이들은 세상 모든 사람들 중의 하나다. 그 한 사람은 그 전체의 의지를 알아야 한다. 그리구서 너이들은 그 전체의 의지를 위하야 분투 노력해야 될 것이다'라구. 세상 사람들이란 아마 목장의 소나 말이나 같은 거야. 목장 속에서 모두들 떠들어 대긴 해두 행복의 나라로 나가는 문은 하나뿐이라구 그래. 그 문을 알아내인 선구자는 모든 사람을 앞에서 이 문으로 인도해 나아갈 의무가 있단 말이야. 그러구 보면 아마 우리집은 그 나가는 문 앞에 바위처럼 떡 막아 선 방해물인지두 모르겠어."

수일이는 마침내 이 당돌한 계몽주의자의 소론을 알 수가 없었다.

낙조

귀애로 하더라도 제 생각을 막연하게 밖에는 표현하지 못하는 모양이었다. 그러나 수일이는 잠잠히 있다면 귀애에게 또 멸시를 받을까 두려웠기 때문에 아주 지혜를 부려,

"그럼 소와 말이 우리집 같은 거 떠받들며 나가문 되잖어."

"그러게 말이야. 우리들은 몸뚱이 밟히어 부서진대두 좋아. 평양 어머님두 불쌍하게 그 한 사람이 되구 말지 않었어?"

"아니야."

하고 수일이는,

"우리 어머니는 제 손으로 용감하게 죽었어."

하고 반대하였다.

그들은 거기서 잠깐 묵묵하였다.

그러나 이와 같은 수일의 귀애에 대한 하염없는 사랑도 종내는 결말을 지을 날이 당도한 것이다. 만약에 귀애가 현재에도 어디엔가 살아 있어 제 말처럼 정말로 윤남작 일가의 일을 그리는 날이 있다면 이 사건을 어떤 형식으로 취급할 것인가. 아니 귀애는 정녕코 이 세계 어느 한구석에선가 그것을 기록하고 있을 줄 믿는다.

다만 필자가 시재로 수일만을 중심삼아 그려 내는 것이 허용된다면 수일이는 이 일 때문에 망연자실하고 있었다는 것만을 전할 수 있을 뿐이다. 이 일이 있은 뒤부터는 수일이는 산산이 부서진 조각배 모양과 같다고나 할까. 그의 생활감정은 희미한 *광망을 띠고 음산히 빛날 따름이다. 그리고 지금 와서는 제가 정말로 귀애를 사랑하였

는지 혹은 또 현재에 귀애와 떨어지고 보니 제가 슬픈지 노여운지까지 그 분간을 못할 정도였다.

　차츰 가을바람이 선들거릴 무렵이었다. 어떤 날 밤 별안간 집안에 큰 소동이 일어났다. 윤대감이 엉금엉금 귀애의 침방 속으로 들어가려는 것을 해주집이 마침내 붙든 것이다. 그래 대감이 도망을 친 뒤에는 해주집과 김천집 새에 싸움이 벌어지었다. 불타는 질투로 대감을 제 곳으로 끌어들이려고 갖은 애를 쓰다 못해 김천집은 제 데리고 온 딸 귀애마저 대감에 바치려고 한 것이다. 그리고 인제는 몇백 석이라도 따내려 하였다. 이것이 드러났다. 그들 두 여편네는 서로 맞붙어 데굴데굴 굴며 끄댕이를 맞잡아당기면서 엎치거니 뒤치거니 이러다가 내종에는 엉덩판까지 드러내고 야단이었다. 몇 석으로 딸까지 팔아먹었느냐고 해주집은 김천집 끄댕이를 잡아 끌며 들구곤다. 김천집은 아이고 아이고 비명을 지르면서도 분통은 더욱 터지어 제 머리채를 잡은 해주집 손을 깨물려고 날친다.

　그날 밤 귀애는 빨갛게 *임금(林檎)이 익은 숲 새에 머리를 무릎 위에 구겨 박고 흑흑 느껴 울고 있었다. 푸른 하늘 저 멀리에는 작은 별들이 깜박이고 굽은 가지 새로 숨어드는 일광은 주렁주렁 매어달린 임금에 서리어 흔들린다. 임금들은 이제 그 아래에 벌어지려는 비극에 반주라도 하려는 듯이 서로 끄덕끄덕거리고 높은 나무는 거인과도 같이 묵묵히 서서 미동조차 없이 이 여학생의 울음소리에 귀를 기울이고 있다. 수일이는 우두커니 그 뒤에 서 있는 것이다. 그는 벌써 모든 사정을 알아차리고 있었다. 소년의 가슴의 피는 몹시 뛰었다. 그는 살며시 귀애의 손을 잡았다. 그것은 얼음같이 차고 또 떨리었다.

"수일이가?"

하고 귀애는 놀란 듯이 나직이 목메인 소리를 내었다. 그리고 그의 손을 떼어 놓는다.

"다치지 말어요. 그리구 아무 말두 묻지 말어."

"……."

"아— 다치지 말어요."

귀애는 막 몸을 사시나무 떨듯 한다. 그리고 몇 번인가 속으로 흑흑 느끼며 울었다.

"난 아주아주 네가 만나구 싶었어. 그래두 막시 만나구 보니 왜 그런지 무서워요. 난 오늘이야 내가 제일 수일이 너를 그립게 생각하구 있는 걸 알았어. 그래두 벌써 다…… 벌써……."

"……."

수일이는 애연한 듯이 그 두 손을 붙든 채 몸을 바들바들 떨었다.

"놓아 놓아요. 아이구."

"귀애 누나."

"아니, 놓아 놓아요."

"무에 무서웁니, 무에."

"응 아니…… 난 이제 떠나야 돼…… 난 아주…… 난 이렇게 쫓겨나다시피는 하지 않을렸드니 내 발로 박차고 나갈렸드니…… 언젠가 우리들 복수 이야기하였지. 그 말이 맞었어. 내가 첫번으로 맘츠음 복수를 받는구나."

"아— 왜 울어. 왜 울어."

"가만있어, 가만있어요……."

하며 귀애는 일어나 얼굴을 두 손으로 싸고 맞은편으로 몇 걸음 달아나 쓰러졌다.

"어딜 가."

"어디든 생각나는 데루…… 어쩐지 머리가 지끈거려 모르겠어. 그저 우리들이 불행이라는 것만 알겠구나. 그래두 수일이 넌 넌 행복스럽게."

"행복?"

수일이는 반발하듯이 슬프게 부르짖었다.

"왜 그래요. 넌 기운을 내야 해."

"기운 난 어떻게 하야……."

"아— 수일이 넌 왜 그런 슬픈 소리만 하니. 어떻게 하면 되냐구 어서 어른이 되어 훌륭한 사람 노릇을 해야지."

수일이는 안색이 창연하게 변하였다.

"어른?"

"응 그렇구말구 날래 어른이 되는 게."

하며 귀애는 눈물을 머금었다.

"무엇보다두 장한 거야. 힘이야 학식두 깊구 그리구 나이두 많어지면 아무것도 무섭진 않어요. 내 말 알어들어? 그래두 난 인젠 그만이야. 아주 파멸이야. 공상(空想)튼 행복두 아무것두 모두……."

귀애는 다시 흐득이며 울었다.

수일이는 갑자기 노여워졌다.

"넌 넌 바보야. 천치야. 천치야. 누나 바보, 바보."

귀애는 입술을 깨물고 몸을 떨었다.

"수일이 네 말이, 네 말이 옳아. 정말 너는 나를 무시하야두 돼요. 그래두 또 너무 슬퍼만 하지 말어. 인젠 네게는 아무것두 무서운 게 없어 응, 수일아. 그렇지 학식이 네 무기야. 학문은 아무런 운명이라두 개척할 수 있어. 나두 나두 기어쿠……."

"그럴까. 그럴지두 몰라."

하고 수일이는 괴로운 신음소리를 내었다.

"그래두 난 믿지를 않어. 모두 거즛말이야, 거즛말. 난 어른이 되면 되두새나더 괴롭고 슬퍼만질 텐데."

"아무것두 믿지를 않는다구. 넌 그러니? 것두 좋아. 그래두 두 가지만은 신용을 해야 된다!"

"싫여, 싫여."

"지식은 우리들의 무기야, 나는 것만은 따이 말할 수 있어. 건 정말이야. 신용할 수 있는 일의 하나야. 그리구."

귀애가 이렇게 말할 새도 없이 수일이는 그곳으로부터 허둥지둥

제 방 쪽을 향하여 걸어가기 시작하였다. 그때에 귀애가 두서너 발자국 달려오며 큰 소리로 이렇게 부르짖는 것이 들렸다.

"그리구 또 한 가지는 내가 너를 사랑한다는 거야. 사랑해. 사랑해요, 사랑해요. 그리구 다시는 다시는 못 만나는 거……."

수일이는 겨우 집채 가까이까지는 왔으나 기진맥진하여 발이 부들부들 떨리어 바람벽에 상기된 것처럼 기대고 넘어지었다. 한 점의 구름도 없는 달빛이 내리비치어 그의 몸뚱을 하드분히 싸고서 흘렀다. 아— 밝은 달이다. 밝은 달이로다. 수일이는 몇 분간인가 정신없이 망연히 하늘을 쳐다보고 있다.

수일이는 놀라 정신을 가다듬었다. 별안간 황망히 김천집이 달려오더니 그의 몸뚱을 쥐고 흔들며 힐문하듯이 부르짖는 것이다.

"귀애가 어디 갔니? 귀애, 귀애가 어딜 갔어?"

수일이는 김천집의 턱어리가 몹시 흔들리는 것을 희미하게 바라다보았다.

"어디 있어. 어디 갔어."

"임금밭에, 임금밭에……."

하고 수일이는 넘어질 듯하며 겨우 이렇게 중얼거렸다.

그 후 어디엔가 *출분한 귀애의 소식은 영영 묘연하게 되었다. 그러나 그 이삼 일 뒤에는 한 소녀의 시체가 연못 위에 떠올랐다. 처음에는 이것이 귀애인줄만 알았다. 그러나 예의 추잡한 사건이 일어나 해주집과 김천집이 사납게 다투던 날 금순이가 드디어 연못에 몸을 던지었던 것이다. 그 며칠 뒤에는 집 뜰안에서도 또 왱강왱강 굿이 벌어지었다. 그때는 김천집과 해주집은 서로 사이 좋게 손이 발이 되도록 금순의 영혼이 옥황상제 앞으로 가기만 빌었다. 그들은 사혼(死魂)이 저희들을 침노할 성싶어 극도로 두려워하고 있기 때문이다. 이것으로 모든 것이 끝나고 말았다.

수일의 생활은 이제 와서야말로 거의 *절체절명에 가깝도록 황폐하였다. 사랑하는 어머니는 죽어 없고 정 깊은 귀애는 간곳없이 사라지었다. 왜 어머니는 죽지 않으면 안 되었었을까. 그만치나 연약하고 모든 것에 순종만 하던 어머니가 어째서 또 집에 불까지 안 지르고는 못 견디었을까. 건 그렇다 하고라도 또 그처럼 영리하고 똑똑한 귀애가 달아나고 만다고야. 귀애만은 그래도 좀더 용감히 그와 같은 무서운 죄악과 싸우지 않았으면 안 되었을 터이 아닌가. 그리고 이것은 또 어쩐 일일까. 귀애의 파랗게 맑은 눈을 들여다보고 그 실도르래 굴리듯 하는 말을 들을 때엔 아무런 슬픔이며 고통도 사라지고 말던 저였는데 막시 귀애가 저를 보고 너를 사랑한다고 하였을 때는 벙어리처럼 아무 소리 한마디도 못하고 창랑히 그 곁을 떠나 눈에는 하염없는 눈물을 뿌렸던 것이 아닌가. 소년은 마치 깊은 안개 속에 잠겨버린 것처럼 아무 정신도 차릴 수가 없었다. 그는 확실히 무엇인가를 숨이 가쁘게 찾고 있기도 하다. 그러나 그 눈은 몽몽한 안개 속에 싸여서 지척을 분간치 못하였다.

"학문이 나를 살린다군."

그는 절망적으로 이렇게 혼자 중얼거렸다. 귀애가 그 최후의 밤에 임금밭 속에서 저보고 말하던 이야기를 다시금 생각한 것이다.

"내게 무슨 학문이 필요 있어? 나는 하루하루를 외롭구 슬프게만 지내구 있는데. 그날그날 지내기두 마음 상하는데."

"호호호."

하는 행녀(杏女)의 자지러진 웃음소리가 환청된다.

"수일이는 정말 미친가 봐. 아주 가난뱅이 소리하듯 하겠지, 호호호. 그날그날 지내기가 어렵다구 막. 수일이는 괜한 걱정만 한대니까."

그는 아무 말 없이 얼빠진 사람 모양으로 허공을 쳐다보았다.

"아니야."

하고 이번은 경섭의 떠드는 소리가 저 멀리서처럼 들린다.

"수일이는 철학가야. 그래서 장한 것같이 걱정만 하구 있어. 철학가는 걱정꾸레기거든."

"걱정? 걱정 같은 거면 집어치우지."

하면서 수일이는 놀란 듯이 항변하였다.

"걱정은 강도처럼 못살게 나를 뒤따러단기기만 하누나."

"그러기 말이지."

하는 누구인가의 한숨짓는 듯한 애정에 찬 목소리가 가만히 들려왔다.

"네게는 내 사랑이 언제나 필요하단다. 난 그렇게 생각한다. 그래 나는 지금두 너를 멀리서 바라보구 있다. 멀리서 이렇게. 내가 누군지네 알겠니?"

수일이는 놀라 담벽에 비스듬히 기대었다. 그리고 눈을 조용히 감았다. 그것은 어머니의 소리일까 혹은 귀애의 속삭임일까. 그는 괴로운 듯이 신음소리를 내며 어머니와 귀애의 얼굴이 서로 교차하여 흔들리는 환영을 바라보았다. 파란 실, 붉은 줄, 노란 둥그맹이들이 막 선회를 한다. 수일이는 그만 몽유병자와 같이 간신히 부르짖었다.

"어머니, 어머니."

"귀애야, 누나야."

18

그러나 우리들의 애달픈 주인공이 어떠한 절망 속에 빠져 있든 간, 덧없는 세월은 무심히 흐르고 흘러 어느덧 또 눈바람 치는 십이월이 되었는데, 하룻밤은 수일이가 느지감치 홍도네 집으로부터 돌아오니, 아버지가 부른다 하여 가슴이 뜨끔하는 것을 바깥사랑으로 들어갔다. 아버지는 아무 말도 없이 한참 동안을 푹은한 소파에 두꺼비처럼 웅크리고 앉은 채 담 한구석을 물끄러미 바라보고 있었다. 수일이는 그 등뒤에 풀기 없이 다가서서는 인제는 할 수 없다 하고 *속추를 늘이고 섰었다.

"밤에 나가 노는 버릇은 언제부터냐, 대체 허튼 곳으로 *발신(發

身)하기는?"

 아버지의 위엄기 있는 꾸중은 뒤돌아보지도 않으며 이렇게 시작하였다.

 "……"

 "너루선 나이가 일러. 나는 네 나이 적에는 *경사백가(經史百家)에 붙어서 학문만 일삼었다. 꼭대기에 피두 안 마른 연석이, 너는 아무 때나 네가 남과 달리 이 남작네 집의 소중한 아들이라는 것을 생각해야지. 가문에 치욕거리가 되어서는 내가 용서치를 않을 테야."

 그러면서 아버지는 쑥 일어서서 양팔로 뒤지깨를 지더니 천천히 아까부터 들여다보던 담벽을 향하여 걸어가 멈춰 섰다. 그 앞에는 검은 반점이 있는 얼룩범의 커다란 모피가 펼쳐진 채 걸려 있었다. 그는 한참 동안 불빛이 서리운 그 범의 침침한 눈을 들여다보고 있더니, 넌지시 돌아서서 이번은 또 어정어정 다가오기 시작한다. 수일이는 사뭇 가슴이 두근거리었으나 될 대로 되는 수밖에 없다 하였다.

 "벌써부터 외계에 눈이 띄어서는 안되는 법이야. 더욱이 어려서 계집년에 마음이 팔리기 시작하면 모든 게 여우에 홀린 것같이 사리를 가리지 못한다. 저 범을 보았지. 범 같은 의기를 가져야지. 그렇지 않아두 이 세상에는 차츰 분간치 못할 일이 자꾸 늘어 가기만 허는데."

 그러더니 퉁명스레 혼잣소리처럼,

 "……사회는 더욱더욱 혼란하여지며 복잡해만 갈 뿐이루다…… 너두 이 담에 가서 후회가 없도록 지금부터 버쩍 정신을 차리고 모든 세상 물정을 살펴야지. 아무것두 옛적처럼 만만히 볼 세상이 아니루다. 천하 모든 게 옛적과는 막 반대루만 되어 가니⋯⋯ 요즘은 아주 시굴 토백이 반작놈들두 떼를 지어 가지구 와서는 소작료가 많으니 어쩌니, 비료값을 전주가 물라느니 하구 행패들을 부리구 가는 형세루다."

수일이는 아버지가 지금 무슨 이야기를 하고 있는지, 아마 아버지저부터 벌써 여우에 홀린 것처럼 심란한 것이 아닐까 하였다. 그러나 아버지가 요새 와서 노 사랑에서 찾아온 사람들보고 큰소리로 노발대발하는 일을 생각해보았다. 그리고 언제인가는 젊은 투박한 농사꾼들이 쓸어 와서 아버지를 붙들고 무어라고 야단을 치고 갔는데 아마 그 일을 보고 그러는가 보다 수일이는 짐작하는 터였다.

아버지는 드디어 수일의 곁에 가까이 다가오자, 그 거무테테한 큰 손으로 그의 조그만한 턱아리를 쳐들고 한참 동안 유심히 들여다보다가 혼자 머리를 끄덕끄덕하였다.

"으—음, 내 말이 무슨 뜻인지 잘 모르겠는 모양이지. 그러나 이제 차츰 알어진다, 알어져."

그리고 다시 한번 물끄러미 소년의 얼굴을 들여다보았다. 수일이는 좀체 무시무시하여 눈 속을 거밀거밀거리고 입 가장을 떨었다.

"멀쩡한 놈이라니⋯⋯."

하고 남작은 연민의 미소를 짓는다.

"무에 그리 무서우냐. 이 아버지는 단지 네가 귀여우니 이렇게 어려운 말로 하는 것이루다……."

하더니 혼자 무엇을 생각하였는지 벌써 웃는다. 그의 *속종에 의하면 인제는 수일이도 장가를 보낼 때가 된 것이다.

"그런데 이놈."

하고 한번 *전주르고서,

"너두 인제는 이 늙은 아버지에 효도를 헐 줄 알어야지. 옛적 같으면 벌써 어린애가 두엇 되어두 좋을 나이인데…… 그리 알어, 그럼 들어가 자거라."

수일이는 무슨 영문인지를 모르고 그냥 수벅수벅 걸어나오려니까, 등뒤에서 아버지의 부르짖는 소리가 들리었다.

"내년 봄에는 네 잔치를 하자."

그래 소년은 놀라 멈칫하였다. 아버지는 돌연 허허허 하며 연신 호기 있게 웃더니만 또다시 고함을 쳤다.

"기뿌냐?"

이 소리에 또다시 놀란 듯이 황망히 달아나는 수일의 그림자를 어둠 속으로 바라보며, 남작은 제 어렸을 때를 회상하였다. 학식을 높인다 하여 경사면백에 배운답시던 열세 살 적에 *처대(妻帶)하여 어린애도 하나 낳아 죽이고 벌써 십사오 세에는 *가벌의 권세로 지방요관 출도라 하여 원님 행렬을 지었다던 것이다. 그때의 자기에 비하여 볼 때 저놈이 저렇게 못나 보이는 것은 당초에 풀기 없는 제 어미 산월이를 닮은 때문인 게로다 하니 그는 무척 섭섭하였다.

이렇게 혼자서 한참 서 있다가 그는 *화식(和式) 돔비를 어깨에 두르고 운니동 월화한테 갈까 하고 나오려는데, 안기는 바람이 차기도 하려니와 이미 밤도 깊었고 또 가분작이 해주집의 흐뭇한 육체도 생각이 나, 그럼 한번 안사랑을 들여다봐야겠군 하고 그리로 향하였다. 해주집의 정남(情男)이 처남 김백인 줄을 모를 리 없는 그는 안사랑에 김백이 아직 있나 없나를 알아볼 필요가 있었던 것이다. 그는 문밖에 와 서자 김백이 아직은 해주집 방으로 들어가지를 않고 무엇인가 신이 나 책을 읽고 있는 소리를 듣고 무어라 말할 수 없는 가벼운 정도(情堵)와 환희를 느꼈다.

들어서 보니 방안에는 늙은 대감 셋이 기다란 보료 위에 구부러진 못처럼 지저분히 누워 있었다. 푸르락푸르락 코를 골기도 하며 또 푸— 하고 숨을 몰아 내치기도 하는 품이 아주 잠이 깊은 모양이다. 김백만은 이 늙은 대감들이 잠이 들어버리고, 또 바깥사랑에 들어온 모양인 윤대감이 집을 나가기만 기다리느라고 밤이 깊도록 심심*파적으로 옛 잡지를 읽고 있던 것이다. 그러나 지금 읽고 있는 내용인즉은 마음 곱지 않은 이 패잔가의 심정을 사뭇 즐겁게 하여, 아주 그곳에 정신 팔리어 한참 읽고 있노라는데, 별안간 밤중에 이 방으로 매부 대감이 나타나고 보니, 그는 해주집 방으로 가려는 제 속마음이 엿보인 듯한, 제 동정을 살피운 듯한 불쾌를 금치 못하였다. 그래도 그는 벌떡 일어나 앉으며,

"아 이게 웬일이슈."

하고 머리에 손을 얹으며 힐쭉 웃었다. 괴로운 이 경우를 역용할 만한 *돈지(頓智)와 재주가 없지 않은 그였다.

"마침 잘 오셨구려, 잘 오셨어. 그래 매형, 아 하두 갑갑허길래 저는 지금 막 신사상을 배우구 있던 참이랍니다."

하며 그는 붉은 표지의 헌 잡지를 흔들어 보였다.

"아주 그럴듯한 말을 한 연석이 있겠죠, 아 참 잘 오셨습니다, 잘 오셨어요…… 그래 매형 어때요, 한번 들어 보시려우…… 매형에게두 크게 유익헐걸요, 유익허다마다."

아무 대답 않고 남작은 수염 끝을 한 손으로 잡아 쥔 채 그 자리에 조상(彫像)처럼 서 있었다. 들으려는구나. 이렇게 생각한 김백은 더욱 용기를 얻어 큰소리로 일자일구(一字一句)를 주어 가며 띄어 읽기 시작하였다. 그러므로 이 소설이 조금이라도 조선사회의 전개를 배후 둔 이상 우리도 지나온 과거 한 세대에 흔히 나타나던 불가불 남작과 같이 들을 수밖에 없는 것이다.

"으흠 으흠…… 이 물가, 이 물가 등귀와 인플레에 의하여 더욱더욱 급속히 수행된 자본주의 발전과정은, 으흠, 필연적으로 사회계급 구성 위에 급격한 변화를 주어 광범한 생활층을 헤헤헤, *무산계급화한 것이루다."

여기까지 읽자 김백은 또다시 헤헤헤 하며 남작의 얼굴을 쳐다보고 웃어 대었다. 그 거친 이빨이 싯누렇게 무서우리만치 드러나 보였다.

"무산계급, 헤헤헤 이놈의 무산계급이라는 게 바루 요새 신식 청년들이 입만 벌리면 허는 수작이랍니다. 그게 큰 말감이지요. 그럼 어디 또 읽어 볼까, 으흠……"

하고 그는 다시 책을 들여다본다.

"……그러고 이 무산계급운동은 ××사건 실패를 전기로 하여 대중 속에 뿌리를 박고 작금 이 년 말부터는 더욱이 소작농민들의 각성을 촉진하여, 조합이 거의 *전선적(全鮮的)으로 *총설(叢說)되었으며 그 뒤부터는 소작쟁의가 빈발케 된 것이다. 으흠 으흠 이 반농노적 소작농민은 먼츰 호남 *옥야(沃野)를 중심으로 하야…… 야…… 이것 보슈."

하고 김백은 그만 별안간 *개가나 올리는 것처럼 부르짖으며 일어나서 남작 밑으로 달겨붙었다. 그리고,

"여기외다, 바루 여기를 보셔요."

하며 남작의 코끝 밑까지 책을 들이밀며 대드는 품이 아주 이 남작을 공박하려는 모양과도 같았다.

"그렇지 암, 일제히 용감한 ×쟁(爭)을 개시한 것은 중지의 사실이다라구 허지를 않었습니까. 헤헤헤 암 그렇다마다. 알구 있을 뿐일까, 매형! 바루 매형네 호남농장 소작인들두 현재 이 ×쟁에 가담해 가지구 야단 지랄이 아니유. 매형 그렇지유. 그러면 그렇다구 허셔야쥬."

"흐―흠."

하고 남작은 적이 못마땅한 듯이 가래를 들이켜며 볼을 불룩하였다.
　"그러나 그놈의 ×쟁인지 무엔지가 도대체 무슨 소용이 있는데. 그게 결국은 누구에 불리한 일인지를 똑똑히 알아차리구서 쓰는 게 붓을 잡는 자의 할 일이 아닌가."
　"허허— 그게 또 오묘한 말씀인 모양인데."
하며 김백은 끝까지 밉살스러운 얼굴로 남작의 우므덕한 눈을 쳐다보았다.
　"미욱헌 이놈에는 결국 무슨 뜻인지 알 수가 없는걸요, 헤헤헤."
　"흐—흠."
하고 남작은 다시 한번 못마땅해하더니 이윽하여
　"그럼 들어보게. 용감허구 못헌 게 문제가 아니고, 무엇보다 중요헌 것은 그놈의 소작쟁의가 제 놈들게 결국 이익인가 아닌가를 분간해가지고 들어붙어야 된단 말이야. 만약에 저놈들이 쟁의를 일으켜가지고 전주들을 귀찮게 헌다면 누가 그런 땅을 가지구 있어? 전주들은 모두 천치가 아니겠나. 그러니 귀찮은 김에 전지를 회사루나 팔어버린다면 그 소작인 놈들은 대체 어찌된단 말인가. 이걸 나는 묻는 게지, 물어 보겠다는 게지. 가령 내가 지금 쟁의 중에 있는 순천, 광주 등지의 농장을 동양척식회사에 팔어 넘긴다 치면, 진작 그놈들은 그 자리를 떠나야 될 형편이 아닌가. 요새 져온 놈들은 쩍 허면 우리 조선 사람 조선 사람 허지만, 만약 그렇게 된다면 그게 소위 민중을 사랑허기 때문이라는 취지와 결국에 있어 들어맞느냐 말이야."

낙조　171

"허허— 남작, 헤헤헤 그게 참 빗한 말씀인데."

하며 김백은 속 딴마음으로 한 번 교활한 웃음을 짓고 연신 고개를 끄덕이었다.

"아주 빗한 말씀인데. 그럴 듯헌데 바루 *정문(頂門)에 일침이라는 겝죠. 그렇지, 옳아. 전주에나 소작인에나 모두 손해라."

그러더니 슬그머니 책은 뒤꽁무니로 돌리고 음충스럽게 다시 다가 들었다.

"그런데 매형, 아 정말 순천 광주의 땅을 ××에 매도할 생각이세 유."

"그게 또 무슨 소리유."

"……"

"뉘가 전지를 판다구 그랬는가, 단지 나는 이런 뜻으루 말헌 게지. 즉, 인제는 시대가 달러 조선서두 전주들이 모두 상공업자로 전(轉)해 가는 심인데, 소작인 놈들까지 서둘면 귀찮은 김에 전지를 죄다 팔어 돈 남는 딴 사업을 시작허리란 말이야. 전지보다 인제는 사업이 유리하거던, 사업이."

사실 이렇게 확신하여 자금융통 때문에 요즘 전지를 정리하고 있는 중인 윤남작은 슬쩍 돌아서서 어정어정 나오기 시작하였다. 김백은 그래 황망히 뒤따르며 빠른 소리로 주절거리기 시작하였다.

"××의 *산전의 말인즉 평당 육십 전이라는데 너무 헐값이죠, 너무 헐값이에요. 나는 우리 매형이 애여 그런 값으루 팔 리가 만무허다구 그래 두었습니다…… 은행이며 회사 공장의 사업두 모두 잘되어 가니 자금도 별반 필요치 않고…….."

남작은 아주 의아스럽다는 듯이 머리를 흔들었다.

"원 모를 소릴 다 허는군, 원. 그 무슨 소리인지 알 수가 없는데."

"아 그러지 마시유. 너무 싸요, 육십 전이면 너무 싸지요. 그리구 그 농장에 욕심내는 놈이 ××뿐이라구요. 정 그렇게 파신다면 평에 한 오 전씩 더 놓도록 제가 힘써 볼까요, 아 좀 말씀을 허세요. 그렇게 나가시지만 말구."

그러나 벌써 남작은 방을 나와 토방을 내려가고 있었다. 김백은 푸— 하고 장탄식을 하더니 남작이 중대문 속으로 쑥 들어가는 그림자를 보고 싯누런 눈을 끔벅 감으며 헤헤헤 웃다가 문을 스르름히 닫아버렸다.

"재미를 좀 보시겠단 말이지, 헤헤헤 톡톡히 보세유."

하고 혼자소리로 중얼거리더니만 어찌 된 셈인지 드르르 다시 문을 열어 젖히면서 가래침을 탁 내뱉었다.

"옛다 받어라. 이거나 먹어라."

그리고 그 자리에 굳어진 채 움직이지를 않았다.

사방이 괴괴하고 달빛이 밝았다. 문 여는 소리에 놀라 깬 노대감들은 눈을 한번 떠보고 다시 끙 하고 뒤채며 돌아누웠다.

19

　드디어 따뜻한 봄의 손길이 한강 천 리의 굳은 얼음을 녹이어 띄우며 남산에 깊이 잠든 송림을 어루만지면서 다시 장안으로 뻗쳐 들어왔다. 수일네 집 정원의 뭇 나무들도 파란 잎새를 내돋우며 살구나무의 가지가 발그레한 꽃봉오리를 들어 최초의 사랑스런 미소를 아지랑이 뽀얗게 끼는 사월의 하늘에 던지었다.
　수일이는 열네 살을 맞이하는 이른 봄 어떤 날 장가를 든 것이다.
　새로 맞이하는 새각시네는 서울로부터 남으로 한 칠십 리를 새에 둔 조그마한 읍내의 *호농이었다. 아직 한 번도 보지 못한 새각시 복란이가 어떤 여자일까 하는 것은 막연한 호기심을 일으키게 하며 또 호의의 기대도 되었다. 그러나 그런 처가의 대청마루에서 *전안상(奠雁床)을 새에 두고 둘이서 마주섰을 때, 수일이는 복란의 인물에 아주 어리둥절하여져서 백년해로의 선서로써 서로 절하는 예식까지 잊어버릴 지경이었다. 크고 뚱뚱함이 꼭 돌미륵처럼 모양 사나운 존재였다. 그것이 칠보홍상을 하고 고이 댕기를 늘이고 우중충하니 서서 때때로 천치 같은 곁눈질을 건네곤 하는 모양은 참말로 어린 마음에도 우습다기보다 연민의 정을 느끼게쯤까지 되었다.
　"저것 보게 허— 신부가 신랑 봐서는 너무두 큰걸입슈."
　"암탉과 병아리 모양인걸, 허허허."
　식장 아랫마당에 웅긋중긋 그득히 모인 농군 사내들은 이 짝이 붙지 않는 부부를 향하여 키들키들 놀려먹는 것이었다.

"신부가 신랑 집어삼키겠다."

"너무 작어서 히— 좋잖지. 너무 작어서."

하며 그 중 술이 얼찌근한 한 녀석이 음란한 소리를 지르며 혼자 좋아라구 히히히 웃어 댄다.

"수수밭 속에서, 히히히…… 그게야말루 대짜백이였는걸, 히히히."

그러자 모두가 큰일난 것처럼 쉬쉬한다. 무슨 곡절이 있는 모양이었다.

"그만 지껄여 이 자식."

"아따 그러면 어때, 뉘가 생소리를 허는가. 히히히 수수밭 속 그놈이……."

"쉬— 쉬—"

"인제 그런 소리 해 무엇헐 치야. 이 망헐 주정꾼 보게."

이러는 가운데에서 잔치를 지내었는데, 본시부터 수일에게는 결혼이라는 것이 제게 더할 나위 없는 커다란 운명적인 사건이라는 느낌은 없었다. 바지를 입으면 띠를 띠어야 된다는 것과 마찬가지로, 벌써 열네 살이나 되었으니 그도 여느 애들처럼 각시를 맞아들여야 된다고 생각하였었다. 그래 그날 저녁 *사모관대를 하고 백마를 타고서 훌륭한 행렬을 짓고 시골로부터 서울 본집으로 각시를 데리고 올 때에는 외려 일종의 자랑스러움을 느끼게까지 하였던 것이다.

그의 일행이 도착을 하자 수일이는 다짜고짜로 장경섭이네 패에 이끌려 홍도네 술집으로 갔다. 수일이는 정신적으로나 육체적으로나

낙조 175

너무 피곤하였기에 시달리지를 말아 달라고 애원하다시피 하였다. 그러나 조달(早達)한 이 소년들은 오늘 밤은 신부에게 안길 테니 하며 와자지껄 떠들어 댄다. 경섭이는 벌써 그때는 중학생이었으며 동무들은 그 동급생으로 모두 합하여 넷이나 되었다. 그리고 넷이서 무어라 수군수군거리더니만, 짓궂게 *동상례를 시작한 것이다. 수일이는 어리둥절하여 무슨 놀음인지 알 리가 없었으므로, 그 중 뚱뚱한 애가 바깥으로부터 조고만 상에 *방치 두 개와 꼬아새리운 밧줄을 놓아 가지고 들어와 제 앞에 놓더니만 버룩버룩 웃으며 엎으러지듯이 평복하여 절을 할 때 그만 질색하여 일떠섰다.

"신랑님, 국수 잡수슈."

그러자 펄펄 너댓 놈들이 달라붙어 넘어치더니 삽시간에 한 놈은 그 밧줄로 수일의 바른 다리를 질끈 동여매고서 그놈을 지켜 떠메이고 일떠섰다. 그러므로 수일이는 막 공중걸이를 하며 거꾸로 매어달려 공명을 질렀다. 홍도는 들어오다 이걸 보고 배를 움켜쥐고 호호호 호호호 하며 웃어 댄다. 그리고 나중엔 좀 안되었는지 달라붙으며,

"좀 느꿔 주어요, 느꿔 줘. 그러다 상기하면 어쩔 테야요."

"비켜 이년!"

하고 사내놈들은 고함을 치며 떠밀었다.

"그래, 수일이 너, 내 말만 들으면 된다."

경섭이는 허리를 굽히고 밑바닥에 얼굴을 떨어트리고서 새근거리는 수일에게 설명하였다.

"네 발을 매인 밧줄은 말이야, 너의 신랑신부가 그 국수 모양으로 길게길게 백 년을 해로하라는 말이다. 알었니?"

"이 자식 어서 빨리 시작해."

하며 방치를 든 주근깨 많은 놈이 경섭이를 걷어차며 빽 질렀다. 경섭이는 놀라 후닥닥 일어서며,

"그럼 시작헌다."

하면서 수첩을 꺼내어 들었다.

"……글쎄 말이야, 수일이 너는 남의 시굴 가서 그곳 귀한 딸을 훔쳐 왔다 치거든. 그래 이 사람들은 그 시굴 사람들이라 치구 너한테 그 각시를 다시 빼앗어 갈려구 온 게야. 그러니 각시를 안 돌려보내겠으면 그 몸값을 내바치라는 말이다."

"그럼 데려가, 데려가."

하며 수일이가 간신히 대답을 하니, 모두들 너무 우스워 흠뻑 떠들었다.

"이 자식 아직 무슨 말인지 모르겠니."

"자— 얼마!"

하고 뻐드렁이빨이 부르짖었다. 그러자 철서덕 하고 수일의 매어 들리운 발바닥에 방치가 세차게 와 부딪쳤다.

그리고 너무 웃기 때문에 쏟아져 나온 눈물을 훔치면서,

"그만해요, 그만해요."

하고 말리었다.

"이년 가만있어. 암만 네가 울어두 수일이는 오늘 밤은 신부 것이야."

라고 뚱뚱이가 막 칠 듯이 방치를 쳐들어 메었다가 길게 혀를 빼어 물고 웃었다. 그리고,

"얼마야!"

하고 수일의 발바닥을 철썩 넘겨 쳤다. 매어달린 몸뚱이 또다시 꿈틀거렸다. 홍도는 그제는 수일의 몸뚱을 안아 일으키듯이 붙들면서,

"아이구 참 이 학생 가엾어라, 그만 동리 처녀 빼앗어 온 죄루 한 탁낸다구 빨리 그래요, 그럼 놓아 주어요."

"응 응."

수일이는 그제야 알아차리고 홍도 어깨에 매어달리며 숨이 턱에 닿은 소리를 하였다. 이런 일이 있으리라고 짐작하였음인지 행렬이 떠날 때 장모가 제 옆채기에 찔러 주던 지전뭉치를 생각해내고,

"돈두 있어, 있어."

하며 옆채기를 어루지느라 맥빠진 손을 바들바들 떨었다.

이리하여 동상례 턱으로 어린 사내애들의 *주연(酒宴)이 전보다 훨씬 질탕히 벌어지었다. 수일이는 제 잔치라면서도 아침부터 아무것도 먹은 것이 없었다. 내심의 흥분이며 정신의 착란과 육체의 피로 때문에, 더욱 그는 무어나 막 먹고 마시고 싶은 충동을 받았다.

"신랑님 첫날밤에 너무 약주 자시면 첫딸을 낳는대요."

하며 홍도는 웃어 대면서 걱정스레 이야기를 붙인다.

"이리 와, 이 간나이."

하고 경섭이는 홍도의 몸뚱을 잡아 끌어당기었다.

"이리 와, 이리. 수일이는 인젠 네 수일이가 아니다. 아주 주인이 생겼으니까."

"그럼 이 자식, 네 주인은?"

주근깨투성이가 장단을 맞추어 물으니까,

"내 주인?"

하고 경섭이는 한번 머리를 슬슬 만적이더니,

"내 주인은 홍도"

하고 그 가는 목덜미를 쓸어안으니, 사내애놈들은 손을 치며 와― 하고 떠들어 대었다.

그 틈을 타서 수일이는 슬쩍 빠져나와 달그림자를 밟으며 집으로 돌아왔다. 새벽 한시나 되었는데 *차일을 친 내정에서는 아직 여종들과 남노들이 어슬렁어슬렁 뒷정리로 서서 돌고 있다. 임시로 내건 *고촉의 전등불이 쌓여채인 멍석더미며, 여기저기 걸려 있는 가마, 소등 이런 것을 희물그레 비추고 있었다. 먼 시골서 올라온 친척들은 수일이가 들어오자 반겨 맞이하러 나왔다. 그때 웬일인지 그는 오늘 밤 무슨 제사라도 지내려는데 제가 그 일에 큰 제물이라도 되던 것 같이 가슴이 설레임을 느끼었다.

"빨리 새각시 방으로 들어가우."

김천집은 수일의 앞을 서서 이끌고 가며 잔사설을 늘어놓는다.

"아부님도 아까 들어오셨드랬는데 오늘이야말루 아들의 효도를 받으신다구 아주 기뻐하시드랍니다."

새로 꾸며 놓은 *동방(洞房) 가까이 오자 김천집은 치마 속으로부터 한삼을 꺼내더니 수일의 양손에 달아 주며 귓속말로 속삭이었다.

"잊지 말구 외어 두우…… 방 촛불은 이 한삼으루 꺼야지 입으로 불어 끄던가 허면 큰일난답니다. 그건 복을 불어 쫓는 심이야."

수일이는 멍청하니 서서 김천집의 주름잡힌 으슴푸레한 얼굴을 쳐다보았다. 그때에 그는 불현듯 귀애의 생각이 치밀어 오늘 밤이 외로웠다. 김천집의 눈가에도 눈물이 몇 방울 맺혀 흐른다. 귀애와 수일의 사이가 특별하였으며 또 저희들끼리도 풀각시 만들어 부부놀이하며 귀엽게 굴던 생각, 그 귀애는 인제 간 곳이 없고, 제가 수일이를 생소한 남의 집 딸이 들어앉은 방으로 이끌고 가야 하는가 하면 마음이 언짢았다. 그러나 생각하여 무엇하랴 가까스로 마음을 안돈하고 다시 일러주려는데 그래도 그 말소리는 진작 떨리었다.

"그리구 왼첨에는 새색시의 웃저고리부터 벗겨 주는 법이야. 그다음은 비나동곳…… 걸 모르구 꺼꾸루 하면 일평생 머리털 맞잡고 싸움만 하며 산답니다…… 그리군…… 그리군……."

방안은 홧홧한 가운데 흐뭇이 뿌린 향수 향기 속에 떠 있는데, 머리맡에 놓인 두 자루의 촉대불은 펄럭펄럭거리며 뽀얀 금가루를 뿌리고 있다. 한옆으로는 초록에 주홍 깃 단 이불이 펴 있으며 봉황이 수를 놓은 *구봉침이 놓여 있었다. 복란이는 아랫목 구석에 부처처럼 웅크리고 앉았는데 촛불이 흔들릴 때마다 비녀동곳은 찬란히 빛나 보였다. 수일이는 아랫입술을 깨물고서 촛불 옆에 앉아 때때로 노리듯이 제 신부의 우중충한 몸뚱을 훑어보았다. 어디서 꾸어다 놓은 쌀자루 같다는 속(俗)말을 생각해 보노라니 자연 비겁한 안돈과 잔인한 용기가 생기는 것을 느끼는 것이었다.

문밖이며 영창가에는 친척 부녀들이 모여들어서 동방 속을 엿보느라고 수군수군거리며 키득거리기도 한다. 방문 밖에 *수방(守房)으로 서 있는 덕일 영감이 그만 하고 물리치라고 쑹얼거리니까, 술이 건건한 한 여편네는,

"이 영감 그게 무슨 수작이냐 그래. 저런 말만한 새각시에다 애숭이 어린애를 떠맡기구 안심이 돼서 돌아간단 말이냐."
하고 야료를 한다.

"어떤 곳에선 첫날밤에 새각시년이 정남과 틀이허구 어린 새서방을 눌러 죽였다드라."

수일이는 방 속에서 이야기를 듣자 '수수밭 속에서' 이렇게 처가네 농군이 부르짖던 무슨 깊은 곡절이 있는 듯한 말이 냉큼 생각이 나 가슴이 뜨끔하였다.

"무슨 그런 흉헌 말씀을 다 허세유…… 그러기 이 늙은 게 수방을 헙지유."

"무여 네 영감꼴에 수방이 다 무에냐, 옳지 신랑방두 못 들여다보게 허면서 수방일을 잘 보는 심인데."

낙조 181

"그렇습죠."

"아 이것 봐 청승맞게 그렇습죠라구. 이 등신아! 그래 네녀석이 수일 도련님의 성품이라두 알구 있단 말이냐. 여느 집 똑똑한 새서방처럼 새각시드러 버선을 벗겨 주지 잔등을 긁어 주지 그럴 금새가 되는줄 알어? 흥 그렇다면 내가 이렇게 걱정허질 않겠다. 아 이자두 창틈으로 엿보노라니까, 수일 도령이 새각시 앞에서 막 울먹울먹하며 떨고 앉아 있겠지. 그런데 내가 안심허구 돌아가겠단 말이야! 이 영감 그런 수작 또 한번만 해봐라. 나는 결단쿠 이 자리를 떠나지 못한다, 떠나지 못해."

그때 끔벅하고 방안의 불이 꺼져버렸다. 그래 취중의 여편네는 적이 놀라 눈을 흡뜨고,

"이게 큰일났구나."

하고 부르짖었다.

"저것 보세유. 인젠 불이 꺼졌으니 그만들 돌아가세유."

"참 이게 큰일났어, 네 영감 때문에 볼 것두 못 봤구나! 아, 불을 정말 한삼으로 껐는지. 야— 이거 큰일났구나. 아 그래 여보 비키우 비켜. 내가 좀 들여다볼게. 그래 정말 한삼으로 껐는가유."

"곧잘 끄든데유."

하고 누가 호호호 웃으며 대답한다.

수일이는 캄캄한 속에서 복란의 옆으로 다가앉으면서 약간 겁을 먹은 소리로 거북스레 중얼거렸다.

"난 아무것두 무섭잖어."

그리고 정말 제가 무서워하는 줄 알려질까 두려워하여 마음을 단단히 걷잡으려 하였다. 어둠은 또 용기를 준다.

수일이는 차츰 가슴이 설레었다. 그럴수록 마음을 든든히 가져야겠다고,

"난 취허지 않었어. 술에두 세어."

20

수일이는 결혼한 뒤로부터는 더욱 고독의 외롬을 맛보게쯤 되어 매일을 울적한 가운데에서 지내게 되었다. 복란이는 언제나 성난 모양으로 볼이 척 늘어져 가지고 왕방울 눈을 섬석거린다. 그럴 때마다 앞이마에 주름이 미어질 듯이 잡히고, 눈썹을 지리끼면은 그 새에 산 모양 깊은 웅덩이가 패곤 하였다. 이런 복란을 앞에 두고 보면 수일이는 더욱 비겁한 잔인감이 끓어올라 늘상 그를 조롱하며 또 개욕을 퍼붓고 몽통스레 때로는 걷어차기도 하였다. 그러나 복란은 겉모양으로 마음도 녹녹지를 않아 씨암탉과 같이 우두커니 맞고 있으려고만 하지 않았다. 그래 수일의 무법 앞에 그는 제 몸을 공손히 내어 맡기지를 않기에 때로는 큰 싸움이 벌어지기도 하였다. 애당초부터 수모를 받아 두었다는 내종엔 그것이 버릇이 되고 말리라 복란이는 생각하는 터이다.

"호박추니 볼추니 알어 있어? 호박추니."

수일이는 복란이가 기가 막혀 막 대들면 막 대들수록 일종 절망적인 쾌감을 가지고 더욱더욱 호기를 부리며 싫은 소리를 퍼붓는다.

"호박추니 오줌통 볼추니 넓적가우리 대부……."

복란이는 소년 남편이 발과 손으로 치다꺼리를 하려 들면은 제법 그 큼직한 뚱뚱한 몸으로 용감하게 맞대들어 보는데, 이런 듣기 사나운 욕지거리를 퍼붓기 시작하면 전혀 무장을 해장(解裝)당한 것처럼 되어, 그만 그 자리에 쓰러져 구들바닥을 치며 왕왕 쳐울기가 일쑤였다.

"아이구 꼴 좋다. 물찬 제비네. 떠오르는 반달이네. 애, 보기 싫여. 애, 꿈에 보일까 무서웁다. 빨리 짐 꾸려 가지구 가기나 해……."

수일이는 한참 이렇게 별별 지혜를 다 짜서 욕설을 하노라면 자연 저도 모르게 흥분하고 또 그만 멋쩍어지고 나중엔 턱없는 설움까지 복받쳤다. 이럴 때면 김천집은 뚱깃뚱깃하면서 연신 큰기침을 하며 달려왔다.

"애네들아, 또 왜 이러니, 좀 소런소런히들 살아 보려므나. 거 분주해 살겠니. 잘은 헌다, 저런, 왜 저 지랄이야. 커다만 게 쳐울면서……."

"저를 막 두들겨요."

하며 복란이는 김천집에 서러운 목소리로 호소를 한다. 수일이는 슬그머니 빠져나간다.

"이애야, 지랄 작작 하거라, 만날 너는 두들겨맞는다는 소리만 해

가지고 있으니, 이거야 귀 아퍼 견디겠니."
하고 김천집은 복란의 말은 귓등으로도 안 듣고 첫머리부터 핀잔이다.

"몸이나 적냐? 말만해 가지구서…… 좀, 너두 남 소견 사나운 줄을 알어야지. 네 서방이라니 아직 스물 전이요, 그게 무슨 큰 힘이 있겠니, 어린애 일기루 알려므나, 일기루 알라구, 남두 되어 보렸다니 옛날 사람 생각두 좀 해보고 살어야지, 글쎄 제 서방 오줌까지 받어주며 길러서 살었단다. 넌 네 팔자 좋은 줄을 모르지. 비단포단에 엎드러진 신세인데 무에 부족해 그런단 말이냐, 부족해하기를……."

"그래두 막……."

"그래두가 머냐, 그래두가. 나이 그만헌 게 왜 그리 지각이 없니. 날 보구 살렴, 날 보구 내가 다 아무 소리 없이 살어가는 것을 못 보냐."

하며 욕심에 그득한 얼굴로 한숨을 짓는다.

"이 집 대감 영감 비위 맞추며 살어가기가 얼마나 괴로운지 그 백분지 일이래두 뉘가 알어준대면 떠받들겠다. 허기야 대감두 내가 없으면 집안꼴이 안될 줄이야 알어주시지만 그래도 이 크나큰 집을 맡어 볼려니 심로가 오죽하냐. 어쨌든 여자는 참구 또 참는 게 고작이란다, 고작이야……."

하고 흠싹스레 넉살을 부리고 풍을 떨더니만 후— 하고 꺼질 듯이 또 탄식을 한다. 그러지 않아도 귀애가 이 집을 나가 종적을 감춘 뒤

낙조 185

로는 김천집은 푹 맥이 빠지고 몸도 수척하여 뼈만 엉거주춤히 드러났다. 그리고 인제는 전의 등등하던 호기도 줄어들고, 더욱이 수일이가 결혼하자부터는 수일이를 쳐받들고 위함이 각별하였다. 지금 와서는 제가 믿고 의지하는 것은 수일이 혼자뿐이라는 것 같기도 하고 또는 어떻게 보면 수일이도 인제는 결혼한 어른이라 무서워하기 시작한 모양과도 같았다.

"제발 정 너만이라두 좀 이제부터는 입을 닫구 있어 다우. 사람 죽겠다, 사람 죽겠어. 지금 이 집안이 얼마나 혼탕진탕이냐 말이다."

이러면서 생각하여 보니 차츰 심사가 좋지를 않았다.

"글쎄 말이다, 아 그 해주 화냥년 모녀 그따위들이 다 행세를 할랴구 야단을 칠락허는구나. 그 옥기란 방정맞은 년이란 또 어데서 날도적놈 같은 연석과 붙어 살면서 이 집 와 턱하면 무에든 집어 가기가 일쑤구, 그 어미란 년이 또 그보다 백배 승해서 그걸 막 뒤에서 도와주구 있는구나. 글쎄 야, 네가 그래서야 쓰겠니. 웃어른두 계신데, 하고 이렇게 바른말을 하는 것이 옳지······."

"어제두 *겨냥을 본다구 제 금반지를 가져갔어요."

하고 복란은 *겻불을 치며 운다.

"아, 저런 년 봤나."

하고 김천집은 펼적 몸을 일으킨다.

"그래 옥기란 년이?"

"아뇨, 해주 마마가······."

"박살할 년 박살할 년! 또 *탕두질을 하였구나. 그년 오차(五車)에 찢어 죽여도 시원치 않을 년."

하며 김천집은 막 몸을 부들부들 떨기 시작하였다. 그 즈음은 옥기는 서로 좋아하던 권투선수 김홍식이와 *동서(同棲)생활을 차리고 있었다. 처음에는 해주집은 홍식을 애지중지하는 외딸 사윗감으로 못마땅히 생각하였으나 이왕 이렇게 된 바에는 좀 잘살게라도 만들어야겠다고 우람찬 집도 사주고 돈이란 돈은 모두 긁어다 주며 식량일지 *시탄일지 심지어 옷감까지도 제 앞으로 담당하는 터였다.

"요즘은 *횟박을 쓰구 치맛귀가 너부룩해서 싸다니기에 저년 또 어데다 헐은 놈을 둔 게다 하였더니, 이년이 아마 제 사위놈하고 사는 게로구나!"

하고 나중 마디는 벽력같이 길게 뽑으며 고함을 지른다. 복란이는 놀라 울기를 멈추었다. 김천집이 너무도 흥분하여 기를 쓰는 놀음에 주추러든 것이다.

이런 날 밤에 김천집은 대감이 얼씬만 하면 붙들고 지랄이었다.

"인제는 대감님 마음이 느긋하시겠구려. 눈에 가시이던 귀애두 없어진 지 오래구…… 그래 이년 하나만 더 죽으면 시름을 놓겠구려."

"……"

"안 죽어! 안 죽어요"

하고 제 김에 기가 막혀 부르짖는다.

"내가 왜 죽을꼬 제 딸까지 잡어먹은 년이 그리 쉬이 죽을 줄 알어. 그래 인제는 나를 어떻게 해줄 테에요? 수일이두 인젠 클 대로 커서 제 총기가 다 들었는데 언제 이 늙은년을 내어쫓을려고 덤벼들지 안단 말이오. 나는 인제는 아무두 믿을 사람이 없는 사람이야, 날 어떻게 해줄 테에요. 당장 이 자리에서 끝을 내줘요."

"끝을 내라니?"

하고 대감은 천연스레 얼굴을 기우듬한다.

"그래 내 말을 모르겠단 말이오. 어느 년은 딸까지 집을 사 살림을 채릴 장만까지 해주면서 이년만은 왜 이렇게 원통하게 헌단 말이오? 나두 이 담에 죽을 때 널이라도 쓸 돈 장만이라도 있어야지, 누구를 믿고 산단 말이오."

"지랄 말어, 늙은 계집년이."

"아이구, 늙은 계집년이 되어 내가 못헐 짓을 무에 했단 말이오. 그래 늙은 계집년이 싫어서⋯⋯ 내 딸 귀애에까지 손을 대었단 말이오."

하며 그만 목을 터치고 울어 대었다. 대감은 멈칫 물러서며 얼굴에 시퍼렇게 노기를 띠더니,

"망할 년."

하고 통명스럽게 부르짖는다. 그리고 정색을 하였다.

"네년 혼자론 그만헌 것두 많은 셈이지. 제게 좋은 것은 하나두 모르고⋯⋯ 그만허면 너 혼자에게는 넉넉히 주고도 남는 거야. 그리고 죽두룩까지는 내해 먹고 살금새에 지랄이 무슨 지랄이란 말이야. 수일이가 아무러기서니 내가 살어 있는 동안에야 너 혼자쯤 무슨 걱정

이 있단 말인가."

그러면 그제는 김천집은 정말로 제가 이 세상에 혼자뿐이로구나 하는 것을 새삼스레 느끼게 되어 더욱 슬퍼져 왕왕 쳐울었다.

"귀애야, 귀애야, 네가 어디를 갔단 말이냐."

그러다가는 나중에는 막 대감의 멱살을 잡으며 미쳐 날뛰었다.

"이놈아, 귀애를 내어놔라, 내 귀애를 내어노라구……"

"허, 그게 다 무슨 소린고 왜 이 지랄인가. 놓아, 놓지 못헐 테야."

"못 놓는다, 못 놓아. 내 딸을 찾아다 놓기 전에는 못 놓는다!"

"내가 자네 딸을 어떻게 했다는 말인가. 그 원 당치 않은 소리를 해가지고…… 그래 또 내가 인륜을 어기는 짓이래도 하였단 말인가. 귀애야 자네가 다리고 온 딸 아닌가. 그게 내 피를 받은 애인가. 그렇지 않아, 그래도 이백 석내기도 자네 이름으로 옮겨 주지 않았나."

김천집은 그제는 더욱더욱 제 몸과 마음을 걷잡지 못하고 펄펄 달겨붙는다. 대감은 간신히 벗어나 임금밭 새로 허벌덕거리며 달아났다. 겨우 안전한 곳까지 도망쳐 와서야, 그는 멈춰 서서 씨근거리며 땀을 훔치면서, 계집년이란 왜 이렇게 다루기 힘든 것일까고 한탄하는 것이었다.

해주집은 더욱 살이 비지처럼 올라 하얀 목덜미가 흐밀거리며 걸음을 걸을 때에는 함지만한 엉덩이가 죽가마처럼 출렁거리었다. 지금 와서는 실권에 있어서도 차츰 그는 김천집을 밟고 넘어설 지경이었다. 김천집과는 반대로 모든 것이 그에게는 만족이었고 또 행복스러웠다. 만족과 행복에는 권세도 뒤따르는 것이다. 그래 김천집이 혹시 보이지 않을 때에 해주집은 복란이한테로 달려와서는 세찬 시어머니 구실을 하려고 차부를 대었다. 새로이 들어온 이 복란이를 시험대로 하고 마치 김천집과 해주집은 서로 그 지배력을 다투는 모양과도 같았다. 더욱이 해주집은 딸 부부를 달래기 위하여, 아무거라도 주워 가는데, 그때에 늘 복란이는 희생을 당하는 것이다. 그리고 해주집은 김천집이 보기만 하면 듣는 데에서 우진 사위가 장수같이 기골이 장대하여 믿음직하느니 하고 딸조차 없는 저편 부아를 돋우며 또 대감을 만나면 붙들고 세세한 것 시부룩한 것 모두 갖추 대어서는 조금이라도 더 돈을 타내려 하는 것이다.

"새 며누리 방 차지나 않나 하고 들여다보고 오는 길이랍니다, 대감님."

하고 그는 능살스레 군다. 대감과 같이 단둘잇적에는 체면을 차린다든가 점잖게 군다든가 하는 것이 얼마나 손해인지를 그는 알고 있는 것이다.

"글쎄, 대감님보구니 말씀이지만 참 옥기 애란 년이 아버지께 드린다구 털실루 보선을 뜨구 있겠지요. 역시 그래서 제 아버지가 좋구 또 자식이 좋다는가 봐요. 아 며늘년이야 그렇게 상감마님처럼 해놓구 살면서 아버지께 이렇다는 것 하나 있어요…… 그런데 옥기네는 너무 아무것두 없어 걱정이어요, 참 딱허답니다."

"후—음, 그래서."

"대감님, 참 또 그렇게 넘겨짚으시구서……."

"아무렴, 또 돈을 달라는 말이지. 그런데 그 무슨 돈을 자네는 자꾸 달라구만 그러는가, 무엇에 쓰는지 나는 원 그 모르겠드구먼."

"그래두 또 그 옥기란 년이 금비나 하나두 없어서 바깥 출입두 못 허누라구 울기만 허니 어미 된 마음에 되었어야지요. 이렁저렁해서 돈두 퍼그마 가는군요."

하더니만 대감님— 하고 그는 대감의 목덜미를 끌어안으며 응석을 떨었다. 대감은 자못 만족하였으나, 이 모양을 또 김천집이라도 어디서 보고 있지 않은가 해서 한번 두룩두룩 사방을 살펴보고서야 헤— 하고 웃었다. 그러나 공연한 돈에는 치를 떠는 성미라 갑자기 *위의(威儀)를 갖춰야 될 필요를 느끼고, 수염을 입에다 당겨다가 물고 조금 고개를 기우름하였다. 그리고 말하였다.

"대체루 나는 여편네들이 바깥 출입하는 버릇을 좋지 않게 생각허네."

(『조광』, 1940.2~1941.1)

유치장에서 만난 사나이

왕백작

　우리들은 부산발 신경행(新京行) 급행열차 식당 안에서 비루병과 일본술 도쿠리를 지저분히 벌여 놓은 양탁을 새에 두고 앉았다. 마침 연말휴가로 귀향하던 도중 우리는 부산서 서로 만난 것이다. 넷이 모두 대학동창이요 또 모두가 같이 동경에 남아서 살고 있었다. 한 사람은 광고장이, 한 사람은 축산회사원, 한 사람은 <조선신문(朝鮮新聞)> 동경지국 기자, 그리고 나. 우리들은 기실 대학을 나온 이래 이렇게 오랜 시간 마주앉아 보기는 처음이었다. 그래 우리는 만취하기까지 술잔을 기울이며 여러 가지로 이야기하였다. 그리고 우리는 드디어 술에도 담배에도 이야기에도 시진하였다. 그때에 신문기자는 이 열차에 오를 적마다 머릿속에 깊이 박혀 사라지지 않는 기억이 하나 있노라 하며 다시 우리들의 주의를 이끌어 다음과 같은 이야기를 시작하였다.

지금 세상에는 종잡을 수 없는 사람이 퍽으나 많기도 하다. 아무리 생각해보아도 그는 이상한 사나이였다. 하나 나는 아직까지도 그의 본명을 모른다. 그래 여러 사람이 부르던 것처럼 나도 여기서 그를 왕백작(王伯爵)이라고 부르기로 하련다.

그런데 내가 처음 왕백작을 만나기는 그다지 큰소리로 말할 것은 못 되나 사실은 동경 A경찰 유치장 속에서였다. 바로 삼 년 전의 일이니 내가 ××사건에 관계하여 들어갔을 때이다. 그러므로 그를 왕백작이라고 부르고 있었다는 것도 이를테면 *구류들과 형사들과 간수들을 두고 하는 말이다.

그러나 흥미있는 일은 청년 왕백작이 대체 무슨 사건으로 해서 들어와 있는지는 알 수 없었으나 유치장 속에서 대단히 인기가 있는 것만은 사실이다. 그것은 그가 누구에게 대하여서나 제일 *부접이 좋았고 또 호통을 잘 부려 주위 사람들을 매우 우습게 혹은 귀찮게까지 만들기 때문이다. 퉁명스런 구류인들도 결국은 그의 일을 놀리든가 핀잔을 하든가 하면서 그나마 무료함을 꺼주는 위로로 삼고 있는 터였다. 물을 뿌린 듯이 고요할 대로 고요한 유치장 내의 암울한 공기를 깨뜨리며 이 모든 사람의 심란한 낯졸음을 깨치는 것도 그 사나이였다.

"단나, 단나상."

이렇게 그는 밖으로 향해 부르기가 일쑤였다.

유치장에 들어간 바룸날 나는 이 기이한 발음에 퍽으나 놀라웠다. 그것은 바로 맞은편 쪽 방으로부터였으나 아무래도 그 목소리의 임자가 조선 사나이임에 틀림없기 때문이다.

"포쿠데스요. 포쿠 변소, 변소에 가구 싶어요."

"왕백작인가."

"하이 하잇."

그것이 아주 질겁할 만치 황송한 목소리이다. 구류인들은 모두 참지 못하고 웃고 말았다. 그래도 간수는 그이가 백작이라 하여 그런 것은 아니겠지만 변소에 내보낼 시간이 아닌데도 드디어는 *패검 소리를 제가닥대며 철창문을 열며 그쪽으로 간다. 이래서 감방 사람들은 말짱 졸음을 깨치고 그래서 또 투덜투덜 불평을 늘어놓는다. 물론 그다지 불평일 게도 없지만. 그냥 너무 지루하던 끝이라 그렇게나마 파적을 하는 것이렷다. 그러나 그 중에도 이 음산한 분위기에서 겨우 구함을 받은 것 같아 철창문 밖을 몰래 내다보려고 우쭉우쭉 엉덩이를 쳐드는 작자도 있다. 내 바로 옆에 쭈크리고 있던 전과 삼범의 대아머리는 목을 움츠리고 어깨를 으쓱 올리면서 푸념을 한다.

"자식 또 떠들어 대네."

"저 사내는 어째서 들어온 모양인가."

고 나는 나지막한 목소리로 물어 보았다.

"그야 모르지만, 저래 보여두 저고사 자네네 백작이랍데."

하고 전과자가 입맛 쓰다는 듯이 웅얼거린다.

"저놈은 내가 사상가(思想家)야, 라구 아주 얼러댄다니까."

"저 녀석 애비가 조선 어딘가의 지사이라나."

이번은 맞은편에 쭈크리고 있던 쇠들쇠들 말라빠진 고무도적이 말을 건넸다. 그때 나는 옳지 하고 생각이 났다. 암 그렇지, 그놈이 ××도지사의 아들임에 틀림없지. 근데 가만있게나, 거기서 이놈이 또 수작을 하는 거야. 이놈은 본시 백작과 같은 방에 있으면서 백작하고 몰래 수군거리다가 간수의 눈에 띄어 *전방(轉房)되었다던가, 그래서 왕백작의 일을 잘 알고 있는 셈인지.

"들으니까 저 녀석이 또 백만장자이라겠지. 그래 조선 신마이 자네는 모르는가, 그래 몰라? 저놈은 저래두 사람은 무척 좋은 사나일세."

"언제쯤 들어왔는가."

나는 재차 물었다.

"반년두 더 되었더군."

"무슨 일로."

"나두 모르지만 제 딴은 아주 큰일을 저질렀다고 그러던데."

그리고 이 고무도적의 설명에 의하면 왕백작은 매일 특고실에 불려 나가 마음대로 사먹고 싶은 맛나는 음식을 주문해 먹으면서 신문과 잡지도 자유롭게 읽으며 또 놀기도 한다는 것이다. 그도 그럴 것이 주의해 보니까 그는 하루에 한 번씩은 꼭 점심 전에 불리어 나간다. 그러면 고무도적이 그 뒤에서 입맛을 쩍쩍 다시면서 이렇게 중얼대곤 하였다.

"저 녀석은 오늘은 또 중국요리를 먹구 들어올 게야…… 아아, 나는 담배라두 한 대 피워 물었으면, 담배라두 한 대……."

그런데, 나는 드디어 특고실에서 그 고무도적의 이야기와는 일토당토 않은 일을 하고 있는 왕백작을 발견하였다. 유치장을 나서면 바로 오른쪽에 이층으로 올라가는 층계가 있다. 거기를 올라가 막다른 곳에 특고실의 표찰이 걸려 있었다. 나는 갑자기 밝은 데로 나갔던 탓인지, 눈이 부시어 보이지 않고 눈물이 솟구어 나오는 것을 깨달았다. 그래서 한켠 모퉁이 의자에 걸터앉아 현기와 가쁜 숨결을 죽이려 하였다. 겨우 제정신이 들어 눈을 떠보니까 내 앞에는 어느새 유령과 같이 한 사나이가 서 있었다. 그것이 히죽이 웃는다.

바로 이 사나이로구나 하고 나는 생각하였다. 그를 보는 것은 이것이 처음이었다. 그 꼬락지. 나이는 한 이십육칠, 포로가 된 *달단인(韃靼人)같이 해어진 양복에 머리는 *장발적(長髮賊)의 그것같이 길고 더부룩하다. 다만 그 희고도 넓은 이마와 공허스런 큼직한 눈, 둥그스름한 얼굴이 겨우 사람이라는 현실감을 일으키게 한다. 그러나 그럴싸라 하여 그런지 얼굴과 몸가짐의 어느 구석엔가 어딘지 모르게 부드러운 즐거움과 상인(常人) 아닌 귀공자풍이 깃들이고 있었다. 그것이 소매를 치키고 손에 흠뻑 더러운 걸레를 쥐고 서 있다. 조리도 걸치지 않은 채 걸레질을 하고 있기 때문에 발은 십일십일과 같이 더러웠다. 그리고 발가락 사이로는 시꺼먼 흙이 삐죽삐죽 비어져 나오고 있었다. 그도 딴 사상혐의와 같이 불려 나가 매일 수기를 쓰고 있음에는 틀림없었다. 그리고 그날은 또 특별히 *소제(掃除)를 돕고 있던 것인지도 모른다. 그는 이윽하여 대밭 밑에 몸을 구부리면서 걸레질을 하는 시늉을 지으며 주위를 꺼리는 듯한 나지막한 조선말로 속삭였다.

"실수 없이 하게나. 똥그래미가 있으면…… 잘 부탁만 하면 *모찌떡 사먹을 수가 있다네."

그리고는 그는 얼굴을 쳐들고 입맛이 당기는 듯한 비굴한 동정의 웃음을 빙그레 웃어 보였다. 그리고 옆에 놓인 바께쓰 속에 걸레를 넣어 쥐어짜더니 그만 옆엣테이블 밑으로 엉금엉금 기어들어갔다. 나는 그의 병적으로 뚱뚱 부어오른 꺼먼 다리를 보면서 심한 *각기로구나 하고 생각하였다. 그 후 얼마 되지 않아 그의 탈은 더욱 악화된 모양으로 그의 방에서 신음소리가 들려왔고 그 때문인가 오랜 동안 *예(例)의 호출도 오지 않게 되었다.

어떤 날 밤 나는 잠깐이나마 변소 안에서 그와 함께 몰래 이야기를 할 수가 있었다. 내 방 사람들이 모두 변소에 나갔을 때다. 바로 왕백작은 괴로운 자세로 같은 방 사람들보다 떨어져서 혼자 소변대 위에 서 있었다. 나는 그의 옆으로 가서 나란히 섰다.

"몸은 괜찮은가."

"응 고맙네…… 괜찮아."

라고 그는 대답하였다. 하나 그 목소리가 듣기에 너무나 가늘고 숨이 괴로워 뵈기에 나는 놀라 그의 얼굴을 한참 들여다보았다. 그런즉 그는 아주 뻐기는 듯이 히죽 웃더니,

"나는 죠렌(常連)이어서 머."

한다. 그 얼굴은 이상하게도 질린 듯이 새하얬다.

"언제 나가는가."

"나야 아마 *송국(送局)일걸."

그러나마 기운 없는 떨리는 목소리면서도 어쩐지 내심 득의양양한 눈치였다.

"크게 다치는 일인가."

"나? 헤헤헤, 그게야 누구보구 말할 수 있나, 헤헤헤."

하더니만 그는 별안간 커다란 공허스런 눈을 희번덕이며 목구멍이 메인 듯한 목소리로 묻는다.

"그런데 *아나키스트란 무언가?"

"아나키스트라니, 거야 말하자면……."

하고 나는 그, 문이 막히어 어쩔 줄을 모르며 끝을 못 맺었다. 글쎄 한 삼 년 전의 일이니까 옛적이라고도 할까. 그 시절에 있어서는 아나키스트도 있기는 하였을 것이다. 그러자 이 왕백작이 돌연 넘어질 듯이 몸을 비틀거리며 에헤에헤 웃어 대면서 이렇게 소리를 질렀다.

"에헤헤 에헤, 내가 그것이라우, 바루 그것이야."

그게 너무 엉뚱한 큰 소리였기 때문에 나는 펄쩍 놀라며 옆의 술통 앞으로 미끄러져 내려가 오금을 펴지 못하였다. 간수가 듣지나 않았을까 하여. 어쨌든 이 모양으로 그는 실로 무지하고 광신적이며 또 그리고 곧잘 허풍을 떠는 성질이었다. 그는 병이 중태에 이르렀을 때에도 간수의 눈을 피해 가며 철창문 옆에 비스듬히 기대고는 아무 방 사나이보고라도 말을 걸고 선전하였다.

"이마 결국 나는 아나키스트란 말이야. 무슨 일이 나기만 하면 턱 하고 붙들려 오거든. 그런데 이마 아나키스트란 무엔지 네 아냐 말이다? 응, 그렇지 모를 테지?"

그러나 감방 사람들은 누구 하나 그의 말을 곧이들으려고는 하지 않았다. 그저 헤벌심헤벌심 불어 넘기고 만다. 하나 나는 하루는 다시 특고실로 불려갔을 때 그에 대한 모든 일을 알 수가 있었다. 거기에는 그의 아버지가 찾아와 앉았다. 금테 안경을 낀 허여연 수염을 단 뚱뚱하고 점잖은 신사였다. 물론 ××도지사이었음에 틀림없다. 주임이 이 노백작에게 그의 아들의 일을 설명하고 있는 것이다. 젊은 왕백작은 사실로 수십 회나 여러 곳 서(署)에 붙들려 다닌 모양이다. 그러고 보니 죠렌이라는 것도 믿을성싶은 말이다. 그리고 그의 범죄라는 것이 또 늘 아주 기괴하였다. 어디서든지 불온한 사람이 검속된 것을 안다 치면 무슨 생각엔지 그 뒷달음으로 주인공인 사람한테 자못 중대해 보이는 편지를 써보내는 것이다. 그러면 이게 큰일이구나 해서 뛰쳐가 살펴보면 역시 이 사나이의 짓인 것이 판명되곤 하였다.

이번만 하더라도 같이 하숙하고 있는 대학생이 무슨 혐의론지 붙들려 가자 이어 그 방으로 들어가서 수상해보이는 서적이며 그 외 중 거물 같은 것을 자기 방으로 옮겨다 놓았던 것이다. 형사가 가택수색을 하러 나가 본즉 온통 방안 *몰문이 달라졌기에 알아보니까 왕백작이 그것을 제 방으로 갖다가 이 모퉁이 저 모퉁이 쌓채이고서 그 가운데 네 활개를 펴고 드러누워 있었다. 그래 동행을 요구하니까 그는 벌떡 일어나 덜렁덜렁 따라나왔다는 것이다.

"사실로 백작님 아드님한테는 어떻게 해야 좋을지 알 수가 있어야 말이지요."

라고 주임은 머리를 긁적거리었다.

"유행을 따른다고 하기에는 너무 지나쳤으며…… 그리고 인제는 또 그러한 불온사상도 유행하지 않습니다."

"대체 그게 무어라는 사상인데."

노백작은 침통한 낯빛으로 묻는다. 주임은 자못 난처한 모양으로,

"네, 글쎄 아나키스트라구나 말씀드릴는지요."

확실히 그것은 그 뒤 이삼 일 지나서인가 생각된다. 내가 일건(一件) 서류와 함께 검사국으로 넘어가게 된 것은. 그런데 그날의 이 가련한 아나키스트의 인상이란 나에게 있어 일생 동안 잊지 못할 만치 깊은 것이다. 그날 아침 나는 감방 밖으로 나가 거진 두 달 만에 구두를 신으며 주섬주섬 차비를 차리고 있었다. 그는 어느 구류인들과 같이 철창 문지방에 몸을 기대고 나의 얼굴을 멀거니 내려다보고 있

었다.

"단나상한테 부탁하여 담배라두 한 대 피우도록 하거니……."
라고 그는 중얼거렸다.

"고맙네."

나는 왜 그런지 갑자기 마음이 언짢아져 그쪽으로 얼굴을 돌려 쳐다보았다.

그의 그 총명해 보이는 넓은 이마에는 서너 줄의 움푹한 주름이 잡혔고 공허스런 눈은 힘없이 보이며 덥수룩히 수염을 기른 입 가장은 삐죽삐죽 움직이고 있었다.

"될 수 있는 대루 자동차루 가게나."

나는 포승을 걸친 몸뚱에 오버를 걸치고 모자를 깊숙이 쓴 다음 그에게 목례를 하였다.

그리고 유치장 문을 막 나서려 할 때 별안간 왕백작의 목이 갈한 듯한 그러나 큰 고함을 지르는 소리가 내 귀를 째앵 울리며 들려왔다.

"우마쿠 야레요오(잘해보시오)."

나에게는 지금도 아직 그 목소리가 내 귀청을 찌르며 들려오는 것 같다. 그리고 찌르르 가슴이 미어지는 것 같은 느낌이 없이는 그 고함소리를 생각해낼 수가 없다. ……자, 비루를 좀더 따라 주게나. 여기서 말을 잠시 끊고서 신문기자는 또 한잔 꿀꺽 들이마셨다. 기차는 어둠 속을 조금도 쉴새없이 그냥 북으로 북으로 맥진을 계속하고 있을 뿐이다.

그 후 아마 재작년 지금쯤의 일인가 싶다. 나는 다시금 자유로운 몸이 되었다. 아니 오히려 *갱생한 것이라 할까. 그리고 바로 이 경부선 열차를 타고 고향으로 돌아가던 도중이었다. 나는 실로 그때에 다시 한번 이 왕백작을 만났던 것이다. 그러나 그것은 드디어 무서운 일이 되고 말았다. 아무리 하여도 돌이킬 수 없는 일로 되고 말았다. 나는 그때 일을 생각하면 이상한 생각이 든다. 괴로워진다. 그리고 양심의 가책을 받는다. 그렇다. 나는 갱생이라는 인생의 재출발 벽두에 있어서 또 하나의 큰 죄를 저지른 것처럼 생각된다.

그날 밤은 오늘 밤과 같이 달이 환히 비치고 있지는 않았다. 배에서 내렸을 때 부산 부두에는 비가 내리고 있었다. 그리고 해질 무렵 기차가 *추풍령 협곡에 다다랐을 때는 태백산맥에 부딪친 대륙의 태풍이 노호를 하고 있었다. 주위 일변에는 눈보라가 치며 하늘은 검푸르게 내려앉고 소나무와 섭나무의 숲이 바위 잔등에서 떨고 있었다. 열차는 골짜기를 지나서는 어둠이 벌어지는 *낙막한 전야로 돌진하였다.

헬 수 없이 많은 까마귀들이 울면서 하늘 높이 떠오른다. 그때부터 실로 말하자면 음산한 밤이 시작된 것이다.

그런데 기차 속은 만주광야로 이주하는 이민군들로 가득 찼었다. 그들은 짐짝과 같이 웅크리고 쭈크리고 쓰러지고 혹은 넘어지고 모로 눕기도 하고 자리에서 비어져 나온 사람은 통로에서 타구를 안은 채 세상 모르게 잠들고 있다. 모두들 무던히 피곤한 듯 침침히 잠이 들어 누구 하나 까딱하는 기색이 보이지 않았다. 때때로 어린애들이 킹킹 보챈다. 여기저기서 부인네들은 구역질을 하고.

끈으로 꿰어 돌더구에 매단 바가지는 서로 마주치며 달가락달가락 소리를 내고 있다.

나는 그 한 모퉁이에 움츠리고 있었다. 내 아무것도 생각지 않으려 과거의 일은 과거대로 묻어버리고 말리라고 눈을 감은 채였다. 그러나 나는 절망하고 있지는 않았다. 오히려 나는 내 체내에 새 생명의 피와 힘이 용솟음치는 것을 느끼었다. 그리고 심지어는 그 저주받을 풍수해로 말미암아 논, 밭, 집을 몽땅 물에 띄워버리니 백성들이 이제부터 새로운 광명을 찾아 멀리 광야로 출발함을 볼 때 나는 더욱더욱 자기도 용기를 내어 갱생치 않으면 안 되겠다, 새로운 생명을 다시금 찾아들이지 않으면 안 되겠다고 맹세하는 것이었다. 이리하여 나는 혼자 흥분한 나머지 차츰 체열이 생기어 거진 상기까지 할 지경이 되었다.

그 사이에도 이 이민열차는 쉴새없이 기적을 울리면서 맥진하고 있었다. 바로 이 기차 모양으로 연결되며 또 그 지방의 이민군들이 우르르 오르곤 한다. 너무나 소연한 바람에 나는 눈을 뜨고 창밖을 내다보았다. 아직도 펄펄 눈은 내리고 있다. 그 정거장에서 기다리고 있던 수백 명의 이민군이 꾸러미와 보따리를 안기도 하고 지기도 하고서 마치 파도와 같이 뒤 차량으로 비명을 지르며 몰려가는 것이다. 그게 바로 난민의 무리와도 같이 보인다. 그러는데 어느새인지 우리들의 차량으로도 수십 명의 이민들이 들어와 보려고 얼굴을 들며 밀었다가 무엇인지 지껄이면서 황망히 다시금 밖으로 물러나간다. 그러나 그는 그 뒤로 꺼먼 외투에 흰 명주 *마후라를 걸친 중키의 한 신사가 비틀비틀거리며 들어서는 것을 보았다. 그는 문 어귀에 멍하니 한참 서서 차 속을 둘러보는 것이다. 아주 퍽 괴로운 듯이 몇 번이고 양미간을 찌푸리며 두터운 입술을 비죽인다. 얼굴은 뻘겋게 달고 있다. 이마에는 서너 줄의 주름이 가로 접히었다.

숨이 몹시 가쁜 듯, 몹시 술에 취한 게로구나 나는 생각하였다. 그러나 그와 동시에 나는 저도 모르게 펄쩍 놀라며 일떠섰던 것이다.

그도 나를 알아차린 듯 갑자기 눈을 휘둥그렇게 뜨더니만 히죽 웃는다. 그 웃는 얼굴을 보고는 나도 무엇이라 소리를 쳤다. 그것은 언제인가 A서(署) 특고실에서 내 앞에 나타나 히죽이 웃던 왕백작임에 틀림이 없었던 것이다. 그는 엎어질 듯 비틀거리며 가까이 오더니만 덥썩 나한테로 달겨붙는다. 술 냄새가 휙 코를 찌른다.

"동경의 동지!"

이렇게 그는 아무 거리낌 없이 다짜로 부르짖었다. 술기운 때문에 이전보다도 더욱 혀가 돌아가지 않는 국어를 쓴다.

"응, 이게 웬일인가. 대체 자네는 그 후 무사했는가. 얼굴빛이 아주 나쁘구면."

"어서 여기라도 좀 앉게나."

하고 나는 그에게 자리를 내주려고 일어났다. 그런즉 그는 갑자기 무엇에 놀란 것처럼 괜찮아 괜찮아 하며 손을 내저어가며 뒷걸음을 치더니 그냥 그대로 통로에 털석 주저앉고 말았다. 그리고는 마냥 떠들어 대는 것이다.

"아니 나는 여기가 더 좋을세, 여기가. 응 그런데 여보게, 동경의 동지, 나는 자네가 송국될 때 근심하였다네. 아주 크게 걱정을 했었다네. 저것이 처음이 되어 금시에 *헤타바루 하지나 않을까 하구 응."

"고마울세. 그러나 자네 지금 좀 쉬는 게 좋을 것 같은데."
하며 나는 그를 타이르듯이 조용히 달래었다. 그런즉 그는 두 말 안짝으로 유순히 무르팍을 모아 세우고 머리를 숙였다. 그리고는 괴로운 듯이 신음소리를 내기 시작한다. 그때 기차가 굉음을 지르며 움직이기 시작하였다. 폼과 차 속으로부터 일제히 통곡과 환성이 천동하듯 일어났다. 서로 멀리 이별할 순간이 되자 모두 울음통이 터진 것이다. 왕백작은 뜨거운 물이라도 끼얹힌 듯이 머리를 획 쳐들었다.

"이게 무슨 소리야!"

무서운 공포에 싸인 것처럼 손발이 부들부들 떨리고 있었다. 하나 그 희멀게한 눈 속에는 비웃는 듯한 음흉스런 기쁨의 빛이 서리고 있었다. 그는 두서너 번 *핏게질을 하더니,

"응 무슨 소리야, 이게 무슨 소리야!"

"그러면 그렇지, 그러면 그렇지."
하며 그는 아주 미치기라도 한 사람 모양으로 에헤헤 에헤헤 웃어대었다. 그러더니 갑자기 이상하게도 왕백작은 소리를 내어 꽹꽹 체

울기 시작한 것이다.

주위의 사람들은 모두 놀라 눈을 뜨고 말소리를 죽이고서 망연한 태도로 이 이상한 왕백작을 굽어보기 시작하였다. 짐짓 기차도 플랫폼을 지나고 나니 차 속도 차츰 조용해지었다. 어느덧 이아근부터는 눈보라도 개고 멀리 첩첩 쌓인 산이며 지질펀하니 누운 전야가 백은색에 쌓이어 우스름한 달빛 아래 흘러 달아나버린다. 다시 차 속은 아주 고요해졌다. 그러나 왕백작의 울음소리는 점점 더 높아 갈 뿐으로 어떻게 손을 대려야 댈 수가 없었다. 그는 다시 발작이라도 일어난 듯 낯을 치켜들더니 이번에는 대번 조선말로 또 떠들기 시작하였다.

"나두 통곡을 하구 싶어요. 큰 소리를 지르며 통곡을 하고 싶어. 나는 울기를 좋아하는 거야, 울기를. 그래서 나는 늘 이 이민열차에 오르군 하겠지."

거기서 그는 갑자기 울음을 뚝 그치고 목소리를 낮추더니 얼굴 근육에 몹쓸 경련을 일으키었다. 나는 이 광열적인 사내가 우리들도 흔히 빠지곤 하는 절망적인 고독감에 사로잡힌 것을 알았다.

그렇다. 그는 늘 절대의 고독 속에 묻혀 있는 것이다. 그것은 또 무서운 절망임에 틀림없다. 나는 그가 빨리 진정되어 주기만 바랐다. 그러나 그의 턱아리는 차츰 더 푸들푸들 떨리기 시작하였다. 그러자 갑자기 비명과 같은 소리를 빽 지르더니 그는 뒤로 움쳐든다.

"네 네놈은…… 날 보구 복수를 하려는 게지."

잠깐 동안 음참한 침묵이 흘렀다. 그는 입을 멍하니 열고서 내 얼굴을 한참 동안이나 쳐다본다. 나는 공연히 가슴이 떨리는 것을 깨달았다.

"그렇다. 이놈 저놈 할 것 없이 나에게 복수를 하려 드는구나. 네놈두 그렇지? 그래 그렇지 않단 말이냐? 저것 보게, 차츰 얼굴빛이 달라져 간다. 에구 달라져 가누나."

"무슨 환영을 쫓고 있는가 부네. 그리고 그것에 또 자네가 쫓겨다니구 있는 걸세."

하고 나는 측은한 낯빛으로 웃어 보이었다. 사실 나는 그를 어떻게 해석함이 옳은지 몰랐다. 하여튼 이것을 병이라고 말한다면 확실히 그것은 유치장에 있을 때보다 더 악화된 모양 같았다. 나는 위로하듯이 덧붙여서 말하였다.

"자네가 무슨 말을 하고 있는지 나는 통 종을 못 잡겠네."

"네놈은 시침을 떼려 드느냐. 응, 복수를 해보고 싶지 않으냐 말이다, 내게. 응, 나에게, 에헤헤 에헤헤."

"대체 어떻게 된 셈인가."

하고 나는 조금 캐듯이 물었다.

"아니 그 그……."

그는 다시 괴로운 소리를 내며 신음하였다.

"나는 아아 지금 당장 내 자신으로부터도 복수를 받고 있는 터이야. 목줄을 졸라매구 있는 터이야. 희망두 없구 즐거움두 없구 슬픔도 없구 그리구 또 목적조차 없구…… 아아 나는 이 이민열차에 탔을 때만이 행복인 걸 어떡허나. 나는 그들과 같이 울 수가 있구 부르짖을 수가 있어."

"하나 이 사람들은 희망을 붙들고 가는 것이지, 슬퍼하러 가는 것은 아닐 텐데."

"그게야 아무러문 어때. 나는 그냥 그들과 같은 차로 같은 방향으로 간다는 것만이 기뻐 죽겠어. 그리구 같이 울기두 하구 부르짖는 것두 함께 한다는 것이. 그러나 어떡허까 나는 어떡허까, 이 사람들이 국경을 넘어서면 나는 혼자서 되짚어 오지 않으면 안 되니 나는 그때 생각을 하면……."

하고 그는 또 쿨적쿨적 울기 시작하였다. 나는 더욱 어쩔 줄을 몰랐다. 그러나 어쩐지 그의 일이 뜻없이 측은히 생각되어 나도 덩달아 같이 슬퍼하고 싶은 생각까지 들었다. 물론 냉정히 생각한다면 이런 불쌍한 사람이 어디 있을 것인가. 이런 사람이야말로 차츰 멸망할 인간이라고 할 것이다.

"그만두게, 이것이 무슨 짓이람."

그러자 그는 움칠하더니 푸들푸들 다시 몸을 떨기 시작하였다. 눈을 휘황하게 뜨고 턱아리가 떡떡 마주쳐 일어서려고 애를 쓴다. 나는 잠시 망연하여졌다. 그 얼굴은 *사상(死相)을 띠고 몸은 벅벅 극매인다. 마치 죽어 가는 사람이 천국을 거부당한 것처럼. 최후의 기쁨을 빼앗긴 것처럼. 그리고 팔을 휘저으며,

"이눔 날드러 가만있으라구."

하고 고함을 벽력같이 지르니 그만 기운이 빠져 그 자리에 넌지시 엉덩이를 박고 넘어졌다. 좀 있더니 입으로 침을 흘리며 그리고 얼굴과 함께 상반신을 그냥 철석 통로 바닥에 파묻어버렸다. 얼굴은 흙투성이가 되었다. 나는 잔인스럽게도 그만 잘되었다, 이제는 잠이 들 것이라고.

"그러나 그때 잘되었다고 생각한 것에 대하여 나는 아직도 가슴이 데저린 듯한 느낌을 가지는 것이다. 그 일이 이 이 년래 나를 얼마나 심한 고문에 걸고 있는 것일까."

하며 신문기자는 *비창(悲愴)한 안색을 지었다.

"술을 좀더 부어 주게, 응. 술을 좀더 부어 주게나."

"그래서 어쨌단 말인가."

축산회사원은 뒤가 궁금한 듯이 재촉하였다.

"글쎄 가만있게나. 그런데 기차는 좀 있으면 대전에 닿게 되었더란 말이야. 군들도 알지만 나는 대전서 호남선으로 차를 바꿔 타야지 않는가. 그래 그때 나는 내릴 준비를 하면서 생각하였네. 자 작별을 하기 위해 이 왕백작을 깨워야 옳은가 그냥 두는 게 옳은가. 그는 정신 모르고 그냥 쓰러져 누워 있네. 그래 구태여 깨울 필요가 없다구 생각하였지."

그러자 거의 가까워진 모양으로 기적 소리가 울렸다. 그래 나는 양손에 트렁크를 들고 일어서서 나오려고 했다. 그런데 기차가 몹시 흔들리기 때문에 그 통에 나는 넘어질 뻔하며 그만 잘못되어 왕백작의 잔등 위에 엎드러졌다. 백작은 아주 펄저덕 쓰러지고 말았다. 나는 혼이 나서 버둥거리며 일어섰다. 하나 그는 통로 바닥에 쓰러진 채 몸을 꼼짝도 않는다. 이리하여 더욱 나는 그에게 인사를 못 하게끔 되었다. 그때 벌써 플랫폼의 등불이 보이기 시작하였다. 그러나 나는 그를 깨워야겠다는 생각이 들었다.

"왕백작."

불러도 대답이 없다. 취해서 그만 잠이 들었구나 하였다.

기차는 차츰 멎기 시작한다. 폼의 분주한 양이 보인다. 소연스런 소리. 나는 어서 내리지 않으면 안 되겠다고 마음이 분주해진다.

"왕백작 여보게."

여전히 그는 쓰러진 채 몸 하나 달싹 않는다. 나는 트렁크를 내려놓고 그를 깨울 지혜까지는 나지 않았다. 그래서 마음은 더욱 분주하였다.

"왕백작, 어떻게 된 셈인가 일어나게. 거기서 자다가는 짓밟히네. 여보게 백작, 일어나게나."

드디어 기차는 멎었다. 라우드스피커는 소리를 지르고 폼에는 사람들이 뛰어 덤빈다. 나는 반사적으로 두어 걸음 문 옆으로 달려나가면서 돌아보았다. 그때 보다못해 옆엣사람이 왕백작을 끄집어 일으켜 내리려고,

"여보, 일어나시우. 예? 여보."

하며 백작의 몸을 흔들기 시작하였다.

그때에 내 앞으로 승객들이 우르르 쓸어 들어왔다. 그래서 황망중에 나는 막 빠져나가려고만 하였다. 그러나 그 순간 뒤에서 백작을 깨우던 사내가 놀라 고함을 지르며 일떠선 것 같았다.

"아앗."

나는 놀라 휙 돌아다보았다. 그러나 나는 새로이 올라탄 그 많은 승객들 틈에 끼어 몸을 비비댈 수도 없어졌다. 그야말로 *수라장이었으며 *아비규환이라 할 지경이었다. 왕백작이 그 뒤 어떻게 되었는지는 모른다. 보이지가 않았다. 왜 그런지 나는 그때는 내린다는 것만으로 가슴이 꽉찼었다. 그래 사실 차가 떠나기 전에 내렸을 때는 숨을 내쉬었다. 그러나 기차가 움직이기 시작하자 나는 갑자기 무엇에 놀란 것처럼 트렁크를 든 채 기차를 막 따라가며 죽기 한사하고 부르짖은 것이다.

"왕백작! 왕백작!"

"벌써 아까 숨이 끊어졌던가 부지."

하고 광고장이는 측은스레 물었다.

"그것이 내게는 아직두 알 수 없는 의문인 것이다. 지금까지두 나는 그것 때문에 얼마나 괴로운지 모른다. 아마 벌써 숨이 넘어갔던지도 모른다. 이것을 생각하면 나는 몹시 양심의 가책을 받는다. 내리지를 않았어야 꼭 옳을 뻔하였다. 아아 정말루 왕백작이 지금두 이 땅에서 살고 있다면."

신문기자는 거기서 땀과 함께 눈물을 훔치었다. 그리고는 이야기를 뚝 끊었다. 그 후에는 한 번도 만난 일은 없느냐고 축산회사원이 물으니까 그는 잠시 동안 묵묵히 있더니만 다시 무거운 목소리로 혼자소리같이 시작하였다.

　나는 작년 여름에 좀 조사할 것이 있어 강원도 산속으로 들어갔었다. 그때에 수가 사나우려니까 열흘 동안이나 폭풍우가 계속되었다. 한강 상류는 아주 큰 *창수(漲水)로 탁류가 된 것이다. 어떤 날 그 강 쪽에서부터 사람 살리라는 소리가 들려왔다. 나는 어쩐지 낯익은 목소리 같아 뛰쳐나가 보았다. 중류지대에 누아떼가 내려가고 있다. 그 위에 두서너 사람의 그림자가 보인다. 비안개가 자욱하며 똑똑히는 보이지 않으나 그 중에는 양복 입은 사람도 하나 끼어 있는 것 같았다. 그것이 단말마의 소리를 내어 부르짖고 있는 모양이다. 그 몸 모양이 어쩐지 눈에 익은 것 같기도 하다. 그렇다. 그것이 왕백작이 아니었던가 하는 생각이 나는 것도 물론 그럴싸라 해서이겠지만. 나는 그 후 서울 어느 젊은 재목상인이 누아떼와 운명을 같이하였다는 소리를 산읍에 내려와서 들었다. 그러나 그 사내의 이름이 무엇이라는 것은 누구 하나 아는 사람이 없었다.

　"아무렴, 그것이 왕백작이겠는가."
고 광고장이는 중얼거렸다.

　그리고 이번 봄의 일이다. 서울에 출장을 나와 종로에서 동대문행 전차를 탔을 때이다. 바로 그게 *방공연습(防空演習) 당일이었다고 생각된다. 전차가 막 오정목(五丁目) 네거리를 지나가려 할 때였다.

그 길가에서는 *경방단원(警防團員)이 훈련을 받고 있었다.

별로 그다지 키가 크지 않은 한 사나이가 외줄로 쭉 늘어선 단원에게 훈시를 하고 있다. 나는 그 사내의 뒷모양밖에는 보지 못하였다. 그러나 지금 생각하면 아무래도 그것이 왕백작이었던 것 같기도 하다.

"그럼직도 한데."

하고 나는 무릎을 치며 부르짖었다. 왜 내가 그렇게 부르짖었는지는 모른다. 그러나 어쩐지 있음직한 일 같았기 때문이다.

"그럴 게야. 꼭 그게 왕백작임에 틀림없을 게야. 그는 전쟁이 벌어져 기뻐할걸. 왜 그런고 하면 지금의 우리나라는 현실적인 괴로움은 있지. 그러나 일정한 방향을 향하여 *거국일치의 체제로 맥진에 맥진을 거듭하고 있으니 말일세. 그는 인제는 생활의 목표와 의의를 얻어 메었는지두 모르지. 경방단 반장쯤 넉넉히 지냄직할걸."

모두들 묵묵히 끄덕이었다.

"그랬으면 좋으련만."

하며 신문기자는 한참 동안 비루 잔을 들여다보더니 한숨을 짓는다. 그리고 또다시 계속하였다.

"그러나 그 뒤 또 어떤 날……."

(『문장』, 1941.2)

지기미

　원래가 퍽 사람을 그리워하여, 사람 없이는 하루 한시라도 못 견디는 고독한 인간이다. 무턱대고 사람을 그리워한다. 두 번만 만나면 나는 어깨를 치고 허허 웃고 또 심지어 그이가 뚱뚱보라면 꾹꾹 그 배를 찌르고야 만다. 그래 한번은 뚱뚱보인 고등관(高等官)을 성내우고 말았다. 실로 말이지 내가 알기는 대신급(大臣級)에서부터 *토역군(土役軍)에 이르기까지이다. 더욱이 그 부인네들과는 안면이 깊다. 그건 내가 '걸레장사'라는, 바로 이 고장 말로 하면 구주야이기 때문이다. 아니 구주야는 내 생활수단에 지나지 않는다. 나는 어엿한 화가이다. 그림공부하는 사나이다. 그러나 고등관의 욕을 얻어먹은 뒤부터는 일체 관리들과는 교제를 끊었다. 아니 거래를 끊었다는 말이다. 나는 나를 멸시하는 인간을 멸시하기 때문이다. 하기는 이 고장에는 내 마음을 이해해줄 사람이 하나도 없다. 어깨를 툭툭 칠 만한 사람이 없는 것이다. 그러고 보니 외롭다. 고독하기 그지없다. 이 고독감은 *기주적(期週的)으로 가분작이 침노를 한다. 그러면 아편쟁이가 아편 생각이 난 때처럼 못 견디게 사람이 그리워진다. 그러나 하나도 얼싸안을 녀석이 보이지 않는다. 그때는 나는 다룽치를 메고서 시바우[芝浦]로 간다.

시바우라 해안은 조선 사람의 천지이다. 각 지방에서 온 뱃짐(주로 석탄짐)을 푸는 일을 하는 오키나카시[沖仲仕]는 거진 다 조선 사람이다. 모두들 검다란 합비를 두르고 머리를 수건으로 질러 매든가 혹은 도리우치며 험한 토수래모자들을 쓰고서 밤중 두세시경과 저녁때면 그 *아근을 어깨를 들먹씨며 다닌다. 그리고 어느 *함바[飯場]에나 열죠(十疊) 남짓한 방에 한 사십 명씩이 들고 날친다. 감잣더미처럼, 어쩌면 또 석탄더미처럼 밤만 되면은 그들은 여덟시부터 볏짚짝 같은 이불을 뒤집어쓰고 세상 모르게 잠이 들어 꾸르렁거린다. 새벽 세시에 일을 나가고 저녁 세시가 넘어서야 돌아오는 것이다. 열두 시간의 고된 노동인데 또 새벽에 나가야만 되는 일이라 밤이 이른 터이다. 이런 일을 하는 오키나카시가 이 일 구에만 해도 한 육백여 명이나 된다. 그렇다고 해서 이게 모두 내 동무들인가 하면 아예 그럴 리가 없다. 나 같은 사람은 눈 거들떠보지도 않는다. 여기서 섣불리 지나가는 사내 등이라도 한번 툭툭 쳤다가는 대번에 '와 익해' 하고 따귀를 얻어맞기는 예상사고 자칫하다는 태평양 바다에 귀신도 모르게 둘러메치우고 말 것이다. 사실로 이 사내들은 여기 바다를 동경만(東京灣)이라지 않고 태평양이라 부르고 바람은 아메리카 바람이라 한다. 만약 함바서 자는 놈 발가락 하나라도 어쩌다 잘못해서 밟았다가는 메리켕 주먹에 목숨 날아가기가 십상이다. 그러기 이런 곳에 내가 섣불리 동무를 많이 만들어 두었을 리도 만무하다. 동무라고는 꼭 하나밖에 없는데 이름은 지기미라 하는 영감이다. 나는 무시로 이 영감이 그리워져, 그리워지면 참지를 못하고 터불터불 찾아오는 것이다.

지기미는 아편쟁이로 벌써 나이 육십인데 게다가 키는 헛말로 구척이나 되므로 아메리카 바람이 사나울 때는 몹시 부러질 듯이 휘청거린다. 그러나 지기미는 늘 마라톤 선수처럼 두 주먹을 가슴에 얹고서 헐떡거리며 분주히 다닌다. 참말로 이 인생을 마라톤이라 하면 그는 벌써 골에 가까이 왔기도 하려니와, 아주 기진맥진하여 쓰러질 듯한 선수이다. 다니면서 무슨 의미인지는 모르나 지기미지기미지기미 중얼거린다. 지기미기로서니 처음부터 제 이름이 없었으랴마는 이 때문에 이름이 지기미가 되고 말았다. 지기미도 인제는 제 이름이 본시부터 지기미이던 줄로 안다. 이 지기미도 아편이나 숨이 턱에 닿도록 그리울 때를 내놓고는 나를 언제나 그리고 있다. 하기는 아편이 그리웁기에 더욱 나를 몸이 달도록 기다릴 제도 있다. 아편 살 돈 단 두냥이 없을 때의 일이다. 나는 그래도 잘사는 사람들의 뒷구멍이나 설구어 주면서 외롭지만, 지기미는 이 고역을 하는 사람들 구역에 살면서까지 천애고독한 인간이다. 거기 사람들은 지기미 같은 영감은 이 세상이 한 번도 필요로 하지 않는, 외려 조선 사람에게 수치를 주는 존재라고 생각을 한다. 이리하여 지기미는 더욱 외롭다. 나를 만나기만 하면 그의 가느스레 감은 눈이 반짝 하고 뜨인다. 그리고 그 조그만 눈이 차츰 서리서리 불빛을 띠는 것이다. 그 다음엔 하나밖에 없는 새까만 이를 빼어 물고 희희희 웃는다. 사실로 목소리가 새어 그런지 희희희 웃는다.

그런데 지기미는 늘 이 아근을 나가 돌아다니기만 한다. 밤에는 일꾼들이 혼곤히 자고 있는 이 함바 저 함바로 개웃개웃 다녀보며 조금이라도 빈틈이 있으면 살금살금 들어가 쪼그리고 누워본다. 하나 대체로 발들여 놓을 틈도 없을 뿐더러 심한 데는 너무 사람이 많아 수도(水道)간까지 이불을 끌고 나가 너저분히 누워서 코를 드르렁거리는 지경이다. 뿌옇한 십 촉 전등 하나가 이 모양을 내려다보며 묵묵히 지키고 있을 뿐 *오시이레[押시는 문짝을 젖혔는데 그 윗장에는 소위 세화야키라는 방 대장이 누워 자고 그 아랫장엔 권세 좋은 자가 누워 잔다. 지기미는 이 윗장 자리에 한없이 미련을 가지고 있다. 그건 이런 함바에서도 뼈젓스레 못 눕고 한편 구석에 남 보고 쪼그리고 누워야만 되는 제 미미한 존재에 대한 내심의 반역일 것이다. 그래도 지기미는 제가 아무런 의미로라도 이 시바우라 해안에 존재의의를 가졌다고 생각고자 한다. 존재에 대한 하염없는 향수였다. 그래 모두들 일에 나가고 아무도 없을 적엔 방안에 살금살금 들어와 이 윗장 대장 자리에 다리를 펴고 반듯이 누워 적이 만족하여 골골 잠이 들기도 한다. 나도 한번은 지기미 영감 바람에 멋도 모르고 그와 같이 여기서 자다가 흥쭈루기 그날 일을 나가지 않은 방 대장에게 들키어 허리가 부러지게 어지간히 얻어맞았다. 하기는 대체로 매일 밤 지기미가 달낙집 달낙집 하는 조선 밥장삿집 부엌 안에서 옹쿠리고 잠이 든다. 그러다가 밤중 한시 반쯤이면 일어나 밑바닥에 내려와 우들우들 떨며 밥 짓는 일을 도와준다. 물도 길어다 주고 솥아궁에 불도 때어 주고-그리고 두시 반쯤만 되면 예의 마라톤 선수 모양으로 할딱거리며 그 근방 모든 함바로 "회—잇, 오키로(일어나) 오키로!" "*지칸(時間)이다. 회—잇, 회—잇, 오키로!" 하며 깨우러 다닌다. 누가 깨워 달래서 그러는 것도 아니고, 단지 지기미는 제가 얼마나 그들의 필요한, 없어서는 안 될 인물인가를 알리고자 하기 때문이다. 아니 외려 제가 그것을 굳게 확인하며 또 그 인정을 즐기고자 하기 때문이다. 나도 지기미와 같이 밥장사 부엌에서 자고 난 새벽에 나는 그 뒤를 따라다닌다. 지기미는 옛날 청소년 시절엔 한국 병정이었다. 병정 *삼정위였더라 한다. 그래 그런지 '회—잇, 회—잇' 하는 소리에는 목이 갈린 듯하면서도 쇳소리 쟁쟁한 서슬 푸른 데가 있다. 이러면서 다니노라면 이 구석 저 구석으로부터 오키나카시들이 머리에 모자를 푹 눌러쓰고서 혹은 수건으로 졸라매고 아메리카 바람이 윙윙 불어대는 큰길가로 줄렁줄렁 나온다. 그리고는 제각각 밥장사를 찾아 여기저기로 몰려간다.

이곳 저곳에 초롱불을 달고 파는 우동 구루마가 보이며 또 다히야

키[鯛燒], 후지미야키[富士見燒] 구루마도 군데군데 보인다. 그 앞에도 사내들이 쭉 둘러서 있다. 사방에서는 통통거리는 뱃소리가 들린다.
 이윽하여 이 골목 저 골목에 *기배듯한 그들의 행렬이 늘어선다. *전마선을 타고 큰 기선에 일하러 나가는 것인데, 전마선 속에서는 먼저 들어간 사내들이 석탄불을 펄펄 피우고서 둘러앉아 있다. 이런 전마선 불들이 여기저기서 뻘겋게 타올라 컴컴한 부두에 아주 거창스런 광경을 정한다. 멀리 바다 쪽에서는 등대불이 번쩍거린다. 그리고 또 바다 한가운데서 기선은 내가 여기 있노라는 것을 알리느라 횃불을 든다. 이리하여 시바우라 부두는 새벽 세시경엔 홍성홍성해진다.
 "내가 이럭하잖음 저놈들 일들두 몬 나간닥하있까."
하며 지기미는 더욱 신이 나서,
 "회—잇, 오키로 오키로."
 "야, *우루사이하다 이 지기마!"
하고 한 녀석이 핀잔을 할 것 같으면, 지기미는 회—잇 하며 똑바로 *기착을 하고 *경립을 붙이고는 또 달아난다.
 "회—잇 오키로 오키로 지칸다!"
 이처럼 그는 필사적이다. 그래 가지고 한 바퀴 도로 돈 뒤에는 무슨 구미 무슨 구미 하는 조합집들 새 골목으로 기어들어간다. 그리고 그 밑에서부터 그득히 일꾼들을 태우고 펄펄 불꽃을 날리면서 통통통 떠나는 전마선을 전송한다. 그걸 한참 서서 보고서는 또 되돌아와 이번은 다른 골목 새로 들어간다. 거기서도 또 딴 배가 이 모양으로 떠나는 것을 전송한다. 이 전마선이 모두 바다 가운데로 떠난 뒤에야, 그는 비로소 제 중대한 임무를 마친 것처럼 생각하고 밥장사 달낙집으로 돌아온다. 그러나 돌아올 제는 벌써 한풀 풀기가 없고 어깨가 척 늘어져서 아주 구슬픈 소리로 지기미지기미지기미 할 뿐이다. 돌아와서는 다시, 가마를 부시어 주기도 하고 물도 길어서 이층으로 나르고 방도 쓸어주고 이런다. 그 뒤 날이 활짝 밝아서야 식은 밥덩이나 부엌에서 좀 얻어먹고는 또 내려온다. 이번은 빈 함바 속을 개웃거리며 혹시 아파서 일 못 나간 사내들이나 있으면 문안을 하는 차례다. 다리를 다쳐서 누워 있는 사내, 배가 아파 엎대고 있는 사내, 온몸이 쑤시고 아파 끙끙거리는 사내. 지기미는 창문 안으로 머리만 개웃이 들이밀고 '어디 아푼교' '어디 아푼교' 한다. 누워 앓는 사내들은 눈을 거슴츠레 뜨고 쳐다본다. 지기미는 위안을 주려는 듯이 희희희 웃어 보이며 아편을 먹으면 진작 낫는다는 말을 한다. 그러면 모두들 벌떡 일어나며 아무것이나 집어서 치려고 한다. 지기미는 그제는 혼이나 회—잇 하고 꽁지가 빠지게 달아난다. 역시 그도 저 혼자만이 아편쟁이가 되어 외꼬투리로 외로움을 앓고 있다. 그 때문에 제가 아무한테도 더욱 수모를 받고 있는 것을 알고 있다. 그래 같이 아편을 먹는 동무를 만들고 싶은 것이다.

지기미는 날 보고도 언제나 아편을 먹으라고 자꾸 못 견디게 굴어 댄다. 그러나 내가 그 말에 까딱이나 할 것인가. 이래뵈어도 나는 걸레장수일망정, *대지(大志)를 품고 바다를 건너온 사내다. 적어도 남아입지출향관(男兒立志出鄕關)이다.

그리고 걸레장사를 하면서라도 그때의 큰 뜻대로, 나는 그림공부를 꾸준히 *유속(維續)하고 있다. 길을 가다가라도 가분작이 그려보고 싶은 게 있으면 다룽치를 벗어 놓고, 스케치북을 끄집어낸다. 이 어엿한 사내가 아편을 먹어 될 말인가? 다만 나도 비길 데 없이 외로운데다, 이 지기미가 내 마음에 드는 다시없는 동무이기에 가까이 지낼 따름이다. 한번은 그래 그때도 지기미가 아편을 먹으라고 못살게 굴기에 나는 크게 어성을 높이어 꾸짖은 일이 있다. 지기미는 너무 슬퍼져 한참 내 얼굴을 쳐다보더니 그만 쪼루루 눈물을 흘리었다.

"니가 아편을 먹우므 더 친해질 낀디……."

나도 아주 마음이 언짢아져서 묵묵히 앉은 채 고개를 그덕그덕 하였다. 알지 못하는 새에 눈물도 흘러내렸다. 에이 빌어먹을 것, 하나도 좋은 일이 없는데 나도 아편이나 먹으며 이 지기미와 같이 지내고 말까, 하는 유혹이 가슴속에서 불현듯 일어났다. 그러나 잇따라 바다를 건너오던 당시의 큰 뜻이 걸핏 떠올랐다. 나는 놀란 듯이 더욱 눈물을 흘리며 이번은 머리를 설레설레 저었다. 그러니까 지기미는 더욱더욱 눈물을 흘리며 그러지 말고 한 번만이라도 좋으니 먹으러 가자고 애결한다. 그제는 나는 여지없이 마음이 약해져 더욱더욱 더욱 눈물을 흘리며 그만 고개를 그덕그덕하다가, 제 김에 펄쩍 놀라 주먹을 들어 후려갈기려 하였다. 그러자 지기미는 내 몸뚱에 바싹 달라붙어 얼싸안더니 이번은 나보다도 더욱더욱더욱더욱 눈물을 흘리며 운다. 나는 이 모양을 보고는 어쩔 줄 모르게 측은하여져 용서를 하였다. 단연히 아편만은 먹지 않기로 결심하면서— 이게 어디서인고 하니 바로 밥장사네 달낙집을 오르내리는 넓지락한 구름다리 위 한쪽 끝에 달린, *모노호시[物干]대 위에서의 일이다. 달낙집이라고 하니 꽤 웬만한 집이라 생각하겠지만, 실인즉슨 창고 속 윗공간을 이용하여 널쪽을 펴고 *곽하(廓下)를 새에 두고서 방을 좌우 쪽에 오륙 칸 만들어 놓은 것에 불과하다. 아래쪽은 역시 창고로 늘 양하리꼬랴 소리가 들린다. 이 *청간집 곽하 끝 구름다리 위와 옆집 지붕 위를 걸친 게 바로 우리들이 지금 있는 모노호시대(臺)인 것이다. 본시부터 말재주가 없는 나로서는 이 이상야릇한 장소를 눈앞에 여실하게 이야기하기는 *지난한 일이다. 그것도 혹시 연필로라도 스케치나 하라면 모르겠다. 여기서는 창고며 조합들 지붕 위를 넘어 동쪽에 바다가 보인다. 바닷바람은 이 위를 스쳐 넘어간다. 아래쪽은 이 모노호시대 때문에 태양이 내리쪼이지 못할 만치 좁은 불과 삼사 평의 막다른 틈새기다. 구름다리 바로 아래는 변소로 늘 구린내가 역하다. 변소 앞쪽 구석에는 수도가 있는데, 그 옆에는 버죽이 항아리 솔아궁 바께쓰 장통 물통 냄비 소랭이 이런 것이 지저분히 널려 있다. 밤에는 그래도 구름다리 꼭대기에 달린 전등불 때문에 좀 환히 비치지마는 낮에는 태양빛이 못 들어와 컴컴하기 그지없다. 달낙집 밥장사네가 여기서 밥을 짓는 터이다. 지기미가 불을 때어주고 물을 길어주는 데도 여기다. 그리고 이 모노호시대 한끝을 지붕으로 받든 집은 역시 함바로, 여기 일꾼들이 이 수도와 변소를 사용하기 때문에 저녁때나 새벽때는 이 모노호시대 아래가 수라장을 이룬다. 다시 말하면 여기에 시바우라 생활의 *축위(縮圍)가 벌어진다. 그러나 여기에도 오후 한시부터 세시 새에는 얼룩이 지는 광선이 희미하게나마 비친다. 모노호시대의 잘게 연달린 널쪽 틈으로 태양이 그 밑에다 겨우 광선을 흘리기 때문이다. 그 광선이 그림자를 떨구면 그것은 마치 철창 쇠창살처럼 얼룩이 진다. 바로 이런 시간에 나는 지기미를 여기 모노호시대 위에서 만나 그를 스케치하고 있던 것이다. 지기미는 아까처럼 다시 널쪽 위에 누웠으며 나는 다시 목탄연필을 들었다.

지기미는 최근 일 개월 넘어는 해만 나는 날이면 아무리 춥고 떨릴지라도, 오후 한시부터 세시까지는 이 위에 포대자루를 깔고 누워 있는 것이다. 여태까지는 이 시간에는 아편을 밀매하는 한약방 영감네 집에 가 누워 있었지만, 요 달포 동안은 이 위에서 침으로 살도 뚫고 약도 빨고 그런다. 여기에는 또 깊은 이유가 있는 것이었다. 이 얼룩이 지는 광선은 바로 두시쯤 해서는 아래쪽 함바 영창에 쭉 창살 같은 그림자를 던지었다. 이것이 마치 철창 속에 있는 것 같은 인상을 방안에 주는 것이다. 그래 이걸 보고 한 젊은 대학생이 발광한 일이 달포 전에 있었다. 본시가 심한 신경쇠약인데다 무슨 빌어먹을 통계를 한다고 야단을 치는 이상한 대학생이었다. 몰골은 고학생꼴이었다. 쩍하면 한다는 소리가, 조선 사람이 일년에 태어나기는 칠십구만 몇천몇백몇 명인데 죽기는 불과 삼십팔만하고 얼마얼마이니 결국은 사십만 얼마얼마 명이 느는 것이다. 장하지 않느냐는 둥, 일년에 조선 사람이 먹어 없애는 담뱃값이 얼마얼마, 그걸 가지고는 소학교를 몇천몇백몇십몇 개를 세울 수가 있는데, 술값을 쳐보면 일년에 얼마얼마이니, 이걸 가지고는 중학교를 암만 개를 만들 수 있잖으냐? 심지어는 조선 인구 통계로 보아 남자가 여자보다 삼백 몇만하고 얼마얼마 명이나 많은데, 어디서 나온 숫자인지는 모르나 게다가 첩을 얻은 놈이 얼마얼마이니 이래 가지고야 분배의 공평을 기할 수 있겠느냐는 둥 이런 따위다. 그리고 숫자는 *신성불가침이다. 너희들도 잘살려면은 이런 숫자를 충분히 이해할줄 알아야 된다. 아— 너희들은 이걸 모르는구나. 도대체 내가 여기를 무엇하러 온 줄 아느냐, 나는 결코 고학생이 아니다. 대학생도 이만저만한 대학생이 아니고 어엿한 ××대학 사회학부 자비유학생이다. 결코 노동을 하러 온 것이 아니다. 너희들이 어떤 생활을 하는가를 알고자 찾아온 것이다. 나는 여기서도 이 며칠 동안 훌륭한 통계를 잡았다. 아니 훌륭하다기보다 그것은 너무도 비참한 통계이다. 사방 일 정(町) 이 지역에만도 너희가 몇백몇십몇 명. 그 중 독신자가 얼마얼마인데 알콜 중독자가 몇 명, 도박상습자가 몇 명, 위생지식이 없기 때문에 성병을 앓는 자가 얼마얼마. 아— 비참하다, 비참하다, 이러면서 그 다음은 통곡을 하는 것이다. 그래 몇 날 동안은 모노호시대 아래쪽 이 함바 안이 전보다도 더 *수통스러웠다. 처음에는 후려갈기는 사내도 있었으나 나중에는 모두 웃고 넘기었다. 그런데 하루는 학교에도 안 나가고 부들부들 몸을 떨며 누구의 것인지 노동복을 얻어 입더니 *지카다비를 신고서 일터로 따라나갔다. 아마 돈이 아주 떨어졌던 모양이다. 그러나 저녁에 돌아와서는 코피를 쏟으며 신열을 내며 신음소리와 같이 헛소리를 발하였다. 암만 몸이 건장한 사내라도 이곳 일에는 처음 몇 날은 된 고통을 보는 것이다. 그는 누웠다가도 벌떡 일어나서 코피를 철철 흘리면서 아— 내가 그 지옥 같은 뱃속엘 왜 들어갔던 줄 아느냐? 너희들을 위해서이다. 너희들을 불쌍히 생각하였기 때문이다. 거기서 너희들이 얼마나 고역을 하는가 나 자신 경험하고 싶었기 때문이다 하면서 가슴을 치고 부르짖곤 하였다. 모두 이 모양을 보며 미치지나 않을까 하는 불쌍한 생각에 침통하여졌다. 드디어 바로 그 다음날 두시쯤 해서, 즉 영창에 창살이 죽 늘어서는 시간에 그는 발광하고만 것이다. 나를 왜 가두었느냐고 같이 아파 누워 있는 사람들을 죽인다고 덤비며 날뛰었다. 문안을 왔던 지기미는 그 옆으로 앞으로 뒤로 팔팔 뛰면서 이 약을 먹으면 낫는다, 이 약을 먹으면 낫는다고 아편을 들고 야단을 쳤다. 여러 사내들은 간신히 이 대학생을 붙들어 뉘어 놓았다. 그리고 진정을 시켜려다 못해 지기미의 약을 먹여 재우고 말았다. 지기미는 그날 얼마나 기뻐하였는지 모른다. 그 다음날 함바 사람들은 돈을 모아 차표를 사서 이 대학생을 고향 나가는 사람 편에 딸려 보내었다. 이 일이 있은 뒤부터 지기미는 또다시 미치는 사내가 생겨서는 안 되겠다고 암만 바람이 세찬 추운 날이라도 흐리지 않으면 모노호시대 위에 태양이 있는 시간엔 꼭 여기에다가

포대자루를 펴고 드러누워 있는 것이다. 그러면 태양은 이 아래에다 창살 같은 얼룩이 지는 광선을 흘리지 못하였다.

지기미는 팔을 베고 창살 같은 널쪽 위에 누워서 또다시 간들간들 졸고 있다. 나는 한쪽 기둥에 몸을 기대고 묵묵히 목탄연필을 달리고 있었다. 그다지 춥지는 않으나 태평양바다로부터 쌀쌀한 *조풍(潮風)이 불어와 때때로 그림종이를 펄럭거리게 한다. 동경만 검푸른 바다는 언제와 같이 지질펀히 누웠는데, 초봄의 태양이 그 위를 거닐며 *은파금파를 일으키었다. 나는 문득 붓대를 멈추고 시름없이 바다를 바라보았다. 어쩐 일인지 차츰 나는 파선을 타고서 대해 위를 표류하기 시작한 것 같은 애수를 느끼었다. 함바에는 그날은 앓아누워 있는 이도 없는 모양으로 신음소리 하나 들려오지 않는다. 때때로 부두에서 *크레인 소리며 *윈치가 울리는 소리 우르르르 들려올 뿐, 또 때로는 통통배들이 빽빽거리며 오고 가는 소리만 들려올 뿐, 나는 밑도 끝도 없이 혼자서 깊은 감상에 빠지고 말았는데 고향의 배따라기 소리가 자기도 모르는 새에 입으로부터 새어 나왔다.

"우리는 구태여 선인 되어 타고 다니는 것은 *칠성판이요, 먹고 다니는 것은 사잣밥이라, 입고 다니는 것은 매장포로다. 오 내 일신을 생각하면 불쌍코 가련치 않단 말이냐, 지와자 좋다. *이선하야 배를 타고 만경창파 대해 중에 천리만리로 불려갈 제 양쪽 돛대는 직근 부러져 삼 동강이 나고 뱃머리는 빙빙 정신은 아득하야 삼혼칠혼이 흩어질 제 사십 명 동무를 수중에 넣고 *명천 하나님은 굽어 살

피사 요 내 여러 동무를 살려 내소서. 나 혼자 살아나서 배 널조각을 집어 타고 무변대해로 내려갈 제 초록 같은 물에 안개 자욱하니 갈 길이 천리인지 만리인지 *지향무처로구나…….”

나는 여기까지 부르고 나니 자못 마음이 더 허전하여 목탄연필을 고쳐 잡으며,

"지기미 영감두 그만하면 인제는 고향엘 돌아가야지?"

하였더니,

"그게 무슨 소린고?"

하며 눈을 반짝하니 뜬다.

"내가 고향 가버리면 여기 이 사람들 뒤는 뉘가 치능교…….”

"지랄할, 지기미, 혀를 날름날름 빼물지 말어, 어디 그릴 수가 있어야지.”

하면서 나는 할 수 없이 웃었다.

"하기는 지기미 영감 소리가 맞았네."

"맞다마다. 고향이란 니나 내나 생각만해도 고향이 되지만 이 사람들 일은 멀리서 생각만 해가지꼬 안 된닥하이까."

"것두 그렇기는 하지만."

나는 고개를 끄덕거리다가 제 김에 벌씬 웃으며,

"그러나 지기미 영감이야 갈래두 고향이 있어야지."

했다.

"와 내가 고향이 없어."

그는 눈이 파래지며 자못 못마땅하다는 표정을 짓고는,

"별한 소리 다 하능기라. *현해탄만 건너서면 고향 아닌교."
한다.

"조선두 하구 넓은데 어디가 고향이냐 말이지?"

"횟, 얏보능기라. 횟, 경상도지."

"경상도두 남도와 북도가 있는걸, 어느 도냐 말이지."

"횟, 그저 경상도면 알아볼 께지라. 내가 고향 살 적엔 그런 분간 없던 게라."

"고개를 회회 젓지 말구. 아까처럼 점잖게 하구 있으라는데…… 그럼 떠나온 진?"

"삼십 년은 될능기."

"가만 누워 있어. 몸을 가지고 비틀지두 말구. 제길 그릴 수가 있어야지. 이제 코를 그릴 텐데 너무 고개를 개웃거리면 코 모양이 바루 잽히지를 않네, 저런 지기미 네 코끝 오른쪽에 큰 허물이 있능거?"

"전쟁하다 생긴 허물이지……."

"전쟁은 또 언제?"

"옛날 한국 병정쩍 횟, 그 *원세개(袁世凱)란 놈이 *민비청을 궁성 지키려 병정을 거느리구 와가지고 지드럭거리길래 한 놈을 총틀로 때려 부셨지. 그때 칼로 코끝을 찔리운기라. 나는 그래 그놈 귀를 하나 잘라버리고 달어났지. 그 뒤 숨어 다니다 건너온 게지. 건너와서는 매일 *연병장에만 가서 먼 바루 구경하며 살았능기라……."

하더니만 가분작이 무슨 생각이 났던지 발딱 일어서서 기착을 하고 움직이지를 않는다. 그래도 이왕에 군인이었던 탓인지 이 자세에도 서슬 사나운 데가 있다.

"어쩌자고 이래, 일어서지 말어."

하면서도 나는 다소간 그 위의(威儀)에 억눌리었다. 그 다음은 지기미는 아주 내 말은 귀에도 담지 않고 병정놀이를 실제로 하기 시작하였다. 앞으로 갓! 좌향좌 우향웃! 그리고 또 기착! 하고서 한 삼 분 가량 까딱도 않고 빳빳 굳어진 채 바다 편을 바라보는 것이다. 내가 무어라고 말하여도 그는 들은 체도 안한다. 나도 하는 수 없이 멍하니 바다 쪽을 바라보니 멀리서 가물가물 전마선들이 돌아오는 게 보인다.

그제는 모든 것을 알아차리고 나도 부슬부슬 일어났다. 그때 지기미는 다시 앞으로 갓! 하더니 구름다리를 통통통 내려가기 시작하였다. 나도 그 뒤를 따라 저벅저벅 내려갔다. 그는 밑바닥까지 다 내려오더니 그 다음은 또 마라톤 선수처럼 앞가슴에 두 주먹을 대었다. 또 뛰려는 게 분명하기에 나도 스케치북을 옆채기에 넣고 준비를 하였다. 그제는 지기미는 한번 나를 돌아보더니 무어라고 또 호령을 하고 지기미지기미 하면서 달아났다. 나도 그 뒤를 따랐다. 다시 오키나카시를 태우고 돌아오는 전마선을 맞이하러 나가는 것이다. 바닷가에 나가 보니 바로 적전(敵前) 상륙을 하려 드는 배들을 박은 영화 모양으로 전마선들이 빽빽 소리를 지르며 수십 척 앞서거니 뒤서거니 널려서 이리로 향하여 온다. 거기에는 시꺼먼 사내들이 짐짝처럼 한 뱃짐씩 실려서 이쪽을 응시하고 있다. 지기미는 한 손을 들어 보이면서 회—잇, 회—잇 무어라고 부르짖는 것이다. 나는 그 본때를 따라 회—잇, 회—잇 하며 손을 들어 뵈었다. 세시 반쯤까지에는 이 전마선들은 다시 제자리에 와 닿는다.

(『삼천리』, 1941.4)

칠현금

1

　얼마 전 이 국영제철소에 문학동맹중앙위원회로부터 파견되어 나온 작가 S는 직장위원회 문화부의 걸상에 앉아 지금까지 이곳 제철 노동자들이 손수 써놓은 문예작품들을 뒤적거리고 있었다.
　생산계획 초과달성과 기간단축운동의 최후 돌격기에 들어간 제철소는 공장 전체를 들어 그야말로 장엄한 군악을 울리는 듯하였다.
　중천에 버티고 앉아 쇠물을 내뿜으며 지동을 치는 용광로 불길이며 너울너울 무쇠가 끓어 번지는 불가마들이며 활개를 저으며 달리는 기중기, 불방아를 찧으며 돌아가는 *압연로라, 그 밑으로 몸부림을 치며 달려나오는 시뻘건 철판, 흠실흠실 무너져 나오는 *해탄더미의 불담벽! 제철소의 웅심깊은 호흡과 장쾌한 파동이 그의 가슴 속을 벅차게 넘쳐 흐르는 듯하였다.

이처럼 우람차고도 감동적인 면모와 인상의 반영을 여기 노동자들의 작품 속에서도 찾아보려고 하였다.

그리고 S는 어느 정도 이 점에서도 만족을 얻을 수 있었다. 표현 수식이 잘되고 못된 것은 둘째치고 거의 모두가 철자법부터 틀린 게 발글이었으나 불과 몇 줄씩 안 되는 시가의 구절 가운데도 자기네의 공장과 노동에 대한 열렬한 찬미와 민주개혁을 베풀어 준 민족의 태양 김일성 장군님에 대한 불타는 충성심이며 반동반역에 대한 피를 물고 이를 가는 듯한 적개심 등이 글자 속으로부터 푹푹 기름내와 쇳가루를 내뿜으며 용솟음치는 듯하였다.

특히 격조 높고도 씩씩하고 아름다운 시가의 귀중한 새싹들이 남몰래 움트고 있음을 엿볼 수 있었다. 이렇듯 소담한 새싹들이 어째서 아직까지 묻어 두었을까 직장위원회 문화부의 등한한 처사를 비난하기 전에 S는 도리어 작가 자신들의 무관심성을 뉘우치게 되었다. 따라서 여기에 나오기가 너무도 늦었음을 후회하기 전에 그는 뒤늦으나마 지금이라도 이처럼 나오게 된 것을 적이 다행한 일로 여기려고 하였다. 하루바삐 자리잡고 앉아 작품 창조의 길을 개척하는 한편 *청신하고도 기운찬 노동예술가들의 싹을 발견하고 키워 내리라…….

작가 S는 흐뭇한 행복감에 가슴속이 부풀어 오르는 듯하였다.

새 시대를 맞이한 새 나라 작가로서의 새로운 삶의 길을 찾으려는

S 자신의 자기 요구도 또한 어지간했던 것이다.

　형형색색의 종이 위에 각가지 글씨와 문체로 써놓은 글들은 대개가 시편이 아니면 감상문이었다. 이것들을 하나하나 정리해 나가노라면 그 중에는 도시 제목부터 없는, 또 있대야 <용접공 용감시>니 <해탄수월>이니 따위의 엉터리 없는 것들이었으며 또 가다가는 겨우 다섯 장밖에 안 되는 12막 3장이라는 전대미문의 희곡도 튀어나와 실소를 금치 못하게 하였다.

　그러나 이와 같은 작품 아닌 작품을 대하게 되어도 그 소재가 한결같이 공장의 실생활과 노동자의 생동한 감정에 토대를 둔 적절한 내용임에 새삼스레 놀라게 되는 경우가 많았다. 하나 설마 이 원고뭉치 속에 지금까지 아무에게도 발견됨이 없이 무한한 진통을 겪고 있는 하나의 우수한 재능이 숨어 있으리라고는 전혀 뜻하지 못하였던 것이다.

　수많은 이 원고 가운데 소설도 4~5편 되었으나 그 중의 한 편이 유난히도 그의 주목을 끌었다.

　작가 S는 중도에서 이 원고부터 집어 들게 되었다. 일제시대의 엽서 크기만한 공용천 뒷면 백판에다 연필로 깨알같이 한 자 한 자 잘게 박아 쓴 옹골찬 글씨부터가 매우 인상적이었다. 그것이 열두서너 장, 200자 원고지로 한다면 60~70매 길이나 될까? S는 이와 같이 기다랗게 얘깃거리를 늘어놓을 수 있는 사람이 있었던가고 우선 이 점에서부터 은연히 놀라는 마음이었다. 비교적 빈 구석이 없는 탐탐한

문장으로 어감도 부드럽고 화술도 능란한 편이었다. S는 결코 처음 써보는 솜씨가 아니라고 혼자 끄덕이면서 옆에 앉아 있는 문화부 동무에게 이 사람을 아느냐고 물어 보았다.

"윤남주?"

그 동무는 이렇게 이름을 한 자씩 떼어서 읽더니, 귀에 설은 이름인 모양 고개를 기웃거리며 또 다른 동무들에게 물어본다. 맨 구석에 쭈그리고 앉아 주판을 대고 종이 위에 선을 긋고 있던 중년 동무가 깔깔한 노란 수염을 만지작거리며 말했다.

"아마 병원에 누워 있는 동무지여."

"무슨 병으로?"

"글쎄 자세히 알 수 없습니다. 그렇다는 말만 들었을 뿐이니까요."

문화부 동무들이 이럴 제는 이 필자의 존재가 그다지 주목되어 있지도 않은 모양이었다. 캐어 물을 필요도 없기에 다시금 원고를 집어 들고 계속해 읽어 나간다. 그러나 S는 공장 동무가 어째서 이런 소설을 썼을까고 진작 머리를 기우뚱거리게 되었다.

문화적 소양도 풍부하고 재능도 출중한 편으로 애깃거리는 비교적 규모있게 짜여졌으나 너무도 노동자들의 생활과 거리가 먼 공허하고도 허구적인 내용을 담은 작품이었다.

"아마 이것도 그 동무의 것인가 봅니다. 일전에 보내왔습니다."

앞에 앉아 서랍 속을 뒤적이던 동무가 넘겨주는 것을 S는 받아 들고 또다시 앉은 자리에서 내려 읽었다. 이것도 역시 *한본새로 공용천 뒷면에 연필로 박아 쓴 깨알글씨이며 또 필자의 필력을 충분히 보장함에는 틀림없는 30~40매 가량의 단편이었다. 그러나 어떤 절망적인 고독과 설움을 그린 그 내용이 또한 이상스럽게 생각되었다.

"이 공장 노동자입니까?"

원고를 접으며 이렇게 의아스럽게 다시 묻고 있는 차에 마침 부장 동무가 들어왔다.

"그 동무는 해방 전부터 누워 있다고 합니다."

"해방 전부터?"

"그렇습니다. 본시 전기기술공이었는데 작업중에 부상을 당한 이래 전혀 *운신을 못한다고 합니다."

"그럼 불구자로군?"

S는 놀란 듯이 허리를 펴며 정좌하였다.

"그렇지요. 이 원고도 병원 간호원이 일전에 가지고 왔습니다. 읽어 보셨는가요? 노동자라고 농촌을 못 그리고 운신을 못하는 몸이라고 가보지도 못한 선거장 풍경을 못 그리겠소만 워낙 *허궁 뜬 얘기가 돼서 실감이 나지 않을 것 같습니다."

"글쎄 말입니다."

"그 뒤에 또 써온 것은 없고?"

사실 이런 이유에서만도 S는 이 필자에 대하여 가벼운 놀람과 동시에 일종의 위구에 가까운 흥미를 느끼지 않을 수 없었다. 그것은 선거에 대한 작품이었던 것이다.

"없습니다. 아직은…… 사람을 보내어 쓴 것이 있으면 달래 올까요? 하여간 불쌍한 동무입니다. 여—— 연락원 동무!"

S는 부장 동무를 제지하며 자리에서 일어났다.

"제가 문병 겸 올라가 볼렵니다."

이리하여 작가 S는 불행한 병자를 방문하기 위하여 공장병원으로 찾아 올라오게 되었다. 병원은 제철소 전경이 눈앞에 바라보이는 언덕 위의 아늑한 곳에 자리잡고 있었다. 겨울을 저버린 듯 한낮의 다양한 햇빛이 졸고 있는 기다란 복도를 지나 입원병동으로 통하는 길로 접어들려는데 갓 지나온 간호원실에서 '여보세요' 하고 부르는 소리가 들린다.

"어디를 가세요?"

S는 주춤 멈춰 서면서 주사기에 약을 넣던 손길을 멈추고 빠끔히 내다보는 얼굴이 갸름한 간호원에게 병자를 면회하러 간다고 말하였다.

"면회는 일요일 오후 한 시부터 세 시 사이에만 하게 되어 있습니다" 하면서 간호원은 부챗살처럼 긴 살눈썹을 내리깔고 다시 주사약을 뽑아 넣는다.

"……"

"오늘 꼭 찾아보셔야겠어요?"

겸연쩍게 웃으며 끄덕이니까

"어느 분을 찾아가세요…… 윤남주 동무요?"

간호원은 약간 기색이 달라지며 다시 한 번 살며시 쳐다보더니 "그럼 이리 들어오세요" 하고 펜을 들고 의자에 앉으며 특별 면회용지를 꺼내 놓으며 연거푸 묻는다.

"용건은?"

"어데서 오셨는데요?"

"평양? 그럼 전부터 아세요?"

무척 친절은 하나 어지간히 *다사스러운 간호원이라고 생각하면서 아직 면식은 없지만 꼭 만나볼 일이 있어서 왔다고 하니까 용건란에 문병이라고 기입하더니 긴 실눈썹을 살짝 치켜올리며 "S선생님 아니세요?" 하고 기대어린 빛으로 묻는다. S는 짐짓 놀라는 체하면서 그렇다고 고개를 끄덕였다.

"역시 선생님이 오셨군요."

간호원이 반색을 하며 새물새물 웃는 바람에 작가 S는 더욱 어리둥절할 수밖에 없었다.

"……"

"그러지 않아도 윤 동무가 아까 선생님 얘기를 하던데요. 아이 참 우연한 일치인데."

간호원은 혼자 신이 나서 덤비며 뒤를 향하여 기쁜 빛으로 말을 건넨다.

"과장 선생님 그렇죠?"

지금까지 뒤쪽에서 환자들의 병력서를 뒤적거리고 있던 나이 지긋한 의사 한 분이 이쪽을 물끄러미 바라보다가 다가오며 악수를 청하였다.

"바루 선생님이시군요. 윤 동무가 얼마나 기뻐할지 모르겠습니다. 저는 여기 외과 과장입니다."

S가 어리둥절해 하자 간호원이 쨉싸게 참견해 나섰다.

"아까 공장 스피커루 방송이 있었다나봐요. 선생님이 오셨으니 문학써클원들은 전부 노동자회관으로 모이라구요…… 윤 동무는 우리 병원내의 *청신경이랍니다."

그제야 비로소 어떻게 된 영문인지를 알게 된 S는 대체 언제부터 본인이 누워 있으며 또 병은 무슨 병이냐고 물었다.

"저는 가제 부임해왔기 때문에 아직 자초지종을 자세히는 모릅니다만은 이 신 간호원이……."

"6년 동안이에요."

신이라고 불리운 이 간호원이 또 나서는 바람에 외과 과장은 설명할 사이도 없었다.

"6년 동안!"

"왜놈들이 며칠 안으로 죽을 거라고 손 한번 대지 않고 그냥 내버려 두었기 때문에 아주 폐인이 되고 말았아요."

"병명은 압박중 척수염 등시메뼈가 부러진 겁니다. 바루 이쯤……." 하면서 과장 선생은 자기의 허리 밑에 손을 돌리며 이렇게 설명하였다.

"뼈가 부러졌기 때문에 조각뼈들이 눌러버려 하반신을 움직이지 못합니다. 전혀 감각도 없습니다. 오줌도 고무줄로 뽑아내고 대변도 관장으로 풀고 있는 형편입니다."

"……."

너무도 참혹한 얘기에 압도되어 S는 말이 나오지 않았다.

"일간 *렌트겐사진을 찍어 보렵니다마는 워낙 너무 시기를 놓쳤기 때문에……."

"왜놈들은 우리들의 철도, 광산, 공장만 파괴한 것이 아니라 우리 조선사람들의 신체까지 파괴한 셈이에요."

신 간호원이 숨을 돌이키며 새촘하니 질린 얼굴로 까만 눈망울을 불송이처럼 번뜩이었다.

"그렇습니다…… 파괴된 그 신체들을 회복시키는 일이 저희들의 임무지요."

과장 선생은 무거운 어조로 이렇게 중얼거렸다.

"그러나 윤 동무에 대해서만은 별도리가 없을 것 같습니다. 현재 치료라고는 오래 누워 있었기 때문에 살이 꺼지고 물커지는 데를 소위 욕창을 소독하고 약을 발라주는 데 불과합니다. 세상 말할 수 없이 비참한 병자입니다. 언제나 책읽기를 좋아하고 또 자기도 글을 쓰노라고 바닥바닥 애를 쓰는군요."

"때때로 자기가 쓴 동화가 방송되는 것을 들으며 위로를 받는 모양입니다."

얘기를 듣고 보니 아까 읽은 그의 작품에도 어딘지 동화가다운 필치와 풍격이 서리어 있듯이 느껴졌다.

"먼젓달에도 방송으로 나왔어요."

신 간호원은 비록 말이 다사한 탓만이 아닌 듯하였다.

"저희들은 숙직실에서 들었는데 어찌 재미있던지 모르겠어요."

"그래? 어떤 얘기인데."

돌아보며 웃음을 띠우는 과장 선생도 매우 사람 좋은 이로 보였다.

"제목이 여우가 판 함정에는 누가 빠졌나? 이런 얘기예요. 들어 보면 여우가 꼭 일제시대의 왜놈 원장이겠죠. 그놈이 윤 동무를 저렇게 만들었거든요. 그래 그놈의 얘기가 아니냐구 본인에게 물으니까 반동요물 이승만! 이러겠죠. 하기야 왜놈이나 이승만이나 여우나 다 어슷비슷한 요물들이죠 뭐……."

무심중 모두 웃음을 떠뜨렸다. 신 간호원은 이렇게 분위기를 제 마음대로 하는 명랑하고도 귀여운 매력적인 처녀였다.

"그러나 이제는 그의 동화도 다 들었어요!"

"왜?"

과장 선생의 눈이 둥그래졌다.

"소설루 돌아서나 봐요."

"소설? 소설도 좋지."

하면서 과장 선생은 병력서를 몇 장 뽑아 들고 일어나더니 이렇게 말하는 것이었다.

"어쨌든 우리 병원에서 가장 자랑하는 귀중한 문화인재입니다. 본인에게 많은 위로와 지도를 주십시오. 저녁 시간이 되기 전에 어서 들어가 보시지요. 윤 동무의 방은 저, 동병사 9호실입니다."

남으로 창문이 열린 외간넓이의 병실 안은 증기 돌아가는 소리만 시그랑거릴 뿐 고요하였다. 담벽 한쪽에 붙여 놓은 침상 위 흰 이불 속에 첫눈에도 여윈 몸매 가느다란 청년이 돌아누워 있었다. 그는 조용히 들어서는 S에게 돌아누운 채 숨소리도 나직히 물었다.

"누구신가요?"

S는 한걸음 가까이 나서며 간단히 내방의 뜻을 말하였다. 순간 청년은 한 팔을 들어 헤엄치듯이 허공을 저으며 반색하였다.

"아── 선생님이에요?"

그 손을 다가가 붙들며 S는 뜨거운 촉감에 신열이 있고나 하였다.

"선생님이 이렇게 찾아오실 줄은…… 누구 좀 불러주십시오. 혼자 돌아눕지를 못합니다."

이렇게 말이 떨어지기도 전에 문이 열리며 기다리고나 있었던 것처럼 그 신 간호원이 들어와 침상 곁으로 다가온다. 아마 S의 뒤를 따라온 모양이었다. 병자를 돌아눕히려고 하는데 새 한 마리가 이불 자락 밑에서 오독독 뛰어나와 머리맡 위로 올라붙더니 낯설은 방문객을 또록또록 살펴본다. S도 이 본새 다른 조그만 방주인을 놀라운 눈으로 바라보며 뒤쪽에 놓인 감병인용의 나무침상 위에 걸터앉았다. 신 간호원이 병자의 몸뚱이를 유리곽이라도 다루듯이 조심스레 움직이며 반듯이 눕혀 놓는 동안에 S는 방안을 한번 둘러보았다.

병자가 늘 바라보게 되는 앞벽면에는 *파라우리한 사기로 된 붕어형 꽃병이 걸리고 그 붕어입이 종이로 만든 빨간 다알리아꽃 두 송이를 물고 있었다.

침상 가의 벽면에는 책상이 놓이고 거기에는 옥편, 사전, 시집, 소설책, 잡지, 그의 학습장 등이 꽂혀 있고 자기 손으로 스위치를 비틀 수 있게 가까이 놓여 있는 탁자 위에는 라디오가 마주 앉아 있었다. 그리고 머리맡 구석에는 실내 온기에 잎이 싱싱한 한길 가량의 석류나무가 그럴 듯이 모양 좋게 *가장구를 드리우고 그 끝가지 위에는 어느 사이 새란 놈이 올라앉아 목덜미의 보숨털을 보르르 떨면서 반쯤 내리뜬 눈 위에 흰자위를 굴리고 있었다. 잘라준 지 오래인 듯 어지간히 길어진 날개를 이따금 펼치며 조그만 발을 바둥거리기도 한다. 불우한 동화작가의 방다운 독특한 분위기였다.

햇빛이 마냥 퍼붓는 들창 밖으로는 차가운 하늘 위에 나란히 솟은 열 개의 열풍로 굴뚝들이 신화에 나오는 천신들의 거문고처럼 번들거린다. 그 사이에 거인과도 같이 버티고 앉아 있는 용광로와 육중하고 둥실한 대형 가스탱크며 거무끼리한 고층건물 등 웅장한 공장 전경도 아연하게 바라보인다.

"신 동무, S선생이요······."

이불자락을 여며주고 있는 간호원에게 이렇게 병자가 가만히 들려주는 말을 받아 신 간호원이 말했다.

"아까 저희들 방에서 뵈었지요……."

"그래요, 제가 그래도 글줄을 써본다구 우야 선생님이 찾아오셨겠지요……."

적이 행복스런 어조였다.

"글쎄 말이에요…… 고맙습니다."

신 간호원이 웃음을 머금고 S는 향하여 사뿐 인사한다.

"그런데 선생님, 이 윤 동무에겐 좋지 못한 버릇이 하나 있어요. 신열이 나고 몸이 편찮을 때는 쉬어야겠는데 그럴 때면 더 극성을 부리며 무엇에 쫓기기라도 하는 사람처럼 붓을 들고 원고를 쓰신답니다. 악을 바락바락 받치면서 뻘겋게 뜬 얼굴이 꼭 반 미친 사람같이 되어가지고 혼자 중얼거리며……윤 동무 그렇죠?" 하고 돌아보며 해죽이 웃으니까 병자는 악의 없는 눈길로 흘겨 본다.

"또 쓸데없는 말을……."

"선생님, 충고해 주세요 그럼 실례합니다."

신 간호원이 나간 뒤에 작가 S는 불행한 이 병자에게 무슨 말부터 시작해야 좋을지 망설이다가 새를 퍽 좋아하는 모양이라고 하니까 해맑은 웃음빛을 띤 얼굴을 이쪽으로 돌리며 "글쎄요. 좋아한다 할는지 전에는 그렇지도 않았지만 너무 오랫동안 새와 꽃과는 담을 쌓은 생활이기 때문에……" 하고 말하는 그의 얼굴은 어떤 뛰어난 조각 작품처럼 이목이 수려하기 그지없었다.

굳은 의지를 말하는 도톰한 콧날이며 미소를 머금은 탐스러운 입

모습과 어떤 알지 못할 깊은 속에서 내다보는 듯한 눈매…… 그리고 코밑에 박힌 검은 기미도 매우 인상적이었다. 나이는 27~28세나 됐을까? 혹시 하나 둘 더 많을지도 모른다. 파리한 몸이어서 그런지 두 팔만이 어울리지 않게 유별히 길어 보인다. 그리고 무심히 쥐었다폈다 하며 부단히 움직거리는 북두갈고리 같은 큼직한 손은 역시 감출 수 없는 노동자의 손이었다.

그러나 어둠침침하고도 뒤숭숭한 방안과 불에 그을린 썩정구와도 같은 병자의 모양을 예상하였던 S는 실내의 밝은 분위기와 병자의 명랑한 인상만으로도 우선 숨길이 좀 틔는 것 같았다.

"벌써 아홉 달째 됩니다. 지난 봄에 인민학교 학생이 잡아다 주길래……."

"무슨 새입니까? 얼핏 보기에는 방울새 같기도 하구……."

사실 생긴 모양이나 몸의 크기는 방울새 비슷하였다.

"방울새와는 머리 모양이 좀 다르지요. 울 줄도 모릅니다. 별루 이름도 없는 새인가 봐요. 아주 질이 들대로 들어 손에건 이마에건 막 날라와 붙는 걸요. 창문을 열어 놓아도 나갈 생각을 못합니다. 오히려 제가 저 새를 동정하게 될 때가 있어요……" 하면서 그는 쓸쓸한 웃음을 지었다.

그러고 보면 날개를 잘린 멧새나 하반신의 자유를 잃어버린 이 병자나 매한가지의 신세로 생각되어 S는 덩달아 웃지를 못할 심정이었다.

병자는 연송 웃음빛으로 얼굴을 적셔가며 제철소에 대한 감상을 묻고 공장내용도 설명해주고 나중에는 문학얘기를 꺼내면서 여러 가지로 질문을 시작하였다.

이로부터 수월히 담화가 벌어지게 되어 S에게는 그나마 다행으로 생각되었다.

사실 그의 비참한 불행에 대하여 아무런 예비지식도 없다면 모르려니와 일부러 모르는 체하고 그의 병상에 대하여 화제를 펴거나 더욱이 예사로운 위안의 말을 늘어놓거나 하기에는 너무도 그의 정상이 참혹하고 애처로운 느낌이었던 것이다.

다만 이와 같은 참상의 불행 속에서도 어떻게든지 글을 써보려고 노력하는 그의 엄숙하고도 놀라운 기개에 대하여 충심으로 경의를 표하고 싶어지는 것이었다.

"그러나 배운 것도 읽은 것도 없기 때문에 쓸 줄이나 알아야지요. 이렇게 미이라처럼 드러누워 종이를 얼굴 위에 맞대로 써보느라니 이어 팔죽지가 떨어져 오고 숨결이 가빠지고 또 생각이 흩어지고 해서…… 그런데 언제까지나 계실 작정입니까?"

"여기서 겨울을 날 테니까 앞으로 종종 찾아오리다."

이렇게 위로하듯이 대답하며 S는 슬며시 말머리를 돌렸다.

"동무는 선거도 이 방에서 치렀겠군요?"

"물론 이동함에다 투표했습니다."

"남보다 특별히 다른 감정이었겠습니다?"

"말해서요…… 저 같은 사람에게까지 선거권을 주니…….."

"이왕 선거얘기를 쓸 바엔 그때의 동무의 세계라든가 심정을 그렸더라면……."

"부끄럽습니다. 선생님이 벌써 읽어 주셨군요."

"역시 작가란 자신이 제일 잘 알고 깊이 느낀 일을 제일 잘 쓰게 마련입니다."

이렇게 말하면서 허구한 세월을 병상에 누워 있는 몸으로 인민의 대표를 위하여 이동함에다 투표하는 사실 자체만도 얼마나 감격적이냐? 아무에게나 뼈저린 공감을 줄 수 있는 가장 특이하고도 특별한 자기의 감정세계를 그려보는 것이 어떠냐고, 이렇게 들려주고 싶던 얘기를 하였다. 그러자 지긋이 눈을 감고 들을 만하고 있던 병자는 자못 심란한 웃음을 지으며 "제 일이 무엇이 잘난 일이라고 쓰겠어요?" 하고 짓는 그의 웃음은 진작 또 서글픈 빛으로 변하였다.

"저는 이 제철소의 하나의 쓰지 못할 녹슬은 나사못입니다."

"그 녹슬은 나사못이 자기의 과거 체험과 현재의 심정을 솔직히 말하기 위하여 붓을 든다는 겁니다."

"그러나 저는 그러고 싶지 않아요. 그럴 필요가……." 하면서 그는 별안간 굳어지는 얼굴 속에 말꼬리를 삼켜버렸다.

S는 고개를 들고 정색하며 그의 얼굴 위에 나타나는 심각한 표정의 변화를 놓치지 않았다. 심삼하게 뱉는 말과도 같으나 내심 뜨끔하니 질리는 구석이 없지도 않다. 너무도 비참하고 불행한 운명이기에

자기에 대하여 일체 눈을 가리우고 싶은 심정에서일까? 그 반작용으로 새와 꽃과 짐승들을 환상 속에 그리는 아름다운 동화의 세계로 달리는 것일까? 아직도 자신의 장래에 대한 기적을 기다리는 꿈에서 자기를 굳게 쇠잠그려는 것일까? 하여간 S는 불우하고도 유능한 이 청년작가를 바로 이해하여 그에게 도움을 주기 위하여 그의 여러 작품들을 세밀히 검토해 보고 싶었다. 그런 마음에서 작품들을 보여 달라고 하니까 병자는 보일만한 게 하나도 없다면서 이렇게 덧붙이는 것이었다.

"장난이지요…… 그게 글이라구요…… 선생님이 계시는 동안 열심히 써보겠습니다. 억지루라도 쓰겠습니다. 지금까지 동화라고 여나문 편 방송은 되었지만 그것도……."

"초고라도 좋으니……."

"통 없습니다. 워낙 이렇게 누워서 겨우겨우 몇 줄씩 써보는 형편이니 어디 초고니 등본이니 해놓을 힘이 있어야지요. 저는 하나의 산 송장입니다!"

그는 마치 땅 속에서처럼 중얼거리었다.

"그렇습니다. 저는 썩어 들어가는 산 송장입니다."

"너무 자기를 괴롭히지 마오."

S는 자리에서 일어나며 이렇게 말하였다.

"새롭게 살 길을 찾아야지요."

"새롭게 살 길?"

병자는 항의라도 하려는 듯이 얼굴을 치켜 들었다. 열기를 띤 그의 눈 속에는 불빛이 서물거리는 듯하였다.

"선생님, 제가 이 몸으로 무엇을 하면 좋단 말씀입니까?"

"나는 동무의 손에 문학창작의 귀중한 붓대가 쥐어져 있다는 것을 동무를 위해서나 사회를 위해서나 천만 행복으로 아오……."

S는 사실 그렇게 생각하였다. 그리고 또 이렇게 *가없는 절망과 고독 속을 헤매는 불쌍한 병자를 있는 힘껏 도우리라 결심하고 있었다.

"그러나 문학을 해보자니 제게 아는 게 있습니까. 쓰는 재조가 있습니까."

병자의 말소리는 *비감으로 떨리었다.

"저는 노동자입니다. 이렇게 단 하나 밑천인 몸까지 부자유해 가지고서야……."

"동무와 같은 순진한 노동자로서 훌륭한 소설을 쓴 이도 많았소 동무에게는 쓰라린 생활이 있었고 또 현재가 있고 남에게 못지않는 우수한 재질까지 있지 않소 거기에서 힘을 얻어야지요. 그리고 또 동무보다 몇 갑절 더 참혹한 불구자이던 작가들도 얼마든지 있는 겁니다……."

작가 S는 위로와 격려를 겸하여 이렇게 말하였다.

문학에 전혀 문외한이던 우랄철제공장 노동자의 몸으로 어떤 광부 일가의 비참한 역사와 자기의 불우한 과거를 골자로 대작품을 쓴 알렉산드르 아브덴꼬 애기도 들려주었다. 뒤이어 참혹한 불구작가 느

오쓰뜨롭스끼의 얘기도 좋은 자료로 꺼내었다. 너무 지나치게 참혹한 얘기가 아닐까 하면서도.

"가령 그와 같은 사람에 비한다면 동무의 불행쯤은 약과입니다. 기운을 내어 더 많이 읽고 생각하고 또 자꾸 자꾸 쓰시오……."

"어떤 작가입니까? 어떤 불구자였던가요? 어떤 내용입니까?"

병자는 숨가쁜 목소리로 이렇게 다그쳐 물었다.

S는 거의 전신불구가 된 그 작가가 자기의 투쟁생활의 계승을 위하여 병상에서 어떻게 문학공부를 쌓아 작가로서의 혁혁한 새 출발을 했으며 또 어떻게 조국과 인민에게 복무하는 훌륭한 작품들을 남기었는가에 대하여 그의 작가로서의 성장과정을 상세히 얘기해 주었다. 줄기차고도 감격적인 이 불구작가의 이야기에 병자는 비상히 감동되는 듯하였다.

그가 구술로써 엮은 《강철은 어떻게 단련되었는가》의 작품내용이 국내전쟁시기에 조그만 불기둥이 되어 싸운 강직하고도 슬기로운 소년 빠벨 꼴챠긴의 이름을 빌린 작가 자신이 있는 그대로의 자전적 기록이라는 점을 은연히 강조하는 것도 잊지 않았다. 얘기가 그의 참혹한 병상에까지 이르렀을 때

"눈까지 못 보았던가요?" 하고 병자는 숨죽인 목소리로 물었다.

"나중에는 두 눈까지 시력을 잃었지요. 자기 소설에 그대로 나옵니다. 한쪽 팔을 못 쓰게 되고 두 무릎이 또 굳어지고 그 뒤에 폐인까지 된겁니다. 투쟁과 사업을 떠나서는 살 수 없는 꼴챠긴이 이 절

대절명의 경지에서 어떻게 사느냐? 그러나 입이 아직 살아 있다. 귀가 들린다. 이것을 무기로 소설을 쓰자. 이렇게 된겁니다!"

방안을 조용히 거닐며 이렇게 얘기하던 S는 가까이 다가가 병자의 얼굴에 미소를 던지며,

"기운을 내오. 느 오쓰뜨롭스끼야말로 우리들이 따라 배워야 할 작가인 줄 압니다. 그 기개와 노력과 문학에 대한 신심이 얼마나 위대하오?" 하면서 그의 손목을 잡아 흔들었다.

"동무는 조선의 오쓰뜨롭스끼가 돼야 하오! 또 될 수 있을 줄 아오!"

그러나 이렇게 얘기하고 나서 역시 S는 안할 말까지 지나치게 했나 보다 하고 후회하였다. 아직도 그와 같은 숙명적인 절망 속을 헤치고 나갈 과감한 각오와 정신력이 준비되지 못한 듯한 그에게 참혹한 운명의 진전을 전제해 놓은 이런 얘기를 펴놓은 것이 마음에 괴로워서였다. 그러나 어차피 그의 운명은 운명대로의 길을 밟을 것이 또한 애처로운 일이었다.

"그 소설책을 볼 수 있을까요?"

"이 다음 평양 갔다올제 가지고 나오리다… 요컨대 동무와 같이 외계와의 교섭이 끊어진 작가로서는 자기의 영창을 통하여 보고 듣고 느끼는 것을 쓰는 게 좋을 것이오. 내게는 그렇게 생각됩니다. 자기가 직접 체험하고 시련받을 일을 말할 때에 독자들에게도 더욱 커다란 공감을 일으키는 법입니다. 만약 소설을 쓰려거든……."

"압니다. 압니다……"

병자의 신경질적인 반응에 S는 빙긋이 웃음을 머금었다.

"외계의 활동과 분리된 생활 속에서 동화의 길을 취한 동무의 방향도 충분히 이해할 수 있고 또……"

"저는 동화세계에서 떠나고 싶어요……"

"그렇다고 소설이래서 또 동무 자신의 얘기를 꼭 써야 된다는 게 아니라……"

"……"

병자의 얼굴은 서글픈 표정으로 흐려진다.

"동무의 심정은 이해되오."

S는 이야기를 뚝 그치고 무거운 *감개로 끄덕이며 가방 속에서 원고철을 몇 권 꺼내었다.

"원고지를 드리고 가리다."

병자는 원고지를 받아 들고 가슴에 끼어안더니 그의 손을 힘있게 쥐었다.

"고맙습니다. 언제쯤 또 와주실 수 있겠습니까?"

이렇게 애원하듯이 말하는 병자의 손길을 마주 잡으며 "짬을 보아 또 오리다" 하며 S는 외려 자기에게 단단한 다짐을 주는 듯하였다.

"몸조심 각별히 하며 공부 많이 하시오."

2

이 날이 있은 뒤부터 S의 머릿속에는 이 불우한 병자에 대한 생각이 언제나 떠나지 않고 있었다. 실상 불꽃을 튕기며 돌아가는 생산돌격전 속에서 자신을 단련하며 경험을 실지로 육체화하고자 나온 그에게 있어서 병자 자신의 말대로 하나의 '녹슬은 나사못'에 불과한 이 불구병자에게 마음이 끌리게 되었다는 것은 하나의 웃음거리라면 웃음거리였다. 그러나 이 제철소에 나온 이래 S도 전에 없이 바쁜 나날을 보내게 되었다.

군중문화사업이 아직도 노동자들 속에 깊이 침투되지 못하였음을 깨닫게 된 그는 우선 직장위원회의 문화사업을 협조함으로써 이 제철소와 직접 연결되고자 하였다. 결국은 의욕과 열성은 왕성하면서도 문화지도 일꾼들이 부족한데 그 부진의 원인이 있는 것이었다. 이런 이유에서 S는 직장위원회와 또 여느 예술가 동무들과 토론을 한 결과 군중문화 서클활동의 핵심적 역할을 할 수 있는 노동문학 예술 일꾼들을 길러 내기 위한 문화공작 예술창조 실제에 관한 단기강습회 같은 것을 상설적으로 가졌으면 하였다.

이리하여 그는 이 조직사업에 *분망하게 되었다. 한편 군중문화운동의 실정을 요*해하고 숨죽인 서클들을 발동시키기 위하여 매일 아침부터 생산 현장으로 민주선전실로 본사무실로 그 밖에 공장내 여러 사회단체들을 찾아다니게 되었다. 그래 S는 병원을 다시 찾을 만한 마음과 시간의 여유를 좀체로 가질 수가 없었다.

그러다가 하룻저녁 병원 민주선전실의 형편을 보기 위하여 올라갔던 길에 다시금 병자의 병상을 찾게 되었다. 민주선전실에서는 요즈음 보급되기 시작한 무도회가 한창이었다.

몇 동무는 새로 벽면을 장식하느라고 풀그릇을 들고 돌아간다. 여기서 그는 춤을 배우고 있는 외과 과장을 다시 만나게 되었다. 구석 쪽 걸상에 마주 앉았을 때 화제에 자연히 또 불우한 병자를 올리게 되었다.

"문학의 길에 그렇데 대단한 재조가 있는 줄은 처음 알았습니다. 그저 심심소일거리로 글장난을 하거니 했군요."

과장 선생도 역시 이 병자에 대하여 특별한 애정과 관심을 가지고 있는 모양이었다.

"아마 그 동무 자신 그런 생각에 설 겁니다."

"글쎄요. 어쨌든 간에 잠시도 가만 못 있는 성품 같습니다. 그 동무야말로 불사조라고 할는지요. 어쩌면 또 그렇게 자기의 불행과 고통을 다른 사람들 앞에서 감추려 할 수 있겠습니까?"

이렇게 얘기하는 소리를 듣고 S는 적이 의아한 생각이 들었다. 외려 자기는 이 병자와의 면회에서 다시없이 고독하고도 절망적이며 자학적인 인상을 받았었다. 그리고 또 그것은 결코 무리는 아니라고 생각하였었다. 이래서 저번 날 만났을 때의 일을 대강 얘기하자 과장 선생은 이상하다는 표정을 지었으며 또 *그*가 손수 쓴 소설이 전혀 허구적인 내용이 아니면 절망적인 세계라는 것을 말하였을 때엔 비상한 놀라움을 느끼는 모양이었다. 그러나 과장 선생은 진작 이것을 부인하려고 하였다.

"그럴까요? 저는 도리어 정 반대인 줄 압니다. 생각해 보십시오. 병세는 별로 차도가 없는데 욕창에서 패혈증이라도 일어나면 그땐 마지막입니다. 그렇다고 별다른 신통한 수도 없으리라는 걸 본인도 잘 알고 있습니다. 그러나 조금도 그런 체 없는 태도로 어떻게든 공장과 병원을 위해 무엇이든 일해 보려고 애를 쓰고 있으니 이 사실을 어떻게 설명해야 하겠습니까?"

"가령?……."

이번은 S가 놀라게 되었다.

"윤 동무는 그런 반신불수이면서도 국가와 인민과 주위에 대하여 무관심은커녕 가장 열성적이며 헌신적이니…… 웃으시는군요" 하더니 그 역시 웃음빛을 띠며 말을 이었다.

"산 송장이 헌신적이란 말이 매우 우습기는 합니다만 사실은 그야말로 헌신적입니다. 첫째 병원내의 교양사업은 그 동무가 전적으로 지도하고 있다고 해도 결코 과언이 아닐 겁니다. 시사 정치문제에 들어서 윤 동무만치 정통한 사람이 아마 쉽지 않으리다. 라디오가 바루 그 동무의 종합대학입니다. 누구나 모를 게 있으면 그 방으로 들으러 가고 또 강사차례가 되면 으레 그 동무의 세세한 해설을 참고하여 제강을 꾸미군 하지요. 밤낮 없는 학습! 이것이 윤 동무의 생활 전부입니다. 저는 이 동무를 오히려 대단한 현실주의자라고 봅니다. 병상에 누워서 여러 가지로 전기 기계의 고안을 하며 공장복구사업을 도왔다는 얘기도 들었습니다. 죽는 날까지 소용이 있건 없건간에 어쨌든 지식을 쌓으며 남을 위해 일해 보리라는 그와 같은 태도는……"

"처음 듣는 얘기입니다."

작가 S는 비상한 감동에 휩싸였다. 새로운 살길을 찾지 못하여 절망 속을 헤매이듯이 보이던 병자 자신이 벌써 이처럼 훌륭한 삶의 정열과 의의를 소유하고 있지 않은가? 얼마나 고귀하고도 눈물겨운 정성이며 노력이라고 할 것인가? 좀체로 상상조차 할 수 없는 일인만치 S의 놀람과 감동은 더욱 클 수밖에 없었다. 그렇다면 과연 문학을 심심소일의 한낱 장난거리로 알고 있는 것일까? 그의 열심한 태도와 총명한 기질로 보아 결코 그럴 리 없는 것이다. 그렇다면 어째서 자기의 세계를 건드리기를 그렇게도 두려워하며 또 작품 속에서 절망의 길까지 달리는 것일까?

"저는 윤 동무가 때때로 혼자 몰래 깊은 우울증에 빠지지나 않는가 생각되는군요. 역시 그 처지라면 그럴 게 아닙니까? 아마 그런 때의 심정이 가끔 반영되는 게지요?"

"……"

그렇게도 생각되지 않는 바 아니었다.

"동화는 대개 어떤 내용입니까?"

"그건 또 아주 명랑하고도 씩씩합니다. 아마 그와 같은 비참한 병자의 손에서 된거라면 아무도 믿지 않으려고 할겁니다. 그러니 또 이

상해지는군요…… 동화는 그렇고 소설은 이렇고…… 동화의 세계에서는 떠나간다면서요?"

"글쎄 말입니다. 요즘은 특별히 전과 달라지는 데는 없어 보이는가요?"

"전연 없습니다. 더욱 의욕이 왕성해질 뿐이지요. 동무들, 그것 좀 이리 가져오우!"

마침 몇 동무가 새로 제작한 벽신문을 맞들고 들어오는 참이었다. 붓대를 입에 물고 종이 한끝을 껴들고 오던 신 간호원이 S를 발견하고 얼굴이 빨개지며 붓대를 얼른 손에 집어 든다.

"자, 이 벽신문을 보십시오!"

과장 선생은 앞에다 펴놓으며 설명을 시작하였다.

다른 동무들도 여럿이 모여든다.

"풍부하고도 다채로운 이 원고들이 거의 다 그 동무의 손에서 씌어진 겁니다. 이 기사도 그렇고 또 이 호소문 그리고 ……."

"이것도 윤 동무가 쓴 거예요."

신 간호원이 가리키는 데를 보니 몇 줄 안 되는 알뜰한 콩트도 한편 실려 있었다. S는 한참 동안 벽신문의 내용을 유심히 들여다보았다. 그 중에서도 남주가 쓴 원고는 재료의 선택일지, 내용의 초점일지, 솜씨 좋은 필치일지 모두 참신하고도 교양적 의의가 큰 것이어서 매우 대견스러웠다. 사실 그것은 이 제철소 내의 10여 종의 벽신문 중에서도 가장 모범적으로 된 것이라고 할 만하였다. 벽면에 붙이려고 옮겨간 뒤에 원고도 원고려니와 체계와 형식 등 실지 제작 솜씨도 또한 비범하다고 말하니까 과장 선생은 벙긋 웃으며 "실지 제작자가 누구인 줄 아십니까? 바로 이 신 간호원입니다. 그렇지요?" 하고 신 간호원을 돌아본다.

"신 동무는 윤 동무의 일이라면 무엇에나 극진하니까……."

"아니 선생님두…… 편집부원이 돼서 그렇지 윤 동무의 일이래서 그런 건 아니에요."

"아── 잘못됐소 취소요. 취소……." 하면서도 과장 선생은 사람 좋은 웃음을 지으며 오금박듯 따져 묻는다.

"그러나 이 병원에서 한 사람은 간호원으로 다른 한 사람은 병자로 그렇게 오랜 세월을 같이 왜놈들에게 부대껴 온 처지는 그렇지도 않은 모양인데…… 맞았지?"

"신 동무는 언제부터입니까? 이 병원이……." S가 물었다.

"7년 전부터예요."

"그러면 남주 동무를 부상 당시부터 알겠군요? 도대체 어떻게 부상당했습니까?"

"자 여기 앉아서 들려드리우."

과장 선생은 제자리에 신 간호원을 붙들어 앉히며 일어선다.

"그러면 저는 가보아야겠습니다. 어쨌든 저희들도 윤 동무를 위해 최선을 다해 보렵니다. 요즘 척수염과 심장병이 과한 치험례들을 조사해 보며 최근의 외국문헌도 여러 가지로 참고 연구 중입니다. 이

거리에 있는 소련 적십자병원에서도 일간 와 봐주기로 하였습니다. 그러나 이 동무의 살아나갈 앞길에 대해서는 우리들보다도 선생님의 힘이 더 필요할 것 같습니다."

"함께 노력합시다."

S는 무량한 감개로 그와 악수를 하였다. 사실 불쌍한 윤 동무의 앞길을 개척하는데 도움을 주리라는 생각은 이제 와서 생긴 것은 아니었으나 그래도 이때처럼 굳어진 적은 없는 듯하였다.

과장 선생이 나간 뒤에 S는 다시 신 간호원과 마주 앉게 되었다. 회의라도 있는 모양인지 하나, 둘 스럼스럼 나가버리고 실내는 차차 조용해졌다.

"윤 동무가 병원에 실려온 게 43년 가을이에요."

"현장에서입니까?"

"네, 그 당시 전기공이었는데 제철소 안에 있는 변전소 근무였대요."

신 간호원은 손가락 끝으로 무릎을 매만지며 이렇게 얘기를 시작하였다.

"오일스위치라고 6백 킬로나 되는 앞쪽은 무겁고 뒤가 가벼워 중심이 잘 잡히지 않는 쇠통이 있다나요. 왜놈 감독들이 무거운 쪽을 가까스로 쳐들고서 그쪽으로 기어 들어가 *쟈끼를 받치라고 야단치는 바람에 들어갔다가……."

"놈들이 놓아버렸군요?"

"그렇죠. 한 동무가 뛰어오며 위험하다고 고함을 쳐 빠져 나오려는 찰나……."

"……."

"조선사람들이야 무슨 성명이 있었어요? 저희놈 같으면 팔 하나만 삐어져도 성대병원이다, 구대병원이다 하고 일본까지 보내면서도…… 원장놈과 과장놈은 이렇게 허리가 부러져 들어온 사람을 애전에 상처 한번 세밀히 진찰해볼 생각도 안하고 무어라 둘이서 수군거리더니 간호원들에게 간단한 지혈조치만 분부하고 나가겠지요. 그놈들은 윤 동무의 몸뚱이에 거적때기만 씌우지 않았을 뿐 그시로 돌려 놓은 셈이었어요. 그러기에 북쪽 병사 외딴 침침한 독방에다 집어넣고 말았지요. 조선사람에게는 그 독방이 바로 지옥의 대문간이었답니다. 독방 입원실이 50개나 되는 큰 병원이지만 조선사람은 한다하는 원직공 중에서도 공상자래야 침대가 열, 스물씩 되는 대병실에 겨우 입원할 수 있으나마나였습니다. 여기 입원시켰다가 운명이 가까워 오면 죽기 임박하여 잠시 독방으로 옮겨 놓았으니까요……."

신 간호원은 지긋이 입술을 깨물며 말끝을 머금는다. 전기 종소리가 복도를 통하여 울려오기 시작하였다.

"이제부터 저희들 종업원 회의예요."

"가보시오."

S는 따라 일어나 그와 같은 선전실을 나오며 이렇게 말하였다.

"나는 입원실에 가보겠소 언제든 한번 조용히 얘기를 듣고 싶군요."

"네, 저도 그랬으면 합니다. 하기야 윤 동무가 더 잘 알지요. 같이 가십시다. 바루 저기 보이는 *허청간 같은 집이 윤 동무가 들어갔던 독방이랍니다."

"저 창고 말입니까?"

아카시아나무 아래 거무꾸름한 목조집 한채가 침침하게 잠겨 있었다.

"네, 지금 석탄창고로 쓰고 있어요."

신 간호원은 S를 입원동 모퉁이까지 바래다주려는 모양이었다.

"글쎄 그놈들은 윤 동무를 들어온 즉시로 저기 독방에다 쓸어 넣고는 그냥 내버려 두었어요. 해나 드는 덴 줄 아셔요? 물론 상처에 나무때기 하나 대어줄 리 없었지요. 이틀이면 알아본다는 게 그놈들의 진단이었습니다. 그를 이렇게 생병신 만들어 놓은 왜놈들이 책임이라도 돌아올까 싶어 *후과를 근심하니까 이틀이 못 갈 텐데 무슨 걱정이냐, 좋도록 꾸며대라고 원장놈이 얘기하는 걸 복도를 지나다가 들었어요…… 얼마나 무서운 살인자들입니까…… 그달음으로 저는 그의 방을 찾아 들어가 윤 동무를 몰래 간호하게 되었답니다."

"……"

"그런 죽일 놈들이 또 어디 있겠어요? 생떼 같은 젊은이를…… 그때 윤 동무는 스물두 살의 새파란 청년이었어요. 저희놈들 때문에 그렇게 중상을 당하고 누웠는데 한번 들여다나 보겠어요."

눈물이 글썽하여 이야기하는 신 간호원의 말소리는 떨리었다.

"조선 사람 의사는 없었던가요?"

"내과에 한 명 있었습니다. 그러나 왜놈보다도 더한 놈이었어요. 해방 뒤에도 왜놈들을 도와주며 공장을 파괴하다가 지금 교화소밥을 먹고 있는 그런 놈이예요."

"간호원은?"

"겨우 세 명 있었어요. 조선말도 모르는 체하는 왜년 다된 게 하나 있었구 또 하나는 내과에, 그리구는 견습생으로 저하구 이렇게 셋이었지요."

"그러나 용히 살았소!"

"용히 살구말구요. 참 그때 생각을 하면…… 그럼 선생님, 또 뵙겠습니다."

신 간호원과 헤어져 입원병사를 향하여 온 작가는 남주의 병실 가까이 다달았을 때 무심중 놀란 사람처럼 주춤하니 멈춰 섰다. 병실 안에서 무어라고 부르짖는 남주의 목소리가 들리는 듯하였다. 어떻게 들으면 반울음 소리 같기도 하고 거친 신음 소리 같기도 하다. 무슨 일인가고 가만히 문을 열고 들어서려는데 획—— 세찬 바람이 불며 방바닥에 널렸던 종잇조각들이 휘날린다. 바람새가 사나워졌는데도 창문은 그냥 열린 채였다. 창문을 닫으려고 방안에 들어간 S는 침상에서 거의 떨어져 내려오게 된 상반신을 가까스로 한 팔로 지탱하고 있는 남주를 발견하였다. 달려가 껴들어 안아 제자리에 눕히었다.

남주는 얼굴이 파랗게 질려 가지고 가쁜 숨을 몰아 쉬고 있었다.

"어떻게 된 일이오?"

S가 창문을 닫으며 의아스레 물었다.

"쓰는데 바람결에…… 바람결에 날기에……."

아직 헐떡거리며 이야기하는 그의 한 손에는 종잇조각이 두어서너 장 쥐어져 있었다. 방바닥으로 날려 떨어지는 종이를 잡으려다 이렇게 된 모양이었다.

연필글씨로 자잘분하게 메워진 종잇장들을 방바닥에서 하나하나 거두어주며 무슨 원고냐고 물으니까 "아무 것두 아닙니다. 아무 것두……" 이렇게 꺼리면서 그것을 가슴 위에 모두어 안고 숨을 태우느라고 한참 동안 헐떡거렸다. 이마 위엔 땀이 송골송골 내돋았다. S는 말없이 수건을 집어 주었다.

잠시 동안 납덩이 같은 침묵이 계속되었다. 석류나무 가지 위에서 걱정에 끓던 조그만 방주인도 이제는 적이 안심되었던지 방바닥으로 내려와 종종걸음을 치며 놀리움판을 또닥거리고 있었다. 초저녁의 대기를 흔들며 *개포에 정박중인 외국 화물선의 고동 소리가 은은히 들려 오고 있었다.

"직장 예술학교가 생긴다지요?"

이윽하여 남주는 더욱 해쓱해 보이는 얼굴을 돌리며 이렇게 묻는다.

"병원 안에까지 많이 입학 참가하라는 스피커 소리가 들려왔어요."

"이름은 듣기 좋게 학교라지만 한 달 가량의 단기강습회요."

"얼마나 지원해 왔습니까?"

"벌써 근 200명이나 되오. 이렇게 지망자가 많을 수 있었던가고 오히려 놀라울 지경이오."

"왜 그리 안 되겠습니까. 저도 몸만 움직일 수 있다면……."

남주는 전에 없이 자기의 불행을 뼈아프게 느끼는 듯 쓸쓸하고도 서글픈 표정이었다.

"동무에게는 필요없는 겁니다. 문학예술에 대한 극히 초보에서부터 시작하니까."

"제가 무얼 알아서요. 저 혼자만 이렇게 병원에 누워 자꾸자꾸 뒤떨어지게 되었으니……."

그는 푹 꺼지게 한숨을 내어 쉬었다.

"솔직한 말로 우리가 오히려 동무를 따라 배워야겠소. 이제껏 민주선전실에서 동무의 얘기를 하다 오는 길이오."

사실 S는 그에게 비하여 볼 때 자기의 정성과 노력이 얼마나 부족한가를 새삼스레 돌이켜 보게 되었던 것이다.

"지금도 낙심하지 말고 많이 읽고 많이 생각하고 많이 쓰시오. 같이 공부합시다."

"대체 제가 무엇을 써야 합니까. 선생님이 다녀가신 뒤부터 저는 여러 가지로 생각해 보았습니다. 선생님은 저더러 우선 자기의 세계에 충실하라고 하셨습니다. 그러나 저 같은 아무런 보잘 것도, 보람도, 희망도 없는 인간의 산 기록이 무슨 가치가 있겠습니까."

"아니오, 그렇게 생각해서는 안 되오. 어느 놈이 동무를 이처럼 참혹하게 만들었소?"

작가 S는 깊은 회의에 잠긴 남주를 애처롭게 바라보며 열기 띤 어조로 말을 이었다.

"내 오늘 처음 알았소마는 동무의 그와 같은 훌륭한 생활태도와 애끓는 정성은 도대체 또 어디에서 나오는 것이겠소? 동무야말로 제 나라 인민의 모범 일꾼일뿐더러 과거의 아픔을 당한 노동계급의 산 표본이 아니겠소."

"하기는 이런 생각 저런 생각이 요즈음 저를 며칠째 하염없는 과거의 추억으로 이끌어 갑니다. 언제나 머릿속에 떠오르는 것은 무서운 악몽의 연속입니다마는…… 먼 옛날 일은 차차 하고 이렇게 침상에 드러누운 뒤부터만 해도 네놈들이 좋아하라고 죽겠느냐, 내 죽지 않으리라는 앙심이 해방을 맞는 날까지 저를 살아오게 하였습니다. 기껏 자기의 불행과 고통을 연장시켜서야만 자기의 존재를 주장할 수 있는 저주로운 운명이었으니……."

이렇게 말하면서 남주는 여윈 팔을 쓰다듬으며 진절머리나는 부상 당시의 일을 회상이라도 하려는 듯 스르르 눈을 감았다.

"동무가 이 병원에 들어와 구박을 받던 얘기도 방금 전에 잠깐 신 간호원에게서 들었소."

"신 간호원…… 그 동무는 바로 저를 죽음 속에서 끌어 일으킨 사람입니다. 그리고 또 저를 왜놈들로부터 지켜준 은인입니다. 사실 간호원이 아니라 그는 그때부터 이 병원의 조선사람 병자들에게 구원의 샛별이었지요. 면회까지 엄금했기 때문에 동무 하나 찾아오지 못하는 컴컴한 독방에 혼자 누워 저는 신음할 뿐이었습니다. 혼수상태에서 어머니를 찾아 헤맸고 또 동무들의 이름을 불렀었지요. 이럴 때 어머니의 손길이 제 가슴을 쓸어주는 듯했습니다. 그러면 저는 그 손을 붙들고 혼곤히 잠이 들었습니다. 또 어떤 때는 동무의 손길이 제 머리를 쓰다듬어 주는 듯 했습니다. 몹시 목이 타올랐습니다. 물, 물 하고 웅얼거리면 조그만 잔으로 시원한 약물을 한 모금 넣어 줍니다. 간신히 제정신으로 돌아왔을 때 뜨거운 눈거죽을 뜨고 보니 침상가에 하얗게 입은 소녀 하나가 서서 별처럼 반짝 웃겠지요. 그 눈에는 어쩔 줄 모르게 기뻐하는 눈물이 흘러내리고 있었습니다. 이것이 바로 어머니도 되어 주고 동무도 되어 주던 소녀 시절의 신 동무였던 것입니다. 덕분에 저는 최초의 위기를 넘기고 죽지 않았습니다."

이렇게 시작하여 남주는 독백과도 같이 자기의 과거의 일단을 술회하기 시작하였다.

작가 S는 잠자코 담배를 꺼내어 입에 붙여 물고 심금을 울리는 눈물겨운 그의 얘기에 귀를 기울였다.

남주는 자기의 병상을 살뜰히 간호해줄 만한 친척 하나도 없는 혈혈단신이었다.

열네 살 나는 해 여름 장마비에 물사태가 쏟아지며 산발들이 모두 흘러내리고 집채가 무너져 그의 가족은 또다시 가마솥을 떠지고 정처없이 살길을 찾아 떠나게 되었다.

이때에 그는 몰래 도중에서 자취를 감추어버렸었다.

죽어도 그 짐승살이의 길을 더 계속하기가 싫어서였다.

하기에 그는 아직도 부모형제가 살아 있는지 죽었는지도 모르고 있다.

그 길로 거지살이가 되어 전전유랑하다가 밥벌이 좋다는 이곳으로 찾아와 소년인부로부터 노동자의 생활에 들어섰었다.

그리하여 굶주림과 고역에 시달리다 못해 중상까지 당한 몸이 침침한 방안에서 외로이 가뭇없이 사라지려는 때에 나어린 한 소녀의 구원의 손길을 맞게 된 것이었다. 그 당시 이 소녀는 대병실 근무의 간호원 견습생이었다.

오줌똥 받아 내기와 그의 잔시중도 처음부터 신 간호원이 돌보아주었다.

구박과 천대는 병자로서의 그나 왜놈들 사이에 끼어서 들볶이며 업신을 받는 신 간호원이나 조선사람의 처지로서는 매일반이었다. 신 동무의 그에 대한 정성만 하더라도 실인즉은 왜놈들의 악의 속에서 동족을 보호하려는 정성스런 마음의 표현이었던 것이다. 어느 누구랄 것 없이 모든 조선사람 병자에게 한결같이 헌신적이었으니…… 하면서도 자기 자신도 서러운 일, 분한 일도 많은 모양으로 그의 병실에 들어와서 혼자 쿨적거리며 운 적도 한두 번이 아니었다. 그럴 때엔 이상하다는 듯이 왜놈 의사들이 와 보기도 하였다.

놈들이 이미 돌려 놓은 목숨이었지만 그래도 치료하고 있다는 것을 보여주기 위하여 때로는 남주에게 해열주사쯤 배당하는 적도 있었다. 그러나 20여 일을 두고 보아도 그리 간단히 죽을 것 같지 않다고 인정했던지 하루는 사무실 녀석과 간호부장년이 와서 대병실로 옮겨 가야 하겠다고 서둘러 댔다. 왜 옮기느냐 안 가겠다고 어지자지 두 년놈과 어성을 높이고 있으려니까 신 간호원이 질겁하여 달려오더니 귓속말로 "그러지 말고 옮겨 가요. 조선사람은 당장 죽을 사람이나 독방에 넣게 돼 있어요" 이렇게 타이르듯 말하였다. 이 소리를 들었을 때 그는 눈살이 휘뜩 뒤집혔다.

'옳지, 나를 죽으라고 여기에다 틀어박아 놓구서 진찰 한번 하지 않았구나.'

그는 벽력같이 고함을 질렀다.

"이 년놈들아, 나가라. 나는 안 간다. 죽기까지 기다려라!"

신 간호원은 그를 안정시키려고 얼싸안으며 울기까지 하였다. 연놈들은 와당와당 방안으로 밀차를 몰고 들어왔다. 극도로 흥분한 중상자는 이렇게 완력으로 떠실려 가다가 다시 의식을 잃어버리었다. 이날부터 39도에서 40도를 넘나드는 신열이 계속되고 하루 24시간을 헛소리로만 지내게 되었다. 이러한 중태가 꼭 반 년 동안이나 계속되는 동안에 그 좋던 몸이 이렇게 피골이 상접하게 말라버린 것이다.

음산한 대병실 안은 생지옥 그대로였다. 어둑시근한 전등불 밑에 괴로운 신음 소리가 일어나는가 하면 구석 쪽에서는 누구인지 쿨쩍 쿨쩍 우는 소리도 들려 오고 때로는 고열에 뜬 사나이의 미친 듯한 비명이 방안의 침중한 공기를 흔들어 놓기도 하였다.

줄줄이 연달린 침상 위에는 다리를 자른 아픔에 낑낑거리는 사나이, 섬찍스레 밑둥서부터 허궁 팔이 없어진 병신꼴, 얼굴과 머리를 눈만 내놓고 통째로 싸두른 피묻은 붕대, 부러진 갈빗대짬으로 고무줄을 달아 놓고 숨채기를 하는 젊은이…… 어떤 때는 한밤중에 쿵덩 쿵덩 발걸음 소리를 울리며 중상자를 떠지고 왔으나 밤을 넘기지 못하고 숨겨 대병실 안에 곡성이 탕자할 때도 없지 않았다. 노동보호시설 하나 설치하지 않고 안전장치 하나 없이 노동자들을 마구 몰아때리기만 할뿐이니 매일처럼 중상자가 속출할밖에…… 제철소는 문자 그대로 죽음을 목에 건 무쇠의 감옥이었다.

그러나 신 간호원이 나타나기만 하면 대번에 병실 안은 밝아지는 듯하였다.

병자들은 모두 신음 소리를 죽이었다. 그는 침상 하나하나를 찾아다니며 명랑한 웃음을 뿌리며 위로도 해주고 흘러내린 붕대도 다시 감아 주고 밤낮해야 같은 소리인 하소연을 또다시 천연스레 들어주고 공장에서 일어난 재미있는 얘기를 들려주기도 하고…… 참으로 신 간호원은 병실 안 어디에나 반짝반짝 비치는 희망의 샛별과도 같은 존재였다. 그가 옆에 오기만 하면 모두들 고통과 싸워나갈 힘을 얻으며 만족해 하였다. 이제껏 머리가 쪼개지게 아프다고 야단치던 사나이도 그의 손길이 이마 위에 닿기만 하면 고요히 잠이 들곤 하였다.

그러나 남주는 하루라도 더 빨리 죽어 없어지고만 싶었다. 산댔자 영 쓸모없는 폐물이라는 것을 알았기 때문이었다. 언젠가 한번 일본 과장놈이 회진을 왔을 때 병신을 면하고 다시 일어나는 날이 있겠느냐고 물어본 일이 있었다. 하니까 살눈썹이 시꺼먼 눈으로 한참 노려보더니 퉁명스런 소리로 중얼거렸다.

"바보 같은 자식!"

그는 이날부터 이 침상이 자기의 무덤인 줄을 알게 되었으니 이왕 산송장이 될 바엔 이렇게까지 고통과 모욕을 받으며 살아서는 뭣하겠는가는 생각이 들었다.

어떻게든지 죽어 없어지려고 식음을 전폐한 적도 있었고 한번은 노끈으로 목을 졸라매며 소동을 일으키기까지 하였다. 회진하려는 의사의 수술가위를 집어 들고 목을 찌르려다 실패도 해보았다. 말하자면 반나마 정신이상 상태였었다.

신 간호원은 너무도 애가 타서 어린애처럼 소리내어 울기까지 하였다. 그러나 그는 나날이 쇠약해갈 뿐 고열은 그냥 계속되고 물 한 모금도 넘기 못하였다.

그 자신 며칠을 더 못 견디리라는 것을 알게 되었다.

그러자 하루는 간호부장년이 몸을 둥기적거리며 또다시 나타나 방이 마음에 맞지 않아 신열이 계속되는 모양이니 조용한 독방으로 다시 옮기지 않겠느냐고 이번은 조심조심 말을 건네었다.

아── 이제는 정말 시원스레 죽을 수 있게 된게구나…… 그는 미소로써 대답하였다. 간호부장년은 의의로 유순한 그의 태도에 어리둥절해 하면서 금니를 내놓고 히죽 웃었다. 웃으며 얼결에 '아리가도……'라고 하였다. 이 바람에 그는 순간적으로 또다시 격정이 치밀었다. 사람이 종내 죽게 된 것이 '고마워'냐? 그러나 그는 치를 떨면서도 꿀꺽 참아 넘기었다.

또다시 그의 몸뚱이는 컴컴한 독방으로 운반되었다. 하나 이상한 일이었다. 그렇게 원하던 죽음이 필연 오리라고 하는 안심이랄까 마음을 놓아 그런지 이번은 두팔로 끌어안으려던 죽음의 그림자가 차차 멀어지기 시작하였다. 신열이 밀려 가고 의식도 차츰 건전해지며 이에 따라 음식물도 입에서 받아들였다. 신 간호원은 침상가에 매어 달려 이렇게 애원하는 것이었다.

"분해서라도 살 생각을 하세요. 죽으면 저놈들이 좋아합니다. 기어코 살 생각을 하세요."

그는 힘있게 끄덕이었다. 놈들이 좋아하라고는 죽지 않으리라. 기어코 살리라는 앙심이 솟아 올랐다. 사람의 정신력도 어지간한 모양으로 그의 건강은 나날이 좋아졌다. 그러나 이와 반대로 그의 하반신은 완전히 송장이 되고 말았다. 발가락 하나 움직거리지 못할뿐더러 불로 지져도 전혀 아픈 줄을 모르게 되었다. 허나 살리라는 굳센 의지와 결심은 조금도 동요하지 않았다. 놈들도 이제 또다시 그를 대병실로 옮겨 갈 생각은 못 내는 모양이었다.

이리하여 그는 조선인 노동자치고 유일한 독방 병자가 되었던 것이다.

이야기가 여기까지 진행되었을 때 조용히 문 두드리는 소리가 들리더니 신 간호원이 들어와 남주에게 체온기를 꽂아 주며 해죽이 웃음빛을 뿌린다.

"무슨 말씀들을 하세요. 저도 들어 괜찮아요."

"옛날 병원일을 선생님에게 들려드리던 참이오."

남주는 괴로움이 떠도는 얼굴을 반쯤 돌리며 쓸쓸히 웃어 보였다.

"흥분하시면 몸에 해로우시다니까…… 긴 말씀을 삼가하셔요."

하면서 신 간호원은 맥박을 재기 위하여 병자의 팔목을 잡았다.

"그런 참혹하던 시절을 생각해야 내가 더 기운이 나는 거요. 살아 남았다는 생각이 고마워지기도 하고……"

신 간호원은 약간 놀라는 표정으로 남주를 응시한다. 잠시 중단되었던 얘기는 다시 심중한 목소리로 계속되었다.

"독방에서 죽지 않고 살게 되고 보니까 오히려 저는 이렇듯 죽지 않고 버젓이 살고 있으며 봐란 듯이 제 존재를 어떻게든 주장하고 싶었습니다. 이 신 동무에게 부탁하여 제 전 재산을 처분한 돈으로 라디오를 사왔습니다. 바로 이겁니다."

뼈 굵은 손이 탁상의 라디오를 만적였다.

"저는 이걸 아침부터 요란하게 틀어 놓군 하였습니다. 저 자신은 음악을 듣자는 거지만 외양에는 이 병실 안에 삶의 행복이 나래치고 있는 것 같았습니다. 그리고 이 라디오가 봐라, 여기 윤 아무개가 훌륭히 살아 있다고 외쳐주는 듯했습니다. 이렇게 3년 동안을 살았습니다. 드디어는 이 라디오가 제 일생의 통쾌한 복수까지 해주었습니다.

"이렇게 맥이 벌렁벌렁 뛰잖아요. 안정하세요. 오늘따라 왜 이러실까?"

"다음날 또 말씀을 듣기로 하지요."

S는 침상에서 떨어질 뻔했다는 얘기를 하려다가 말끝을 돌리었다.

"흥분하지 않는 게 좋을 겁니다."

"무슨 흥분하구 말구가 있겠어요. 저는 여느 병자들과는 다릅니다. 상반신은 아주 건강체입니다……."

"38도 5부."

신 간호원은 체온기를 꺼내 보고 얼굴을 가로 흔들면서 "동무는 말씀 그만하는 게 좋겠어요. 제가 대신해 드릴게……." 이렇게 어린애를 달래듯하며 신 간호원은 침상에 기대어 섰다.

"참 그야말로 위대한 복수였어요. 8·15 정오에 소위 중대방송이란 게 있기루 되잖았어요? 어디서나 왜놈들의 귀들이 죄다 라디오통에 매달렸을 때였어요. 병원내 왜놈들은 모두 이 동무의 방으로 몰려들었습니다. 원장 이하 과장에서부터 간호원들까지 툭 터지게 모이다 못해 문밖 복도에까지 차고 넘치었지요. 그 당시 수직실에 라디오가 있긴 하였으나 좋지를 못하고 또 윤 동무가 조절에 익숙한 줄을 알기 때문이었어요. 저도 그때 들으러 왔었는데 스위치를 비틀며 왜놈들을 흘겨보는 이 윤 동무가 어떤 위대한 심판자와도 같이 뵈었어요. 3분 2분 이렇게 시간이 다가오더니 12시 신호가 땡 울리고 방송이 나온다는데 천황인지 성황인지의 칙어낭독이었습니다. 천황이란 자의 목소리가 매우 헷갈리어 떨려 나오더군요. 라디오 소리에 익숙치 못한 사람은 좀체 알아듣지 못하리만치…… 그리고 또 내용도 워낙 백성들이 알지 못하도록 힘든 말로만 꾸며대겠죠. 머리를 숙였던 놈들이 영문을 몰라 한 놈 두 놈씩 몰래 얼굴을 들며 눈알을 디룩거립니다. 아, 이때에 윤 동무가 무슨 소리를 들었는지 갑자기 상반신을 치솟구고 팔을 내두르며 '일본은 망했다야!' '무조건 항복하라!' 이렇게 벽력같이 소리쳤어요. 놈들은 눈이 휘둥그래서 '어째서 어째서야!' 하고 몰려들겠죠. '포츠담선언을 접수한다지 않느냐?' 미친 사람처럼 그냥 막 울어대며 조선말로 '여러분, 왜놈들이 망했소. 일본이 망했소' 하고 외쳤어요.

아마 뼛속에 맺히고 맺혔던 울화가 단꺼번에 터져 나왔던가 봐요. 폭탄과 수류탄이라도 막 집어던지는 사람처럼 날뛰겠죠. 그때 저도 정말 이 동무를 붙들고 진정하라면서 저 자신 감격에 겨워 흑흑 느껴 울었어요."

그때의 감격이 되살아나는 듯 수건으로 눈물을 훔치던 신 간호원은 웬일인지 긴장된 표정으로 가만히 귀를 기울이며 혼잣소리처럼 중얼거렸다.

"무슨 소릴까?"

"……"

모두 숨소리를 죽이었다. 멀리 현관 쪽에서 심상치 않은 발걸음 소리가 들려 오는 것 같기도 했다. 그러고 보면 쿵쿵거리는 발걸음 소리는 하나만이 아닌 듯하였다.

"아—외과 쪽이외다."

남주가 단정하듯이 입을 열었다.

"신 동무, 가보시오. 중상자라도 온 모양입니다."

"아무래도 그런가 봐요. 그럼 가보겠습니다."

인사를 한 뒤에 총총걸음으로 나가던 신 간호원은 문가에서 돌아서며 S에게 병자를 부탁한다는 듯이 눈웃음을 지었다.

복도를 통하여 쿵쿵거리며 들려오던 발걸음 소리들은 다시 조용해졌다. 어디선가 문이 열리는 소리가 들린다. 일종의 불길한 예감에라도 사로잡힌 듯이 목을 옹송그린 채 어떤 보이지 않는 줄을 통하여 무슨 기맥을 엿들어보려는 양 남주는 귀를 이윽히 기울이고 있었다. 먼 데서 전화기 소리가 일정한 간격을 두고 따르릉따르릉 다급히 울리더니 누구인지 무엇이라고 전화로 말하는 소리가 들려온다. 남주는 혼자만이 알 수 있는 어떤 인기척을 감각하는 듯 혼잣소리로 중얼거리었다.

"외과 과장 선생이 마침 계시는 모양이군요…… 당직 간호원들이 총동원하는가 봅니다…… 어째서 렌트겐실로 들어갈까? 수술실에서는 준비를 하는 모양이군요…… 어디를 다친 상처일까?"

"정말 동무는 병원의 청신경이로군요."

"오래 누워 있노라면 자연……."

병실 안은 다시 쥐죽은 듯 고요해졌다. 창밖에서는 어둠의 적막 위에 소리없이 함박눈이 쏟아지고 있었다. 그들의 남다른 8·15 추억담은 S에게 무한한 감동을 불러일으키었다. 그 이야기 가운데는 어떠한 박해와 학대에도 굴함이 없이 죽지 않고 살아남은 인간의 무서운 투지와 열정, 피를 토하는 듯한 분노와 환희, 이루 말할 수 없는 격정이 서리어 있었다. 그리고 또 그것은 남주의 말대로 얼마나 통쾌한 복수였을까? 그날에 미칠 듯이 날뛰며 노호하는 병자의 모양이 눈앞에 선하게 떠오르는 듯하였다. 왜놈들을 눈앞에 두고 이처럼 통쾌하게 승리의 영광 속에서 함성을 지른 극적 장면도 쉽지 않을 것이다. 이 공장 도시에서는 일본 항복의 소문이 병원으로부터 튀어나와 그 즉시로 제철소내 전공장과 거리거리를 뒤흔들게 되었다는 이야기를 이미 들은 터였으나 바로 이 불구환자가 장본인이었던 줄은 몰랐었다.

"병원 안 조선사람들은 모두 몰려와 저를 부여잡고 정말 틀림없느냐고 묻겠지요."

남주는 다시 계속해 말하였다.

"대병실에서는 가제 다리를 자른 사나이까지 엎치락뒤치락하며 복도를 기어왔습니다. 신 간호원은 이 일을 알리려 제철소로 달려 들어갔습니다."

"그 얘기는 들었습니다. 간호원 하나가 전공장을 달려 다니며 노동자들에게 알렸다고요."

"그 말을 듣고 공장 안에서 노동자 동무들이 물밀 듯 몰려와서 정말인가고 묻고는 만세를 부르며 거리로 뛰쳐나갔습니다. 지어 조선 형사놈들도 찾아와서 허튼소리 함부로 하지 말라고 꿱꿱거리고서는 고개를 움츠리며 귓속말로 항복이란 게 정말이냐고 묻겠지요. 이놈들은 병원에서 나가다가 노동자 동무들에게 붙들려 큰코를 다쳤다더군요. 나중에는 서장놈까지 달려왔습니다. 휴전이지 항복이 아니라고 막 으르딱딱거리며 유언비어로 잡아 가두겠다고 야단치며 정식발표가 있기 전에 그따위 소리를 또 했다가는 용서치 않겠다지요. 암만 위협을 하면 무슨 소용이 있습니까. 이렇게 누워 있는 저를 어떡할 텝니까? 공장 안에서와 시내에선 벌써 벌둥지를 터친 것 같은 대소동인데야……

그리고 그날 밤에는 이 라디오에서 장엄한 우리나라 노래를 부르기 시작했습니다. 그 노래를 들으며 저는 일본놈들의 모든 것에 복수라도 한 것처럼 기쁨에 넘치는 눈물을 흘리며 나는 이젠 죽어도 한이 없다고 생각했습니다……"

얼마 뒤에 신 간호원이 또다시 병실로 분주히 들어섰다. 아까와는 달리 어째선지 그의 얼굴에는 엄숙한 긴장과 흥분의 빛이 떠돌았다. 그는 한걸음 침상가로 다가서며 이렇게 말하는 것이었다.

"놀라지 마세요. 윤 동무와 비슷한 척추골절 부상자가 들어왔습니다."

"저런……."

남주의 눈에는 불빛이 커졌다.

"어디서?…… 어떻게?"

"연공이라는데 높은 곳에 올라갔다가 눈에 미츠러져 떨어졌대요. 골절이 척추하고 팔하고 두 군데라나요. 새로 오신 외과 과장 선생님이 워낙 기술이 능한데다 또 대단한 열성이어서 왜놈 같으면 두말없이 보지도 않고 돌려 놓았을 건데…… 전화로 소련 적십자병원에 알렸더니 거기 원장 선생님도 곧 이리로 오신다누만요. 지금 렌트겐실에서 사진을 내어 부상자를 진찰중이에요."

"소련 선생님도 외과의사요?"

남주의 질문에 신 간호원은 숨을 몰아쉬었다.

"네, 그렇대요. 조국전쟁에 군의로 나가 별의별 부상자를 다 치료한 분이라겠죠…… 골절수술엔 더욱 기술이 능하신가 봐요."

"이와노브 대위 말입니까?"

10월 혁명기념일 밤에 축하 연석에서 같이 즐긴 일이 있기 때문에 작가 S는 그와 노상 면목이 없는 바도 아니었다. 대위 자신 두 번이나 중상을 당했다는 몸이라서 그런지 40도 못되는데 그야말로 하룻밤에라도 늙어 버린 사람처럼 머리가 하얗게 세고 이가 전체로 틀이며 가는귀도 먼 사람이었다.

"네, 대위예요. 그런 분까지 눈을 맞으며 와주신대서 모두 긴장해 돌아가고 있어요. 제가 걱정되어 괜찮겠느냐고 물으니까 과정 선생은 웃으면서 수술 경과를 봐가지고 소련 선생님과 같이 윤 동무도 수술해볼 테니 성공만 빌라겠죠" 하고 말하는 신 간호원은 귀밑까지 빨개졌다.

"아마 자신이 없지도 않은가 봐요. 일전에 찍은 동무의 렌트겐사진도 내놓을 때엔 소련 선생님이 오시면 토론을 해보실라는지요…… 동무도 수술을 하게 됐으면 해서 알려드리려고……" 이렇게 설명을 하는 동안 유리창이 불꽃을 튕기는 듯한 섬광에 번쩍거리며 쏴— 하고 쇳물을 뽑아 내리는 용광로의 지동 소리가 울리는 바람에 이야기가 *중동무이 되었다. 핏줄이 벌렁거리는 남주의 얼굴 위로 유잣빛 불광이 달린다. 깊은 그림자를 담은 그의 커다란 눈은 어디라없이 먼 곳을 그리는 듯 움직이지 않았다. 멧새도 바로 이런 순간이면 생명의 약동을 금할 수 없는 듯 꽃나무 가지 위의 보금자리를 떠나 실내를 이리저리 펄럭이며 돌아가고 있었다.

"저 부상자 동무는 얼마나 행복한지 모르겠군요" 하고 말한 남주는 동안이 떠서 중얼거리었다.

"죽어도 원이 없으리라."

"말해서요. 그때의 동무 봐서야…… 그러나 동무도 희망이 있어요 아예 낙심하지 마세요……" 이렇게 격려하더니 신 간호원은 날개를 퍼덕이는 멧새를 한참 동안 눈주어 바라보며 "저 새 봐요. 저러단 정말 도망도 치겠는데요" 하며 쫓아가려는데 앞마당 쪽에서 자동차 소리가 들려왔다. 신 간호원은 그 순간 꼭두각시처럼 우뚝 멈춰 섰다.

"아, 오시는 게다."

3

그러나 이날 밤 병원에서 일어난 일이 남주의 운명에 커다란 전환을 가져오는 하나의 계기가 되었다는 것은 두고두고 생각하여도 유쾌한 일이 아닐 수 없는 것이다. 토요일을 이용하여 평양에 다녀온 작가 S는 그 길로 직장위원회에 짐을 풀어 놓고 현장으로 나가려던 참이었다. 해탄부 로체공장 휴게실에서 열리기로 된 문학서클 회합 시간이 되어왔기 때문이다.

현관 앞 층층대를 막 내려서려고 할 때 "선생님" 하고 부르는 소리가 들리어 돌아보니 흰옷을 나폴거리며 신 간호원이 달려오고 있었다. 가까이 다가오더니 언제 돌아왔느냐고 물으며 남주가 손수 전해달라던 원고를 꺼내 준다.

남주의 원고는 종이로 여러 겹 싸고 또 싸서 *피봉까지 든든하게 한 것이었다.

"방송국에 보내려던 모양이지요?"

"아니에요. 동화는 폐업했기 때문에 소설이라는가 봐요" 하면서 신 간호원은 무슨 큰 비밀이라도 말하려는 것처럼 한걸음 더 가까이 다가서며 소곤거린다.

"……그런데 선생님, 성공한 걸 아셔요?"

"……."

S는 말귀를 몰라 어리벙벙하였다.

"전번날 밤에 들어온 척추 부러진 중상자말이에요…… 성공했어요."

"아, 수술이."

그제사 S는 놀란 듯이 부르짖었다.

"성공했단 말이지요?"

"네……."

신 간호원은 행복스런 표정으로 끄덕이며 반짝하니 웃는다.

"예전 같으면 어림이나 있겠어요. 죽든지 산 송장이 되든지 둘 중에 하나였을 거예요. 전날 밤 네 시간이나 걸리는 대수술을 했답니다. 저도 간호원 생활 7년에 척추골절을 수술하고 처치하는 건 이번 처음 본 셈이예요. 온 신경이 집중된데다 웬만해선 손도 못 대거든요. 과장 선생님도 여간한 솜씨가 아니지만 워낙 소련 선생님이 전쟁 중 야전 병원에서 척추에 탄환이 박힌 사람들의 수술에까지 성공을 거듭한 명수래요. 그게 세상없는 수술이라는군요. 그러니까 척추라도 웬만한 골절쯤은…… 같이 수술하신 과장 선생님이 끝마친 뒤에 소련 선생님을 막 얼싸안았어요."

S는 흠흠 콧소리만 지를 뿐이었다.

"그날 밤으로 부서진 뼛조각들을 세심히 집어낸 뒤에 부상자의 종아리뼈를 한치 가량 잘라 내더니 그 자리에다 메꾸기까지 하겠죠. 아르비수술이란 말만 들었지 하는 걸 보기는 이번이 처음입니다. 그 뒤에 기브스벳트를 했는데 몇 달만 지나면 환자의 동작에 그리 장애가 없으리라고 해요…… 오늘 아침 감각신경을 시험했더니 벌써 뜨거운 걸 알겠다거던요."

"그렇다면 윤 동무도 수술을 해볼 만하군요."

"그게 글쎄 부상 직후에 해봤어야 할 텐데 너무 오랫동안 묻어 두어 되살아날 수 있을까 의문인가 봐요."

"그런 선생님을 만나기가 쉽겠소. 이번 기회에 어쨌든 해볼테지요……."

"그럼요…… 소련 선생님의 말씀은 크게 바라지는 못하더라도 대소변을 혼자 보게라도 됐으면 한다는가 봅니다."

"그게 어디요. 그렇게만 된 대도……."

S는 저도 모르게 혀를 찼다.

"그럼 곧 해볼 모양입니까?"

"아직은 딱히…… 하지만 과장 선생님의 결심은 확고해요. 한다면 꼭 하시는 분이에요. 오늘 저녁차로 과장 선생님이 소련 선생님과 같이 윤 동무의 렌트겐사진을 가지고 평양에 올라가신다나 봐요. 소련 적십자병원 본부엔가 유명한 외과 박사가 계신다나요……."

"바루 되면 좋겠소. 나도 곧 읽어 가지고 병원에 올라갈 테니 윤 동무에게 그리 전해 주시오. 그사이에 아까 올려 보낸 소설을 읽어

드리시오."

"그 책을 읽기 시작했을 거예요. ≪강철은 어떻게 단련되었는가≫ 이렇게 책제목을 떠어 읽더니 강철은 만들 줄은 알아도 내가 *파쇠거든…… 이러면서 쓸쓸히 웃더군요."

신 간호원 자신 또한 쓸쓸한 웃음을 입가에 띄운다.

"그이도 강철이 돼야 할 게 아니에요…… 그럼 바쁘신데 어서 가보셔요."

작가 S는 무량한 감개에 젖어 소설원고의 피봉을 뜯으며 천천히 현장으로 향하였다. 왜인지 누구에게라도 감사하고 싶은 마음이었다. 아지 못할 흐뭇한 행복감에 가슴속이 또한 후련해지는 듯도 하였다. 수술은 불가능할지도 모르며 또 한댔자 효과 없기가 십중팔구 쉬울 것이다. 그러나 옛날에는 모멸과 학대와 굶주림 속에 자취도 없이 살아오던 생명들 하나하나가 이처럼 소중히 취급되는 인민조국의 고마움, 우리는 얼마나 은혜롭고도 행복스러운 세상을 새 나라에서 살고 있는 것인가! 혹시 또 남주의 신상에 새로운 운명의 날개가 펼쳐지게 될지도 모른다. S는 혼잣소리처럼 '녹슨 나사못은 어떻게 재생되는가?' 이렇게 중얼거리며 웃었다. 원고의 내용은 병원 얘기인 모양으로 저번 날 저녁 쓰고 있던 것을 완성한 것일까? 방바닥을 날고 있던 그 공용천 종이였다. 연필로 빼듯이 박아 쓴 글자 하나하나에서 병자의 가쁜 숨소리가 들려오는 듯 더욱이 만양의 붉은 햇빛이 얼른거리는 글줄 속에서는 그의 핏줄이 서물거리는 듯하였다.

S의 눈앞에는 침상에 반듯하게 누워서 온 정신을 붓끝에 모두고 여윈 팔을 들어 얼굴 위에 받쳐 든 종이 위를 노리는 윤남주의 심각한 모습이 떠오른다.

그는 스스로 숨길이 막히는 듯한 느낌으로 원고를 다시금 호주머니 속에 집어 넣으며 발걸음을 재촉하였다. 그러나 이같이 뼈를 깎아 내는 듯한 고심 속에서 붓대를 들고 싸우는 불쌍한 환자가 아주 비범하고도 특이한 동화작가임을 발견하게 되었던 것은 얼마나 큰 기쁨이었던지……

평양에 올라간 길에 S는 문학동맹에 들리어 방송국 문예과에 남주의 방송동화원고를 빌려 주도록 의뢰하였었다. 하나 전화로서의 대답의 말이 그날그날 분의 방송원고와 함께 묶여 있기 때문에 그것을 찾기란 좀체 용이한 일이 아니며 또 보관용이어서 원칙적으로 기관 외로 내보내지 않게 되어 있다는 것이었다. 그래 S는 부득이 방송국을 방문하게 되었다.

문예과 책임자의 특별한 호의로 그 동화원고를 하나하나 골라내어 (10여 편 되었다) 읽어 나가던 그는 경이에 가까운 어떤 야릇한 감명 속에 젖어들기 시작하였다. 문예과 책임자도 이 작가가 비참한 불구자라는 말을 듣고 새삼스레 놀라는 빛이었다. 그만큼 이 작품들은 모두가 하나같이 건강한 아름다움으로 장식되어 있었다.

S에게는 놀라움을 지나 도리어 아연해질 정도였다.

그리고 그것도 결코 자기의 저주로운 운명에 대하여 눈을 가리우려는 그런 투의 환상적인 동화세계도 아니었다. 새와 꽃과 짐승들을 그린 작품까지도, *지어 아동의 환상심리를 헤치고 들어가는 우화적인 작품 가운데서도 실상은 아주 현실적인 작가의 너무도 건전한 감정과 사상과 입김이 기운차게 숨쉬고 있는 것이 놀라울 지경이었다. 뿐만 아니라 거기에는 어른들의 세계에까지 육박하며 독자의 마음을 쥐고 흔드는 어떤 이상한 힘이 있는 듯도 하였다. 이런 것들을 두고 과연 동화라고 할는지는 의심하게까지 할 정도였다. 어찌보면 역시 소설작가의 붓이 아닐까고 혼자 머리를 기웃거리게도 되었다. 하여간 S 자신이 다년간 더듬어 온 소설세계와는 정반대로 아주 현실적인 동시에 조금도 무리와 거짓이 없는 모두가 다 힘차고도 탐스러운 이야깃거리들이었다. 아동의 세계를 더듬을 때는 자기의 비참한 세계와 거리가 멀어지니만치 도리어 허심탄회하게 되어 이처럼 작품에 그의 건전하고도 아름다운 면이 그대로 반영되는 것일까?

작가 S는 이 동화원고들을 앞에 놓고 오래오래 생각하였다. 일단 동화의 세계에서 떠나기만 하면 발이 땅에 붙지 않는 이유는 어디에 있을까? 디디고 서기에는 절망의 담벽이 너무도 높기 때문이었을까? 그러나 어떻든 이 절망의 담벽을 디디고 올라서야 할 것이다. 본인이 소원하듯이 역시 동화세계의 요람으로부터, 새도 조롱 속으로부터 해방되어야 할 것이다. 그렇다고 또 이 작품들을 그냥 여기에 묻혀 두기에는 아까운 생각이 들었다.

"방송에 그칠 게 아니라 문자화하는 방법을 찾아냈으면 합니다."

S는 이윽고 이렇게 말하였다.

"동의합니다."

문예과 책임자도 대단히 열성을 보였다.

"우리와도 여러 번 서신 왕래가 있었으나 한번도 병자라고 밝혀온 적이 없기 때문에 병원내의 보걸 일꾼인가 했었군요."

"불구자라는 것을 남에게 알리기 싫어하는 모양이지요. 원고를 겨우겨우 쓰는 형편이라 본인에게 초고도 등본도 없을 겁니다."

문예과 책임자도 그 원고들을 그냥 밖으로 내보낼 수는 없으나 그 대신 필사를 하여서라도 등본을 작성하여 문학동맹으로 넘겨줄 것을 약속하였다.

작가 S는 동맹에 돌아와 아동문학 분과위원회에 이 동화작가와 그 작품에 대하여 상세한 의견서를 제출하는 한편 작품에 대한 심중한 심사를 의뢰하였다. 불우한 이 동화작가를 맞이하여 문학동맹의 큰 날개 속에 품어주고 키워주는 일에 커다란 의의와 기쁨을 느끼었다. 이력서 용지를 가지고 나오며 가까운 시일에 남주를 다시 방문하고자 하였다. 그러던 차에 어찌하면 수술을 하게 될지도 모른다는 기쁜 소식을 듣게 되고 또 이렇게 그의 새 작품까지 받게 되어 그의 기쁨과 기대의 마음은 여간 크지 않았다.

해탄부 *노체공장은 시꺼먼 아름드리 가스관이 둥실둥실 기어오른 *다박솔밭 산등성이를 넘어 개포로 나가야 된다. 우중충한 가스탱크와 육중한 건물들이 비좁게 늘어서 있는 화학직장 옆 골목길로 접어

들어 가면 거대한 군함과도 같은 해탄로가 저녁 안개 속에 버티고 누워 있었다. *마스트처럼 생긴 노상에는 노체공들의 검은 그림자가 오가고 굴뚝처럼 일렬로 늘어서 있는 상승관은 삼색기처럼 무럭무럭 노란, 파란 혹은 흰 연기를 뿜어낸다. 두 대의 거창한 압출기는 축기계를 팔굽이처럼 휘둘거리며 요란한 굉음 속을 이리저리 달리고 있었다. 이 사이를 뚫고 들어가 쇠발거리를 붙잡고 한참을 굽이돌아 올라가면 노상의 함장실과도 같은 후끈후끈한 무더운 휴게실과 마주친다. 바로 교대시간이어서 출퇴근 노동자들이 웅성웅성 끓고 있었다.

이 속에서 무엇이라고 거쉬인 목소리가 열심히 외치고 있었고 이따금 와—떠드는 소리, 박수 소리가 터져 나오기도 하였다. 주춤주춤 다가가 들여다보니까 요즈음 예술학교에 다니며 시낭송과 시짓기를 시작한 청년노체공들의 서로 번갈아가며 걸상에 올라서서 자작시들을 낭송하는 중이었다. 문학서클원들도 거의 모두 모여 있었다. 한 낭송자가 S를 발견하고 머리를 긁적이며 겸연쩍어 하였다.

"좋소, 그냥 낭송하오."

S는 손을 흔들어 보이며 의자에 앉았다. 젊은 노동시인은 자작시를 거쉬인 목소리로 계속하여 읊기 시작하였다.

> 우릉우릉 압축기는 힘차게 밀어
> 우당탕탕 콕스는 소리치고
> 아—승리의 해탄로여
> 너와 나는 10년 세월을······.

다른 노동자들은 전혀 생각도 못했던 동무가 노상 제 손으로 이렇게 시를 써가지고 멋들어지게 읊는 것을 보니 놀랍기도 하고 희한도 하여 눈을 끔뻑거리며 연신 혀를 차는가 하면 때때로 박수를 치고 또 와—환호성도 지른다. 낭송자는 저절로 흥분하여 어깻죽지를 쳐들고 주먹을 쥐었다폈다하며 리듬이 고르지 못하여 숨길이 막히는데도 그냥 막 몰아쳐 나가며 가쁜 숨을 내쉰다. 그런데도 젊은 노동자의 순정과 열도가 거침없이 내뿜는 듯하였다. 그것은 연간 계획량을 벌써 초과달성하고 전공장에 열렬한 호소를 보내게 된 자기들, 해탄로의 승리를 긍지 높이 노래하는 시였다.

　작가 S는 조용히 눈을 감은 채 그들의 기쁨과 자랑이 거침없이 솟구치는 낭송시에 귀를 기울이며 여기서도 또한 줄기차게 뻗어 오르는 조국인민들의 새 힘을 느끼는 듯하였다. 소박하나마 기름내가 풍기며 열정에 넘치는 글줄 속에 새로 피어오르는 인민예술의 꽃망울도 보는 듯하였다. 제 손으로 글을 짓고 노래하는 노동자들의 새로운 기운과 이러한 가능성과 분위기 속에 자기가 놓여 있다는 행복감도 또한 어지간하였다. 그러면서 동시에 머릿속에 떠오르는 것은 역시 풍부한 감정과 천부의 재능을 가진 채 6년 세월을 병원 침상에서 쇠진해가는 윤남주의 일이었다. 남주도 이 공장에서 계속하여 일하는 건강한 몸이라면 얼마나 더 훌륭한 작품들을 내놓을 수 있을 것인가? 정말 그를 다시 자리에서 일어나게 할 수술은 전혀 할 수 없는 것일까? 의사들의 기대대로 대소변이라도 자유로이 볼 수 있게 된다면…… 오늘 전해준 오쓰뜨롭스끼의 소설은 과연 그에게 어떠한 영향을 주게 될까? 자기의 불행을 과감히 디디고 일어서게 할 수 있을까? 혹은 그를 더욱 구원받을 길이 없는 절망의 고독 속에 떨어뜨리지나 않을까? 어쨌든 자기로서는 정신적인 면에서나마 이 불구자의 몸을 문학의 길 위에 껴들어 일으키도록 노력해보리라…….

그러나 서클활동을 협조하느라, 밤에는 예술학교에 강의를 나가느라, 자기의 창작학습장을 정리하느라 이래저래 분주하게 된 작가 S는 남주의 소설을 3~4일 뒤에야 겨우 읽어볼 수가 있었다. 그것도 이날 아침 제철소 북문으로 들어오던 길에 신 간호원을 만나 은연히 독촉을 받은 셈이 되어서였다. 교대시간을 이용하여 신 간호원은 종업원들에게 예방주사를 놓아 주려고 다른 간호원 두 명과 함께 나와 있었다.

마침 사람들의 출입이 그다지 번화하지 않은 비교적 한가한 틈이었다.

신 간호원은 그의 팔소매를 걷어 올리고 알콜을 적신 손으로 팔죽지를 문대며 나직히 물었다.

"윤 동무의 소설을 읽으셨어요?"

"참 오늘내일 하면서 아직 못 읽었군요. 본인이 몹시 궁금해 하겠군요."

"글쎄요…… 조금도 못 읽었어요?"

"미안합니다."

"아이 선생님두 제게 미안할 게 뭐예요……."

신 간호원은 얼굴에 주홍빛을 띠며 눈을 흘긴다. 이런 때엔 더욱 귀염성있어 보이는 처녀였다.

그러나 남주에게 특별한 관심과 호의를 가지고 있는 그임을 S도 눈치채지 못하는 바 아닌 것이다.

"오늘 밤 틀림없이 읽을 테라고 그렇게 전해 주시오. 동무는 읽어보았던가요?"

"지금까지 쓴 것은 대개 저한테 읽어 주든가 빌려 주든가 했는데 이번 것은……."

"그거참 안 되었군요" 하고 말해 놓고 보니 S는 뜻하지 않은 빈 농담을 한 듯싶었다.

입으로 주사침자리를 훅훅 불고 있던 신 간호원은 토실한 턱을 들고 살그미 쳐다보며 말했다.

"공연히 놀리신다니까……."

"앞으로는 남주 동무가 쓴 것은 일일이 등본을 만들어주는 일이라도 있어야겠더군요."

"그러게 말이에요. 선생님이 원고지를 주시더라고 자랑이기에 제가 그 원고지에 정서하여 선생님께 드리자고 하지 않았겠어요…… 보시기도 편하실 게고…… 그런데……."

적이 섭섭하고도 *나무라운 모양이었다.

"다 마른 뒤에 소매를 내리세요…… 그런데 선생님, 그 원고지를 보시고 돌리기 전에 저한테 빌려 주실 수 있겠어요?"

"아, 그러지요."

S는 이렇게 대답하고 느닷없이 물었다.

"동무도 문학을 좋아하시오?"

"아니에요. 저야 뭐…… 저도 그만 교대하고 돌아가겠으니 함께 가시자요."

S는 산등성이의 다박솔밭 언덕길을 올라가며 간호원에게 남주의 수술문제가 어떻게 추진되어 가느냐고 물었다.

"과장 선생이 이와노브 박사와 세 번이나 렌트겐사진을 놓고 의논하시었어요. 가능성이 전혀 없지는 않으나 역시 매우 힘들 거라고 하시면서 요즈음은 외국의서까지 펴놓고 열심히 참고 연구중이시랍니다.

"언제 수술할 모양이오?"

"아마 며칠내에 할 모양이에요."

"희망을 가집시다. 남주 동무도 대단히 기대가 클거요."

"과장 선생이 환자에게 정신적 준비를 시키기 위해 어제 얘기해주었는데 남주 동무는 목메어 울었어요, 얼마나 고마우면…… 하지만 기적이 있기 전에야…… 한데 기적이란 게 세상에 어디 있어요? 저는 그게 무서워요. 그 동무는 기적이 나타나 언제든 다시 일어나게 되려니만 생각하고 있으니……."

"설마 그렇게까지야 생각하고 있겠소? 그만치 총명한 사람이……"

"아니에요. 억지루라도 그렇게 생각하는가 봐요. 여태 그 공상 덕에 살아왔죠 뭐…… 만약 이번에 실패되어 그 공상이 조금도 실현되지 않는 날엔……"

얼굴의 근육이 일순간 경련을 일으키고 입술이 바르르 떨린다.

"그러나 수술해야지요."

변명이라도 하듯이 신 간호원은 이렇게 다그치며 부르짖었다.

"어쨌든 해놓고 봐야지요. 하루바삐 고쳐가지고 나가셔야지요……"

하지만 역시 어디라없이 미묘한 울림이 있는 목소리였다.

"그러나 사람이란 최후의 공상과 희망까지 잃어버릴 땐…… 그게 남아 있다는 게 얼마나 위안이 되게요."

"우린 남주 동무의 수술이 성공되기만 축원합시다."

S는 깊은 생각에 젖으며 뜨적뜨적 말을 이었다

"또 설사 실패하더라도 본인이 절망하지 않고 힘차게 살아가도록 격려해야지요. 그리고 공상에 매어달려 살려는 그 뜬 생각도 버려야 문학의 길에서라도 살 수 있게 되디다."

"그럴까요? 저는 너무 참혹한 것 같아서……"

"참혹할 수 있소? 자기를 더 헌신적으로 굳건히 다지는 데야…… 신 동무는 그 일을 어떻게 생각하오?"

"어떻게 생각하긴?"

간호원은 얼굴이 빨개지며 웃는다.

"어서 자리에서 일어나기만 바라지요 뭐……."

"일어 못날 땐?"

"일어 못날 땐 더욱,"

"더욱 어쨌단 말이요."

"아이 몰라요. 그럼 저는 이쪽으로 갈테에요" 하며 옆길로 몇 걸음 달려가다가 상기된 얼굴을 다시 돌리었다.

"저 내일 찾아갈 테니 원고를 꼭 빌려 주셔야 합니다."

"……."

미묘한 *감수 속에 S는 못에 박힌 사람처럼 멍하니 서 있었다.

신 간호원은 뒤돌아보지도 않고 다시 바쁜 걸음으로 줄달음쳐 올라간다.

이날 저녁 사택으로 돌아와 남주의 소설 원고를 들고 작가 S는 적이 놀라운 마음에 사로잡혀 앞을 재촉하게 되었다. 처음 얼마 가량을 읽으면서는 혼잣소리로 '아니다, 이것도 아니다. 작가는 자기를 속이고 있다'고 중얼거리던 그였다.

그러나 그냥 계속해 읽어 나가면서 때때로 원고를 놓고 무연히 앉아 한참씩 생각하곤 하였다. 두 다리를 다 자르지 않을 수 없게 된 어떤 불향한 병자와 그에게 호의를 가지고 있는 어떤 여성과의 애정 문제가 취급되어 있었다. 이런 어쩔 수 없는 심각한 문제의 설정부터 S의 가슴을 공연히 설렁거리게 하였다. 다리를 잘라야겠다는 선언을 받은 젊은 노동자는 사랑하는 사람의 면회까지도 일체 거절하고 혼자 몰래 죽으리라 결심하였다.

여성에게 자기에 대한 아름다운 기억이나마 남겨 두기 위해서였다. 그러나 이와 반대로 병자의 태도가 이렇게 변해지자부터 여주인공은 자기가 그를 얼마나 끝없이 사랑하고 소중히 여기도 있는가를 새삼스레 깨닫고 스스로 놀란다. 동시에 이 병자에게 절대로 자기가 없어서는 안 될 사람이라는 것도 통감하였다. 면회를 굳이 거절하기 때문에 병상을 찾아볼 수 없으나 매일 아침부터 병원에 와서는 이 의롭고도 불쌍한 병자의 병세를 염려하고 초조해 하고 또 어떻게든지 그에게 위안과 삶의 힘을 줄 길이 없을까고 궁리하였다. 마침내는 이 병원의 간호원이 되고자 지원한다…… 병자의 신상에 기적이 나타나기 전에는 도저히 유쾌한 해결이 없어 보이었다. 그러나 난데없이 기적이 나타난다. 그런데 이 기적은 무서운 병이 일대 오진이었다는 것으로 판명되어 나타나는 것이다. 이리하여 두 사람 사이에는 새롭고도 열렬한 사랑이 활짝 꽃피게 되었다. 말하자면 이렇게 엉터리없게 꾸며진데다가 여러 가지로 빈구석조차 많은 이야깃거리에 지나지 않았다. 우선 어떻게 맺어진 사랑이라는 구체적인 해명도 없고 또 여주인공은 작자의 필요와 줄거리의 형편에 따라 허수아비처럼 움직인다. 주인공이 부상을 당해서인지 또 다른 무슨 병 때문인지 그 다리를 잘라야겠다는 이유조차 분명히 밝혀 놓지 않았다. 이렇게 놓고 보면 조금도 취할 바 못 되는 결함투성이의 작품임에 틀림없었다. 그러나 어디엔지 매우 절절하고도 애타웁고 심혹한 주인공의 심정이 읽는 사람의 가슴을 치는 이상한 작품이었다.

  작가 S는 이 소설을 읽고 났을 때 심상치 않은 감회로 이것을 신 간호원에게 빌려 주기로 약속한 것을 진작 후회하였다. 왜 그런지 그런 생각이 머릿속에 떠올랐다.

  작가가 신 간호원에게 이 소설을 보이기를 원하지 않았다는 얘기와 신 간호원이 이 소설에 특별한 관심을 가지고 있다는 사실이 그에게 야릇한 감정을 일으키게 하였다. 그들 둘 사이에는 보통으로 이해하기 어려운 미묘한 감정이 엉키어 돌고 있음을 확연히 직감하게 되는 듯하였다. S는 이 사실에 놀라지 않을 수 없었다.

  병실에서 보아온 그들의 범연치 않은 태도이며 아침녘 다박솔밭 옆에서의 스스럽지 못하던 신 간호원의 언어, 동작 이런 것들이 또한 유별나게 머릿속에 되살아 올랐다.

  객관적으로 따지고 보면 원고에서 이처럼 심각하게 제기되었던 문제가 엉터리없이 행복으로 해결되는데 아연해지지 않을 수 없었다. 작자를 심심히 이해하고 볼라치면 결코 또 용이한 심정에서 된 것이 아님을 가히 짐작할 수도 있었다. 그렇게라도 해결되지 않는 한 주인공에게는 전혀 살 도리와 살아나갈 기력이 없는 듯 보이는 것이 더구나 애절하였다. 남주 자신 아마 한때는 그러한 심정이었을는지도 모른다. 주인공은 10여 년 동안을 자기 손으로 다루어온 기계와 정다운 직장 동무들과 심지어는 사랑하는 여성과도 헤어지지 않을 수 없게 되었다. 이제부터 자기는 어떻게 살아야 되는가? 아무 보람도 희망도 없는 앉은뱅이 몸뚱이는 그 어디에도 부접할 수 없을 것이다. 그렇다면 애인이?

　사랑하고 아끼고 존경하는 여성을 절망의 반려로서 업고 들어간다는 것은 가혹한 죄악이 아닐 수 없다고 주인공은 생각한다. 그런데 그를 어떻게 그냥 사랑할 수 있겠는가? 단념해야 한다. 하나 그것은 그의 감정 세계의 죽음까지를 의미하는 것이었다. 이런 심각한 자기 고민의 내용은 읽는 사람의 마음을 쥐어 뜯는 듯하였다. 역시 작자 자신의 영상일 것이다. 혹은 지나친 억측일까? 어쨌든 자기의 최후의 것까지라도 조국과 인민에게 바치려는 이 갸륵한 작가로 하여금 자기 자신의 세계에 관하여 언제나 솔직한 붓을 들기를 주저하게 하는 남모를 곡절과 비밀이 이제와선 어렴풋이나마 이해되었다.

　요컨대는 슬픈 사랑이 이렇게 혼잣소리로 중얼거렸다.

　"큰일이다!"

　　　　　　　　　　　4

　"저는 제 존재가 언제부터 이렇게 커졌는가고 새삼스레 놀라며 또 감격할 뿐입니다. 왜놈들이 손도 안대고 내버렸던 몸을 이제 와서 의사들이 땅을 딛고 일어설 수 있도록 수술을 해주려고 합니다. 얼마나 고마운 일입니까? 또 아무 보잘것없는 저를 하나 구실시켜 보려고 이처럼 선생님까지 늘 찾아와 주시니……"

　남주는 이렇게 전에 없이 감개무량한 태도로 서서히 입을 열어 자기의 진정을 토로하는 것이었다. 바로 그 소설을 읽은 이 봄날 밤 S가 원고를 돌려줄 겸 그의 병실을 찾아오게 되었다. 남주는 원고를 받아들였으나 얼굴을 천정에 향한 채 신중한 기색으로 별로 달가워하지 않았다. 따라서 S도 자연히 입이 무거워지며 가방 속에서 가맹원서와 이력서 용지를 꺼내 들고 실무적인 일을 시작하였다.

이리하여 이 서류를 작성하느라고 그의 지나온 일을 하나하나 따져 묻고 대답하던 차에 이야기가 자연히 그의 회상을 자아내게 한 것이었다. 복도의 불을 끄며 지나가는 간호원의 신발 소리도 멀어지고 병실은 쥐죽은 듯 고요하였다.

"사실 죽을 때가 왔다는 생각이 그 당시의 하나도 숨김없는 솔직한 제 심정이었습니다. 왜놈들을 저주하기 위하여서 살아 남은 몸이었습니다. 그랬던 제가 왜놈들이 망하는 것을 본 해방의 감격 속에 죽는다는 것은 얼마나 행복한 일입니까? 이제 더 산송장의 몸을 눕혀둘 이유가 어디에 있겠습니까?

동무들이 파괴된 공장복구를 위하여 밤낮을 기울여도 석탄 한 덩어리 옮겨 주지 못하는 폐인이 말입니다. 차라리 없느니보다 못한 밥버러지로 그냥 살아야 하겠습니까? (작가 S는 그의 소설에 나오는 주인공의 심정이 회상되었다.) 자유롭게 돌아누울 수도 대소변도 볼 수 없는, 다만 밥주머니와 숨통과 입만이 살아 있는 산송장, 죽다가 남은 한 개의 생명일 뿐이며 인간으로서는 폐업된 지 오랩니다. 이래도 살아야겠습니까?"

이상하리만치 이날 밤은 남주 자신이 차츰 열기를 띠어 가며 한밤중에 모든 일을 다 얘기라도 해버리려는 것처럼 대단한 능변이었다.

"그러나 버러지만도 못한 이 생명이 죽지 않았습니다. 이유는 간단하지요. 살고 싶었던 것입니다. 아마 죽기 어려운, 죽기 싫은 새 세상을 만나게 되었기 때문일 겁니다. 새로운 태양 아래 새로운 욕망은 언제든지 저도 다시 일어나 남같이 싸울 수 있을지도 모른다는 덧없는 공상과 희망을 가지게 했습니다. 이렇게 저는 자기를 위로하여 자기의 존재이유를 스스로 합리화하려 하였습니다.

공장에서 같이 일하던 동무들이 가끔 찾아와서 복구사업에 대한 정형을 얘기해주며 위로삼아, 혹은 진심으로 동무도 어서 성한 사람이 되어 나와야겠다고 했습니다. 전 같으면 얼굴만 빤히 쳐다볼 터인데 마음이 무척 민망스럽기는 하나 저는 그 말이 결코 싫지 않았습니다. 가까운 장래에 기적이 일어나 저 역시 새로운 감격 속에 공장으로 다시 나갈 날이 오리라고 믿고 싶었습니다. 사실 해방 뒤에 병원 안에서는 기적에 가까운 일도 많이 일어났습니다. 왜놈들이 내버려 두었던, 못 고친다고 돌려 놓았던 병자들 중에 조선의사 선생들의 성의 있는 치료로 효험을 본 사람들도 수두룩합니다. 신 간호원도 어쨌든 오래 살구볼 것이라면서 앞으로 어떤 의약이 발견될지 알겠느냐고 은연히 격려하며 '평양서는 20년 동안 못 보던 소경이 눈을 떴대요.'

'폐병을 고친다겠죠.' '앉은뱅이 색시가 일어났대요,' 이런 소리를 했습니다. 그러나 제 몸은 여느 병과는 전혀 다릅니다. 그래도 저는 신 간호원의 이런 위로의 말도 결코 싫지가 않더군요. 그리고 죽기 싫다는 감정이 죽어서는 안 된다는 생각으로 또 변해지기까지에는 얼마 동안이 필요했습니다. 아시다시피 제철소의 복구에는 허다한 곤란이 있었습니다. 기능공들의 헌신과 새로운 창의 고안이 얼마든지 요구되었습니다.

　노동자들은 불이 꺼진 가마와 함께 자며 기계 옆에서 밥을 지어먹으면서 한두달씩 집으로 돌아가지 않았습니다. 모두 다 쇠검둥이, 기름투성이로 말입니다. 미숙하나마 저 역시 이 공장에선 기능공 중의 한 사람입니다. 왜놈 때부터 이렇게 개조해 봤으면, 저렇게 고쳐 봤으면, 운전방식을 바꾸었으면 하는 점들이 없지 않았기 때문에 안절부절을 못하게 도와주고 싶어지더군요. 그러기 위해서라도 살아야겠다는 생각이 일어났습니다. 라디오는 매일처럼 남반부의 민족반역자와 친일파들의 발악하는 꼬락서니와 미제국주의자들의 음흉한 침략정책을 폭로하며 또 이를 반대하여 일어난 인민들의 영웅적 투쟁을 보도해줍니다 이 방송을 들을 때마다 치가 떨리고 주먹이 불끈불끈 쥐어졌습니다. 이대로 죽어서는 안 된다. 적을 쳐엎으며 민주조국을 건설하는 사업에 어떻게든 마지막 피 한 방울이라도 바쳐야겠다, 이런 결심이 더욱 굳어지게 되었습니다. 아무 일이라도 좋다, 불구자의 몸이라도 할 수 있는 일이라면 무엇이나 좋으니 죽는 날까지 모든 것을 잊어버리고 일하자, 저는 전기공장과 발전소의 동무들을 불렀습니다. 부르기 전에 의견을 들으러 혹은 내용을 물으러 오는 동무도 있었습니다. 저는 그 동무들과 같이 토론하고 도면을 앞에 놓고 설명도 해주고 그림을 그려 가며 의견을 내기도 했습니다.

아—얼마나 행복스러운 일이었는지요. 저의 기쁨은 한량없었습니다. 그리하여 처음에는 공장 동무들에게 어느 정도의 도움을 줄 수도 있었던 겁니다. 그러나 워낙 제 밑천이 밭은데다 그 동무들의 기술은 자꾸 앞서 나가고 또 연속 선진기계들을 설치하게 되니까 저의 경험과 기술 같은 건 얼마 안 되어 하나도 살릴 데가 없어지더군요. 그때에 저는 다시 한 번 제가 완전히 녹슨 나사못이라는 걸 절절히 깨달았습니다.

이제부터는 무엇을 해야 한단 말인가? 또다시 제 몸뚱이는 절벽 밑으로 천길 만길 굴러 떨어지는 것 같았습니다. 물론 이런 일은 한두 번이 아닙니다마는…… 그럴 때마다 저는 절벽 밑에서 두 팔을 휘저으며 허우적거렸습니다. 통쾌한 기적을 찾아 부르며…… 기적은 나타날 리 없으나 매양 힘있게 제 팔을 잡아 일으켜주는 손길이 있었습니다. 역시 다름아닌 신 간호원이 따뜻한 손길입니다.

저는 그의 두 팔에 몸을 맡기고 다시 덧없는 기적을 찾아 헤매게 되었습니다. 그 동무는 연약한 팔에 안기운 저를 힘찬 새 인간으로 키워 일으키려고 무한한 노력을 기울였습니다. 저를 위안하기 위하여 수많은 문학서적들을 구해다 줍니다. 병원 안에도 성인학교가 생기고 각가지 학습회가 매일처럼 조직되었습니다. 신 동무도 틈이 있는 대로 새로 나온 책들을 들고 와서 저와 함께 공부를 시작하게 되었습니다. 새로운 학습교양, 새 인간으로서의 성장의 길, 이것이 한편 저를 절망 속에서 또다시 눈을 뜨게 하였습니다. 또 라디오는 정치, 경제, 문화 각 방면의 무한한 지식을 가지고 저를 교양해 줍니다. 본시 교육이라고 한 번도 못 받아본 저에게는 모든 것이 다 청신하고도 고마웠습니다. 이리하여 고독과 절망 속에 빠졌던 저 자신 차츰 산송장의 생활에서부터 해방되기 시작하였습니다. 라디오를 통하여서는 공장과 연결되고 신 간호원을 통하여서는 병원과 연결되고…… 그러나 도대체 나는 그들에게 무엇을 줄 수가 있겠는가, 눈앞에 그 험악한 절벽이 또 내닫습니다."

"동무는 훌륭히 주고 있지 않소"

작가 S는 천천히 이렇게 단정하고 말을 이었다.

"문학의 새 길에서…… 작가로서…… 또 앞으로 얼마든지 줄 수 있는 것이오."

"그러나 저는 작가로서 복무하리라는 생각은 엄두도 못 내었습니다. 또한 그런 자격이 있다고도 생각지 않았습니다."

남주의 대답은 이렇게 명확하였다. 미상불 그랬을 것으로 생각된다.

"병원 내의 벽신문에 라디오에서 얻어 들은 정치시사 자료를 써주는 것도 다만 무엇이든 일해보고 싶었기 때문입니다. 새 국가병원의 고마움과 새 사회의 혜택이며 새 보건일꾼들의 열성에 대한 감상 같은 것을 쓴 것은 정말로 다른 사람들과도 같이 얘기해보고 싶어서였습니다. 옛날 병원에 있던 왜놈들이 모두가 여우나 승냥이, 멧돼지와 같은 짐승들로 회상되었지요. 그래 이런 것들을 풍자해보고 싶은 마음에 붓을 든 것이 또 동화처럼 되었던 모양입니다."

"동무의 동화의 특징적인 면이 그런 데서 나왔구만."

S가 이렇게 웃으며 말하자 남주는 긍정하듯 다시 말을 이어 나갔다.

"글쎄요. 그렇다고 할는지요. 그러나 원고를 방송국에 보내는 그런 엄청난 일은 신 간호원의 손에서 된 겁니다. 그 동무는 늘 제가 쓴 것을 읽으며 웃고 좋아하고 비평하고 또 의견도 말해줍니다. 언젠가는 매일 저녁마다 연거퍼 찾아와 제 손으로 라디오의 스위치를 비틀며 무엇인가 기대해 마지않는 태도였습니다. 작년 2월 달의 일입니다. 왜 그러느냐고 물어도 대답하지 않고 웃을 뿐입니다. 하루 저녁 방송에서 제 이름이 툭 튀어나오겠지요. 어리둥절했습니다. 뒤이어 제가 쓴 동화가 부드럽고도 의젓한 목소리로 방송되어 나오더군요. 신 동무는 제 손을 뜨겁게 꽉 쥐며 감격의 눈물을 흘렸습니다. 저 역시 어떻다고 말할 수 없는 커다란 감동 속에 몸을 떨었습니다. 제 일생에 있어서 아마 그렇게 기쁜 날이 또 없었을 것 같습니다. 그러나 곰곰이 생각해보면 동화를 쓰는 일도 머릿속에서 자기를 멀리 떠나려는 의도에 지나지 않았습니다.

저는 역시 노동자입니다. 어떻게든 성한 몸이 되어 유능한 전기노동자로서 재생하려는 꿈만이 아직도 사라지지 않고 있었습니다. 물론 이런 불구자의 몸으로서 자기 생활의 활로를 구하자면 정신적인 창조사업에 의존할 수밖에 없다는 것도 잘 알고 있지요. 그렇다고 그런 일을 감당할 수 있는 능력이 있는가? 보잘것없는 자기 자신이 처량해질 뿐이어서 나는 노동자다, 제철노동자다, 전기기술공이다, 노동을 떠나서 내 생명이 있을 수 없다고 자기 자신에게 다짐을 주며 하루바삐 자리에서 일어나야겠다는 생각만 하였습니다. 이를테면 자기가 영영 저주받은 반신불수란 것을 처음부터 인정하지 않고 으레히 다시 일어날 걸루만 생각하는 태도였습니다. 모든 희망과 꿈이 이와 같은 허구 위에서 출발하고 있는 겁니다. 이것은 자기의 불행을 은폐하며 실제조건의 긍정을 두려워하는 허위와 도피의 세계인 것을 이제 와서 냉혹히 자기 비판하게 되었습니다.

정직하게 말하자면 제가 해방 후에 그렇게 열심히 학습하며 공부를 하게 된 것도 무의식중에나마 재생의 날에 대처하려는 속심에서였다고도 하겠으니 얼마나 비위 좋은 일입니까? 저는 그만치 자기의 운명에 대하여 정직하거나 냉정하지를 못했습니다. 이 소설을 보셨으니 짐작하시겠지마는……."

이러면서 그는 탁자 위에 놓은 소설 원고를 다시 집어 들고 흔들며 격하여 말을 이었다.

"이 안에 나오는 천하에 염치좋은 사내가 바루 여기 누워 있는 겁니다."

남주의 커다란 두 눈에서는 한순간 시퍼런 불빛이 튀어나올 듯하였다.

확실히 신열이라도 있는 듯 괴로운 얼굴빛이었다. 작가 S는 온 정신과 감정을 제어하지 않고 그의 눈물겨운 고백 속에 몸을 던진 채 소리없이 묵묵히 귀를 기울였을 뿐이었다. 남주는 한참 동안 숨을 태우더니 다시 고백을 계속하였다.

"그러나 이 소설은 그래도 멀쩡합니다. 여기 누워 있는 산 소설의 추악한 이 주인공을 보시오. 이 주인공이 혼자 남몰래 공상으로 그리고 있는 산 소설 속에서는 그야말로 기적처럼 반신불수의 몸이 완치되어 가뜬히 일어납니다. 그리고 점심곽을 끼고서 공장에 일하러 들어갑니다. 그리고, 그리고…… 놀라지 마세요. 신 간호원과 결혼을 합니다. 들으셨습니까? 신 동무의 결혼을 한다는 말씀이에요."

남주는 극도로 흥분한 나머지 말소리가 목줄기에 걸리어 마지막 말은 거의 부르짖다시피 하였다.

"……얼마나 주제넘어요? 저는 이러한 사내입니다. 그리고 또 이 꿈이 이날까지 저를 비현실적인 희망 속에서나마 살아오게 했더랍니다."

"정직합니다. 알 수 있습니다."

S는 무거운 표정으로 끄덕이었다.

"사실 신 동무는 제 생명의 지주였습니다. 아니 그 전부였습니다. 그에 대하여 이런 얼토당토않은 꿈을 지니고 혼자 남 몰래 공상하며 번민했으니 얼마나 가소롭습니까? 가끔 자기 자신의 처지도 돌이켜 봤습니다. 때때로 어디선가 이렇게 부르짖는 소리도 들리는 듯했습니다. '네 꼬락서니를 보고 말해라' '남이 웃는 줄도 모르느냐' '핫하하, 핫하하……' 웃음소리도 들려옵니다. 그럴 때마다 신 동무의 그림자는 천리만리 멀리루 사라지는 것 같았습니다. 이게 무서웠습니다. 저는 눈을 딱 지리감고 입을 악물고 귀를 막아버리려 했습니다. 다시 성한 몸이 되어 나라와 사회에 복무하리라는 허울좋은 공상 뒤에 숨어서 실인즉은 자기가 업히울 희생자를 요구했으니 얼마나 추악한 사내입니까? 그러나 이것으로서 그러한 자기와도 영 결별을 짓는 것입니다."

하면서 남주는 손에 움켜 쥐었던 소설 원고를 갈기갈기 입으로 찢기 시작하였다. 핏줄이 지도처럼 엉킨 팔뚝과 손이 경련적으로 떨리고 파리한 얼굴에서는 어두운 그림자가 흔들리고 있었다. 오래오래 품어오던 심정을 일시에 숨김없이 털어놓는 동안에 그는 끝없는 흥분의 도가니 속에 사로잡힌 것이었다.

"지금까지 여기 누워있는 육신을 떠나 제 정신은 허구의 공상 속에 간신히 숨쉬고 있었습니다. 고민과 절망을 피하지 않고 뚫고 나감으로써만 새로운 자기를 찾을 수 있다는 걸 비로소 깨달았습니다. 기적을 부르는 공상 속에 잠들려는 몸뚱이를 깨워 일으켜야 한다는 것도 이제야 알았습니다. 선생님이 빌려 주신 ≪강철은 어떻게 단련되었는가≫를 읽으며 여러 가지로 생각했습니다. 이루 말할 수 없는 절망 속에서도 강철 같은 의지를 가다듬어 조국와 계급의 이익을 위하여 끝끝내 싸워 나가는 주인공에 태도에 옷깃을 여미었습니다. 나중에는 귀와 입만이 남은 불구자의 몸으로 작가로서의 새로운 투쟁의 길을 개척하는 불 같은 심정이 또한 제 몸뚱이를 흔들어 놓았습니다."

"그렇다면 다행이오. 나 역시 그렇게 되기를 기대했던 것입니다."

S는 무한한 감회로 이렇게 중얼거리었다. *친서하는 이 불구 작가가 자신의 고뇌와 번민을 그 소설로 하여 치료받는 것이 매우 고마웠다.

"저는 그 작가에 비하면 아직도 신선합니다. 이 손과 귀와 눈이 있잖아요? 그러나 저도 이제는 그 주인공과 같이 척추를 독균에 침해받아 눈까지 못 보게 되고 팔죽지가 굳어지는 한이 있더라도 죽는 날까지 어엿이 싸워 나갈 기력이 생겼습니다. 이제부터 저는 결코 녹슨 나사못이 아닐 겁니다. 작가로서 살아 나가느냐 못 나가느냐는 둘째 문제입니다. 먼저 거짓이 없는 진실하고 강직한 인간이 되어야겠습니다. 자기 기만 속에 전도를 화려하게 장식하려는 허영을 버리려는 겁니다. 저의 작품에 대한 선생님의 비판도 저 자신을 이렇게 냉혹하게 돌이켜 보게 했습니다. 앞으로는 붓을 드는 제 태도에도 근본적인 *개변이 있을 줄 압니다. 창작의 길에서 성공하느냐 못하느냐가 문제가 아니라 자기가 해보려는 일에 대한 진실한 태도가 얼마나 중요한 것인가를 알았습니다."

"……."

작가 S는 이 노동자의 너무나 진지하고도 성실한 태도에 도리어 눈시울이 뜨거워짐을 어찌할 수가 없었다. 그의 얼굴에는 험난한 가스산을 넘어선 영예의 승리자와도 같은 화기로운 미소까지 떠도는 듯하였다.

"……신 동무에 대해서도 저는 이제부터 허심탄회할 수 있으리라고 생각합니다. 실상 그 동무의 고마운 태도는 제게 대한 인민조국의 뜨거운 손길의 하나의 상징적 표현에 지나지 않습니다. 아닙니다. 그 외의 아무 것도 아닙니다. 비참한 병자에 대한 숭고한 여성의 동정과 정성을 사랑으로 받아들이려는 것은 하나의 추악한 희극입니다. 저는 그 대신 인민 전체의 따뜻한 손길을 전보다 더 순수하게, 괴로운 마음 없이 받아들일 수 있게 되었습니다. 저는 절대로 침상의 무덤 속에 고립되어 있지 않습니다. 언젠가 제 동화가 처음으로 방송되었을 때는 누구인지 모를 보이지 않는 손길이 제 몸뚱이를 어루만져주는 듯한 오롯한 애정을 느꼈답니다. 볼 데 없는 제 작품이 아주 미끈하게 손질되어 있겠지요. 모든 손길들이 언제나 이렇게 저를 따뜻이 포옹하고 쓰다듬고 일깨워주고 있습니다. 또 앞길에 불을 비쳐줍니다. 고마운 법령과 보호의 손길이 다가와 제 몸뚱이를 얼싸안고 과거의 쓰라림과 상처를 씻어 주며 병상에까지 다달아 새로운 사상과 지식의 날개로 제 몸뚱이를 덮어줍니다.

조금만 신열이 나도 간호원은 달려오고 의사 선생님이 찾아옵니다. 심지어 이번에는 수만 리 타향에서 온 소련 의사의 손길까지를 제 몸에 느끼게 되는 것입니다. 그리고 또 작가의 따뜻한 손길을 펴며 찾아 주신 선생님은 저를 깊은 안개 속에서 흔들어 깨워 주었습니다. 새 나라 인민들의 애정, 이게 다 이를테면 나라를 찾았고 인민이 해방되었으며 또 옳은 영도자가 계심으로써 있는 일이 아니겠습니까. 저는 제 몸뚱이 위에 큼직하고도 포근한 손길을 의식합니다. 저는 이 은혜와 감격 속에 몸을 던진 채 이제나마 마음을 크게 가지고 용감히 새로운 출발을 하려는 것입니다."

대수술을 며칠 안으로 앞두고 자기의 마음부터 이렇게 근본수술을 한 데 대하여 어떻다 말할 수 없는 감개에 사무친 작가 S는 실내를 뚜벅뚜벅 거닐고 있을 뿐이었다. 저 멀리 파이프공장에서 전기용접을 하는지 이따금 시퍼런 인광이 번개처럼 밤하늘을 휘적시고 있었다. 창문에도 반사되어 번쩍거린다.

S는 불현듯 멧새가 보이지 않는다는 생각이 나서 멈춰 서서 실내를 돌아보았다.

역시 아무 데도 종적이 보이지 않는다. 어디에 숨어들었을까, 혹시 도망을 친 거나 아닐까?

"새를 찾으십니까?"

남주는 그를 돌아보며 웃음을 띠운다.

"멧새란 놈도 사실은 사흘 전에 새 출발을 했습니다."

"날개를 좀더 잘라줄 뻔 한가 보오."

"미안하고 또다시 잘라주기가 애연해서 그냥 두었더니 종내 탈주

하고 말더군요. 열어놓은 창문턱에 올라 앉아서 바깥을 개웃거리며 내다볼 제 감상이 매우 이상했습니다. 손으로 오라고 시늉을 하며 열심히 불렀지요. 그러나 맑은 공기와 푸른 솔밭에 유혹이 더 컸던 모양입니다. 대자연의 선율이 일순간 몸에 실린 듯 꽁지를 종깃거리며 몇 번인가 발을 전줄러 보더니 그만…… 차라리 잘되었다고 생각합니다. 멧새란 놈은 어리석은 저의 도피처인 동화의 세계를 물고 달아났습니다."

"혹시 또 멧새처럼 자리에서 해방될지 알겠소?"

S는 이렇게 웃으며 위로하려고 하였다.

"과장 선생의 의견은 어떻습니까?"

"두 분 선생이 다 확신을 못 가진다고 합니다. 다만 최선을 다하여 수술해보겠다는 그 정성이 고마워 오늘 저 자신 응낙한다는 수표를 했습니다. 저로서는 하나의 시험자료가 되고 만대로 만족입니다. 거기를 수술한다고 죽는 거는 아니니까요…… 그러나 제 나갈 길은 엄연히 서 있습니다. 앞으로 이 이상 더 참혹한 비운에 빠질지라도 저는 절대로 낙심치 않고 붓대를 손에 들고 생명이 지는 마지막 날까지 싸울 터입니다. 선생님, 보십시오, 이 시를 아십니까?"

남주는 돌아보며 새로 벽면에 써붙여 놓은 조그마한 종이를 가리킨다. 하이네의 초상이 증기관 옆에 연필로 비슷이 그려져 있었다.

'칠현금을, 칠현금을 나에게 다오. 싸움의 노래 부르리니…….'

"하이네의 시입니다. 제 손에는 섬세하지는 못하나마 이미 하나의 칠현금이 쥐어졌습니다. 그것은 선생님이 제 손에 쥐어준 거나 다름 없습니다. 저는 줄을 바루 골라잡고 이 제철소가 울려 내는 위대한 교향악에 제 노래를 맞추럽니다." 하고 남주는 다시 조용히 읽기 시작하였다.

"꽃을, 꽃을, 죽음을 건 싸움 위하여 꽃두레로 머리를 장식하리니…… 얼마나 좋은 시입니까? 이 노래는 하이네가 헤리고란드 해안에서 프랑스 인민들의 봉기의 소식을 듣고 이제야 나는 내가 무엇을 바라며 무엇을 해야 할지를 알았다. 나는 온몸이 기쁨이다, 노래다, 검이다, 불꽃이다, 이렇게 부르짖으며 노래한 시의 한 구절입니다."

검은 구름이 휘날리는 하늘 위로 서슬 푸른 전기용접 불꽃이 그냥 휘황하게 번쩍거리고 있었다. 그럴 때마다 어떤 천상의 악기와도 같이 연달려선 열하나의 열풍로 굴뚝행렬이 나타나며 구름 위에서 무슨 거문고 소리라도 둥당거리는 듯하였다.

5

며칠 뒤에 작가 S에게는 문학동맹으로부터 등기 우편으로 *회서가 도착하였다.

아동문학 분과위원회에서 윤남주의 동화를 새로운 경이와 흥미를 가지고 심사했으며 S의 의견서는 전면적으로 지지 접수되었고 문학동맹의 가맹도 상임위원회를 통과하였다는 사연이었다. 앞으로 이 불행한 동무의 대성을 위하여 각별한 지도가 있기를 바란다는 선의

적인 부탁도 첨가되어 있었다. 그리고 이 편지와 함께 문학동맹후보 맹원증과 그 외 몇 가지 서류가 동봉되어 있었다.

S는 이것들을 전달도 하고 사연도 알려주기 위하여 병원으로 찾아 올라가게 되었다.

진찰시간이 끝난 지 오랜 오후의 병원 안은 뒷마당에서 배구를 치는 간호원들의 그림자가 잉어떼 노는 듯 얼른거릴 뿐 절간처럼 고요하였다.

입원실을 향하여 기다란 복도를 지나가며 보니까 청소를 하느라고 외과 수술실문이 벙싯하니 열려 있었다. 수술복 위에 고무복을 걸친 과장 선생이 세면대에서 비누거품을 활활 풀어가지고 솔로 서걱서걱 손을 닦고 있었다.

"이제부터 윤 동무의 수술입니다."

과장 선생은 S를 보더니 반기는 말로 얘기를 건네었다.

"마침 잘 오시는군요."

"수고하십니다."

작가 S는 멈춰 서며 마주 인사하였다. 수술실에서는 간호원들이 소독물로 바닥을 활짝 씻어낸 뒤에 수술도구들을 탁자 위에 벌려 놓기에 부산하였다. 소독약 냄새가 풍기는 수술실의 어마어마하고도 싸늘한 독특한 분위기가 공연히 가슴을 설레이게 한다.

"본인이 참 감개무량하겠군요. 생명에 관계될 그런 위험한 수술은 ……"

"아닙니다. 아닙니다."

과장 선생은 고개를 흔들었다.

"결코 위험하지 않습니다. 중대한 수술임에는 틀림없지만……."

이때 한 옆에서 수술복을 걸치고 있던 키가 후리후리한 소련 적십자병원 원장 이와노브 대위가 듬직하게 나서면서 손을 내미는 것이었다.

"즈드라스뜨부이쩨"

새파란 두 눈이 가을 하늘같이 빛나고 가느다란 입언저리에는 매력있는 미소가 떠돈다. S는 그의 손을 마주 잡고 흔들며 연송 '스빠씨보, 스빠씨보' 하였다. 불과 몇 마디 안 되는 소련말 밑천이기는 하나 감사하다는 이 말이 이처럼 제격에 어울리기는 좀체로 쉽지 않을 것 같았다. 그 밖에 또 무슨 별다른 말이 필요할 것인가? 조국전쟁 4년 동안 피땀에 젖어온 군복을 벗을 사이도 없이 또다시 일본 강도배들을 격파하며 내닫는 해방군대에 참가하여 나온 군의였다. 소독 전선에서 두 번이나 중상을 당한 용사임을 말하는 두 개의 *중상 기장이 그의 군복 가슴팍 위에 달려 있었다.

어설픈 가느스름한 모발은 하얀 연기처럼 머리 위에서 너울거리었다. 이와 반대로 모발이 유별히 빛나는 그의 어여쁜 부인도 역시 적십자병원에서 일을 본다는데 S는 가끔가다 저녁 산보길에서 그들 부부와 만나곤 하였다. 어여쁜 대위 부인은 산보길에서도 언제나 남편을 소중히 껴들 듯 부축하며 때때로 대위의 귀에다 손을 대고 무엇이라고 속삭이었다. 그러면서 이와노브의 행복스런 얼굴 위에는 고요한 웃음빛이 떠올랐다. 역시 전쟁통에 잔귀까지 멀었기 때문이다. 이와 같은 증상의 몸을 만리 이역에까지 끌고 와서 외국 인민들의 보건을 위하여 성심성의 헌신하는 이와노브 대위와 그의 부인이 버드나무 늘어선 저녁길을 팔을 끼고 가지런히 거닐고 있는 광경은 어떤 성스러운 느낌까지 주곤 했다.

S는 수건으로 손을 닦고 있는 과장 선생을 돌아보며 오늘의 수술 대상이 바로 이 분의 치료를 받고 있는 동화작가라고 외치듯 말했다. 하니까 이와노브 대위는 눈이 휘둥그레지며 두 팔을 쩍 벌리고 "삐싸쩰리(작가) 삐싸 — 쩰리다?" 하며 작가라는 말에 정말로 놀라는 모양이었다.

"까레이스끼 삐싸 — 쩰리 수술 있소 좋소 나 많이많이 기쁩니다."

"스빠씨보, 스빠씨보"

S는 또다시 이렇게 연송 치하하면서 과장을 돌아보며 수술이 대체 어떻게 될 것 같으냐고 물었다. 말눈치를 알아차렸던지 군의 대위는 렌트겐사진을 집어들더니 "스마트리 스마트리" 하고 손으로 사진을 가리키며 열심히 설명한다. 과장 선생이 조선말로 통변 형식을 취하였다. 이렇게 중추신경을 짓누르고 있는 골편들을 적출한 뒤에 신경이 얼마나 상했는가, 살아날 가망이 있는가, 척추액은 잘 통과하는가, 그 통로가 막혀 있다면 경막을 떼어 놓을 수 있겠는가, 잘 통하는가,

또 다른 나쁜 증상이 있는가 없는가를 세밀히 진단해봐야 알 일이라고 하였다.

S는 벙어리 꿀먹는 맛으로 어림해 들으면서 바로 알아듣는 체 연송 끄덕이었다. 이와노브 대위는 이에 대한 설명을 끝내고서

"나빠, 나빠, 야쁜스끼 많이많이 나빠."

이렇게 말하며 간호원들을 돌아보며 웃는다.

"네 하라쇼다?"

간호원들도 마주 웃으며 무엇이라고 종알거린다. 제 발로 다시 걸어 다니게 되는 경우는 전혀 바랄 수 없겠느냐고 물으니까 대위는 어깨를 으쓱 추켜 올리더니 고개를 설레설레 젓는다.

"6년 많이많이 있소"

6년 세월이 너무 길었다는 모양 손톱으로 자기의 다리를 꼬집고 아픈 시늉을 하면서 "아파 아파 이렇게 4년 있소" 손가락 네 개를 쳐들어 보인다.

"신경섬유가 보통 4년 내로는 재생할 수 있다는 말입니다. 솔직히 말하면……"

과장 선생은 이렇게 허두를 놓으며 수술모자를 쓴다.

"윤 동무가 혼자서 돌아눕기라도 할 수 있게 된다면 만족이라고 생각합니다."

"그렇게라도 된다면 좋겠습니다."

"물론 그것도 막상 수술해봐야 알 일입니다마는…… 상처 여하에

따라서는 이외로 또 좋은 결과가 나타날지도 모릅니다. 이 소련 동무는 연일 진찰하고 검토해본 결과 은연히 기대하는 바가 없지도 않은 모양입니다."

수술도구들을 살펴보고 있던 이와노브 대위가 돌아서며 무엇이라고 얘기한다.

"하여간 전력을 다하여 조선 작가동무를 조금이라도 편안히 글쓰게 하고 싶다고 말합니다."

"스빠씨보, 스빠씨보."

대위는 또다시 가까이 다가오며 병자가 돌아눕는 시늉을 하면서

"뽀니마예쉬?"

"다, 다……"

S는 고개를 주억주억하였다.

"뽀니마예쉬, 뽀니마예쉬."

그는 병자가 반듯이 누워 얼굴 위에 종이를 치받치고 글을 쓰며 할락거리는 시늉을 해보았다.

"따꼬이 라보트 네나다, 까라까라."

이렇게 동작을 하며 얘기할 때 이와노브는 아주 사람이 달라지는 듯 그의 겉늙어보이던 얼굴은 젊은 혈기로 피어오르고 쥐었다폈다하는 그의 손길에서는 정열이 막 뿜어나오는 듯하였다. 그리고는 상반신을 비스듬히 담에라도 기대인 자세를 지어보이며 웃는다.

"따꼬이 삐시삐시 하라쇼."

"스빠씨보, 스빠씨보." 하고 부르짖으며 S는 너무 기뻐 어쩔 줄 몰랐다.

과장 선생이 옆에서 오해 없도록 설명해준다.

"그렇게 앉아서 글을 쓰게 되면 좋겠다는 말입니다. 딱히 그리 되리라는 말이 아니라…… 이 동무의 열성과 정성을 봐서도 어느 정도는 반드시 효과가 있으리라고 생각합니다."

작가 S는 사무치는 감개로 이와노브 대위의 얼굴을 바라보며 혼자 끄덕이었다.

이럴 때 멀리로부터 고요한 분위기를 흔들며 굴러오는 밀차바퀴 소리가 들려왔다.

S는 한걸음 다가가 굳은 악수를 한 뒤에 다시금 복도로 나섰다.

조심조심 밀차를 밀고 오는 신 간호원이 복도 저 멀리서 S를 발견하고 다소곳이 허리를 구부리며 인사한다. 그리고 밀차에 실려 오는 병자에게 얼굴을 가까이 대고 무엇이라고 귓속말로 속삭인다.

S는 그것으로 가까이 다가가 쾌활한 미소를 지으며 남주의 손을 잡았다.

"좋은 결과가 있기를 비오."

"고맙습니다. 선생님도 와주셨군요. 6년 만에 처음 이렇게 바깥 출입을 하고 있습니다."

근심없이 웃어 보이나 역시 감출 길이 없는 흥분 속에 얼굴이 한층 핼쑥해진 것 같았다.

밀차 옆으로 따라오며 S는 그의 동화작품들이 중앙에서 높이 평가되었고 또 문학동맹가맹도 순조로이 통과되었다는 사연을 간단히 전해주었다.

그러자 남주의 얼굴이 햇빛처럼 밝아졌다. 신 간호원도 두 눈을 *영등처럼 반짝이며 속삭이듯 말했다.

"윤 동무, 축하합니다."

"모두 고맙습니다. 이제부터 열심히 공부하리다."

남주는 눈시울을 섬벅거린다.

"되건 안 되건 열성껏, 정성껏 노력하겠어요. 저의 앞에서 새 출발이 창창하게 열리는 것 같습니다."

"의사 선생님들도 수술에 성공을 비오…… 그리고 문학동맹에서도 여기에 동무의 가맹통지서와 맹원증을 보내 왔소"

남주는 떨리는 손으로 그것들을 받아 들더니 한참 뒤적거리며 바라보았다. 그리고는 행복스런 미소를 지으며 가슴에 포근히 안았다. 눈시울에 몇 방울 이슬이 맺히었다. 신 간호원도 슬며시 얼굴을 돌린다.

어느 사이에 공장 노동자들이 7~8명 웅성거리며 몰려오더니 밀차를 포위해버렸다.

모두 기쁜 얼굴로 그의 손을 잡으며 격려도 하고 성공을 빌기도 하고 수술하게 된 것을 축하도 하며 저마다 한마디씩 퍼붓는다. 남주도 티없는 얼굴에 웃음을 띠우며 좋아한다. 아마 옛날 변전소나 전기공장에서 함께 일하던 친한 동무들이 소식을 듣고 달려온 모양이었다. 거기에는 인정미에 넘쳐 흐르는 사람들간의 기쁨과 행복의 숨결이 술렁거리는 듯하였다. 밀차가 잠시 정지하게 된 틈을 타서 신 간호원은 남주의 윗주머니에 초록빛 비단표지에 황금빛 글자로 유난히 빛나는 맹원증을 보이도록 꽂아 놓는다.

이것을 보고 노동자들은 놀람 속에 환호성을 지르며 다시금 모여들었다.

"이거 어떻게 된 일이냐? 문학동맹……."

"자식, 상당하구나."

돌아보며 S에게 경의를 표하는 청년도 있었다.

"선생님, 고맙습니다."

"아마 고치구 나와서 공장일 할 생각도 없어지겠네."

신 간호원이 밀차의 방향을 돌리며 밝은 목소리로 외쳤다.

"동무네들도, 노동자작가라는 걸 모르세요? 일도 하고 글도 쓰고 하면 되잖아요? 자—어서 길을 내세요."

이렇게 웃으면서 던지는 말과 함께 밀차를 수술실 안으로 미끄러지듯이 굴려 들어갔다.

문가에서 과장 선생과 이와노브 대위가 얼굴에 인자한 웃음을 지으며 반가이 맞아들였다.

노동자들은 우르르 그 앞으로 몰려들었다. 제각기 소련말을 자기만 알 수 있는 내용을 외마디씩 한다.

그 말에 대한 감사와 고마움을 일시에 표현이라도 해보려는 듯—

군의 대위는 무슨 말인지 모르면서도 '따꼬이 하게 하리' 하며 병자가 걸어 다니는 시늉도 해보였고 어떤 젊은이는 '까레이스끼 루쓰끼' 하더니 두 손으로 악수하는 *형용을 해보이고 또 어떤 이는 병자가 전기기술공으로 워―이렇게 엄지손가락이니 우리들과 서로 팔을 끼고 공장으로 나가게 해달라고 행진하는 동작도 해보였다.

이와노브 대위는 일일이 풍부한 표정으로 받아주고 나서 웃는 얼굴에 휘파람이라도 불듯이 입술을 모두 세우고 한 손을 입가에 대고 조용하라는 시늉을 해보이며 스르르 문을 닫아버린다. 그제야 모두 쉬―쉬 하며 속살거린다.

"여보게, 떠들지 말라네."

"자, 가세, 가세."

"남주가 이제 걸어서 나올텐데……."

"발소리들도 내지 말라구."

노동자들은 게라도 잡으러 가는 어린애들처럼 현관 쪽을 향하여 쫑깃쫑깃 걸어가기 시작하였다. 남주의 수술을 단순히 낙관만 하려는 유쾌한 노동자들의 감출 수 없는 기쁨이 그들의 일부러인 듯한 걸음걸이에도 여실히 나타나고 있었다.

작가 S는 병실 앞 복도에 놓여있는 긴 의자에 걸터앉아 한참 동안 말이 없었다.

수술실에서는 병자를 수술대 위에라도 올려놓는 듯한 움직임 소리가 나더니 뒤이어 외과 과장과 군위 대위가 조용히 주고받은 말소리가 두런두런 들려 나온다.

창밖 멀리 낙조에 검붉게 물드는 저녁 하늘 위로는 숲을 이룬 듯 높이 솟은 수많은 굴뚝들이 삼단 같은 연기를 내뿜고 있었다.

앉은 자리에서 이 제철소의 심장부라고도 할 제강공장, 대형공장, 조강공장 등 고층건물들이 한눈에 내다보였다.

제강공장에서는 번개 같은 불빛이 저녁안개를 휘저으며 번쩍이고 대형공장 앞으로는 소형기관차들이 말거미새끼들처럼 분주히 오가고 있었다. 여기저기 산처럼 쌓인 강철더미 위로 제품들을 쇠발톱으로 달아 문 기중기가 산짐승처럼 달려 나온다.

어디선가 멀리로부터 간호원들이 합창을 하는 감미로운 목소리가 복도를 통하여 들려오기도 한다.

수술실에서 어느덧 전등불이 켜지고 있었다. 남주에 대하여 이미 마취조치를 한 것일까? 하나……둘……셋…… 이렇게 천천히 세어 나가는 남주의 목소리가 잠꼬대처럼 들리기 시작하였다.

이 소리를 따라 수술실 문밖으로 걸어가려는데 복도 한 끝에 매달린 스피커에서 갑자기 방송원이 목소리가 울려 나왔다.

오늘내일로 떨어질 것으로 기대하던 용광로 제선부분이 금방 계획과제를 달성하고 있다는 승리의 보도였다. 아닌 게 아니라 용광로에서 쇳물을 뿜으며 지축을 울리는 소리가 들려온다. 감격에 찬 방송원은 이렇게 부르짖고 있었다.

"친애하는 동무들, 조국 심장의 상징이며 승리의 고수인 우리의 제3용광로는 드디어 오늘 오후 5시, 바루 지금 세계여 들으라 승리를 외치며 금년도 계획량의 마지막 숫자를 출선중입니다. 동무들, 인민들의 요구와 경애하는 수령 김일성 장군님의 호소에 장쾌한 승리로 대답하는 용광로 노동자들에게 영예를 드리며……"

수술실에서는 진작 수술이 시작된 모양이었다. 남주의 셈 세는 소리도 이미 사라지고 긴장한 분위기 속에서 수술 도구의 뎅그락거리는 소리가 들려 나온다.

남주의 몸을 굽어보며 세심스레 손을 놀리고 있는 과장 선생과 이와노브 대위의 희멀그레한 그림자가 유리창에 얼른거리고 있었다.

6

바로 이 날 밤, 작가 S는 전체대회의 준비관계로 시급히 올라오라는 문학동맹중앙위원회로부터의 전보를 받고 다시 평양으로 부랴부랴 떠나오게 되었다.

이튿날, 첫차에 대느라 병원에 찾아갈 경황이 없고 하여 S는 떠나기 직전에 수술 경과를 전화로 과장 선생에게 묻게 되었다.

수술이 두 시간이나 걸렸다고 하면서 척추가 아주 부러지지는 않았고 또 경막이 척추액의 통과를 압박하고는 있었지만 아주 맞붙지는 않았으므로 그것을 가까스로 떼어놓아 어느 정도 척추액도 통과하게 되었다고 한다. 천만다행으로 압박 중에 신경이 마비되어 있을 뿐 끊어지거나 썩거나 하는 것이 아니므로 앞으로의 치료 여하에 따라서는 좋은 효과가 나타날지도 모르며 또 이와노브 대위도 지금까지의 경험으로 보아 비교적 희망을 가질 수 있다고 말하더라는 것이다.

"결코 어제 하루의 수술만으로 끝난 게 아닙니다. 며칠 뒤에 또 수술대 위에 올리게 됩니다. 잘되면 우리 의학계에 아마 하나의 좋은 치험례가 될 겁니다." 라는 말이 그의 고막에 커다란 진동을 일으키며 울리었다.

평양에 올라온 지 불과 10일 뒤에 작가 S는 이 제철소에서 매 품종별로 전체 부문에 걸쳐 연간계획을 초과완수했다는 보도를 신문에서 읽고 또 방송으로 듣게 되었다.

방송에는 이 보도에 뒤이어 그동안 예술학교에서 지도해온 노동자들이 창작한, 자기들의 승리를 자랑하는 작품들이 낭독되어 그를 한량없이 기쁘게 하였다. 그 속에 남주의 작품이 끼어 있지 않는 것이 한편 서운했으나 어쨌든 S는 이 제철소의 거대한 승리가 자기의 일처럼 자랑스러웠고 또 노동자 동무들의 활발한 예술적 활동이 자기의 일처럼 고마웠다.

그 공장 전체의 우람한 광경이 눈앞에 떠오르고 또 예술학교 학생들의 얼굴이 그리워지며 남주의 그 뒷일도 무척 궁금하였다.

그러나 이어 급한 일들이 겹치고 건강도 좋지 못하여 이럭저럭 다시 자리를 뜨지 못하고 있던 중에 하루는 문학동맹 앞에서 뜻밖에도 신 간호원을 만나게 되었다.

층층대를 올라가다가 그를 발견하고 놀라며 이게 어떻게 된 일이냐고 물었다.

"아이구 선생님, 마침 잘 만났군요. 선생님의 주소를 알아가지고 찾아가려던 길이에요."

하면서 신 간호원은 똘똘 만 커다란 종이뭉치를 가방 속에서 꺼냈다.

"윤 동무가 전해달라는 원고와 편지입니다. 제가 오래간만에 평양엘 나와보겠다고 하니까……."

"수술 뒤의 경과는 어떤가요?"

종이뭉치를 뜯으며 S는 이렇게 다그쳐 물었다.

"아직 이렇다할 만한 신기한 효과는 나타나지 않았어요. 그러나 대소변은 시제라도 기계의 힘을 빌리지 않는답니다."

"그럼 성공이오?"

S가 놀라는 얼굴로 바라보자 신 간호원은 한 계단 올라서며 말했다.

"아니 좀더 좋아질 가망이 있대요. 얼마 동안 여러 가지 새 방법으로 치료하고는 온천이 있는 정양소병원으로 보낼 예정인가 봐요."

"그렇게 움직여도 괜찮다는 거요?"

"거야 좀 움직여도 되니까 그러겠죠. 마비된 신경을 회복하는 데 온천요법이라는 게 있나봐요……."

이렇게 흥이 나 말하는 신 간호원의 얼굴은 희망에 넘쳐 흐르는 듯 자못 행복스러워 보였다.

"그러나 어떻게 그런 몸으로야 온천엔들……"

S가 불안의 빛을 보이며 묻자 간호원은 살며시 긴 눈썹을 내리깔며 기어들어가는 소리로 대답하는 것이었다.

"제가 따라갈 생각이에요. 이왕 처음부터 보아드리던 바엔……"

"훌륭하오, 훌륭하오."

한참동안 입을 벌린 채 웃음빛을 거두지 못하고 있던 작가 S는 그제야 생각난 듯이 분주히 남주의 편지를 뽑아들고 읽기 시작하였다.

사연은 간단했다. 다행히도 상처가 심하지 않기 때문에 앞으로 더욱 좋은 결과가 나타날 것 같으며 과장 선생님과 소련 군의 선생도 이에만 만족하지를 않고 앞으로도 여러 가지로 선진적인 치료법을 써보리라고 하니 예상 이외로 큰 힘을 얻게 되었다고 하였다.

간단하기는 하지만 희망에 넘치는 내용이었다.

그리고 누워 있는 동안에 새로운 의욕을 가다듬어 써보았으니 부디 틈을 내어 읽어보아 달라는 부탁 끝에 그의 편지는 이런 말로 맺어지고 있었다.

'척추골절 수술도 수술이려니와 제 정신면에 있어서의 일그러졌던 '척추'는 이미 선생님의 손으로 수술된 것입니다. 육체와 정신상의 모든 신경계통이 제 몸뚱이 속에서 새로운 작용을 시작하는 것 같습니다.'

(『노마만리』, 동광출판사, 1989)

| 낱말 풀이 |

가경佳境. 한창 재미있는 판이나 고비.
가금도리 가슴도리. 가슴의 둘레 부분.
가벌家閥. 한 집안의 사회적 지위.
가분작이 마음에 부담이 없이 가볍고 편안하다.
가없다 끝이 없다.
가장구 '가재'의 방언.
각기脚氣. 비타민 비 원(B1)이 부족하여 일어나는 영양실조 증상. 말초 신경에 장애가 생겨 다리가 붓고 마비되며 전신 권태의 증상이 나타나기도 한다.
감개感慨. 어떤 감동이나 느낌이 마음 깊은 곳에서 배어 나옴. 또는 그 감동이나 느낌.
감때사나운 사람이 억세고 사납다.
감수甘受. 책망이나 괴로움 따위를 달갑게 받아들임.
개가凱歌. 이기거나 큰 성과가 있을 때의 환성.
개구開口. 입을 열어 말을 함.
개변改變. 상태, 제도, 시설 따위를 근본적으로 바꾸거나 발전적인 방향으로 고침.
개포 강이나 개울가에 펼쳐 있는 밭.
갱생更生. 마음이나 생활 태도를 바로잡아 본디의 옳은 생활로 되돌아가거나 발전된 생활로 나아감.
거국일치舉國一致. 온 국민이 뭉쳐서 하나가 됨.
겨냥 어떤 물건에 겨누어 정한 치수와 양식.
겸양謙讓. 겸손한 태도로 남에게 양보하거나 사양함.
겻불 겨를 태우는 불. 불기운이 미미하다.
경관대警官隊. '전투 경찰대'의 북한어.
경단瓊團. 찹쌀가루나 찰수수 따위의 가루를 반죽하여 밤톨만 한 크기로 동글동글하게 빚어 끓는 물에 삶아낸 후 고물을 묻히거나 꿀이나 엿물을 바른 떡.

경단

경립 경례.

경면鏡面. 거울의 비치는 쪽. 물결이 일지 않아서 맑고 고요한 수면을 비유적으로 이르는 말이다.

경방단원警防團員 일제 강점기 말기에, 치안을 강화하기 위하여 소방대와 방호단을 통합한 단체.

경사백가經史百家. 중국 청말(淸末) 증국번(曾國藩)이 요내의 ≪고문사유찬(古文辭類纂)≫에 빠진 경서(經書)와 사서(史書)의 명문을 추가하여 편찬한 책.

경학원經學院 조선 시대에 둔, 최고의 국립 고등 교육 기관. 고종 24년(1887)에 성균관을 고친 것으로 국권 강탈 이후에는 그 조직을 변경하여 경학 연구 기관이 되었다.

계교計巧. 요리조리 헤아려 보고 생각해 낸 꾀.

고담古談. 옛날이야기.

고담준론高談峻論. 아무 거리낌 없이 잘난 체하며 과장하여 떠벌이는 말.

고매 못되게.

고촉孤燭. 쓸쓸하고 외로이 켜 있는 촛불.

공박攻駁. 남의 잘못을 몹시 따지고 공격함.

곽하廓下 울타리 아래.

광망光芒. 비치는 빛살.

구봉침

괴벽스럽게도 성격 따위가 이상야릇하고 까다로운 데가 있다.

구류句留. 피고인 또는 피의자를 구치소나 교도소 따위에 가두어 신체의 자유를 구속하는 강제 처분.

구봉침九鳳枕. 아홉 마리의 봉황을 수놓은 베개. 두 마리의 어미 봉황과 일곱 마리의 새끼 봉황을 수놓은 것으로, 주로 신혼부부가 함께 쓴다.

구차苟且. 살림이 몹시 가난함.

군웅왕신 무당이 섬기는 신의 하나 (군웅–무신으로서, 외부로부터 들어오는 액을 막아주는 신 / 왕신–수로왕을 신격화 함).

굴개 괴어서 썩은 물의 바닥에 가라앉은 개흙.

궁량 궁리(窮理).

권수權數. 권모술수.

기망企望. 어떠한 일이 이루어지기를 바람.

기배起拜. 몸을 일으켜 경의를 표함.

기주적期週的. 주기적.

기진氣盡. 기운이 다하여 힘이 없음.

기착氣着. 구령어로서의 '차렷'을 이르던 말.

기화奇禍. 뜻밖에 당하는 재난.

깔낏하다 좀 차갑고 새침하다.

나무랍다 대하는 태도나 말 따위가 못마땅하고 섭섭하게 생각되어 언짢다.

낙막하다落寞. 마음이 쓸쓸하다.

낙백落魄. 넋을 잃음.

난비하다亂飛. 어지럽게 날아다니거나 분분(紛紛)하다.

남작男爵. 고려 공민왕 때에 둔 오등작의 맨 마지막 작위.

내방內房. 안방.

내종乃終. 나중.

노 노상, 언제나 변함없이 한 모양으로 줄곧.

노서아露西亞. '러시아'의 음역어.

노체爐體. 용광로, 난로 따위의 몸체.

노호怒號. 성내어 소리를 지름. 또는 그 소리.

늘큰히 꽤 물러서 늘어지게 되다.

능라도綾羅島. 평안남도 평양시 대동강에 있는 섬. 경치가 아름다워 예로부터 기성 팔경(箕城八景)의 하나로 꼽힌다.

다박솔 '다복솔'의 북한어.

다사스럽다 보기에 쓸데없는 일에 간섭을 잘하는 데가 있다.

단애斷崖. 깎아 세운 듯한 낭떠러지.

단지斷指. 손가락을 자름.

달단인韃靼人. '타타르 족'의 음역어.

대사大寫. 클로즈업.

대성학교大成學校. 1908년에 안창호가 평양에 설립한 중등 교육 기관. 인재 양성을 통한 교육 구국의 이념 아래 설립하였으며 평안도 일대 애국 계몽 운동의 근거지로 초기 항일 민족 해방 운동에 크게 기여하였다.

대지大志. 마음에 품은 큰 뜻.

도감독都監督. 감독의 우두머리.

독장사구구 '독장수셈(실현 가능성이 없는 허황된 계산을 하거나 헛수고로 애만 씀을 이르는 말. 옛날에 옹기장수가 길에서 독을 쓰고 자다가 꿈에 큰 부자가 되어 좋아서 뛰는 바람에 꿈을 깨고 보니 독이 깨졌더라는 이야기에서 유래한다.)'의 잘못.

돈지頓智. 때에 따라 재빠르게 나오는 지혜나 재치.

동기童妓. 아직 머리를 얹지 아니한 어린 기생.

동방洞房. 침실.

동상례東床禮. 혼례가 끝난 뒤에 신부 집에서 신랑이 친구들에게 음식을 대접하는 일.

동서同棲. 동거.

두견杜鵑. 두견이. 두견과의 새. 편 날개의 길이는 15~17cm, 꽁지는 12~15cm, 부리는 2cm 정도이다. 등은 회갈색이고 배는 어두운 푸른빛이 나는 흰색에 검은 가로줄 무늬가 있다. 여름새로 스스로 집을 짓지 않고 휘파람새의 둥지에 알을 낳아, 휘파람새가 새끼를 키우게 한다. 한국, 일본, 말레이시아 등지에 분포한다.

두견이

라일락 물푸레나뭇과의 낙엽 활엽 소교목. 높이는 5미터 정도이며, 잎은 마주나고 달걀 모양 또는 심장 모양이다. 늦봄에 옅은 자주색, 파란색, 흰색 따위의 꽃이 끝이 네 갈래가 진 작은 대롱 모양을 이루며 원추(圓錐) 꽃차례로 핀다. 향기가 좋아 관상용으로 많이 재배한다. 유럽이 원산지이다.

렌트겐 '뢴트겐'의 북한어. 엑스선.

마스트(Mast) 돛대.

마후라(Mahura) 추위를 막거나 멋을 내기 위해 목에 두르는 물건. '목도리', '머플러'로 순화.

만장萬丈. 높이가 만 길이나 된다는 뜻으로, 아주 높거나 대단함을 이르는 말.

말추 말수의 잘못.

망루望樓. 적이나 주위의 동정을 살피기 위하여 높이 지은 다락집.

망연하였다 아무 생각이 없이 멍하다.

맥진驀進. 좌우를 돌아볼 겨를 없이 힘차게 나아감.

맹호복림猛虎伏林. 사나운 호랑이가 숲에 엎드려 있음.

맹호출림猛虎出林. 사나운 호랑이가 숲에서 나온다는 뜻으

망루

낱말 풀이 327

로, 평안도 사람의 용맹하고 성급한 성격을 비유적으로 이르는 말.
면매面罵. 면전(面前)에서 꾸짖음.
면영面影. 얼굴 모습.
명천明天. 모든 것을 똑똑히 살피는 하느님.
모노호시 빨래를 말림. 또는 빨래 너는 곳.
모찌떡 '떡, 찹쌀떡'으로 순화.
목단牧丹. 화투에서 모란이 그려져 있는 화투 패. 6월이나 여섯 끗을 나타낸다.
몰룬 모습.
무가내하無可奈何. 막무가내.
무산계급無産階級. 자본주의 사회에서 생산 수단을 소유하지 않고 노동력을 판매하여 생활하는 계급.
무선舞扇. 춤을 출 때 가지고 추는 부채.
문명할 물질적, 기술적, 사회 구조적으로 발전되어 있다.
미상불未嘗不. 아닌 게 아니라 과연.
미주알고주알 아주 사소한 일까지 속속들이.
미타하여 든든하지 못하고 미심쩍은 데가 있다.

무선

민비 명성황후(明成皇后) 조선 고종의 비(妃)(1851~1895). 성은 민(閔). 대원군의 집정을 물리치고 고종의 친정(親政)을 실현하였다. 통상 수교에 앞장서 1876년 일본과 외교 관계를 맺게 했으며, 임오군란 후에는 청나라를 개입시켜 개화당을 압박하고 친러시아 정책을 수행하다가 을미사변 때에 피살되었다.
반조反照. 돌이켜 살펴봄.
반향反響. 어떤 사건이나 발표 따위가 세상에 영향을 미치어 일어나는 반응.
발신發身. 천하거나 가난한 처지를 벗어나 앞길이 훤히 트임.
방공연습防空演習. 방공훈련. 적의 공중 공격에 의한 피해를 막기 위하여 실제 상황을 가정하여 행하는 훈련. 이에는 등화관제, 소방, 대피, 구조 따위의 훈련이 있다.
방매放賣. 물건을 내놓고 팖.
방치 '다듬잇방망이'의 방언.
백아白亞. 흰색의 높은 건물이나 물건.
벽사창碧紗窓. 짙푸른 빛깔의 비단을 바른 창.
변전變轉. 이리저리 변하여 달라짐.

변해辯解. 말로 풀어 자세히 밝힘.
부접附接. 사귀려고 가까이 접근함.
분망奔忙. 매우 바쁨.
불공학대 공손하지 못하고 괴롭히거나 가혹하게 대우함
불문곡직不問曲直. 옳고 그름을 따지지 아니함.
불손불황 말이나 행동 따위가 버릇없거나 겸손하지 못함.
불요불굴不撓不屈. 한번 먹은 마음이 흔들리거나 굽힘이 없음.
비각 물과 불처럼 서로 상극이 되어 용납되지 아니하는 일.
비감悲感. 슬픈 느낌. 또는 그런 느낌이 있음.
비닭이 '비둘기'의 잘못.
비사祕事. 비밀리에 숨겨진 일.
비창悲愴. 마음이 몹시 상하고 슬픔.
사광蛇光. 가는 불빛.
사모관대紗帽冠帶. 사모(고려 말에서 조선 시대에 걸쳐 벼슬아치들이 관복을 입을 때에 쓰던 모자. 검은 사(紗)로 만들었는데 지금은 흔히 전통 혼례식에서 신랑이 쓴다.)와 관대(옛날 벼슬아치들의 공복(公服). 지금은 전통 혼례 때에 신랑이 입는다.)를 아울러 이르는 말. 본디 벼슬아치의 복장이었으나 지금은 전통 혼례에서 착용한다.
사상死相. 죽은 사람의 얼굴.
사자使者. 명령이나 부탁을 받고 심부름하는 사람.
사정使丁. 예전에 관청이나 기관에서 잔심부름하던 남자 하인.
산전山田. 산에 있는 밭.
산호주珊瑚珠. 산호로 만든 구슬. 분홍빛, 붉은빛, 흰빛 따위가 있으며 여러 가지 장식에 쓰인다.
삼혼칠백三魂七魄. 사람의 혼백을 통틀어 이르는 말.
상게 '아직'의 방언.
상기上氣. 기혈(氣血)이 머리 쪽으로 치밀어 오르는 증상. 숨이 차고 두통과 기침 증세가 생긴다.
상스럽지 즐겁고 좋은 데가 있다.
서물거리다 어리숭한 것이 눈앞에 떠올라 자꾸 어른거리다.
서백리아西伯利亞. '시베리아'의 음역어.

선고先考. 선친.

선풍旋風. 회오리바람.

선회旋回. 둘레를 빙글빙글 돎. '돎', '빙빙 돎'으로 순화.

섬섬옥수纖纖玉手. 가냘프고 고운 여자의 손을 이르는 말.

소연하다騷然. 떠들썩하게 야단법석이다.

소제掃除. 청소.

소청所請. 남에게 청하거나 바라는 일.

속종 마음속에 품은 소견.

송국送局. 수사 기관에서 피의자를 사건 서류와 함께 검찰청으로 넘겨 보내는 일.

송그리다 몸을 작게 오그리다.

수라장修羅場. 싸움이나 그 밖의 다른일로 큰 혼란에 빠진 곳. 또는 그런 상태.

수방守房. 혼례 때에 가까운 친척이나 여자 하인이 첫날밤에 신방을 곁에서 지키던 일.

수어지간 물이 없으면 살 수 없는 물고기와 물의 관계라는 뜻으로, 아주 친밀하여 떨어질 수 없는 사이를 비유적으로 이르는 말.

수통스럽다 부끄럽고 분한 데가 있다.

숙고사熟庫紗. 삶아 익힌 명주실로 짠 고사. 봄과 가을 옷감으로 쓴다.

승교乘轎. 가마.

가마

시라소니 스라소니. 고양잇과의 동물. 살쾡이와 비슷한데 몸의 길이는 1미터 정도이며, 잿빛을 띤 적갈색 또는 잿빛을 띤 갈색에 짙은 반점이 있다. 앞발보다 뒷발이 길고 귀가 크고 뾰족하다. 토끼, 노루, 영양 따위를 잡아먹는데 나무를 잘 타고 헤엄을 잘 친다. 깊은 삼림에 사는데 한국 북부, 몽골, 러시아 시베리아・사할린, 중국, 중앙아시아, 북아메리카, 알프스 이북의 유럽 등지에 분포한다.

시산하다試算. 시험적으로 계산해 보다.

시재時在. 현재.

시진하다澌盡. 기운이 빠져 없어지다.

시탄柴炭. 땔나무와 숯, 또는 석탄 따위를 이르는 말.

신빙信憑. 믿어서 근거나 증거로 삼음.

신상紳商. 상인 가운데 상류층에 속하는 점잖은 상인.

신색神色. 상대편의 안색을 높여 이르는 말.
신성불가침神聖不可侵. 매우 거룩하고 성스러워 함부로 침범할 수 없음.
아근 '근처'의 방언.
아나키스트(anarchist) 무정부주의자. 국가 권력 및 사회 권력을 부정하고 개인의 완전한 자유가 행하여질 수 있는 사회 실현을 주장하는 사람.
아비규환阿鼻叫喚. 여러 사람이 비참한 지경에 빠져 울부짖는 참상을 비유적으로 이르는 말.
안돈安頓. 마음이나 생각 따위를 정리하여 안정되게 함.
안택굿 무당이 집안의 터주를 위로하기 위하여 하는 굿.
압연壓延. 회전하는 압연기의 롤 사이에 가열한 쇠붙이를 넣어 막대기 모양이나 판 모양으로 만드는 일.
앙앙불락怏怏不樂. 매우 마음에 차지 아니하거나 야속하게 여겨 즐거워하지 아니함.
애연하게哀然. 섧고 애틋하게.
야로 남에게 드러내지 아니하고 우물쭈물하는 속셈이나 수작을 속되게 이르는 말.
야료惹鬧. 까닭 없이 트집을 잡고 함부로 떠들어 댐.
양귀자 동양 사람이 서양 사람을 가리켜 부르던 말.
양자樣姿. 겉으로 나타난 모양이나 모습.
어렵漁獵. 고기잡이와 사냥을 아울러 이르는 말.
얼금뱅이 얼굴이 얼금얼금 얽은 사람을 낮잡아 이르는 말.
엄포 실속 없이 호령이나 위협으로 으르는 짓.
여돌하고 '똘똘하다'의 방언.
연連. 잇닿아 있다. 또는 잇대어 있다.
연락宴樂. 잔치를 벌여 즐김.
연병장練兵場. 군인을 훈련시키기 위하여 병영 내에 마련한 운동장.
열없어 좀 겸연쩍고 부끄럽다.
염 '부근'의 방언.
염자艶姿. 아리따운 몸가짐이나 맵시.
영등影燈. 등(燈)의 하나. 초롱 속에 장치한 회전하는 기구에 종이로 여러 가지 모양을 오려 붙여, 바람이나 불기운으로 빙빙 돌게 하여 그 그림 모양이 겉으로 나타나게 한다.

영명令名. 좋은 명성이나 명예.

예례. 본보기가 될 만한 사물. '보기'로 순화.

오관五官. 다섯 가지 감각 기관. 눈, 귀, 코, 혀, 피부를 이른다.

오월동주吳越同舟. 서로 적의를 품은 사람들이 한자리에 있게 된 경우나 서로 협력하여야 하는 상황을 비유적으로 이르는 말. 중국 춘추 전국 시대에 서로 적대 관계인 오나라의 왕 부차(夫差)와 월나라의 왕 구천(句踐)이 같은 배를 탔으나 풍랑을 만나서 서로 단합하여야 했다는 데에서 유래한다. 출전은 『손자(孫子)』의 「구지편(九地篇)」이다.

오시이레押入. 벽장

옥야沃野. 기름진 들판.

요원 '악담'의 방언.

요해了解. 깨달아 알아냄.

우루사이 귀찮다. 성가시다.

우작愚作. 자기의 작품을 겸손하게 이르는 말.

운무雲霧. 구름과 안개를 아울러 이르는 말.

운신運身. 몸을 움직임.

원세개袁世凱. '위안 스카이(Yuan Shikai. 중국의 정치가(1859~1916). 자는 웨이팅(慰亭). 호는 룽안(容庵). 조선의 임오군란 갑신정변, 중국의 무술정변에 관여하였으며, 의화단 사건 후 총독, 북양(北洋) 대신이 되었다. 신해혁명 때는 전권을 장악하여 선통제를 퇴위시키고, 1913년에 대총통에 취임하였으며, 1916년에 제위에 오르겠다고 선언하였으나 반대에 부딪쳐 실각하였다.)'의 잘못.

위구危懼. 염려하고 두려워함.

위의威儀. 위엄이 있고 엄숙한 태도나 차림새.

윈치(winch) 밧줄이나 쇠사슬로 무거운 물건을 들어 올리거나 내리는 기계. 기중기, 케이블카, 엘리베이터, 토목 사업, 건축 사업 따위에 널리 쓴다.

유목떼 나무나 대나무 따위의 일정한 토막을 엮어 물에 띄워서 타고 다니는 것.

유속維續. 유지하다.

육박肉薄. 바싹 가까이 다가붙음.

육자배기 남도 지방에서 부르는 잡가(雜歌)의 하나. 가락의 굴곡이 많고 활발하며 진양조 장단이다.

육혈포六穴砲. 탄알을 재는 구멍이 여섯 개 있는 권총.
은파금파銀波金波. 은빛으로 번쩍이는 물결과 금빛으로 번쩍이는 물결이라는 뜻으로, 아름답게 번득이는 물결을 비유적으로 이르는 말.
의기意企. 어떤 일을 하려고 꾀함.

육혈포

의취意趣. 지취. 의지와 취향을 아울러 이르는 말.
이선異線. 다른 선이나 선로.
인경人定. 조선 시대에, 통행금지를 알리거나 해제하기 위하여 치던 종.
인금 사람의 가치나 인격적인 됨됨이.
일되다 나이에 비하여 발육이 빠르거나 철이 빨리 들다.
일로一路. 그렇게 되는 추세.
일진광풍一陣狂風. 한바탕 몰아치는 사나운 바람.
임금林檎. 능금.
입적入籍. 호적(戶籍)에 올림.
작간作奸. 간악한 꾀를 부림. 또는 그런 짓.
작해作害. 해를 주거나 끼치거나 함.
잠심潛心. 어떤 일에 마음을 두어 깊이 생각함.
장발적長髮賊. 중국 청나라 말기에, 가톨릭교도 홍수전을 우두머리로 하여 반란을 일으켰던 무리. 모두가 변발을 풀고 장발(長髮)을 한 데에서 유래한다.
장복長服. 같은 약이나 음식을 오랫동안 계속해서 먹음.
장안만호 집 등(等)이 썩 많은 서울.
장죽長竹. 긴 담뱃대.
재계財界. 대자본을 지닌 실업가나 금융업자의 활동 분야.
재보財寶. 재화와 보물을 아울러 이르는 말.
쟈끼 소형의 기중기.
전광電光. 전등의 불빛.

장죽

전광석화電光石火. 번갯불이나 부싯돌의 불이 번쩍거리는 것과 같이 매우 짧은 시간이나 매우 재빠른 움직임 따위를 비유적으로 이르는 말.
전마선傳馬船. 큰 배와 육지 또는 배와 배 사이의 연락을 맡아 하는 작은 배.
전방轉房. 감옥에 갇힌 죄수를 한 감방에서 다른 감방으로 옮김.

전선全鮮. 일제 강점기에, 온 조선을 이르던 말.

전안상奠雁床. 전안(혼례 때 신랑이 기러기를 가지고 신부 집에 가서 상 위에 놓고 절함. 또는 그런 예(禮). 산 기러기를 쓰기도 하나, 대개 나무로 만든 것을 쓴다.)을 할 때에 기러기를 올려놓는 상.

전전반측輾轉反側. 전전불매(輾轉不寐).누워서 몸을 이리저리 뒤척이며 잠을 이루지 못함.

전주르고서 동작을 진행하다가 다음 동작에 힘을 더하기 위하여 한 번 쉬다.

절체절명絶體絶命. 몸도 목숨도 다 되었다는 뜻으로, 어찌할 수 없는 궁박한 경우를 비유적으로 이르는 말.

점 예전에, 시각을 세던 단위. 괘종시계의 종 치는 횟수로 세었다.

점적 '부끄럼'의 방언.

접동 '두견이'의 방언.

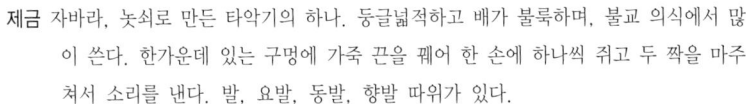
자바라

정문頂門. 정수리.

정시正視. 정확히 봄.

제금 자바라. 놋쇠로 만든 타악기의 하나. 둥글넓적하고 배가 불룩하며, 불교 의식에서 많이 쓴다. 한가운데 있는 구멍에 가죽 끈을 꿰어 한 손에 하나씩 쥐고 두 짝을 마주쳐서 소리를 낸다. 발, 요발, 동발, 향발 따위가 있다.

제신諸神. 여러 신.

제찬 제사 때 올리는 밥.

제창 '줄곧'의 방언.

조달早達. 나이는 어리지만 어른 같은 데가 있음.

조상彫像. 조각상.

조풍潮風. 해풍(海風).

졸연 갑작스럽게.

종루鐘樓. 종을 달아 두는 누각.

주반柱半. 기둥의 한가운데에 장식으로 내리그은 먹줄.

주사主事. 사무를 주장하는 사람.

주연酒宴. 술잔치.

중동무이 하던 일이나 말을 끝내지 못하고 중간에서 흐지부지 그만두거나 끊어 버림.

중상中上. 등급이나 단계를 비교할 때에, 중간 정도의 것 가운데 좋은 쪽이나 위쪽의 것.

중수重數. 무게 있고 진득한 품성.
중추원中樞院. 일제 강점기에 둔 조선 총독부의 자문 기관.
지난하다 지극히 어렵다.
지부왕地府王. 지부의 왕이라는 뜻으로 '염라대왕'을 달리 이르는 말.
지어至於. 심지어.
지언至言. 지극히 당연한 말. 또는 지극히 좋거나 중요한 말.
지카다비 노동자용 작업화.
지칸時間. 시간.
지향무처指向無處. 작정하거나 지정한 방향이 없음.
진수작 쓸데없이 지질하게 하는 짓거리.
진주월패眞珠月佩. 예전에 허리나 가슴에 차던 패옥(佩玉)의 하나.
진퇴유곡進退維谷. 이러지도 저러지도 못하고 꼼짝할 수 없는 궁지.
집물什物. 집 안이나 사무실에서 쓰는 온갖 기구.
차부車夫. 마차나 우차 따위를 부리는 사람.
차일遮日. 햇볕을 가리기 위하여 치는 포장.
참의參議. 일제 강점기에 중추원에 속한 벼슬.
창부무당 신은 내리지 아니하였으나 굿에서 노래, 춤, 음악 따위를 맡아 하는 무당.
창수漲水. 큰물이 져서 넘치는 물.
창연히愴然. 몹시 서운하고 섭섭하다.
처대 첫애. '첫아이'의 준말.
천도天桃. 선가(仙家)에서, 하늘나라에서 난다고 하는 복숭아.
천변만화千變萬化. 끝없이 변화함.
천비賤婢. 예전에 신분이 천한 여자 종을 이르던 말.
철릭天翼. 무관이 입던 공복(公服). 직령(直領)으로서, 허리에 주름이 잡히고 큰 소매가 달렸는데, 당상관은 남색이고 당하관은 분홍색이다.
청간廳間. 대청(臺廳).
청간집 헛간집.
청신淸新. 맑고 산뜻함.
청신경聽神經. 속귀 신경.
초열지옥焦熱地獄. 팔열 지옥(八熱地獄)의 하나. 살생, 투도(偸盜), 사음(邪淫), 음주, 망어

패옥

철릭

(妄語) 따위의 죄를 지은 사람이 가는데, 불에 단 철판 위에 눕히고 벌겋게 단 쇠몽둥이로 치거나, 큰 석쇠 위에 얹어서 지지거나, 쇠꼬챙이로 몸을 꿰어 불에 굽는 따위의 형벌을 준다는 지옥이다.

촛대燭臺. 촛대(—臺).

총설叢說. 여러 논설이나 학설을 모아 놓은 것. 또는 그 학설이나 논설.

최촉催促. 재촉.

추요樞要**한** 없어서는 안될 정도로 가장 긴요하고 중요하다.

추풍령秋風嶺. 경상북도 김천과 충청북도 황간 사이에 있는 고개. 소백산맥과 노령산맥의 분기점으로 금강과 낙동강의 분수령이며, 우리나라 중부와 남부를 가르는 경계가 된다. 예로부터 영남 지방과 중부 지방을 잇는 중요한 교통로였다. 높이는 235미터.

축수祝手. 두 손바닥을 마주 대고 빎.

축위縮圍. 무리를 다스리다.

출분出奔. 도망하여 달아남.

친서親書. 몸소 글씨를 씀. 또는 그 글씨.

칠보잠七寶簪. 금, 은, 마노, 산호 따위의 칠보를 물려 꾸민 비녀.

칠성판七星板. 관(棺) 속 바닥에 까는 얇은 널조각. 북두칠성을 본떠서 일곱 개의 구멍을 뚫어 놓는다.

칠보잠

칠채七彩. 일곱 개의 무늬.

침노侵擄. 성가시게 달라붙어 손해를 끼치거나 해침.

캐시미어(cashmere) 인도 서북부의 카슈미르 지방에서 나는 양털로 짠 고급 모직물. 부드럽고 윤기가 있으며, 보온성이 좋아 고급 양복감으로 쓴다.

크레인(crane) 기중기.

클클하여 마음이 시원스럽게 트이지 못하고 좀 답답하거나 궁금한 생각이 있다.

키춤 '발돋움'의 북한어.

타구唾具/唾口. 가래나 침을 뱉는 그릇.

탕두 '강도'의 방언.

토역군土役軍. 흙일을 하는 사람.

투기妬忌. 강샘.

파라우리 파란빛이 은은하게.

파란波瀾. 순탄하지 아니하고 어수선하게 계속되는 여러 가지

타구

어려움이나 시련.
파쇠 쇠붙이 그릇의 깨어진 조각.
파적破寂. 심심풀이.
패검佩劍. 차는 칼.
편경偏傾. 한쪽으로 기울어지거나 치우침.
폐부肺腑. 마음의 깊은 속.
포단蒲團. 요.

홍도화

포승捕繩. 죄인을 잡아 묶는 노끈.
피봉皮封. 겉봉.
핏게질 딸꾹질.
하무 군중에서 병사들의 입에 물리던 가는 나무 막대기. 떠드는 것을 막기 위한 것이다
학정虐政. 포학하고 가혹한 정치.
한본새 서로 같은 하나의 본새.
함바飯場. 노동자 합숙소.
해탄骸炭. 코크스. 점결탄, 아스팔트, 석유 등 탄소가 주성분인 물질을 가열하여 휘발 성분을 없앤, 구멍이 많은 고체 탄소 연료. 불을 붙이기는 어려우나 발열량이 크고 연기가 없어서 가스 제조, 용광로나 주물 제조 따위에서 야금용 연료로 쓴다.
허궁 '허공'을 구어적으로 이르는 말.
허두虛頭. 글이나 말의 첫머리.
허수하고도 마음이 허전하고 서운하다.
허청虛廳. 헛간으로 된 집채.
헤타바루 지쳐 버리다. 기진하여 주저앉다.
헴 '셈'을 이르는 말.
현해탄玄海灘. 대한 해협 남쪽, 일본 후쿠오카 현(福岡縣) 서북쪽에 있는 바다. 우리나라와 규슈(九州)를 잇는 통로로 수심이 얕고 풍파가 심하다. 쓰시마(對馬) 해류가 북동쪽으로 흐르고 동해 해류가 남쪽으로 흐르며, 방어 대구 정어리 따위의 난류성 어류가 많이 잡힌다.
형용形容. 사람의 생김새나 모습.
호농豪農. 땅을 많이 가지고 농사를 크게 지음. 또는 그런 집.
홍도화紅桃花. 홍도나무의 꽃.

낱말 풀이 337

화란禍亂. 재앙과 난리를 통틀어 이르는 말.
화문花紋. 꽃무늬.
화식和式. 법도를 따르다.
화연火煙. 불타고 있는.
활개 사람의 어깨에서 팔까지 또는 궁둥이에서 다리까지의 양쪽 부분.
회나무 노박덩굴과의 낙엽 활엽 소교목. 높이는 4미터 정도이며 잎은 마주나고 타원형인데 가장자리에 톱니가 있다. 6~7월에 검은 자주색 꽃이 취산(聚繖) 꽃차례로 잎겨드랑이에 피고 열매는 자주색을 띤 공 모양의 삭과(朔果)로 10월에 익는다. 정원수로 많이 쓰고 나무껍질은 새끼 대용으로 쓴다. 산 중턱 이상에서 자라는데 한국, 일본, 중국, 사할린 등지에 분포한다.
회서回書. 답장.
회포懷抱. 마음속에 품은 생각이나 정(情).
횟박 석회를 되거나 담는 데에 쓰는 뒷박.
후과後果. 뒤에 나타나는 좋지 못한 결과.

회나무

| 작가 연보 |

1914년(1세)　　3월 3일. 평안남도 평양부 인흥정 458-84번지에서 태어남. 보수적이고 완고한 부친과 미국 유학을 다녀온 재원이었던 모친 사이의 4남매 중 차남으로 태어남. 형은 시명(時明), 누나는 특실(特實), 누이동생은 오덕(五德).

1928년(14세)　　평양고등보통학교 입학.

1930년(16세)　　1929년 광주 학생의거가 발발하자 평양 숭실학교를 중심으로 여러 학교에서 이에 호응하는 반일 항일데모에 가담한 혐의로 경찰에 쫓기는 신세가 되나 지인의 도움으로 화를 면함.

1931년(17세)　　이 해 가을 평양고등보통학교 5학년 재학중에 발생한 동맹휴교사건의 주모자 중 한 사람으로 지목받아 퇴학처분을 받음. 형 시명의 도움을 받아 도일(渡日)함.

1932년(18세)　　시 「시정초추」를 『동광』 10월호에 발표함.

1933년(19세)　　4월 사가(佐賀)고등학교 문과에 입학. 고등학교 재학중에 훗날 결성한 동인지 『제방』의 동인인 쓰루마루 도시오(鶴丸辰雄), 나카지마 요시히토(中島義人) 등과 교유함.

1934년(20세)　　고등학교 2학년 재학중. 처녀작 「토성랑」(일문) 창작.

1936년(22세)　　2월. 『사가고등학교 문과 을류 졸업기념회지』에 장편 『짐(荷)』(일문)을 게재함. 도쿄제국대학 문학부 독일문학부 입

작가 연보　339

학. 같은 해 6월 이마이 교헤이(今井京平: 鶴丸辰雄) 등과 '제방' 동인을 결성하고 잡지 『제방』(격월간)을 발행함. 창간호에 구민(具珉)이라는 필명으로 수필 「잡음(雜音)」(일문)을 수록함.

1937년(23세) 3월 『제방』 4호에 「빼앗긴 시」(일문)를 발표함. 『도쿄제국대학신문』 20일자에 소설 「윤참봉」(일문)을 발표함. 이 작품은 「짐」을 개작(改作), 개제(改題)한 것임.

1938년(24세) 8월 장혁주가 각색한 신협극단의 「춘향전」의 조선 공연 계획을 듣고 이에 공감하여 순회공연 준비차 선발대로 나서서 조선을 방문중인 무라야마 도모요시를 안내하고는 귀향함. 극단의 순회공연에도 협력함.

1939년(25세) 1월 산정현 교회에서 김관식 목사 주례로 최창옥과 결혼. 졸업논문으로 하이네론을 제출함. 3월말에 졸업식에 출석한 후 1주간의 예정으로 북경여행을 시도함. 『조선일보』사의 전보를 받고 상경하여 학예부 기자가 됨. 소설 「빛 속으로」 집필. 도쿄제국대학 대학원 입학 허가를 받음. 평론 「조선문학풍월록」(일문)을 『문예수도』에, 「극연좌 '춘향전'을 보고」(일문)을 『비판』에 발표 『모던 일본』 조선판 편집에 참여하면서 여기에 수록할 조선문학 작품 선정과 함께 번역에 착수함. 「북경왕래」(일문)를 김시창이라는 이름으로 『박문』(8월호)에 발표 「에나멜 구두의 포로」(일문)을 『문예수도』(9월호)에 발표함. 평론 「독일의 애국문학」을 『조광』(9월호)에 발표 10월에는 소설 「빛 속으로」(일문)를 『문예수도』에, 평론 「독일과 대전(大戰)문학」을 『조광』에, 평론 「조

「선문학측면관」을 『조선일보』(10.4-6.)에 연속 게재함. 수필 「밀항」을 『문장』에 '김시창'이라는 이름으로 발표함. 11월에 평론 「조선의 작가를 말한다」와 이광수의 소설 「무명」을 번역하여 『모던 일본』 조선판에 발표함.

1940년(26세) 2월부터 『조광』에 첫 장편 「낙조」를 연재함. 상반기 아쿠타가와 상 후보작에 「빛 속으로」가 선정되어 『문예춘추』에 수록됨. 4월에 귀향하여 홍천군 화전민 부락 실태를 조사함. 6월 소설 「천마」(일문)을 『문예춘추』에, 「기자림」(일문)을 『문예수도』에 발표함. 7월 「무성한 풀섶」(일문)을 『문예』의 '조선문학특집호'에 발표. 8월 수필 「현해탄 밀항」(일문)을 『문예수도』에 발표. 9월 소설 「무궁일가」(일문)을 『개조』에, 평론 「조선문화통일」(일문)을 『현지보고』에 발표함. 10월 기행문 「산가(山家) 세 시간」을 『삼천리』에 발표함. 11월 서간문 「평양에서」(일문)을 『문예수도』에 발표함. 누나 특실 사망. 12월 도쿄의 적총서방(赤塚書房)에서 간행한 『조선문학선집』 3권에 「무궁일가」가 수록됨. 제1소설집 『빛 속으로』(일문)을 도쿄 소산서점에서 출간함.

1941년(27세) 1월에 평론 「조선문학과 언어문제」를 『삼천리』에 발표. 장편 『낙조』 연재 완료함. 2월에 소설 「광명(光冥)」(일문)을 『문학계』에, 소설 「유치장에서 만난 사내」를 『문장』에 발표함. 기행문 「화전지대를 가다」(일문)를 『문예수도』에 3월부터 5월까지 연재함. 4월 소설 「지기미」를 『삼천리』에 발표. 5월 소설 「도둑놈(泥棒)」(일문)을 『문예』에, 수필 「고향을 생각한다」(일문)를 『지성』에 발표. 7월 소설 「벌레」(일문)를 『신조』에, 소설 「향수」를 『문예춘추』에 발표함. 10월 소설 「코」(일문)을 『지성』에 발표함. 11월 소설 「며느리」(일문)를 『신조』에 발표함. 12월 태평양전쟁 발발 직후 사상범 예방구금법에 의해 가마쿠라경찰서에 구금당함. 그의 구금 소식을 들은 일본 문인들이 석방을 위해 진력을 다함.

1942년(28세) 1월 가마쿠라에서 석방됨. 소설 「곱사왕초」(일문)를 『신조』에, 「물오리섬」(일문)을 『국민문학』에 발표함. 2월 귀향하여 평양에 거주함. 4월 제2소설집 『고향』을 교토의 갑조서림(甲鳥書林)에서 간행함.

1943년(29세) 2월 『국민문학』에 장편 『태백산맥』을 연재함. 8월 국민총력조선연맹의 지시로 해군견학단 일원으로 진해를 거쳐 일본 사세보 등지로 파견됨. 일본에서 돌아와서 르포 「해군행」을 『매일신보』에 연재하고(10.10-23), 장편 연재를 마침. 11월 수필 「날바람」(일문)을 『모던 일본』의 후신인 『신태양』에 발표함. 12월부터 『매일신보』에 장편 『바다에의 노래』를 연재함.

1944년(30세) 1월 초순 김사량의 희곡 「태백산맥」이 상연됨. 4월 평양 대동공업전문학교 교사로 부임. 6월 중순부터 8월에 걸쳐 중국 여행. 7월 내내 상해에 체류함. 10월 초순 193회에 걸친 『바다에의 노래』 연재를 마침.

1945년(31세) 2월 국민총력조선연맹 병사후원부로부터 '재지(在支) 조선인 출신 학도병 위문단' 일원으로 중국에 파견됨. 노모와 처자를 장광도로 이주시킴. 5월, 위문단 임무를 마친 뒤 연안지구로 탈출하여 6월에 화북조선독립동맹과 조선의용군

	근거지인 태항산에 도착함. 8월 15일 일본의 패전을 접하고 귀국길에 오름. 11월 서울 방문. 희곡 「호접」이 아랑극단에 의해 서울에서 상연됨.
1946년(32세)	2월 서울에서 평양으로 귀환함. 3월 장편 희곡 「더벙이와 배뱅이」를 『문화전선』 1-3집까지 분재함. 토지개혁과 민주개혁 조치에 따른 생활상의 변화를 작품화하기 위해 현지 파견됨. 6월 소설 「차돌이의 기차」 집필. 평안남도 예술연맹 위원장 취임. 12월 소설 「마식령」을 발표.
1947년(33세)	1월 희곡 「봇돌이의 군복」을 『적성』에 발표. 4월 르포 「동원작가의 수첩」을 『문화전선』 4집에 발표. 8월 장편 르포 『려마천리』를 평양 양서각에서 출간.
1948년(34세)	1월 소설 「마식령」, 「차돌이의 기차」를 모은 창작집 『풍상』을 조선인민출판사에서 출간함. 9월 『8.15해방 3주년 기념 창작집』(문화선전성)에 소설 「남에서 온 편지」를 게재하고 12월까지 희곡 「뇌성」을 집필한 뒤 상연함.
1949년(35세)	희곡 「지열」 집필.
1950년(36세)	6.25전쟁이 발발하자 다음날인 26일 제1차 종군작가로 남하함. 종군기간 중에 르포 「우리는 이렇게 이겼다」, 「바다가 보인다」, 「지리산 유격지대를 가다」 등을 『로동신문』 『민주조선』 등에 연재함. 10월말 미군의 인천상륙으로 전세가 역전되자 인민군과 함께 후퇴하던 중에 지병 때문에 원주 부근에서 낙오한 뒤 생사를 알 수 없게 됨.
1955년	평양국립출판사에서 『김사량선집』이 간행됨.
1973-1974년	김달수의 주도로 『김사량전집』 전 4권이 하출서방신사(河出

	書房新社)에서 출간됨.
1987년	리명호가 편집한 『김사량작품집』이 평양 문예출판사에서 간행됨.

| 작품 해설 |

식민지의 어둠과 그늘: 김사량의 생애와 문학

유 임 하(한국체육대학교)

1.

　김사량(본명 時昌, 1914~1950)은 식민지 조선의 어둠을 세심하게 부조한 열정적인 작가였다. 그의 문학적 삶이 문제적인 것은 식민지 말기 파시즘체제로 치달아가는 현실에서 시작된 작가의 도정이 제국 일본과 식민지 조선의 틈바구니에서 일본어와 조선어를 함께 사용하는, 소위 '이중언어 작가'로서 식민지 조선의 비극적인 현실을 포착하는 것으로 그치지 않는다. 그는 식민지 조선과 일본 문단에서 작품 수준을 인정받으며 소설, 희곡, 평론, 번역 등 다방면에 걸쳐 활발한 작품활동을 펼쳤고, 해방을 불과 몇 달 앞둔 상황에서 중국 항일무장투쟁 근거지로 잠입하여 항일무장투쟁의 전선에서 민족 독립의 열기를 생생한 기록하고자 한 열정적인 지식인의 한 사람이었다. 또한 그는 해방 이후에는 중국에서 귀환하여 서울을 거쳐 고향인 평양으로 돌아가 북한 초기문단에서 활발하게 활동했다. 그는 전쟁 발발과 함께 종군작가로서 활발하게 활동하다가 행방불명된, 민족의 비극과 맞물려 있는 작가였다.

평양의 부유한 상공인의 집안에서 태어난 그는, 일찍부터 식민지 조선 현실에 눈뜬 조숙한 소년이었다. 평양고등보통학교 재학 시절에는 광주학생의거에 동조한 평양 학생들의 소요에도 가담했고 일본인 교사의 폭행에 맞서 학생들의 동맹휴학을 주도했다. 이 때문에 그는 졸업을 불과 몇 달 앞두고 퇴학당하고 만다.

이후 그는 학업을 계속하기 위해 도일한다. 구제(舊制) 사가(佐賀) 고등학교 문과 을류과정을 마치고 나서 곧바로 동경제국대학 독문학과에 입학한 그는, 대학 재학 시절에 일본인 문우들과 함께 동인을 결성하여 동인지 활동을 펼치며 작가의 길로 들어섰다. 그가 작가의 길을 택한 것은 자연스러운 행보였다. 소년기부터 동시와 서정시를 잡지와 신문에 투고해왔던 그는, 고등학교 시절부터 소설을 습작해 나갔기 때문이다.

김사량이 작가로 이름을 알린 계기는 단편 「빛 속으로」(일문, 『문예수도』, 1939.10)가 아쿠다가와(芥川) 문학상 후보작에 오르면서였다. 이 일로 인해 그는 일본문단과 식민지 조선 문단에서 주목받는 신진작가로 이름을 알리기 시작했다. 하지만 그가 활동한 1930년대 후반이라는 시기는 중일전쟁이 발발하고 제국 일본이 전시 총력전체제로 진입하면서 더욱 강압적인 정책을 펴나가는 초입이었다. 일본은 군국주의에 바탕을 두고 제국의 영토를 만주에 국한하지 않고 중국 본토로 확장해나가며 총력전 체제에 돌입하기 시작했던 것이다. 그가 일본에 머물던 도중, 태평양전쟁이 발발한 바로 다음날에 '사상범 예방구금법'으로 경찰서에 구금된 것도 식민지 조선 출신 작가의 비애를 온몸으로 느끼기에 충분한 사건이었다. 김사량은 한글과 일본어로 작품을 썼다고는 하나, 작품의 주된 색조는 지극히 우울하고 어둡다. 이는 식민지 현실에 고심하는 인물의 절망과 고뇌 가득한 심리를 담아내는 데 주력한, 심리적 현실과 문학적 관심사가 무엇인지를 잘 말해준다.

김사량의 문학에서 두드러지는 특징 하나를 꼽는다면 식민지 조선인들의 얼룩과 생채기를 담아 조선어와 일본어로 작품을 써내는 일이었다. 그의 처녀작 「토성랑」이 평양 빈민촌의 절대 빈곤을 소재 삼아 홍수와 함께 절망적인 삶이 죽음으로 귀결되는 모습을 그려냈고, 출세작 「빛 속으로」는 내선일체를 강화하는 식민지의 파시즘적 현실에서 민족의 정체성을 되묻고 있다. 그의 '이중 언어의 글쓰기'는 식민제국과 피식민인 사이에서 길항하는 식민지 조선인들의 정체성과 그들의 음울한 삶을 부조하는 특징을 보여준다.

1945년 2월, 그는 국민총력 조선연맹 병사후원부의 제안에 따라 '재지(在支) 조선 출신 학도병 위문단'의 일원으로 중국에 파견되어 임무를 마친 뒤 베이징에 그대로 남는다. 3개월 동안 북경에서 사태를 관망하다가 그는, 5월 일본군의 삼엄한 경계선을 뚫고 옌안지구에 있는 화북조선독립동맹의 본거지였던 태항산으로 들어갔다.

그의 결행은 과연 어떤 배경에서 이루어진 것이었을까. 북한에서는 그가 김일성의 항일무장투쟁 활동에 감화받은 것이라고 선전하고 있으나 이는 사실과 다르다. 제국 일본의 위세가 정점에서 파국으로 치닫는 위기의 시대에, 그가 택한 것은 적어도 제국의 광포한 위세에 맞서 민족의 해방을 꿈꾸는 지극히 불온하고 과감한 결행이었다. 그는 중경에 피난 간 임시정부 인사들이 독립운동에 매진하지 못하는 모습에 환멸했고 마침내 태항산의 항일투쟁 근거지로 향했다. 그의 표현대로라면 이 결단은 작가의 한 사람으로서 독립과 해방을 위해 싸우는 이들과 함께하는 것이었고 그들의 활약상을 글로 담아내려는 '문학적 열정' 때문이었다. 그의 이같은 열정은 『노마만리』에 고스란히 담겨진다.

해방과 함께 그는 화북조선독립동맹의 선발대 자격으로 귀국길에 오른다. 철원, 포천을 거쳐 근 2달을 넘겨서 그는 서울로 들어왔다. 그는 아서원에서 열린 남북작가 좌담회(12.12)와 봉황각에서 개최된 문인좌담회에도 참석한다. 봉황각 좌담회에서 그는 식민지 말기에 일본어로 창작되어 발표된 작품의 윤리문제를 놓고 이태준과 논전을 벌였다. 이 시기에는 특히 훗날 발간할 『노마만리』의 초고의 일부였던 「산채담」을 『민성』에 연재했다. 그런 다음 그는 1945년 12월 말 고향 평양으로 돌아갔다.

평양에서 김사량은 좌파문인들이 득세한 북한의 초기문단에서 건국사업에 참여하며 왕성하게 활동했다. 1946년 3월 북조선예술총연맹이 결성되면서 그는 집행위원과 국제문화부장에 선임되었다. 또한, 동년 6월, 평남예술총연맹 위원장에도 피선되었으며 북조선문학예술총연맹의 중앙상임위원, 북조선문학동맹 서기장 및 중앙상임위원, 북조선연극연맹 중앙위원 등의 직책을 연달아 맡았다. 1946년 11월부터는 북조선문학동맹 서기장 자격으로 김일성대학에서 독문학도 강의했던 것으로 전해진다. 동년 12월말에는 '시집 『응향』 사건'의 진상조사위원 및 탄핵위원 자격으로 원산을 방문하기도 했다.

6.25전쟁이 발발한 바로 다음 날인 26일에, 그는 1차 종군작가단에 지원하여 남하하는 인민군을 따라 전장으로 내달았다. 그는 한반도에서 일어난 열전(熱戰) 한 가운데로 자신을 밀어 넣었다. 시시각각 변하는 급박한 전황을 알리는 보고문학인 「종군기」를 통해서 그는 전쟁의 생생한 현장과 급박하게 돌아가는 전황을 알리며 북한에서는 인기있는 작가의 한 사람으로 부상한다.

그러나 인천상륙작전과 함께 순식간에 전세는 반전한다. 그는 인민군의 1차 퇴각 때 후퇴에 올랐으나 지병 때문에 원주 부근에서 낙오하여 생사를 알 수 없게 되었다. 이후 김사량은 북한문학사에서는 거의 거론되지 않는 잊혀진 문인이었다. 그러다가 그는 1980년대 후반에 '민족주의 성향을 가진 양심적인 인텔리 작가'로 복권되었고 90년대 이후에 간행된 북한문학사에서는 식민지 시기와 해방기의 작품들과 함께 전쟁기에 쓰여진 「종군기」가 본격적으로 거론되기 시작했다.

2.

이 선집에 수록된 김사량의 작품은 미완의 장편 『낙조』를 포함해서, 「유치장에서 만난 사나이」, 「지기미」, 중편 「칠현금」 등 모두 4편이다. 그의 초기 대표작의 하나인 「토성랑」, 「빛 속으로」, 「천마」와 같은 단편이나 장편 『태백산맥』, 기행문 『노마만리』, 『종군기』 같은 작품이 지면 관계상 누락된 것은 매우 아쉬운 일이다. 하지만, 이 책에 수록된 작품들도 아쉬운 대로 김사량의 소설세계를 더듬어볼 수 있는 사례로는 충분하다.

『낙조』(『조광』 1940.2~1941.1)는 한글로 쓰여진 김사량의 첫 장편으로, 조선조 말기의 타락한 관료 집안을 배경으로 식민지 초기의 사회상을 소재로 삼았으나 아쉽게도 1부만 끝낸 채 미완으로 남은 작품이다. 미완임에도 불구하고 작품이 문제적인 것은 매국노 노릇을 하며 일제로부터 남작 지위를 받은 윤대감의 아들 윤성효 집안을 무대로 몰락양반, 첩실들의 암투를 비판적으로 그려내고 있기 때문이다.

작품은 1910년, 윤대감의 암살 급보가 전해지면서 아들 윤성효가 기생 산월이를 버리고 이른 새벽 대동문을 빠져나가는 장면에서부터 시작된다. 친일 관료 윤성효의 사랑방은 첩실 해주댁과 놀아나는 처남 김대감의 부도덕한 행각과 금광으로 일확천금을 꿈꾸는 박대감의 허황된 욕망들로 범람한다. 이들은 유습에 젖어 사회변혁과는 하등 관계없이 살아가는 몰역사적이고 부정적인 군상들이다.

윤성효는 훗날 산월과 아들 수일이를 집으로 불러들여 자신의 대를 잇고자 한다. 하지만 윤성효 집안의 혼탁한 분위기와 친일파에 대한 일반 민중들의 분노와 소동 속에 연약한 성품의 수일이 모친 산월은 차츰 피폐해져 간다. 아들의 양육권을 빼앗기다시피 하면서 수일이에 대한 산월의 집착과 걱정은 윤성효의 첩실 김천집과 해주댁의 해꼬지 속에 두려움으로 발전한다. 급기야 3·1운동이 일어나 군중들이 집안을 둘러싸고 시위하는 날, 산월은 윤씨 집에 불을 지르고 자신도 불 속에서 회복될 수 없는 상처를 입고 골방에 유폐된 채 서서히 죽어간다.

한편 수일이는 학교에서 친일파 자식으로 냉대받는 처지이다. 그는 사상가의 아들이라는 자부심을 가진 석순철과 친교를 나누며 자신도 사상가가 되리라는 꿈을 꾸지만 여전히 나약한 소년에 불과하다. 이런 수일이를 돌보는 이는 김천집의 딸 귀애다. 그녀는 수일의 심성을 따뜻하게 위로해주며 학업에 매진하도록 권고하는 꿈 많고 조숙한 여학생이지만 윤성효 집안이 사회적으로 지탄받는다는 것을 깨닫고 있는 당찬 여성이기도 하다. 수일의 모친 산월이 사회와 집안의 저주스러운 분위기에 압도당해 실의와 좌절 속에 방화를 하고 그 후유증으로 죽어가는 희생양으로 그려진다면, 귀애는 씩씩하고 독립적인 사고의 소유자로 부각되어 있다. 귀애는 윤씨 집안 이야기를 소설로 써서 세상을 계몽하겠다는 꿈을 품고 있다. 하지만 어머니 김천집의 욕심 때문에 윤성효에게 겁탈당한 후 가출해버린다. 작품에서 윤성효의 시대착오적인 권세와 그 주변을 부나방처럼 떼지어 몰려든 사랑방의 부정적인 군상이나, 첩실들 간에 벌어지는 부도덕과 질투, 저주와 증오로 범람하는 안채의 모습은, 식민지로 전락하는 한국 사회의 친일파의 부도덕성과 완고한 봉건성을 비판적으로 부감하는 이야기의 주된 무대이다.

하지만 작품은 아쉽게도 1부로 끝나고 만다. 다만, 이 미완의 작품은 어렴풋하게나마 다음 이야기의 행로를 짐작할 수 있다. 아마도 다음 이야기는 식민지 조선에서 승승장구하는 친일파 권세가의 위세와 독립운동 사이에서 자신의 의지와 소망을 실현하고자 하는 청년들의 일화로 채워졌을 것이고, 그 주역들은 우유부단하고 의지할 곳 없는 수일, 자립적인 귀애, 꿋꿋한 석순철 등일 것이다.

일제 파시즘체제가 신체제론과 총동원사상을 유포하면서 언론탄압의 강도나 검열제도를 강화해가는 현실에서 『낙조』는 중단된다. 하지만 작품의 의의는 과소평가될 수 없다. 작가는 파시즘체제가 가하는 사회적 시대적 압력에도 굴하지 않고 매국노들의 상류층 사회가 지닌 개탄스러운 인습과 도덕적 타락상을 장편의 1부로 삼고, 그 안에다 매국적인 상류 사회의 몰염치한 습속과 욕망을 부조하고 있기 때문이다. 일신상의 재물 축적과 권세를 누릴 것인가에만 골몰하는 집단의 부도덕한 성향이 세밀하게 묘파되면서 드러나는 것은 권세가에 줄을 대어 일확천금을 꿈꾸는 탐욕, 기복과 주술에 기대는 첩실들의 암투, 3·1운동 전후로 하여 전개되는 독립지사들의 활약상과 친일파의 공포, 소작농들의 움직임 등이다. 작품에서는 당대사회의 문제적인 상황이 거의 망라되고 있는 셈이다.

단편 「유치장에서 만난 사나이」(『문장』, 1941.2)와 「지기미」(『삼천리』, 1941.4)는 『낙조』에서 펼쳐보이려 했던 수일과 석순철 같은 인물의 흔적이 부분적으로 확인되는 작품군이다. 「유치장에서 만난 사나이」는 신문기자를 서술자로 삼아 예비검속으로 유치장에 갇혀 있을 때 만난 '자칭 사상가' '왕백작'을 회상하는 방식을 취하고 있다. 왕백작은 『낙조』의 사상가가 되겠다는 '석순철'과 우유부단한 수일을 결합해서 만들어

낸 식민지 지식인의 우울한 군상이다. 그는 독립운동에 나설 용기도 없이 수감생활에서 스스로를 위안하는 기이한 행각의 소유자다. 서술자는 그런 그를 만주로 향하는 이주민들이 가득한 열차에서 다시 만난다. "동경의 동지!" 하면 서술자 앞에서 나타난 그는 만주행 이주민들의 틈바구니에서 그들의 슬픔과 이주에 동행하지 못하는 비탄 때문에 울음을 터뜨리고 급기야 정신을 잃고 쓰려져버린다. 그것은 만주 이주를 결심할 수밖에 없는 힘없고 가난한 약소민족의 비애에 괴로워하는 지식인의 내면을 함축적으로 표상한 것에 가깝다. 이후 서술자는 강원도 산속에서 물에 빠져 구해달라는 양복장이의 목소리에서, 방공연습하는 서울 거리에서 경방단원을 훈시하는 사내의 뒷모습에서 왕백작의 모습을 접한다.

작품에서 작가는 '왕백작'이라는 우의적인 인물을 통해 식민지배의 강고한 체제 안에서 저항하지 못하고 괴로워하면서도 때로는 권력에 아부하거나 앞장서서 식민정책을 수행하는 나약한 내면의 소유자를 질타하는 의도를 은연중에 내비친다. 왕백작은 파시즘체제의 희생자인 만주 이주민들을 바라보며 통곡하는 존재가 식민 지배체제 안에서 죽음을 맞거나 무기력하게 편입되어가는, 당대 사회 그 어디에나 존재하는 부역자들은 모두가 왕백작의 뒷모습과도 같은, 내면과 현실의 부조화를 겪었던 셈이다.

「지기미」는 늙은 아편쟁이로 늘 "지기미 지기미 지기미" 하며 중얼거리는 인물의 별명이다. 그는 청년 시절 구한국 병정 삼정위였으나 망국과 함께 영락하여 동경만 빈민굴에 있는 함바(집단 임시숙소)에서 지낸다. 그는 큰 뜻을 품은 화가인 서술자 '나'와 친하게 지내지만 서로가 외로울 적이면 찾아와서는 함께 아편을 함께 먹으며 친해지기를 간청하는 못난 위인이다. 그런 유혹이 전혀 없지 않는 서술자는 지기미를 때려주기도 하지만 용서를 구하기도 한다.

지기미는 절망적인 현실에서 욕설로 최소한의 저항의지만을 피력하는 인물로서 노신의 「아Q정전」에 나오는 '아Q'와 같이 부당한 현실에 맞서지 못하는 즉자적 존재에 가깝다. 그들의 처절한 밑바닥 삶이 가진 비극은 그 어떤 희망도 없다는 데 있다. 꿈을 품고 건너온 일본 땅에서 화가의 꿈을 지속시키지 못하고 영락한 서술자와, 구한국 군인으로서 망국과 함께 유전하는 인생으로 아편쟁이가 되어버린 두 인물이 그런 사례이다. 절망에 극한 존재들의 대비를 통해서 작품은 식민지 조선의 가장 밑바닥 삶을 전전하는 인생이 그들만의 비극이 아니라는 점을 부각시킨다.

한편, 중편 「칠현금」(1949)은 건국의 활력을 담아 식민지 상처를 치유하는 모습을 담은 작품이다. 북한에서는 이 작품을 두고 '폐인이 되였던 한 인간의 재생'을 그린 작품으로써 '인간을 다면적으로 그리며 그의 내면세계를 깊이 있게 파고드는 작가의 재능'과 '로동계급의 고상한 사상과 기풍을 배우며 문학의 새싹들을 키워내는 당적 작가의 슬기로운 모습'을 보여주었다고 높이 평가한다. 국영제철소에 파견되어 노동자들의 문화적 품성을 교양하고 지도하는 작가의 현장 경험을 바탕으로 삼은 작품이다(실제로 김사량은 1949년 황해도 송림제철소에 현지 파견되어 약 반 년간을 보내면서 「칠현금」을 창작하였다).

서술자인 작가 S는 공장 현장에 파견되어 노동자의 문화소양을 지도하는 임무를 수행하는 인물이다. 그는 현지지도가 "새 시대를 맞이한 새나라 작가로서의 새로운 삶의 길을 찾으려는" 자신의 내적 요구에 부합하고 현지지도의 와중에 한 노동자의 응모작을 접한다. 그는 "그 소재가 공장의 실생활과 로동자의 생동한 감정에 토대를 둔 적절한 내용"이라는 점에 새삼 놀라고 새로운 작가를 찾아 키워내겠다는 작가의 소임을 되새긴다.

윤남주는 6년간이나 병원에서 누워 지낸 불구환자이다. 그는 "왜놈들이 며칠 안으로 죽을거라고 손 한번 대지 않고 그냥 내버려두었기 때문에" 폐인이 되어버린 존재이다. 그는 식민체제가 그 신체까지도 파괴해버린 상처를 드러내는 역사의 증인이자 자신이 쓴 동화가 방송되는 것에 위로받으며 열심히 습작하는 작가지망생이다. 작가 S는 그의 작품이 빈구석이 없는 단단한 문장과 부드러운 어감에서 작가로서의 가능성을 발견한다. 신체적 불구에도 불구하고, 작가로서의 새로운 출발을 열망하는 윤남주의 모습에 대한 S의 깊은 관심은 식민지 시대에서 해방 이후 등장한 북한체제에서 그에 걸맞는 문학 창작의 길이란 무엇인가에 대한 김사량 자신의 문학적 행로와 무관하지 않다. 병든 노동자출신 작가 지망생과 이미 명성을 가졌으나 사상적 결함을 지닌 작가 S의 내적 교감은 생활감각의 결여에서 오는 자신의 위축된 문학적 입지에서 노동자의 현실감각을 충전시킴으로써 작가의 진로를 타개하려는 노력과 상통한다.

병실에 찾아간 S는 상상보다 위중한 환자의 상태를 보고 놀라지만 소설을 쓰려는 남주의 의지에 감화된다. 하지만 남주는 자신을 "제철소의 하나의 쓰지 못할 녹쓸은 나사못"이라고 여긴다. 작가적 소망과 윤남주를 통해 발견한 문학적 가치와 행로는 열악한 신체적 조건이 아니라 정신적인 갱생으로 초점화된다. S가 남주를 이끌어주는 교훈은 노동자 문학가로서의 빛나는 사례가 이미 소련에도 있다는 점, 그들이 경험을 바탕으로 혹독한 시련을 이겨내는 역사를 작품으로 담아내는 길이 바로 남주의 몫이라는 것이다. 남주가 극복해야 할 작가의 길은 소련의 노동자작가 아브덴꼬가 그려낸 비참하고도 불우한 광부일가에 관한 이야기나 극심한 육체적 불구를 이겨내며 『강철은 어떻게 단련되는가』를 쓴 오스트로프스키의 삶이다. 그러므로 윤남주의 불구성은 정신적인 것이라는 점이다. S의 위로와 격려는 윤남주를 새로운 세계로 인도한다. 요컨대 남주에게는 열악한 신체적 불구가 문제되는 것이 아니라 문학이 가져다주는 역할과 효용이 가진 원대한 소망과 빛, 그리고 이를 가능하도록 이끄는 활력이 문제인 셈이다.

  S는 노동자의 시낭송에서 "그들의 기쁨과 자랑"을 발견하고 "조국 인민들의 새 힘"과 "기름내가 풍기며 열정에 넘치는 글줄"을 느끼면서, "이를 새로 피어오르는 인민 예술로 꽃망울"이라는 자각과 함께 윤남주를 떠올린다. 남주가 가진 풍부한 감정과 천부적 재능과, 6년 세월을 병원 침상에서 쇠진해가는 상태를 대비한 구도 안에는 김사량이 모색하는 문학적 방향이 함축되어 있다. (윤남주의 상처와 불구성은 식민지 시대에 친일적인 작품을 쓴 바 있는 김사량의 상처이기도 하다. 그 내상이 윤남주의 정신적 육체적 상처로 투영되어 있는 것이라고 보아도

크게 무리가 없다.) S는 사회변화의 새로움을 반영하는 것을 소설의 과제라고 본다. 그런 까닭에 그는 "역시 작가란 자신이 제일 잘 알고 깊이 느낀 일을 제일 잘 쓰게 마련"이라고 남주를 격려한다. 남주 또한 "덧없는 공상"이 아니라 "새로운 태양 아래 새로운 욕망"과 새로운 현실에 참여하여 작가로서 새로운 삶을 살아가고자 한다.

윤남주와 작가 S의 관계가 정신의 치유를 통한 작가로의 재생에 작품의 초점이 맞추어져 있다면, 불구의 윤남주를 간호해온 신 간호사는 또한 곁에서 지켜본 역사의 증인이자 조력자이다. 그녀는 변변한 보호시설이나 안전장치도 없었던 식민지의 제철소에서 윤남주가 부상을 입고 폐인이 되자, 자원해서 부상당한 윤남주를 간호한다. 해방 후 그녀는 윤남주 곁을 지키기 위해 간호사가 된다. 윤남주와 상처난 식민지 기억을 공유한 그녀는 희생과 헌신으로 윤남주와 사상적 동반자가 된다.

이렇듯, 「칠현금」에서 병원은 신 간호사의 헌신적인 조력과 새 시대에 변화된 관계는 윤남주의 갱생과 맞물리면서 밝은 미래를 예고하는 공간이다. 작품에서 병원은 새시대로 변모해가는 활력을 담은 '재현된 국가'에 가깝다. 이곳은 단순히 노동자 환자를 수용하고 치료하는 공간일 뿐만이 아니라 그의 정신적 육체적 갱생까지도 이끌어주는 공적 세계이다. "생산계획 초과달성과 기간단축운동의 최후 돌격기에 들어간 공장"의 활력처럼 병원이라는 공간도 식민지시대의 암울함에서 벗어난다.

'식민지/새시대'의 대비는 감옥이었던 공장/활력 가득한 공장, 환자를 방치한 '비인간적인 병원/갱생으로 이끄는 병원'에서도 잘 나타난다. 이

곳에는 선진의료 기술을 가진 소련의사들과 불구환자를 예우하며 그들의 상처를 치유하려는 의료인들로 북적댄다. 남주 또한 소련의사의 선진의료 기술로 몇 번의 수술을 거쳐 정상인으로 살아갈 수 있는 희망을 갖게 된다. S는 수술의 성공 여부와 관계없이 지금의 현실이 식민지의 과거와는 전혀 다른 세상이라 생각하며 행복감을 만끽한다.

국가는 모멸과 학대와 굶주림 속에 살아온 생명 하나하나가 소중하게 보살핌을 받고 새로운 세상에서 살아갈 수 있게 만든 헌신과 갱생으로 인도하는 대주체이다. 그 이미지는 식민지의 상처와 암울함에 비하면 '치유자'에 가깝다. 식민지의 고난으로 상처받은 노동자 환자를 새 시대의 밝은 세상으로 인도하는 치유자의 이미지야말로 작가 김사량이 바랬던 근대국가의 이상적인 면모이다.

4.

지금까지 살펴본 대로, 김사량의 문학이 가진 전반적인 분위기와 색채는 음울하고 어둡다. 식민지시대에 쓰여진 그의 소설 속 배경은 평양의 빈민촌과 산촌, 3·1운동 당시의 서울 매국노의 집안, 일본의 감옥이나 빈민가, 만주행 이주 열차 안에 걸쳐 있다. 작품의 주된 무대는 식민지 조선의 어둠과 그늘에 해당한다. 그의 소설세계 또한 식민지의 어둠과 그늘에 많은 관심을 보인다. 매판적이고 봉건적 인습이 횡행하는 식민지 현실의 모순과 중첩된 비극에 고통받는 하층민들의 절망은 그의 소설이 되풀이해서 보여주는 소재였던 셈이다.

　일본에서는 몰락한 프롤레타리아 문학의 문제적인 작가로서 재일조선인 문학의 기원 하나를 형성하고 식민지 조선에서는 일본 문단과 어깨를 나란히 한 작가로서 그의 성가(聲價)는 식민지 후반 빛을 발한다. 더구나 해방을 몇 달 앞둔 시기에 한반도를 벗어나 중국의 항일무장투쟁 전선에 가담하는 용기는 작가로서 한 시대를 기록하려는 실천적 의지의 소유자였음을 보여준다. 해방 이후에는 자신의 고향에서 새롭게 등장하는 북한의 문학과 문화에 기여하고자 했던 그의 문학적 생애는 분단이 된 한반도 현실에서 그의 문학은 사실 남과 북 어디에도 위치시킬 수 없는 주변자의 것이었다.

　북한에서는 김일성의 영도 아래 그의 문학이 새로운 활로를 찾았다고 말하지만, 김사량의 문학 전체를 놓고 보면, 근대국가 수립과정에서 식민지의 상처를 어떻게 해소하며 자신이 바라는 이상적인 사회를 건설할 것인가에 무게 중심이 실린다는 점을 쉽게 확인할 수 있다. 「칠현금」이 그러한 예증이다. 당시 북한사회가 보여주는 소련문화에 대한 호의적인 태도를 반영하고 있는 이 작품은 소련 문학으로부터 인민문학의 전범을 발견하고 자신에게는 부족했던 하층민들에 대한 이해와 변모해가는 새로운 시대의 활력을 담아내고자 했다. 북한의 초기문학이 시대적 활력과 낙관적인 전망 속에서 민족의 트라우마를 어떻게 치유할 것인가의 문제는 비판당하기도 했으나 일제 청산이라는 문제의 중요성을 간과하며 자신의 문학적 모색을 멈추지 않았다. 이런 점에서 「칠현금」은 해방 이후 김사량이 분단의 체제가 등장하면서 둘로 나누어진 민족의 현실에서 소망했던 미래를 담아내려는 편모를 잘 드러낸 사례이다.

　식민지 조선과 일본, 중국과 일본에 걸쳐 있는 그의 문학은 남북의 분단 현실이 지속되는 현실에서 여전히 문제적이다. 그는 드물게도 동아시아의 지역 안에서 제국 일본과 중국, 식민지 조선사회의 어둠과 그늘을 통해서 민족의 비극과 독립문제를 고민한 작가의 한 사람이었기 때문이다.